Das Buch
Von der Macht uralter Traditionen und der Verheißung individuellen Glücks, aber auch vom Alltag indischer Frauen zwischen Chicago und Kalkutta erzählen die Geschichten von Chitra Banerjee Divakaruni. Die in Indien geborene Autorin kam in den siebziger Jahren nach Amerika und kennt das Spannungsfeld, in dem Menschen aus zwei ganz verschiedenen Kulturen stehen. Ihre persönlichen Erfahrungen und ihr Interesse am Schicksal ihrer Landsleute, besonders der Frauen, bilden den Hintergrund für ihre einfühlsamen Erzählungen.
Divakarunis Heldinnen stammen aus allen Schichten: gebildet oder ungebildet, aus Kalkutta, kleinen indischen Dörfern oder Amerika. Und sie alle sind verstrickt in Traditionen und Mythen, in Bilder und Rollenerwartungen, von denen sie sich schwer befreien können, gegen die sie aber auch aufbegehren. Im Kampf um ihre Rechte und ihre Freiheit suchen sie den Weg in ein eigenes selbstbestimmtes Leben: sei es die geschlagene Ehefrau, die mit ihrer Tochter den Mann verläßt, oder die junge Witwe, die, alle Regeln außer acht lassend, das Haus der Schwiegereltern verläßt, oder die junge Studentin, die eine verbotene Liebesbeziehung eingeht und damit familiäre Konflikte provoziert.
Trotz aller Alltagsrealität sind die Geschichten erfüllt von Mythen und Magie – Erzählungen von großer poetischer Kraft, bezaubernd und erschütternd zugleich.

Die Autorin
Für den Erzählungsband »Der Duft der Mangoblüten« (»Arranged Marriage«) erhielt Chitra Banerjee Divakaruni gleich drei amerikanische Literaturpreise, darunter den American Book Award. Die in Indien geborene Autorin kam 1977 nach Amerika, machte ihren Doktor in Literatur an der University of California in Berkeley und unterrichtet heute kreatives Schreiben, Englisch und Literatur.
Im Diana Taschenbuchverlag erschien zuletzt ihr erfolgreicher Romanerstling »Die Hüterin der Gewürze« (62/0006).
Chitra Banerjee Divakaruni lebt mit ihrem Mann und ihren zwei Söhnen bei San Francisco.

Chitra Banerjee Divakaruni

Der Duft der Mangoblüten

Erzählungen

Aus dem Amerikanischen
von Angelika Naujokat

DIANA VERLAG

Diana Taschenbuch Nr. 62/0075

Die Originalausgabe
»Arranged Marriage«
erschien bei Bantam Doubleday Dell Publishing Group,
Inc., New York

Die Übersetzerin bedankt sich bei Saeed Choudhry
für die Überarbeitung des Glossars.

Taschenbucherstausgabe 11/99

Der Diana Taschenbuchverlag ist ein Unternehmen der
Wilhelm Heyne Verlag GmbH & Co. KG, München
Printed in Germany 1999

Umschlagillustration:The Image Bank/Per-Eric Berglund
Umschlaggestaltung: Hauptmann und Kampa
Werbeagentur, CH-Zug
Satz: Schaber Satz- und Datentechnik, Wels
Druck und Bindung: Elsnerdruck, Berlin
Gedruckt auf chlor- und säurefreiem Papier.

ISBN: 3-453-16047-9

http://www.heyne.de

Dieses Buch widme ich
in Dankbarkeit meiner Mutter Tahini
in Liebe meinem Mann Murthy
und voller Hoffnung
meinen Söhnen Anand und Abhay

Inhalt

Die Fledermäuse

In jenem Jahr weinte Mutter nachts häufig. Aber vielleicht hatte sie auch schon immer geweint, und ich war erst in diesem Jahr alt genug, um es zu bemerken. Ich wachte in der heißen Dunkelheit Kalkuttas auf, und der Klang ihres Weinens umgab mich, rollte wie eine mächtige Welle über mich hinweg, drängte sich um mich, bis ich nicht mehr imstande war festzustellen, woher es kam. Die ersten Male, als dies geschah, setzte ich mich in dem schmalen Kinderbett auf, das wir uns seit kurzem teilten, und flüsterte ihren Namen. Aber dann zog sie mich immer ganz fest an sich, preßte mich an ihren zitternden Körper, dessen feuchter Geruch nach Talkumpuder und Sari-Stärke mich zum Würgen brachte, so daß ich mich zu befreien versuchte. Doch daraufhin weinte sie nur noch heftiger. So gewöhnte ich mir nach einiger Zeit an, die Finger in die Ohren zu stecken, um das Schluchzen fernzuhalten, und stocksteif unter der Bettdecke zu verharren. Und wenn ich meine Augen ganz fest schloß und sie lange genug zuhielt, erschienen kleine Lichtpunkte auf meinen Lidern, und es kam mir beinahe so vor, als befände ich mich mitten unter den Sternen.

Eines Morgens, als Mutter mich für die Schule fertigmachte und mein Haar zu diesem glitschigen, festen

Zopf flocht, den ich gar nicht mochte, weil er mir immer so steif den Rücken hinunterhing, bemerkte ich etwas Eigenartiges in ihrem Gesicht. Nicht die dunklen Schatten unter ihren Augen – die waren immer da. Nein, hoch oben auf ihrer Wange befand sich ein gelber Fleck, dessen Ränder sich purpurn verfärbten. Die Wange sah ganz so aus wie mein Knie im Monat zuvor, als ich gegen die abgestoßene Mahagonikommode neben unserem Bett gelaufen war.

»Was ist das, Ma? Tut es weh?« Ich griff hinauf, um die Stelle zu berühren, aber sie wich zurück.

»Nichts. Es ist nichts. Jetzt beeil dich, sonst verpaßt du noch den Bus. Und mach nicht soviel Krach, damit du deinen Vater nicht weckst.«

Vater schlief morgens immer lange. Weil er so hart in der Rashbihari-Druckerei arbeiten mußte, wo er als Vorarbeiter beschäftigt war, um Geld für unser Essen und die Miete zu verdienen – so hatte Mutter es mir erklärt. Da sie mich für gewöhnlich zu Bett brachte, bevor er nach Hause kam, sah ich ihn nicht sehr oft. Aber ich hörte ihn: Schreie, die die Wände meines Zimmers erschütterten, als seien sie aus Papier, die Geräusche zerschellenden Geschirrs. Wenn Vater in der Nähe war, gingen oft Dinge zu Bruch. Das mochte daran liegen, daß er so groß war. Ganz besonders seine Hände waren riesig, mit schwarzen, gesplitterten Nägeln und Venen, die unter der Haut wie blaue Schlangen hervorstanden. Ich erinnerte mich an den chemischen Geruch und daran, wie hart sich seine Finger anfühlten – aus der Zeit, als ich noch klein war und er mich plötzlich hochhob und bis oben an die Decke warf, hinauf und hinunter, hinauf und hinunter, während Mutter an seinen Armen zerrte und ihn anflehte, damit aufzuhören. Ich schrie und schrie vor Entsetzen, bis ich keinen Atem mehr in mir hatte.

Ein paar Tage später hatte Mutter einen anderen Fleck im Gesicht. Dieses Mal noch größer und von einer rötlich-blauen Farbe. Er befand sich seitlich an ihrer Stirn und ließ ihr Gesicht schief aussehen. Als ich sie danach fragte, erwiderte sie nichts, drehte sich nur um und starrte auf eine Stelle an der Wand, wo der Putz abgeblättert war und sich in Form eines herabhängenden Mundes von der Wand zu schälen begann. Dann fragte sie mich, ob ich Lust hätte, für einige Tage meinen Großvater zu besuchen.

»Großvater!« Ich wußte Bescheid über Großväter. Die meisten meiner Freundinnen in der dritten Klasse hatten einen. Sie erhielten Geburtstagsgeschenke von ihnen und durften in den Ferien mit ihnen in Alipore in den großen Zoo gehen. »Ich wußte ja gar nicht, daß ich auch einen Großvater habe!«

Ich war so aufgeregt, daß ich vergaß, leise zu sprechen, und Mutter legte mir rasch eine Hand über den Mund.

»Schhh. Das ist ein Geheimnis. Ein Geheimnis zwischen dir und mir. Laß uns rasch einige Sachen zusammenpacken, und wenn wir im Zug sitzen, erzähle ich dir mehr über ihn.«

»Im Zug!« Ich fragte mich, welche Wunder dieser Tag wohl noch für mich bereithalten mochte, und versuchte mir vorzustellen, wie es sein würde, in einem Zug zu reisen.

Wir packten eilig, stopften einige Saris und Kleider in zwei Taschen, die Mutter unter dem Bett hervorzog. Sie waren aus der gleichen rauhen, knotigen Jute wie die

Einkaufstasche, in der Vater immer frischen Fisch vom Basar mitbrachte, aber da sie noch sehr steif waren, mußten sie wohl neu sein. Ich rätselte, wann Mutter sie gekauft haben mochte und auf welche Weise sie dafür bezahlt hatte – und dann grübelte ich darüber nach, wie sie unsere Fahrkarten bezahlen wollte. Sie hatte nie viel Geld, und wann immer sie Vater um etwas mehr bat, bekam er einen seiner Wutanfälle. Aber vielleicht hatte sie schon lange für diese Reise gespart. Während wir packten, verharrte Mutter immer wieder, als lausche sie auf etwas, aber ich vernahm nichts anderes als Vaters Schnarchen. Wir schlichen auf Zehenspitzen umher und unterhielten uns im Flüsterton. Das alles war so aufregend, daß es mir weder etwas ausmachte, kein Frühstück zu bekommen, noch, all mein Spielzeug zurücklassen zu müssen.

Ich war hingerissen von dem dampfigen Geruch des Zuges, dem gellenden Schrei der Pfeife – laut, und dennoch so gar nicht furchterregend –, der ertönte, wenn ein Tunnel in Sicht kam. Und dann dieser beruhigende, gleichmäßige Rhythmus, der mich in einen Halbschlaf schaukelte. Ich hatte das Glück, einen Fensterplatz ergattern zu können, beobachtete von dort, wie Kalkuttas schmale, rauchgeschwärzte Appartementhäuser, von deren identischen schachtelähnlichen Balkonen zerknitterte Wäsche herabhing, kleinen Steinhäusern wichen, in deren Gärten Kürbisranken wucherten. Später dann kamen Felder um Felder in einem Grün, das so strahlend war, daß die Farbe auf den Innenseiten meiner Lider pulsierte, wenn ich die Augen schloß, und Weiher, auf deren Oberfläche Ansammlungen winziger purpurfarbener Blumen schwammen. Mutter, die auf dem Lande aufgewachsen war, erklärte mir, daß es sich um Wasserhyazinthen handele, und während sie beobachtete, wie sie das Sonnenlicht einfingen, kam es mir so vor, als ob die Linie ihres Mundes zu zittern begann und weicher wurde.

Nach einer Weile zog sie mich näher zu sich heran und umfaßte mein Kinn mit der Hand. Aus ihrem Gesicht schloß ich, daß sie mir etwas Wichtiges zu sagen hatte, daher versuchte ich nicht, mich aus ihrem Griff zu winden, wie ich es sonst meistens tat. »Mein Onkel – dein Großvater –, den wir besuchen werden«, sagte sie, »lebt ganz weit weg in einem Dorf, das von Bambuswäldern und Flüssen mit Silberfischen umgeben ist. Sein Haus liegt inmitten einer Wiese, über die den ganzen Tag Büffel und Ziegen streifen, und es gibt einen Brunnen, aus dem man Wasser trinken kann.«

»Einen echten Brunnen?« Ich klatschte verzückt in die Hände. Bisher kannte ich Brunnen nur aus Bilderbüchern. »Ja, mit einem kleinen Eimer an einem Seil, und wenn du möchtest, darfst du den Eimer füllen und ins Haus tragen.« Dann fügte sie, ein wenig zögerlich, hinzu: »Es könnte sein, daß wir eine ganze Weile bei ihm bleiben werden.«

Bei einem Großvater-Onkel zu bleiben, der einen Brunnen und Büffel und Ziegen und Bambuswälder hatte, klang ganz wundervoll, und das teilte ich Mutter auch mit meinem schönsten Lächeln mit.

»Ob du deinen Vater vermissen wirst?« Ein seltsamer Blick lag plötzlich in ihren Augen.

»Nein«, erwiderte ich mit entschlossenem Tonfall. Und während ich den Kopf drehte, um ein Vogelpaar mit langen Schwänzen und roten Brustfedern zu betrachten, begann seine laut polternde Art bereits aus meinem Gedächtnis zu schwinden.

Der Zug setzte uns schließlich an einem staubigen, kleinen Bahnsteig mit einem gelben Schild ab, auf dem in schwarzer Schrift *Gopalpur* zu lesen stand. Doch weit und breit war keine Menschenseele zu sehen. Die Nachmittagssonne brannte sich in meinen Schädel, und mein Bauch fühlte sich an, als habe er schon seit Jahren nichts mehr zu essen bekommen.

»Wo ist Großvater-Onkel denn? Warum ist er nicht hier?«

Es dauerte einen Moment, ehe Mutter antwortete. Dann sagte sie: »Er weiß nicht, daß wir kommen.« Sie setzte ein strahlendes Lächeln auf, aber ich sah, daß in ihrer Wange ein kleiner Muskel zuckte. »Na, mach dir mal keine Sorgen. Nimm die kleine Tasche. Ich werde die große tragen, und eh du dich's versiehst, sind wir bei ihm.«

Aber die Sonne war bereits hinter die gezackten Blätter der Kokosnußpalmen am Horizont getaucht, als wir Großvaters Haus erreichten. Mutter hatte sich unterwegs ein paar Mal verirrt – weil man neue Straßen gebaut hatte, wie sie sagte. Mir kamen die Straßen ziemlich alt vor, mit tiefen, von den Rädern der Büffelkarren durchzogenen Rillen. Aber ich erwiderte nichts. Und als sie mich fragte, ob ich hungrig sei, sagte ich nein.

Das winzige Haus sah beinahe wie ein Spielzeughaus aus. Mit seinen Lehmwänden und dem Stroh auf dem Dach erinnerte es mich an Bilder aus meinem Märchenbuch. Mutter klopfte an die Tür, und nach einer Weile kam ein alter Mann heraus. Er mußte der älteste Mann auf der ganzen weiten Welt sein. Sein Haar war weiß, genauso wie sein langer Bart. Er blinzelte uns überrascht an, aber als Mutter ihm mitteilte, wer wir waren, bat er uns herein und bewirtete uns mit etwas Puffreis und süßer, cremiger Milch. Die stamme von seiner eigenen Kuh, erklärte er mir, während er zusah, wie ich den Inhalt des Bechers hinunterstürzte. Dann zauste er mir durchs Haar und schickte mich nach hinten, in den Garten, wo ich mit den Hühnern spielen durfte. Ich hatte noch niemals zuvor echte, lebendige Hühner aus der Nähe gesehen und war sofort begeistert, wie sie gackerten und mit den Flügeln schlugen und wie schnell sie rennen konnten, wenn man sie jagte.

Ich amüsierte mich gerade ganz wunderbar mit ihnen, als Mutter herauskam. Mir fiel als erstes auf, daß sie weinte. Ich hatte sie tagsüber noch niemals weinen sehen, und es ängstigte mich, denn irgendwie hatte ich geglaubt, daß bei Tage alles sicher sei und die dunklen Dinge der Nacht in diese Zeit nicht einzudringen vermochten. Nun stand ich da und betrachtete sie. Ich haßte es, wie sich ihre Lippen verzerrten und ihre Nasenflügel aufblähten, haßte die feinen, roten Linien, die taumelnd das Weiß ihrer Augen durchzogen. Mein Mund wurde trocken, und ich hatte das Gefühl, mich übergeben zu müssen. Dann aber sah ich, daß sie durch ihre Tränen lächelte.

»Onkel sagt, daß wir so lange bleiben können, wie wir wollen, daß ich niemals wieder zurückgehen muß...«

»Wohin zurück, Ma?«

Aber sie wischte sich nur über die Augen und bat mich, mitzukommen, um mir meinen Schlafplatz anzusehen.

Großvater-Onkel wurde bald zu meinem besten Freund. Ich folgte ihm den ganzen Tag, während er seiner Arbeit nachging, die darin bestand, sich um die Obstgärten des *zamindar* zu kümmern. Er brachte mir die Namen sämtlicher Bäume bei – Mango, Lychee, *kul* – und ließ mich die ersten reifen Früchte kosten. Er zeigte mir Hasen und Eichhörnchen und *girgitis*, die sich im Gras versteckten und deren glänzende, grünliche Körper in der Sonne pulsierten. An seinen freien Tagen nahm er mich mit zum Fischen und lehrte mich, wie man die Angel hält und woran man merkt, daß ein Fisch angebissen hat. Auch wenn ich stets nur winzig kleine Fische fing, die wir in den Teich zurückwarfen, so ermutigte er mich doch immer wieder und versicherte mir, daß ich sehr gelehrsam sei. Er selbst war ein guter Angler, geduldig und heiter, er strahlte eine Ruhe aus, die viele Fische an seinen Haken zog. Zudem war er aufmerksam, und wann immer er einen Fang mit nach Hause brachte, damit Mutter ihn kochte, säuberte er ihn zuerst und schnitt ihn auf, weil sie den Anblick von Blut nicht ertragen konnte.

All das war so aufregend, daß ich nicht sehr viel Zeit mit Mutter verbrachte, doch trotzdem bemerkte ich, wie seltsam still sie war. Und eines Nachts wachte ich wie früher von ihrem Weinen auf. Ich lag da und lauschte dem gequälten, erstickten Schluchzen, das eine Ewigkeit zu dauern schien. Es war ganz so, als ob man in ein dunkles, bodenloses Loch rutscht. Ich packte meine Bettdecke und drehte sie um meine Knöchel, als ob mich das retten konnte. Ein Teil von mir hätte gern die Arme um sie geschlungen, aber ein anderer Teil hatte Angst vor dem, was sie mir vielleicht sagen, was sie vielleicht verlangen würde. Also lag ich einfach da, mit steifen, schmerzenden Schultern und Kiefern und Fäusten und versuchte mir einzubilden, daß ihr Weinen eines der Nachtgeräusche sei, die durch das geöffnete Fenster drangen – wie die Rufe der *jhi-jhi*-Insekten und der gelbschnäbeligen *kokil*. Und nach einer Weile war ich zu müde, um noch länger wach zu bleiben, denn ich hatte Großvater-Onkel den ganzen Tag über mit den Fledermäusen geholfen.

Die Fledermäuse stellten ein großes Problem dar. Sie waren ganz plötzlich über den Mangogarten hereingebrochen und hatten binnen eines Tages in Hunderte von Mangos gebissen und sie ruiniert. Großvater-Onkel versuchte alles – Stöcke und Trommeln und Zauberpulver von der Weisen Frau im nächsten Dorf –, aber nichts funktionierte. Schließlich mußte er zu Gift greifen. Ich sah nie, wie er es genau anstellte, weil ich nicht dabeisein durfte, aber am nächsten Morgen lagen über den ganzen Garten Fledermäusekadaver verstreut. Natürlich konnten wir sie nicht dort liegenlassen, bis sie verrottet waren, und so ging Großvater-Onkel mit einem großen Jutesack herum und hob sie auf. Ich begleitete ihn und deutete mit einem Stock auf die toten Tiere. Er versicherte mir, daß ich eine große Hilfe sei, weil er sie mit seinen schwachen Augen sonst niemals alle entdeckt hätte.

Eigentlich hätte man doch annehmen sollen, daß die Fledermäuse es nach der ersten Woche begriffen hätten und daß sie sich einen anderen Platz zum Leben suchen würden. Aber nein, so war es nicht. Jeden Morgen gab es wieder genauso viele Tierkadaver. Ich befragte Großvater-Onkel deswegen. Er schüttelte nur den Kopf und erwiderte, daß er es ebensowenig begreife.

»Ich nehme an, daß sie einfach nicht verstehen, was vor sich geht. Sie verstehen nicht, daß sie in Sicherheit wären, wenn sie woandershin fliegen würden. Oder vielleicht begreifen sie es doch, aber es gibt etwas, das sie immer wieder hierher zurückzieht.« Ich wollte ihn gerade fragen, was dieses Etwas denn war, aber da fand ich eine wahre Riesenfledermaus unter einem Hibiskusstrauch – ganz purpurschwarz und faltig –, die größte, die ich jemals in meinem Leben gesehen hatte. Und so vergaß ich meine Frage.

Möglicherweise begriffen die Tiere doch langsam, denn einige Tage später fanden wir nur noch ungefähr zehn tote Fledermäuse und am folgenden Tag nur noch drei. Großvater-Onkel freute sich noch mehr als ich. Ich wußte, wie er die ganze Angelegenheit haßte, weil er jedes Mal, wenn er sich vorbeugte, um einen Kadaver aufzuheben, das Gesicht verzog, und wenn der Sack schließlich voll war, trug er einen weißen, gequälten Zug um den Mund. Er schlug vor, daß wir, um die Sache zu feiern, angeln gehen sollten, zum Kalodighi, dem großen See am anderen Ende des Dorfes.

Wir machten uns am nächsten Morgen ganz früh auf den Weg, als die hohen Gräser neben dem Wiesenweg noch gebeugt standen und von Tau glänzten. Großvater-Onkel trug die Stöcke, den kleinen Blecheimer mit den Würmern, die er im Morgengrauen gesammelt hatte, und ein Messer, mit dem er den Fisch, den wir fingen, ausnehmen wollte. Ich hielt das zusammengeknotete Tuch umklammert, in das Mutter *chapatis* und Kartoffelcurry für unser Mittagessen gepackt hatte und zudem noch einige Bällchen *sandesh*, aus neuem Jagrezucker, als besondere Nascherei zum Dessert. Von Zeit zu Zeit machte ich vor Aufregung kleine Hüpfer, denn obwohl ich schon viel über den Kalodighi gehört hatte, wo das Wasser so tief war, daß es schwarz aussah, und wo es die besten und größten Fische gab, so hatte mich Großvater-Onkel doch bisher noch nicht dorthin mitgenommen. Vielleicht würde es mir heute endlich gelingen, einen wirklich großen Fisch zu fangen, so daß Großvater-Onkel und Mutter stolz auf mich wären.

Als ich sah, wie weit, weit sich das Wasser des Kalodighi bis zum Horizont erstreckte, glänzend und schwarz, so wie Großvater-Onkel es beschrieben hatte, da wußte ich, daß dies der größte See der Welt sein mußte. In der Nähe des Ufers kräuselten sich kleine Wellen, aber in der Mitte des Sees war das Wasser so ruhig und mächtig und tief, daß es alle Vorstellungskraft überstieg.

»Mir kommt es fast vor, als ob ein Geheimnis darin verborgen liegt«, flüsterte ich Großvater-Onkel zu und fürchtete, daß er mich nicht verstehen würde. Aber er nickte und flüsterte zurück, daß er genau wisse, was ich damit meinte. Schweigend saßen wir unter den mächtigen rötlich-grünen Blättern eines Bananenbaumes und beobachteten für eine Weile das Wasser. Libellen huschten von Lotusblatt zu Lotusblatt, der Duft von *champa*-Blüten lag wie ein Hauch in der Luft. Ich lehnte meinen Kopf gegen Großvater-Onkels Hemd, das immer kräftig nach Tabak roch, und meine ganze Brust schmerzte, weil ich mir nichts sehnlicher wünschte, als den Rest des Lebens auf diese Weise verbringen zu dürfen.

Aber schon bald war es Zeit für das Mittagessen. Wir aßen die weichen *chapatis* und das würzige *alu*-Curry, das ich so gern mochte, auch wenn es meine Augen zum Tränen brachte. Und die süßen *sandesh*-Bällchen schmolzen mir auf der Zunge – genau wie ich gehofft hatte. Wir schöpften das kühle Seewasser mit den Händen und tranken es. Es war sogar noch süßer als die Bällchen.

»Nächste Woche werde ich dir das Schwimmen beibringen«, sagte Großvater-Onkel, während er seine Angelrute vorbereitete. Er lachte, als er sah, wie die Aufregung sich über meinem Gesicht ausbreitete. Ich hatte ihn immer und immer wieder um Schwimmunterricht gebeten, aber bisher hatte er nur den Kopf geschüttelt. »Ich dachte mir, ich sollte es tun, bevor ich zu alt dazu bin«, fügte er erklärend hinzu.

Ich wußte, daß er scherzte, denn er konnte niemals zu alt sein, und das sagte ich ihm auch. Aber er lächelte nur und rieb sich über die Brust, wie er es oft tat, und befahl mir, auf meine Angelrute zu achten.

Den Rest des Nachmittags fischten wir – oder saßen, besser gesagt, abwartend neben unseren Stöcken und hofften, daß die schläfrigen Fische aufwachen und anbeißen würden. Ich hatte wie immer Pech, aber als die Sonne so rot wie das Ehe-*bindi* auf Mutters Stirn über dem See hing, da fing Großvater-Onkel einen großartigen *rui*-Fisch, der eine Gischt von Regenbogenwasser in die Höhe wirbelte, während er am Ende der Leine hüpfte und zappelte. Als Großvater-Onkel den Bauch des Fisches aufschnitt, lag ein silberner Ring darin. Er sagte nichts, aber ich bemerkte, daß sogar er aufgeregt war. Als er den breiten Reif, in den Worte in einer Sprache eingraviert waren, die keiner von uns beiden lesen konnte, im See wusch, da glitzerte er in dem dunklen Wasser.

»Das hier muß der Wunderring des Zauberers von Kalodighi sein, der, der alle Wünsche erfüllt«, sagte er und hielt mir den Ring hin. »Siehst du die alte Schrift, die dort eingraviert ist? Einmal, als der Zauberer in seinem seidenen Vergnügungsboot schlief und dabei die Hand ins kühle Wasser hängen ließ, kam ein rui-Fisch an die Oberfläche und biß seinen Ringfinger ab …«

»Großvater-Onkel!« rief ich protestierend und warf

ihm einen forschenden Blick zu, um zu sehen, ob er ein Funkeln in den Augen hatte wie in den Momenten, wenn er mir Geschichten von Hexen und Wasserfeen erzählte.

»Jeder kennt die Geschichte«, sagte er, ließ den Ring in die Tasche seiner *kurta* gleiten und nickte mir ernst zu. »Wenn du mir nicht glaubst, frag deine Mutter, wenn wir nach Hause kommen.«

Als wir an jenem Abend nach Hause kamen, hatte ich keine Gelegenheit, Mutter irgend etwas zu fragen. Sie wartete auf der Veranda auf uns und hielt einen Briefumschlag in der Hand, was mich wunderte, da wir niemals irgendwelche Briefe bekamen.

»Er ist von ihm«, erwiderte sie als Antwort auf die Frage in unseren Augen. »Er möchte, daß wir zurückkommen. Er verspricht, daß es nicht wieder passieren wird.«

Der Blecheimer glitt Großvater-Onkel aus der Hand und fiel klappernd die Stufen hinunter. Er setzte sich schwerfällig hin und lehnte sich gegen die Lehmwand. »Woher weiß er, wo du bist?«

Mutter blickte zur Seite. Sie hielt den Umschlag so fest umklammert, daß ihre Fingerspitzen weiß wurden. »Ich habe ihm geschrieben.« Und dann fügte sie verteidigend hinzu: »Ich habe es nicht mehr ausgehalten, die starrenden Blicke und das Flüstern der Frauen unten auf dem Markt. Diese schreckliche Einsamkeit ohne ihn.«

Großvater-Onkel hob den Kopf und stellte fest, daß ich aufmerksam zuhörte. Er langte in seine *kurta*-Tasche und kramte nach einer Münze. Dann bat er mich, ihm etwas Tabak aus Kestos Laden zu holen. Ich rannte den ganzen Weg dorthin und auch wieder zurück, aber als ich am Haus ankam, hatten sie ihr Gespräch schon beendet, und Mutter forderte mich auf, früh zu Bett zu gehen, da wir am nächsten Morgen abreisen würden.

»Aber ich kann jetzt nicht weg! Großvater-Onkel will mir das Schwimmen beibringen!«

Ein vages Lächeln umspielte ihre Lippen, und mir war klar, daß sie gar nicht richtig zuhörte. Ich mußte es noch einige Male wiederholen, ehe sie mir antwortete, daß ich einen Schwimmkurs besuchen könne, sobald wir wieder in Kalkutta seien.

»Aber ich will in keinen Schwimmkurs! Ich will Großvater-Onkel!« Ich trat gegen die Taschen, die sie bereits gepackt hatte, bevor Großvater-Onkel und ich vom See zurückgekommen waren. Ich suchte nach Worten für all die Dinge, die in meinem Inneren brodelten. Aber das einzige, was aus meinem Mund herauskam, war: »Ich hasse dich! Ich hasse dich!«

Großvater-Onkel nahm mich mit nach draußen und ermahnte mich, nicht so mit Mutter zu reden. Er erklärte mir, daß sie viele Probleme habe und ich ihr gerade jetzt eine gute Tochter sein und mithelfen müsse, auf sie aufzupassen. Er hielt mich auf seinem Schoß und streichelte mir über das Haar, während er sprach, ganz so, als ob ich ein Baby wäre, und ich protestierte nicht dagegen, wie ich es normalerweise getan hätte. Dann zeigte er mir bis zum Abendessen die verschiedenen Sterne und erzählte mir ihre Geschichte. Er deutete auf den schwarzen Krieger mit seinem Schwert, auf die sieben weisen Männer, die wissen, wann das Ende der Welt kommen wird, und auf den Dhruva-Stern, der nach dem kleinen Jungen benannt ist, der in den Wald ging und dort Gott traf.

Spät in der Nacht weckte mich ein Geräusch. Zuerst dachte ich, es sei Mutter, die wieder weinte, aber dann wurde mir klar, daß es aus dem Alkoven kam, wo Großvater-Onkel schlief, seit er uns sein Schlafzimmer überlassen hatte. Ich schlich auf Zehenspitzen hinüber. Er lag mit aufgeknöpfter *kurta* da, rieb sich die Brust, atmete schwer und bemühte sich, leise zu sein.

»Wo tut es dir weh, Großvater-Onkel?«

Er deutete auf seine Brust, und ich rieb sie für eine Weile, spürte die drahtigen, weißen, krausen Haare unter meiner Handfläche. Dann sagte er, daß er sich schon viel besser fühle, und drängte mich, wieder zu Bett zu gehen, damit Mutter nicht wach wurde.

»Erzähl ihr nichts davon«, flüsterte er, als ich bereits an der Tür angelangt war. »Sie würde sich nur sorgen.«

Am nächsten Morgen sah er so normal aus wie immer, und ich fragte mich, ob ich das Ganze wohl nur geträumt hatte. Er trug unsere Taschen zum Bahnhof und segnete uns, als wir seine Füße berührten. Und kurz bevor wir losfuhren, ließ er etwas, das in ein Stück Stoff eingewickelt war, in meine Handfläche gleiten.

»Mach es erst auf, wenn du im Zug bist«, flüsterte er mir ins Ohr. Dann richtete er sich auf und sagte laut: »Das nächste Mal, wenn du hier bist, werden wir zusammen schwimmen gehen.«

»Bestimmt«, erwiderte Mutter und lächelte mich an. »Und dann kannst du Onkel zeigen, wie gut du es gelernt hast.«

Ihre Augen glänzten und strahlten, und so nickte ich und bemühte mich, zurückzulächeln, obwohl sich meine Lippen steif und trocken anfühlten, die Winkel kurz vor dem Reißen waren – wie Leder-*chappals*, die zu lange in der Sonne gelegen haben.

Der Zug bewegte sich. Großvater-Onkel winkte uns vom Bahnsteig aus zu, und ich winkte zurück, reckte den Hals durch das Fenster, damit ich ihn so lange wie möglich sehen konnte – auch wenn mich Mutter warnte, daß ich Kohlenstaub in die Augen bekommen würde.

»Ich verstehe nicht, warum du dich so beträgst«, sagte sie ein wenig gereizt, als ich mich endlich hinsetzte. »Wir können ihn doch alle drei in den nächsten *puja*-Ferien wieder besuchen.«

Ich hätte ihr gern erzählt, wie Großvater-Onkel, als der Zug an Schnelligkeit gewann, immer kleiner und kleiner geworden war, bis er nur noch die Größe eines Streichholzpüppchens hatte, um schließlich ganz zu verschwinden. Aber Mutter runzelte die Stirn, biß sich auf die Unterlippe und kramte in ihrer Handtasche, so daß ich es für mich behielt. Statt dessen blickte ich zum Himmel hinauf. Er hing voller Monsunwolken, die schwarz und faltig waren wie Fledermausflügel. In dem Moment wußte ich, daß sie mich getäuscht hatte, daß nichts so werden würde, wie sie es versprach.

Ich wandte mich ihr zu, und ein mächtiger, heißer Zorn, geschmolzenem Metall gleich, erfüllte meine Arme und Beine, stieg vom Bauch in die Kehle auf, damit ich ihn hervorspucken konnte, ihr entgegen. Ich sammelte schon meinen Atem dafür. Doch als ich ihre Augen sah, die aufs neue über den Brief hinwegglitten und so weit aufgerissen waren wie die eines kleinen Mädchens, da wurde mir klar, daß sie nicht mit Absicht gelogen hatte. Sie *wußte* einfach nicht, was ich bereits wußte.

Das Abteil schien sich mit einer langsamen Bewegung auf den Kopf zu drehen, so daß ich mich gegen die harte Holzbank zurückfallen lassen mußte. Alles, was ich betrachtete – Bänke, Koffer, Fenster, Himmel –, schien auf dem Kopf zu stehen. Ob es wohl jemals wieder in Ordnung kommen würde?

»Ich habe dir ja prophezeit, daß dich der ganze Kohlenstaub krank machen wird«, sagte Mutter mit einem Anflug von Befriedigung in der besorgten Stimme. »Hier, du solltest lieber etwas *amchur* nehmen.«

Ich schob schweigend eine Prise des sauren Pulvers unter meine Zunge. Als Mutter sich wieder ihrem Brief zuwandte, ging ich zum Fenster hinüber und legte die Stirn gegen die rostigen Stangen. Und während ich darauf wartete, daß sich die samt-grünen Felder mit jungem Reis wieder in Stadtmauern verwandelten, die mit Ruß und Graffiti und ausgespuckten Pfropfen Betelblättern übersät waren, hielt ich das Päckchen, das Großvater-Onkel mir gegeben hatte, fest umklammert in meiner Hand. Ich brauchte es nicht aufzumachen. Ich wußte auch so, was sich darin befand.

Ich hielt ihn lange versteckt, den silbernen Ring von unserem Fisch. Hielt ihn tief unten in der Schublade mit Unterwäsche verborgen oder in der Tasche eines staubigen Koffers. Ich wechselte die Verstecke oft, damit Mutter ihn nicht finden und Fragen stellen würde. Nicht etwa, daß sie es getan hätte – es gab ernstere Dinge, um die sie sich sorgen mußte. Von Zeit zu Zeit, wenn diese Dinge schlimm wurden, schloß ich mich in meinem Zimmer ein, holte den Ring hervor und hielt ihn in meiner Hand, bis das kühle Metall blutwarm geworden war. Ich ließ meine Finger über die Schriftzeichen gleiten und wünschte mir sehnlichst, ich würde den Zauberspruch kennen, damit er mich zu jenem Tag mit Großvater-Onkel am See zurückbrachte. Manchmal preßte ich den Ring an meine Lippen und flüsterte Worte, die ich aus Bibliotheksbüchern über Zauberei auswendig gelernt hatte. Aber keiner dieser Sprüche funktionierte jemals –

also handelte es sich vielleicht doch nicht um einen Zauberring. Und trotzdem nahm ich ihn überall mit hin, wo Mutter und ich hinzogen. Selbst, wenn wir mit sehr wenig Gepäck und sehr schnell abreisen mußten. Ich wußte nie, was Vater mit den Dingen, die wir zurückließen, anstellen würde. Einmal verbrannte er alles. Einmal warf er die Sachen auf den Müll. Als wir zurückkehrten, kaufte er uns alles strahlend neu, ganz so, als sei die Vergangenheit nur ein Wort, ohne wirkliche Bedeutung.

Dann, einmal, mußten wir mitten in der Nacht fort, zu plötzlich, um irgend etwas mitnehmen zu können. Mutter stolperte hinter mir den dunklen Korridor entlang – wir hatten nicht gewagt, das Licht einzuschalten – und preßte das wattierte Ende ihres Saris gegen das Gesicht. Das Blut sickerte durch das Weiß wie eine dunkle, verschrumpelte Blume. Ich zerrte an ihrer Hand, um sie anzutreiben. Meine eigene Schulter pochte, weil Vater mich bei meinem Versuch, ihn aufzuhalten, gegen die Wand geschleudert hatte. Als wir einige Wochen später zurückkamen (dieses Mal sogar schon, bevor unsere blauen Flecken ganz verblaßt waren), suchte ich überall nach dem Ring. Aber er war verschwunden.

Kleider

Das Wasser des Frauensees schwappt kühl und beruhigend gegen meine Brüste. Ich spüre, wie es langsam die heiße Nervosität von meinem Körper wäscht. Die kleinen Wellen kitzeln meine Achselhöhlen, lassen meinen Sari um mich herumfließen, naß und gelb wie eine Sonnenblume nach dem Regen. Ich schließe die Augen und atme den süßen, braunen Geruch des *ritha*-Breis ein, den meine Freundinnen Deepali und Radha in mein Haar einmassieren, damit es heute abend wie mit kleinen Lichtern glänzen wird. Sie schrubben mit mehr Nachdruck als gewöhnlich und waschen die Haare sorgfältiger aus, weil heute ein ganz besonderer Tag ist. Heute ist der Tag meiner Brautschau.

»Ei, Sumita! Mita! Bist du taub?« erkundigt sich Radha. »Jetzt habe ich dir schon zum dritten Mal die gleiche Frage gestellt.«

»Sieh sie dir an, sie träumt schon von ihrem Ehemann und hat ihn noch gar nicht gesehen!« scherzt Deepali. Dann fügt sie hinzu – und der Neid in ihrer Stimme ist nur halb verborgen –: »Was kümmern einen schon Freundinnen aus einem alten indischen Dorf, wenn man in Amerika leben wird?«

Ich möchte es gern leugnen, möchte sagen, daß ich sie immer lieben werde, ebenso wie all die Dinge, die wir in den Jahren des Heranwachsens gemeinsam getan haben: die Male, als wir die *charak*-Kirmes besuchten, wo wir immer zu viele Süßigkeiten aßen, die heißen Sommernachmittage, als die Erwachsenen schliefen und wir den Guajave-Baum im Garten des Nachbarn plünderten, die Geschichten, die wir uns erzählten, während wir einander die Haare zu kunstvollen erfundenen Mustern flochten. *Und sie heiratete den gutaussehenden Prinzen, der sie in sein Königreich hinter den sieben Meeren mitnahm.* Doch all die Aktivitäten unserer Mädchenzeit scheinen schon weit in der Vergangenheit zu liegen. Die Farben sind bereits verblaßt, wie bei alten Sepiadrucken.

Sein Name ist Somesh Sen. Er ist der Mann, der heute mit seinen Eltern in unser Haus kommen und der mein Ehemann werden wird – »wenn ich das Glück habe, ausgewählt zu werden«, wie meine Tante sagt. Er kommt den weiten Weg aus Kalifornien. Vater hat es mir gestern auf dem metallenen Globus, der auf seinem Schreibtisch steht, gezeigt: ein klobiger, rosafarbener Keil am Rande einer bunten Fläche, auf der Ver. Staaten v. Amerika zu lesen stand. Ich berührte die Stelle und spürte, wie die Aufregung einem elektrischen Schlag gleich meinen Arm hinaufsprang. Dann erstarb das Gefühl und ließ nur eine metallene Kälte an meinen Fingerspitzen zurück.

Zum ersten Mal wurde mir bewußt, daß ich, falls die Sache so ausging, wie alle es sich erhofften, um die halbe Welt reisen würde, um mit einem Mann zusammenzuleben, den ich noch nicht einmal kennengelernt hatte. Ob ich wohl meine Eltern jemals wiedersehen würde? *Schickt mich nicht so weit fort,* hätte ich am liebsten gerufen, aber das tat ich natürlich nicht. Ich wollte nicht undankbar sein. Vater hatte sich solche Mühe gegeben, um diese gute Partie für mich ausfindig zu machen. Und belehrte mich Mutter nicht immer, daß es das Schicksal einer jeden Frau sei, das Bekannte für das Unbekannte aufzugeben? Sie hatte es getan, und auch ihre Mutter vor ihr. *Eine verheiratete Frau gehört zu ihrem Mann und dessen Verwandten.* Diese Ungerechtigkeit ließ unter meinen Lidern heiße Tränen stechen.

»Mita Moni, kleines Juwel«, rief mich Vater bei meinem Namen aus der Kindheit. Er streckte die Hand aus, als wolle er mein Gesicht berühren, und ließ sie dann aber an seiner Seite hinabfallen. »Er ist ein anständiger Mann. Kommt aus einer feinen Familie. Er wird gut zu dir sein.« Er schwieg für eine Weile. Schließlich sagte er: »Komm, ich zeige dir den Sari, den ich dir für die Brautschau in Kalkutta gekauft habe.«

»Bist du nervös?« fragt Radha, als sie mein Haar in ein weiches Baumwollhandtuch wickelt. Ihre Eltern bemühen sich ebenfalls, eine Heirat für sie zu arrangieren. Bisher sind drei Familien gekommen, um sie anzusehen, aber keine hat sie gewählt, da man ihre Hautfarbe als zu dunkel erachtet. »Es muß doch schrecklich sein, nicht zu wissen, was passieren wird!«

Ich nicke, weil ich ihr nicht widersprechen möchte, weil ich vermeiden will, daß sie sich schlecht fühlt, wenn ich erwiderte, daß es manchmal schlimmer ist, wenn man weiß, was passieren wird – so wie ich es weiß. Es war mir sofort klar, als Vater seinen Mahagoni-*almirah* öffnete und den Sari herausnahm.

Es war der teuerste Sari, den ich jemals gesehen hatte, und gewiß auch der schönste. Er war in einem hellen Rosa gehalten, wie der Himmel über dem Frauensee in der Morgendämmerung. Die Farbe des Übergangs. Und er war mit winzigen Sternen übersät, die mit echten *zari* gestickt waren.

»Hier, nimm ihn einmal«, forderte Vater mich auf.

Der Sari lag seidig-glatt und unerwartet schwer in meinen Händen. Ein Sari, in dem man sich vorsichtig bewegen mußte. Ein Sari, der das Leben verändern konnte. Ich stand da, hielt ihn fest und hätte am liebsten geweint. Wenn ich ihn trug, das wußte ich, würde er in gleichmäßigen Falten bis zu meinen Füßen an mir herabfallen und im Licht der Abendlampen schimmern. Er würde Somesh und seine Eltern blenden, und sie würden mich zu seiner Braut erwählen.

Als das Flugzeug abhebt, bemühe ich mich, ruhig zu bleiben und ganz tief und langsam zu atmen, wie es Vater immer tut, wenn er seine Yogaübungen macht. Aber meine Hände krampfen sich in den Falten meines Sari zusammen, und als die *Fasten-seat-belt-* und *No-smoking-*Anzeigen ausgegangen sind und ich meine Finger zwinge, sich zu öffnen, entdecke ich, daß sie feuchte Flecken auf dem feinen, zerdrückten Stoff hinterlassen haben.

Wir hatten einige Auseinandersetzungen wegen dieses Saris. Ich wollte einen blauen für die Reise, da Blau die Farbe der Möglichkeit ist, die Farbe des Himmels, durch den ich fliegen sollte. Aber Mutter bestand darauf, daß Rot darin sein müsse, da Rot die Farbe des Glücks für verheiratete Frauen ist. Schließlich fand Vater einen Sari, der uns beide zufriedenstellte: einen mitternachtsblauen mit einer schmalen roten Borte in der gleichen Farbe wie das Heiratsmal, das ich auf der Stirn trage.

Es fällt mir schwer, mich selbst als verheiratete Frau zu begreifen. Ich flüstere meinen neuen Namen vor mich hin: Mrs. Sumita Sen, aber die Silben rascheln unbehaglich in meinem Mund, wie steifer, noch nicht getragener Satin.

Somesh mußte eine Woche nach der Hochzeit wieder nach Amerika zurück. Er müsse wieder in den Laden, hatte er mir erklärt. Das habe er seinem Partner versprochen. Der Laden. Er kommt mir wirklicher vor als Somesh selbst. Das mag daran liegen, daß ich mehr über ihn weiß. Denn über diesen Laden haben wir in der Nacht nach der Hochzeit, der ersten Nacht, in der wir allein waren, am meisten geredet. Er ist vierundzwanzig Stunden lang geöffnet, dieser Laden, ja, die ganze Nacht hindurch, jede Nacht, nicht wie die indischen Läden, die zur Essenszeit am Abend schließen und manchmal auch in der heißesten Zeit am Nachmittag. Deshalb brauchte ihn sein Partner dort.

Der Laden nannte sich *7-Eleven*. Ich hielt das für einen seltsamen Namen, exotisch, gewagt. Die Läden, die ich kannte – zum Beispiel *Ganesh Süßwaren* oder auch *Lakshmi Vastralaya für feine Saris* –, waren fromm nach Göttern benannt, damit sie ihren Besitzern Glück brachten.

Der Laden verkaufte alle möglichen erstaunlichen Dinge: Apfelsaft in Pappkartons, die niemals leckten, amerikanisches Brot, das bereits geschnitten und in Zellophan verpackt war, Schachteln mit Kartoffelchips, in denen eine große, körnige Scheibe wie die andere aussieht. In dem riesigen Kühlschrank mit den Glastüren, durch die man hineinsehen konnte, standen Bier und Wein, die, wie Somesh mir erklärte, die beliebtesten Waren darstellten.

»Damit macht man besonders in der Gegend, in der unser Laden liegt, das meiste Geld«, sagte Somesh und lächelte, als er den schockierten Ausdruck auf meinem Gesicht sah. (Die einzigen Orte, von denen ich wußte, daß dort Alkohol verkauft wurde, waren die Palmwein-

Läden im Dorf. Vater bezeichnete sie als »dunkle, stinkende Lasterhöhlen.«) »Viele Amerikaner trinken, mußt du wissen. Es ist Teil ihrer Kultur und wird nicht als unmoralisch angesehen, wie es hier der Fall ist. Im Grunde ist auch nichts Schlimmes dabei.« Er berührte meine Lippen leicht mit seinem Finger. »Wenn du erst in Kalifornien bist, werde ich dir etwas süßen Weißwein mit nach Hause bringen, und du wirst sehen, wie gut du dich danach fühlst…« Seine Finger begannen über meine Wangen und meinen Hals zu streicheln und wanderten tiefer. Ich schloß die Augen und bemühte mich, nicht zurückzuweichen, denn schließlich war dies meine Pflicht als Ehefrau.

»Es hilft, wenn du dabei an etwas anderes denkst«, hatte meine Freundin Madhavi gesagt, als sie mich vor dem warnte, was die meisten Ehemänner in der ersten Nacht verlangten. Sie war seit zwei Jahren verheiratet, hatte bereits ein Kind und war mit dem zweiten schwanger.

Ich versuchte an den Frauensee zu denken, an das dunkle, wolkige Grün der *shapla*-Blätter, die auf dem Wasser trieben, aber seine Lippen fühlten sich heiß an auf meiner Haut, seine Finger spielten ungeschickt an den Knöpfen, zerrten an dem Baumwoll-Nachtsari, den ich trug. Ich bekam keine Luft.

»Beiß ganz fest auf deine Zunge«, hatte Madhavi mir geraten. »Der Schmerz wird deinen Verstand von dem abhalten, was dort unten vor sich geht.«

Aber als ich zubiß, tat es so weh, daß ich aufschrie. Ich konnte es einfach nicht verhindern, obwohl ich mich dafür schämte. Somesh hob den Kopf. Ich weiß nicht, was er in meinem Gesicht sah, aber er hielt sofort inne. »Schhh«, sagte er, obwohl ich mich bereits zum Verstummen gebracht hatte. »Das ist schon in Ordnung, wir werden warten, bis dir danach ist.« Ich versuchte, eine Entschuldigung hervorzubringen, aber er lächelte sie fort und begann wieder, mir von dem Laden zu erzählen.

Und so ging es weiter bis zum Ende der Woche, als er schließlich abreiste. Wir lagen nebeneinander auf dem großen, weißen Brautkissen, das ich mit einem Taubenpaar bestickt hatte, das Harmonie in meine Ehe bringen sollte, und Somesh beschrieb mir, wie die Schaufenster des Ladens dekoriert waren, erzählte mir von dem blinkenden Dewar-Neonschild und dem erleuchteten Budweiser-Wasserfall, der *sooo groß* war. Ich beobachtete, wie seine Hände sich aufgeregt durch die dämmrige Luft des Schlafzimmers bewegten, und dachte, daß Vater recht gehabt hatte – er war ein anständiger Mann, mein Ehemann, ein liebenswürdiger, geduldiger Mann. Und er sah zudem gut aus, fügte ich im stillen hinzu und warf einen flüchtigen Blick auf sein ausgeprägtes Kinn. Womit hatte ich ein solches Glück nur verdient?

In der Nacht, bevor er abreiste, gestand Somesh mir, daß der Laden noch nicht viel Geld abwarf. »Aber ich mache mir keine Sorgen, ich bin sicher, daß es bald anders wird«, fügte er hinzu, während seine Finger mit der Borte meines Saris spielte. »Ich möchte nur nicht, daß du einen falschen Eindruck hast und vielleicht enttäuscht bist.«

Im Halbdunkel konnte ich erkennen, daß er sich mir zugewandt hatte. Sein Gesicht mit den beiden senkrechten Falten zwischen den Brauen wirkte jung, ängstlich und schutzbedürftig. Einen solchen Ausdruck hatte ich noch niemals auf dem Gesicht eines Mannes gesehen. Etwas stieg wie eine Welle in mir auf.

»Schon gut«, sagte ich, wie zu einem Kind, und zog

seinen Kopf auf meine Brust herunter. Sein Haar roch leicht nach den amerikanischen Zigaretten, die er rauchte. »Ich werde nicht enttäuscht sein. Ich werde dir helfen.« Und eine plötzliche Freude erfüllte mich.

In jener Nacht träumte ich, ich wäre in dem Laden. Sanfte amerikanische Musik plätscherte im Hintergrund dahin, während ich zwischen den Regalen hindurchging. Sie waren bis oben mit leuchtend bunten Dosen und Flaschen gefüllt, deren Hälse sich elegant in die Höhe schwangen und deren Etiketten man sorgfältig nach vorn gedreht hatte. Alles war sauber geputzt und glänzte.

Nun, da ich in dieser Metallhülle sitze, die durch die Leere dahinsaust, versuche ich mich an andere Dinge zu erinnern, die ich mit meinem Ehemann verbinde: wie zärtlich seine Hände gewesen waren und seine Lippen – so weich, wie die einer Frau. Wie ich mich in diesen unendlich langen Nächten, in denen ich darauf wartete, daß mein Visum eintreffen würde, nach ihnen gesehnt hatte. Ich stelle mir vor, wie er mich hinter dem Zoll erwartet, wie ich auf ihn zutrete und er sein Gesicht auf das meine herabsenkt. Wir werden uns unbekümmert wie Amerikaner vor all den Menschen küssen, zurückweichen, einander in die Augen sehen und lächeln.

Aber während ich darüber nachdenke, fällt mir plötzlich auf, daß ich mich nicht mehr an Someshs Gesicht erinnern kann. Ich versuche es immer und immer wieder, bis mein Kopf schmerzt, aber alles, was ich sehe, ist diese schwarze Luft, die draußen um das Flugzeug herumwirbelt, und die zu dünn ist zum Atmen. Mein Atem wird holperig vor Panik, wenn ich daran denke, und mein Mund füllt sich mit einer sauren Flüssigkeit, wie man sie schmeckt, kurz bevor man sich übergeben muß.

Ich suche nach etwas, an dem ich mich festhalten kann, etwas Wundervollem, einem Glücksbringer gleich, aus meinem alten Leben. Und dann erinnere ich mich. Irgendwo unter mir, tief im Bauch des Flugzeugs, in meinem neuen, braunen Koffer, der mit Hunderten von anderen dort in der Dunkelheit gestapelt ist, sind meine Saris. Dicke Kanjeepuram-Seide in kräftigem Purpur und goldenem Gelb, dünne, handgewebte Baumwolle aus der ländlichen Gegend Bengalens, grün wie eine junge Bananenpflanze, grau wie der Frauensee an einem Monsunmorgen. Ich spüre, wie sich meine Schultern entspannen, mein Atem ruhiger wird. Mein Heirats-Benarasi, in flammendem Orange, mit einem weiten *palloo* aus tanzenden, in Gold gestickten Pfauen. Die in Falten gelegten *dhakais*, so fein, daß man die Stoffe durch einen Ring ziehen kann. Mutter hat in jede Falte ein kleines Säckchen mit Sandelholzpulver gelegt, um die Saris vor den unbekannten Insekten Amerikas zu schützen. Kleine Seidensäckchen, die sie aus *ihren* alten Saris gefertigt hat – ich kann ihren beruhigenden Duft riechen, während ich zusehe, wie die amerikanische Stewardeß den Wagen mit dem Abendessen auf meinen Platz zuschiebt. Es ist der Duft von Mutters Händen.

Da weiß ich, daß alles gut werden wird. Und als die Stewardeß ihren lockigen Goldkopf herabbeugt, um mich zu fragen, was ich gern essen möchte, da verstehe ich jedes ihrer Worte, obwohl sie mit einem fremden Akzent spricht – und ich antworte ihr, ohne ein einziges Mal über die ungewohnten englischen Sätze zu stolpern.

Spät am Abend stehe ich vor unserem Schlafzimmerspiegel und probiere ein paar Kleidungsstücke an, die Somesh mir gekauft und an seinen Eltern vorbeigeschmuggelt hat. Ich spiele Mannequin für ihn, spaziere hin und her, die Hände hinter dem Kopf verschränkt, die Lippen schmollend gespitzt, die linke Hüfte vorgeschoben, wie ich es bei den Mannequins im Fernsehen gesehen habe, während er flüsternd Zustimmung äußert. Mein unterdrücktes Lachen macht mich ganz atemlos (Vater und Mutter Sen dürfen uns nicht hören), und meine Wangen glühen von der köstlichen Aufregung der Verschwörung. Wir haben ein Handtuch in den Schlitz unten an der Tür gestopft, damit kein Licht nach außen dringen kann.

Ich trage gerade ein Paar Jeans, bewundere die Rundungen meiner Hüften und Oberschenkel, die bisher immer unter den fließenden Linien der Saris verborgen waren. Mir gefällt die Farbe. Es ist das gleiche blasse Blau, wie es die *nayantara*-Blumen tragen, die im Garten meiner Eltern wachsen. Welch ein kräftiges, tröstliches Gewicht. Passend zu der Jeans gibt es ein enganliegendes T-Shirt, unter dem sich meine Brüste abzeichnen.

Ich schimpfte mit Somesh, um mein verlegenes Vergnügen vor ihm zu verbergen. Er hätte so etwas Verschwenderisches nicht tun sollen. Das können wir uns nicht leisten. Er lächelt nur.

Die Farbe des T-Shirts ist Sonnenaufgangs-Orange – für mich die Farbe der Freude, meines neuen, amerikanischen Lebens. Über die Mitte steht in großen, schwarzen Buchstaben *Great America* geschrieben. Ich war mir sicher, daß sich der Schriftzug auf das Land bezieht, aber Somesh erklärte mir, daß es sich um den Namen eines Vergnügungsparks handle, eines Ortes, an den sich die Leute begeben, um Spaß zu haben. Welch eine wundervolle neue Idee. Über den Buchstaben befindet sich das Bild eines Zugs. Aber es ist gar kein Zug. Somesh erklärte mir, daß es sich um eine Achterbahn handelt. Er versucht, mir zu beschreiben, wie sich die Wagen fortbewegen, erzählt von der verrückten Geschwindigkeit, dem Schwindel, wenn der Boden wegzurutschen scheint, gibt dann aber auf. »Ich werde dich einmal dorthin mitnehmen, Mita, Liebling«, sagt er. »Sobald wir in unsere eigene Wohnung gezogen sind.«

Das ist unser Traum (mehr der meine als der seine, vermute ich): aus diesem Zwei-Zimmer-Appartement auszuziehen, wo es mir so vorkommt, als bliebe keine Luft mehr übrig, wenn wir einmal alle zugleich einatmen würden. Wo ich meinen Kopf mit dem Saum meines japanischen Nylonsaris bedecken muß (meine teuren indischen werden für besondere Gelegenheiten aufgespart, wie die Ausflüge zum Tempel und das bengalische Neujahr) und wo ich den alten Frauen, die Mutter Sen besuchen kommen, Tee serviere und als gute indische Frau meinen Ehemann niemals mit seinem Namen ansprechen darf. Wo wir uns sogar in unserem Bett mit schlechtem Gewissen küssen und unbehaglich auf das verräterische Quietschen der Sprungfedern lauschen. Manchmal lache ich in mich hinein, wenn ich über die Ironie der Situation nachdenke. Nach all meinen Ängsten vor Amerika stellt sich nun heraus, daß mein Leben sich nicht von dem unterscheidet, das Deepali oder Radha führen. Aber in anderen Momenten fühle ich mich in dieser Welt gefangen, wo mir alles wie festgefroren vorkommt, wie die Szenerie in einem Glasbriefbeschwerer. Es ist eine so kleine Welt, daß ich, würde ich meine Arme ausstrecken, an die kalten, unnachgiebigen Wände stoßen müßte. Ich stehe inmitten dieser Glaswelt, sehe hilflos zu, wie Amerika vorübereilt, und möchte am liebsten schreien. Dann schäme ich mich. Mita, ermahne ich mich, du verwestlichst. Zu Hause hättest du niemals so empfunden.

Wir müssen Geduld haben. Das weiß ich. Taktvolle, liebevolle Kinder sein. Das ist die indische Art. »Ich bin ihr Leben«, erklärt mir Somesh, als wir nach unserem Liebesspiel ermattet nebeneinanderliegen. Das ist nicht angeberisch gemeint, sondern eine Tatsache. »Sie waren immer für mich da, wenn ich sie brauchte. Ich könnte sie niemals in irgendein Altersheim abschieben.« Für einen Augenblick verspüre ich Wut. Du denkst immer nur an sie, hätte ich am liebsten geschrien. Und was ist mit mir? Dann erinnere ich mich an meine eigenen Eltern, an Mutters Hände, die in langen Fiebernächten kühl auf meinem schweißgebadeten Körper lagen, an Vater, der mir das Lesen beibrachte und dessen Finger über die scharfen schwarzen Winkel des Alphabets wanderten und die Buchstaben wie durch Zauberei in Dinge verwandelte, die ich kannte: Wasser, Hund, Mangobaum. Also kämpfe ich gegen mein unangemessenes Verlangen an und nicke zustimmend.

Somesh hat mir eine cremefarbene Bluse mit einem langen, braunen Rock gekauft. Beides paßt wundervoll zusammen, wie die Innen- und Außenseiten einer Mandel. »Für später, wenn du anfängst zu arbeiten«, sagt er. Aber zuerst möchte er, daß ich das College besuche. Einen Abschluß mache, vielleicht als Lehrerin. Ich stelle mir vor, wie ich vor einem Klassenzimmer mit Mädchen stehe, die blonde Zöpfe und blaue Uniformen tragen – wie eine Szene aus einem englischen Film, den ich vor langer Zeit einmal in Kalkutta gesehen habe. Sie heben respektvoll die Hände, wenn ich eine Frage stelle. »Meinst du wirklich, daß ich das könnte?« erkundige ich mich. »Natürlich«, entgegnet er.

Ich bin dankbar, daß er solches Vertrauen in mich hat. Aber ich habe einen anderen Plan, einen geheimen Plan, den ich ihm erst enthüllen werde, wenn wir umziehen. Eigentlich ist es mein Wunsch, im Laden mitzuarbeiten. Ich möchte in meiner cremefarbenen und braunen Kombination (der Farbe der Erde und der Samen) hinter der Theke stehen und die Preise in die Kasse tippen. Ich stelle mir vor, wie die Schublade der Kasse aufgleitet. Selbstbewußt zähle ich grüne Dollarscheine und silberne Vierteldollar. Glänzende Kupferpennys. Ich staube Gläser ab, die auf der Theke stehen und die mit in Goldpapier eingewickelter Schokolade gefüllt sind. Rücke Plakate an der hinteren Wand zurecht, auf denen lächelnde junge Männer ihre Biergläser heben, um mit leichtbekleideten rothaarigen Frauen, die mächtige, stachelige Wimpern haben, anzustoßen. (Ich war noch nie im Laden – meine Schwiegereltern sind der Ansicht, daß sich das für eine Ehefrau nicht geziemt –, aber natürlich weiß ich genau, wie es dort aussieht.) Ich werde die Kunden mit meinem Lächeln betören, so daß sie immer und immer wiederkehren, nur damit sie hören, wie ich ihnen einen guten Tag wünsche.

In der Zwischenzeit sorge ich mit all meiner Willenskraft dafür, daß der Laden genug Geld für uns abwirft. Und zwar ganz schnell. Denn wenn wir umziehen, werden wir für zwei Haushalte zahlen müssen. Doch bisher funktioniert das noch nicht. Sie machen Verluste, erklärt mir Somesh. Sie waren gezwungen, ihren Angestellten zu entlassen. Das bedeutet, daß Somesh in den meisten Nächten die Friedhofsschicht übernehmen muß (welch ein schreckliches Wort, es ist wie eine kalte Hand, die mir das Rückgrat hinaufkriecht), weil sein Partner sich weigert, es zu tun.

»Dieser Bastard!« stieß Somesh einmal hervor. »Nur, weil er mehr Geld reingesteckt hat, glaubt er, daß er mich herumkommandieren kann. Dem werd' ich's zeigen!« Sein bösartig verzogener Mund machte mir angst. Irgendwie hatte ich angenommen, daß er niemals zornig werden könne.

Somesh verläßt oft unmittelbar nach dem Abendessen die Wohnung und kommt erst zurück, nachdem ich den Morgentee für Vater und Mutter Sen zubereitet habe. In solchen Nächten liege ich meistens wach und stelle mir vor, wie maskierte Eindringlinge im düsteren hinteren Teil des Ladens hocken, wie ich es in den Polizeiserien gesehen habe, die Vater Sen manchmal im Fernsehen anschaut. Aber Somesh beharrt darauf, daß ich mir keine Sorgen machen müsse, denn sie haben Gitterstäbe vor den Fenstern und eine Alarmanlage. »Und vergiß nicht, daß wir mit dem zusätzlich verdienten Geld schneller ausziehen können.«

Ich trage nun ein Nachthemd, mein erstes. Es ist schwarz, hat viel Spitze, glänzt ein wenig und gleitet über meine Hüften, um unerhört hoch oben, mitten auf meinen Oberschenkeln, zu enden. Mein Mund ist im Spiegel zu einem überraschten O geformt, meine Beine sind lang und bleich und weich von dem Haarentferner, den zu kaufen ich Somesh letzte Woche gebeten hatte. Die Beine eines Filmstars. Somesh lacht, als er den Ausdruck auf meinem Gesicht sieht, und sagt: »Du bist schön.« Seine Stimme verursacht ein Flattern in meinem Bauch.

»Findest du wirklich?« frage ich nach – hauptsächlich, weil ich es gern noch einmal hören möchte. Bisher hat mich noch nie zuvor jemand als schön bezeichnet. Mein Vater hätte das für ungehörig gehalten, und meine Mutter wäre der Ansicht gewesen, daß es mich eitel macht.

Somesh zieht mich nahe an sich heran. »Wunderschön«, flüstert er. »Die schönste Frau der Welt.« Seine Augen blicken nicht scherzend wie sonst. Ich möchte das Licht ausschalten, aber er sagt: »Bitte, ich möchte dein Gesicht dabei sehen.« Seine Finger ziehen die Nadeln aus meinem Haar, lösen meine Zöpfe. Die entflohenen Strähnen fallen wie dunkler Regen über sein Gesicht. Wir haben bereits entschieden, wo wir meine neue amerikanische Kleidung verstecken. Die Jeans und das T-Shirt werden auf einem Bügel zwischen Someshs Hosen in Deckung gehen, Rock, Bluse und Nachthemd sollen zusammen mit einem Sandelholzsäckchen auf dem Boden meines Koffers warten.

Ich stehe in der Mitte unseres leeren Schlafzimmers, mein Haar ist noch feucht von dem Reinigungsbad, mein Rücken dem abgezogenen Bett zugewandt, dessen Anblick ich nicht ertragen kann. Ich halte den schlichten weißen Sari in den Händen, den ich überziehen soll. Ich muß mich beeilen. Jede Sekunde wird es an der Tür klopfen. Sie haben Angst, mich zu lange allein zu lassen, Angst, daß ich mir etwas antun könnte.

Der Sari – ein dicker Schleierstoff, der sich beim Tragen in der Taille bauschen wird – ist geliehen. Weiß. Die Witwenfarbe, Farbe des Endes. Ich versuche, ihn oben in meinen Unterrock zu stopfen, aber meine Finger sind zu taub, gehorchen mir nicht. Er gleitet mir durch die Hände und ergießt sich in weißen Wellen um meine Füße. Ich trampele in einem Anfall plötzlicher Wut auf ihm herum, aber der Sari ist zu weich, gibt zu sehr nach. Ich packe ein Stück Stoff, grabe meine Zähne hinein und ziehe. Ein Gefühl grimmiger, bitterer Befriedigung überkommt mich, als ich höre, wie er reißt.

An meinem rechten Unterarm ist ein Schnitt, der bis halb zum Ellbogen hinaufreicht und immer noch brennt. Er stammt von der Armreifbrechen-Zeremonie. Die alte Mrs. Gosh, die selbst auch eine Witwe ist, hat das Ritual vollzogen. Sie nahm meine Hände in die ihren und schlug meine Arme fest auf den Bettpfosten, so daß die gläsernen Armreife, die ich trug, zerbrachen und bunte Scherben in alle Richtungen flogen. Einige landeten auf dem Leichnam, der auf dem Bett lag und mit einem Laken bedeckt war. Ich vermag ihn nicht mehr Somesh zu nennen. Er war bereits von mir gegangen. Sie nahm eine Ecke des Lakens und rieb das rote Heiratsmal von meiner Stirn. Sie weinte. Alle Frauen im Raum weinten – außer mir. Ich beobachtete sie wie vom anderen, weit entfernten Ende eines Tunnels. Ihre aufgeblähten Nasenlöcher, ihre rotgeäderten Augen, die Tränenrinnsale, salzig-zerfressen, die ihnen die Wangen hinunterliefen.

Es geschah in der Nacht zuvor. Er war im Laden. »Es ist nicht allzu schlimm«, erzählte er an Tagen, wenn er gut gelaunt war. »Nicht zu viele Kunden. Ich kann die Füße hochlegen und die ganze Nacht MTV gucken – und so laut ich will mit Michael Jackson singen.« Er hatte eine schöne Stimme, mein Somesh. Manchmal, wenn wir nachts im Bett lagen und er mich in den Armen hielt, sang er mir leise etwas vor. Hindi-Liebeslieder, *Mere Sapnon Ki Rani*, Königin meiner Träume. (Aus Respekt vor seinen Eltern sang er zu Hause keine amerikanischen Lieder, weil die solche Musik für dekadent hielten.) Ich spürte seinen warmen Atem auf meinem Haar, wenn ich einschlief.

Irgend jemand kam gestern nacht in den Laden. Er nahm das ganze Geld mit. Sogar die kleinen Rollen mit Pennys, die ich noch gemeinsam mit Somesh gewickelt hatte. Bevor er ging, leerte er das ganze Magazin seiner Waffe in die Brust meines Mannes.

»Das einzige, was mich stört«, hatte Somesh über die Nachtschichten gesagt, »ist, daß ich dich unglaublich vermisse. Ich sitze da und stelle mir vor, wie du schlafend im Bett liegst. Weißt du eigentlich, daß du im Schlaf die Hände wie ein Baby zu Fäusten ballst? Wenn wir umgezogen sind – wirst du mich dann hin und wieder nachts begleiten und mir Gesellschaft leisten?«

Meine Schwiegereltern sind liebe Menschen, gütige Menschen. Sie haben dafür gesorgt, daß der Leichnam bedeckt wurde, bevor sie mich in das Zimmer ließen. Als jemand fragte, ob mein Haar abgeschnitten werden solle, wie man es zu Hause manchmal bei Witwen tut, verneinten sie. Sie stellten mir frei, zusammen mit Mrs. Gosh im Appartement zu bleiben, statt sie zum Krematorium zu begleiten. Sie baten Dr. Das, mir etwas zur Beruhigung zu geben, als das Zittern einfach nicht aufhören wollte. Nicht ein einziges Mal behaupteten sie – wie es die Leute zu Hause im Dorf sicherlich getan hätten –, daß ich das Unglück mitgebracht hätte, das ihren Sohn so kurz nach der Hochzeit zu Tode kommen ließ.

Nun werden sie sicherlich nach Indien zurückgehen. Hier hält sie ja nichts mehr. Sie erwarten gewiß, daß ich sie begleite. Du bist wie eine Tochter für uns, werden sie sagen. Bei uns hast du ein Heim, so lange du es wünschst. Für den Rest deines Lebens. *Für den Rest meines Lebens.* Daran vermag ich im Moment noch nicht zu denken. Es macht mich schwindelig. Bruchstücke fliegen mir um den Kopf, bunt und schneidend scharf, wie die Teile eines Glasreifs.

Ich möchte, daß du aufs College gehst. Dir einen Beruf aussuchst. Ich stehe vor einer Klasse lächelnder Kinder, gefalle ihnen in meiner cremefarbenen und braunen amerikanischen Kleiderkombination. Eine gesichtslose Parade zieht an meinen Augenlidern vorüber: all die Kunden des Ladens, die ich niemals kennenlernen werde. Das Spitzennachthemd, das nach Sandelholz duftet und in seiner Schwärze in meinem Koffer wartet. Unser Sparbuch mit den 3605,33 Dollar. *Viertausend, und wir können ausziehen – vielleicht schon nächsten Monat.* Der Name der Seidenstrumpfhose, die ich mir zu meinem Geburtstag gewünscht hatte: pures Gold-Beige. Seine Lippen, so unerwartet sanft, frauenweich. Weinflaschen mit eleganten Hälsen, die von Regalen gestoßen werden und auf dem Boden zersplittern.

Ich weiß, daß Somesh nicht versucht hat, den Mann mit der Waffe aufzuhalten. Ich stelle mir seine Silhouette vor dem erleuchteten Dewar-Schild vor, die Hände in die Höhe gehoben. Er bemüht sich, seinem Gesicht den richtigen Ausdruck zu verleihen: gelassen, beruhigend, vernünftig. *Okay, nehmen Sie das Geld. Nein, ich werde nicht die Polizei rufen.* Seine Hände zittern nur ein klein wenig. Seine Augen verdunkeln sich ungläubig, als seine Finger die Brust berühren und die Feuchtigkeit fühlen.

Ich riß das Laken zur Seite. Ich mußte es einfach sehen. *Great America, hier haben Sie Spaß.* Mein Atem braust wie eine Achterbahn durch meinen Körper, mein ungelebtes Leben sammelt sich zu einem Schrei. Ich hatte Blut erwartet, eine Menge Blut, tiefes Rot-Schwarz, das seine Brust verkrustet. Aber sie müssen ihn wohl im Krankenhaus gewaschen haben. Er trug seine seidene Hochzeits-*kurta*. Gegen ihre warme Elfenbeinfarbe wirkte sein Gesicht entrückt, streng. Ich nahm das Moschusaroma seines After-shave wahr, mit dem jemand seinen Leichnam benetzt haben mußte. Es verbarg nicht ganz diesen anderen, schwachen, sauer metallischen Geruch. Den Geruch des Todes. Der Boden gab unter meinen Füßen nach, bäumte sich wie eine Welle auf.

Ich liege jetzt auf dem Boden, auf dem ausgebreiteten weißen Sari. Ich fühle mich schläfrig. Oder vielleicht ist es auch ein anderes Gefühl, für das ich keine Worte habe. Der Sari ist verführerisch weich, zieht mich in seine Falten.

Manchmal, wenn ich im See badete, entfernte ich mich von meinen Freundinnen und ihrem endlosen Geplapper. Ich schwamm mit langsamen Bewegungen auf dem Rücken zur Wassermitte, blickte zum Himmel hoch, und sein überwältigendes Blau zog mich hinauf, bis ich mich schwerelos und schwindelig fühlte. Ab und zu durchquerte ein Flugzeug das Blau, eine schmale, silberne Nadel, die durch die Wolken drang, hinein und wieder hinaus, bis sie verschwunden war. Manchmal, während ich in der Mitte des Sees dahintrieb und die Sonne auf meine geschlossenen Lider herabbrannte, kam mir der Gedanke, wie leicht es doch wäre, einfach loszulassen, hinabzusinken in die düstere, braune Lehmwelt mit ihren Wasserpflanzen, die so fein waren wie Haare.

Einmal hätte ich es beinahe getan. Ich rollte meinen Körper so fest wie eine Faust zusammen und begann, mich sinken zu lassen. Die Sonne wurde blaß und formlos, das Wasser, plötzlich so kalt, leckte zur Begrüßung an den Innenseiten meiner Ohren. Aber am Ende brachte ich es doch nicht fertig.

Nun klopfen sie an die Tür, rufen meinen Namen. Ich stemme mich vom Boden in die Höhe. Mein Körper ist beinahe zu schwer, um sich aufzurichten – ganz so, als wenn man nach langem Schwimmen aus dem Wasser klettert. Ich bin überrascht, wie lebendig diese Erinnerung ist, die ich mir so viele Jahre nicht mehr ins Gedächtnis gerufen habe. Das verzweifelte Schlagen mit Armen und Beinen, als ich mich nach oben kämpfe. Der Druck des Wassers auf mir, schwer wie Entsetzen. Das wilde Tier, das in meiner Brust gefangen ist, sich in meine Lungen krallt. Der Tag, der als sengende Luft zu mir zurückkehrt, die ich einatme, ein, ein, ein, als ob ich niemals wieder genug davon bekommen könnte.

In dem Moment weiß ich, daß ich nicht wieder zurückgehen kann. Ich habe noch keine Vorstellung, wie ich es schaffen soll, hier in diesem neuen, gefährlichen Land. Ich weiß nur, daß ich es schaffen muß. Denn überall in Indien servieren in diesem Augenblick Witwen in weißen Saris mit gebeugten, verschleierten Köpfen ihren Schwiegereltern den Tee. Tauben mit abgeschnittenen Flügeln.

Ich stehe jetzt vor dem Spiegel, hebe den Sari auf. Ich stecke das zerrissene Ende nach innen, so daß es auf meiner Haut liegt, mein Geheimnis ist. Ich bringe mich dazu, an den Laden zu denken, obwohl es weh tut. In der Abteilung mit den Kühlwaren stehen blaue Milchkartons ordentlich nebeneinander, von Someshs Hand einsortiert. Ein exotischer Duft von Hills-Brothers-Kaffee liegt in der Luft, dunkel und stark zubereitet. Zuckerüberzogene Donuts schmiegen sich glänzend ins Papier. Das Neonschild mit dem Budweiser-Emblem blinzelt wie eine verführerische Einladung.

Ich richte meine Schultern auf, stehe gerader und atme tief ein. Die Luft erfüllt mich – die gleiche Luft, die noch vor einer kleinen Weile durch Someshs Lungen gereist

ist. Der Gedanke ist wie ein unerwartetes, intimes Geschenk. Ich recke mein Kinn in die Höhe, bereite mich auf die Auseinandersetzungen der kommenden Wochen, auf die Vorhaltungen vor. Im Spiegel erwidert eine Frau meinen Blick, deren Augen besorgt und dennoch fest blicken. Sie trägt eine Bluse und einen Rock in Mandelfarben.

Silberne Gehsteige, goldene Dächer

Ich habe mich so lange auf diesen Tag gefreut, daß ich kaum zu atmen wage, als ich endlich das Flugzeug besteige. In meiner Eile remple ich die Stewardeß an, die uns an der Tür willkommen heißt. Ihr strahlendes, pinkfarbenes Lächeln paßt genau zu ihren strahlenden, pinkfarbenen Nägeln.

»Entschuldigen Sie, es tut mir wirklich ausgesprochen leid«, sage ich, wie es mir die Nonnen beigebracht hatten, in jenen alten Klassenzimmern mit den hohen Decken, die von der Brise der *neem*-Bäume des Klosters gekühlt wurden. Und das tut es wirklich. Sie ist so blond, so amerikanisch.

»Kein Problem«, erwidert sie, ihr Lächeln so golden wie das Haar, das in perfekten Locken auf ihre Schultern herabfällt. Diesen Ausdruck habe ich noch nie gehört. *Kein Problem,* flüstere ich vor mich hin, während ich den Gang entlanggehe, ganz verliebt in die exotischen Silben. *Kein Problem.* Ich befingere mein langes Haar, das zu dem gewohnten festen Zopf geflochten ist, der mir bis über die Taille reicht. Es fühlt sich drahtig und ölig an. Sobald ich in Chicago ankomme, werde ich mir einen modernen Haarschnitt machen lassen, das schwöre ich mir.

Die Luft im Flugzeug riecht anders als die Luft, die ich mein ganzes Leben in Kalkutta gekannt habe: feucht und schwer vom Geruch der Mangoblüten und der Busabgase und vom Menschenschweiß. Diese Luft hier ist trocken und kühl und hinterläßt einen leichten metallischen Nachgeschmack auf den Lippen. Ich lecke sie ab, um diesen Geschmack einzufangen, um ihn für immer zu einem Teil von mir zu machen.

Das kleine Tablett mit dem Essen ist so hübsch, so hygienisch. Das Messer und die Gabel, die in einem Plastikbeutel eingeschweißt sind, die Papierserviette mit dem Monogramm. Am liebsten hätte ich sogar die glänzende Alufolie aufbewahrt, mit der das dampfende Gericht abgedeckt ist. Ich empfinde Mitleid für meine Freundinnen – Prema, Vaswati, Sabitri –, die niemals so etwas zu sehen bekommen werden. Ich stelle mir vor, wie sie draußen vor Ramus *pakora*-Stand stehen und die würzigen, in Teig getauchten Zwiebelringe kauen, die zu essen uns unsere Eltern ausdrücklich verboten haben. Wie sie ihre Augen zu Schlitzen verziehen, um sie gegen die Sonne zu schützen – und für einen Moment nach oben blicken und das winzige silberne Flugzeug betrachten. Ich greife nach dem Praliné mit der knisternden, pinkfarbenen Hülle, das beim Dessert liegt. *Mandelsplitter* lese ich und lasse meine Finger über die unebene Oberfläche gleiten. Ich schiebe es in meine Handtasche, ziehe es aber sofort wieder hervor und lache über mein albernes Verhalten. Ich fliege in das Land der Mandelsplitter, vergegenwärtige ich mir. Die amerikanische Schokolade schmilzt so süß in meinem Mund, wie ich es gehofft hatte.

Aber dann überkommen mich die Bedenken.

Ich kenne Tante Pratima kaum, Mutters jüngere

Schwester, bei der ich wohnen werde, während ich das College besuche. Und ihren Mann, den ich Bikram-Onkel nennen soll, kenne ich überhaupt nicht. Sie haben Indien eine Woche nach ihrer Hochzeit verlassen (damals war ich acht) und sind seither nicht ein einziges Mal zurückgekehrt. Tante ist nicht gerade eine große Briefeschreiberin. Jedes Jahr, zum Bijoya, schickt sie uns eine Karte, auf der sie uns wissen läßt, wie sehr sie uns vermißt – und das ist alles. Als Antwort auf meinen Brief, in dem ich um die Erlaubnis bat, bei ihr wohnen zu dürfen, schrieb sie zurück: *Ja, natürlich, aber wir leben sehr einfach.*

Ich war mir nicht ganz sicher, wie ich diese Antwort einzuordnen hatte. Alle Frauen, die ich kenne – meine Mutter, ihre Freundinnen, meine anderen Tanten –, sind lebhafte Rednerinnen, erfüllen faule, hitzedunstige Nachmittage mit langen, schwatzhaften Geschichten, während sie ihren Tee trinken und Betelblätter kauen und so laut lachen, daß sie die *ghu-ghu*-Vögel aufscheuchen, die unter dem Dachgesims schlafen. Meine Mutter konnte ich nicht fragen, denn sie war von vornherein dagegen gewesen, daß ich nach Amerika gehe, und dieser Brief hätte sie in ihrer Haltung nur bestärkt. Daher sagte ich mir, daß dies eben die Art ist, wie sich die Leute in Amerika ausdrücken (und Tante Pratima lebte bereits lange genug dort, um mit dazugerechnet zu werden). Ökonomisch. Und was den zweiten Teil anging – in dem sie schrieb, daß sie einfach lebten –, das war bloße Bescheidenheit. Wir wußten alle, daß Bikram-Onkel ein eigenes Autogeschäft besaß.

Nun blicke ich auf die strahlendweißen Wolken hinab, eng aneinandergepackt wie verschneite Bergkegel, so trügerisch fest. (Aber ich weiß, daß sie nur aus Nebel und Dunst bestehen und uns nicht retten könnten, sollte ein Triebwerk versagen und das Flugzeug abstürzen.) Ich ziehe den blauen Seidensari, den ich extra für die Reise gekauft habe, ganz fest um mich. Die Luft kommt mir plötzlich abgestanden vor, angefüllt mit den Ausdünstungen anderer Leute. Ich frage mich: *Was ist, wenn Onkel und Tante mich nicht mögen? Was, wenn ich sie nicht mag?* Ich erinnere mich an das einzige Photo, das ich von ihnen gesehen habe – diesen verblaßten Sepiadruck von ihrer Hochzeit, auf dem sie stoisch und ernst in die Kamera blicken, während die schweren Blumenketten ihre Hälse nach vorn ziehen. (Warum haben sie eigentlich nie andere Photos geschickt?) Was, wenn sie gar nicht wirklich wollen, daß ich komme, sondern einfach nur höflich gewesen sind? (Ich hatte gehört, daß die Leute in Amerika ihre Privatsphäre schätzen. Sie wollten ein ungestörtes Leben, ohne von den Ansprüchen irgendwelcher Verwandten durcheinandergebracht zu werden.) Was, wenn sie nicht am Flughafen waren? Oder wenn sie dort waren und ich sie nicht erkennen würde? Ich stellte mir vor, wie ich als einziger Mensch in dem riesigen, hallenden Gebäude übrigblieb, meine Koffer um mich verstreut, während alle anderen bereits glücklich mit ihren Familien vereint nach Hause gegangen waren. Vielleicht hätte ich doch auf Mutter hören sollen, sagte ich mir. Hätte sie diese Hochzeit mit dem Neffen von Tante Saritas Nachbarn arrangieren lassen sollen. Aber dies laut auszusprechen würde bedeuten, die Angst zu etwas zu machen, das ich sehen und atmen kann, wie den grauen Nebel, der über den Rauchersitzreihen des Flugzeugs hängt, wo mir irgend jemand aus Versehen einen Platz zugewiesen hat.

Später lache ich natürlich über mein albernes Benehmen. Tante und Onkel sind da, genau wie Tante es versprochen hat. Und ich erkenne sie natürlich sofort wieder – inmitten dieses Durcheinanders aus eleganten Anzügen und glänzenden Lederaktentaschen, aus modischen Röcken, die über stilett-dünnen hochhackigen Schuhen schwingen (wie hätte ich auch nicht).

Bikram-Onkel ist ein kleingewachsener, stämmiger Mann, der einen dreckigen Mechanikeranzug trägt, was mich überrascht. Er hat einen streitlustig wirkenden Schnäuzer, sehr dunkle Haut und eine Narbe, die an einer Seite seines Halses entlangläuft. (Ob sie wohl auf dem Hochzeitsphoto unter den Blumenketten versteckt war?) Mir fällt sofort auf, wie häßlich er ist – auch das hatten die Blumen verborgen –, so ganz anders als Tante, die eine etwas gekrümmte Haltung einnimmt, um sich der Größe ihres Mannes anzupassen. Ihre feinen, nervösen Hände umklammern voller Sorge den Saum ihres Schals, während ihr Blick suchend über die Reisenden hinweggleitet, die bereits die Formalitäten der Einreise hinter sich gebracht haben.

Ich berühre ihre Füße, wie es ein gutes indisches Mädchen tun sollte, obwohl ich ein wenig verlegen bin. Ich bin mir sicher, daß uns jeder im Flughafen beobachtet. Auch Tante ist verlegen und tritt von einem Bein auf das andere. Sie küßt mich, ein wenig zögerlich, auf beide Wangen – ich habe das Gefühl, als hätte sie so etwas seit langer Zeit nicht mehr getan.

»O Jayanti!« sagt sie. »Ich hatte ja keine Ahnung, daß du zu einem so schönen Mädchen herangewachsen bist. Und so helle Haut hast du. Dabei warst du solch ein mageres, kleines Ding mit verschorften Knien, als ich aus Indien wegging. Wie glücklich mich das macht.« Ihre

Stimme ist leise und unsicher, als spreche sie selten lauter als im Flüsterton, aber ihre Augen sind warm und mit kleinen Lichttupfern gesprenkelt.

Ich habe keine Ahnung, was Onkel denkt. Folglich lächle ich zu breit, zu schnell und danke beiden zu überschwenglich dafür, daß sie bereit sind, mich aufzunehmen. Ich ziehe Briefe und Päckchen aus meiner Reisetasche.

»Das hier ist von Mutter«, teile ich Tante mit. »Und das dicke, mit Bindfaden umwickelte von Großvater. Und hier ist ein Glas Zitronen-Mango-Pickles, die du immer so gern mochtest – Großtante Rama hat sie selbst gemacht, als sie hörte, daß –«

Bikram-Onkel unterbricht mich. Im Gegensatz zu Tante, die ein kultiviertes Bengali spricht, bedient er sich eines stakkatoartigen Amerikanischs. Sein Akzent tut meinen Ohren weh. Ich habe Schwierigkeiten, ihn zu verstehen.

»Können wir los? Ich muß wieder zurück an die Arbeit. Ihr habt ja noch den ganzen Tag zum Quatschen.«

Seine Stimme ist nicht unfreundlich. Dennoch fühle ich mich gemaßregelt, als wäre ich wieder ein kleines Mädchen, und frage mich gehässig, wie jemals eine Hochzeit zwischen einem Mann wie Bikram-Onkel und meiner Tante, die aus einer alten und reichen Landbesitzerfamilie stammt, arrangiert werden konnte.

Der Arbeitsanzug unterstützt diese Empfindungen noch. Er läßt ihn irgendwie – ich zögere kurz, das Wort zu gebrauchen – minderwertig aussehen. Selbst Mr. Bhalani, dem daheim die Lakshmi-Autowerkstatt in der Nähe des Münzamtes gehörte, trug immer einen gestärkten weißen Leinenanzug und einen Diamantring am kleinen Finger. Nun, da ich vom Rücksitz des Wagens auf die Nackenfalte starre, die über dem dreckigen Kragen von Onkels Anzug hängt, spüre ich, daß etwas nicht in Ordnung ist.

Aber dieses Gefühl ist im nächsten Moment schon wieder verschwunden. Draußen, hinter der beschlagenen Fensterscheibe, saust Amerika vorbei. Verschwommene Silhouetten aus Ziegel und Stein und hohem, schwarzem Glas, das in der Sonne glitzert, machen mich schwindelig. Ich wische die Feuchtigkeit mit dem Ärmelsaum meines Saris von der Scheibe.

»Was ist das?« frage ich. »Und das da?«

»Die Hauptpost«, entgegnet Tante und lacht ein wenig angesichts meiner Aufregung. »Der Sears Tower.« Aber meistens erwidert sie: »Das weiß ich nicht.« Onkel ist damit beschäftigt, in den Verkehr ein- und wieder auszuscheren, und summt dabei ein Lied aus dem Radio mit.

Die Wohnung ist eine weitere Enttäuschung, ganz und gar nicht so, wie ein amerikanisches Heim aussehen sollte. Ich habe in der USIS-Bibliothek in Zeitschriften wie *Good Housekeeping* und *Sunset* Photographien gesehen, und einmal ist unsere Nachbarin Aditi mit Photos zu uns herübergekommen, die ihr *chachaji* aus Akron, Ohio, geschickt hatte. Ich erinnere mich ganz deutlich an das ordentliche rote Backsteinhaus mit passenden Blumenvorhängen, an den riesigen, perfekt gemähten Rasen, der wie gemalt aussah, und an die schimmernde asphaltierte Auffahrt, in der zwei glänzende Autos parkten. Und Akron ist nicht einmal so groß wie Chicago. Und Aditis *chachaji* arbeitet nur in einem Büro und verkauft Versicherungen.

Diese Wohnung riecht nach altem Curry. Sie quillt

über mit Sofas, deren Polster verschossen sind, und wackeligen Beistelltischen. Alles scheint aus einem größeren Zuhause zu stammen. Unter einem Bein des Eßtisches klemmt eine kleingefaltete Zeitungsseite. Onkel und Tante beobachten mich – seine Augen blicken herausfordernd, die ihren ängstlich. Ich richte meinen Blick auf die schäbigen Wände mit den Landschaftsdrucken. Kühe stehen unter herabhängenden Ästen der Trauerweiden und blicken gelangweilt in die Gegend (ich kann mir nicht vorstellen, daß Tante diese Bilder ausgesucht hat). Ich gebe mir Mühe, einen höflichen Gesichtsausdruck beizubehalten. Meine Lederkoffer mit dem Monogramm wirken in diesem Haushalt peinlich. Ich schiebe sie unter das Bett in dem winzigen Zimmer, das ich von nun an bewohnen soll – es hat die gleiche Größe wie mein Badezimmer zu Hause. Ich sehe den kühlen, grünen Mosaikfußboden vor mir, die marmorne Badewanne mit dem Klauenfuß, die noch aus Kolonialzeiten stammt, das große Fenster, das auf Mutters karmesinrote und goldene Dahlien hinausblickt, und würde am liebsten in Tränen ausbrechen. Aber ich versichere Tante, daß ich es hier sehr bequem haben werde und danke ihr für die Rose, die sie in einem Marmeladenglas auf das Fenstersims gestellt hat.

Tante verbringt fröhlich den ganzen Nachmittag mit Kochen. Jedes Mal, wenn ich ihr meine Hilfe anbiete, erwidert sie: »Nein, nein, bleib du nur sitzen, leg die Füße hoch, und erzähl mir, was zu Hause vor sich geht.«

Das Abendessen erweist sich als eine delikate Angelegenheit: ein würziges Mandel-Hähnchen-Curry auf heißem Reis, ein Spinat-Linsen-*dal*, ein Gurken-*raita*, gebratene Kartoffel-*pakoras*, knusprige, goldene *papads* und zum Dessert süßer, weißer *kheer*, dessen Vorbereitung Stunden in Anspruch genommen hat. Ich habe das ungute Gefühl, daß Tante und Onkel für gewöhnlich nicht so üppig speisen, und als wir Platz nehmen, werfe ich einen prüfenden Blick auf Onkel. Doch der macht sich bereits über die Gerichte her. Er ißt schnell und konzentriert, ohne den Kopf zu heben. Wenn er mehr wünscht, deutet er schweigend auf die jeweilige Schüssel, und Tante beeilt sich, ihn zu bedienen. Er hat geduscht und die Musselin-*kurta-pajama* übergezogen, die ich ihm als Geschenk aus Indien mitgebracht habe. Mit den *chappals* an den Füßen und so, wie er sich die feuchten Haare zurückgekämmt hat, könnte er ein Inder sein, der sich nach einem Tag harter Arbeit zum Abendessen niedergelassen hat. Während ich zusehe, wie Tante noch mehr *dal* auf seinen Teller häuft, bin ich für einen Moment verunsichert und frage mich, ob ich Kalkutta überhaupt verlassen habe.

»Ich glaube, er mag dich«, flüstert Tante Pratima, als wir allein in der Küche sind. Sie hält inne, Dessert in kleine Schalen zu löffeln, und berührt mich mit strahlendem Gesicht ganz leicht am Handgelenk. »Sieh nur, er trägt die *kurta,* die du ihm mitgebracht hast. An den meisten Abenden zieht er sein Arbeitszeug gar nicht aus und duscht für gewöhnlich nicht einmal.«

Ich bin mir da nicht so sicher. Soweit ich es beurteilen kann, ist Onkels Einstellung mir gegenüber von einer gereizten Toleranz geprägt. Aber ich umarme Tante und nehme ihr um ihretwillen nicht die Hoffnung, daß sie recht haben könnte. Und als ich ihr dabei behilflich bin, den Tee in die angeschlagenen Tassen aus feinem Porzellan zu gießen, die so aussehen, als ob sie noch aus ihrer Aussteuer stammten, gebe ich mir ganz besondere

Mühe. Ich setze mein charmantestes Lächeln für Onkel auf.

»Ich kann kaum glauben, daß ich endlich hier in den Vereinigten Staaten bin«, eröffne ich ihm. »Ich habe soviel über Chicago gehört, über den Michigansee, der so groß sein soll wie ein ganzer Ozean, über das ägyptische Museum mit den dreitausend Jahre alten Mumien – und stimmt es, daß die großen Läden in der Innenstadt Schaufensterpuppen aus echtem Silber in ihren Fenstern stehen haben?«

Onkel grunzt nichtssagend und beäugt mißbilligend die Teetassen. Er stampft in die Küche, und ich höre, wie er sich am Kühlschrank zu schaffen macht.

»Ich kann es kaum erwarten, das alles zu sehen!« rufe ich ihm hinterher. »Ich bin so froh, daß ich den ganzen Sommer zur Verfügung habe, obwohl ich mich natürlich auch auf den Semsteranfang im September an der Universität freue!«

»Du wirst eine gute Studentin sein, das weiß ich.« Tante nickt mir ermutigend zu. »Nur ein kluges Mädchen wird an dieser Universität aufgenommen, um deren Studienplätze sich Leute aus aller Welt bewerben. Du wirst bald viele amerikanische Freunde haben und –«

»Da wäre ich mir nicht so sicher«, fällt ihr Bikram-Onkel mit harscher, krächzender Stimme ins Wort. Ich blicke ihn verblüfft an. Er steht im Rahmen der Küchentür und trinkt aus einer Dose, die in seiner Hand glitzert. »Hier ist nicht alles so perfekt, wie das die Leute zu Hause gern annehmen. Wir haben alle gedacht, daß wir Millionäre würden. Aber das ist nicht so einfach.«

»Bitte«, sagt Tante, aber er scheint sie nicht zu hören. Er legt den Kopf in den Nacken, um zu schlucken, und die Narbe an seinem Hals glitzert rötlich, wie etwas Lebendiges. *Budweiser* lese ich, als er die Dose absetzt, und stelle schockiert fest, daß er Bier trinkt. Zu Hause in Kalkutta rührt keiner aus der Familie Alkohol an, nicht einmal Cousin Ramesh, der das St. Xavier's College besucht und einen marineblauen Blazer und einen britischen Akzent zur Schau trägt. Mutter hat mir immer wieder klargemacht, was für eine abstoßende Angewohnheit das ist, und sie hat recht. Ich entsinne mich daran, wie die Farmhelfer in Großvaters Dorf zur Erntezeit trunken von Palmwein in den Gräben lagen und die Fliegen um ihre Gesichter summten. Ich gebe mir Mühe, daß sich mein Abscheu nicht auf meinem Gesicht zeigt.

Onkels Tonfall ist nun düster und roh. Die Bitterkeit darin überzieht meinen Mund wie der *karela*-Saft, den mir Mutter immer gab, um meine Leber zu kühlen.

»Die Amerikaner hassen uns. Sie setzen uns ständig herab, weil wir dunkelhäutige Fremde sind, *kala admi*. Geben uns die Schuld an der verdammten wirtschaftlichen Lage, weil wir ihnen angeblich die Jobs wegnehmen. Du wirst es noch früh genug selbst erfahren.«

Was hat ihn nur dazu gebracht, dieses Land so sehr zu verabscheuen?

Ich blicke an Onkels Kopf vorbei zum Fenster hinüber. Alles, was ich sehen kann, ist ein dunkles Rechteck. Aber ich weiß, daß der Himmel dort draußen mit seltsamen und wunderschönen Sternen übersät ist, und mich erfaßt eine plötzliche Wut auf ihn, weil er versucht, mir das alles zu verderben. Ich atme tief durch und sage mir, daß es besser ist, abzuwarten und mir selbst eine Meinung zu bilden.

Nachts liege ich in meinem Bett auf der klumpigen Matratze unter einer rauhen, grünen Decke. Ich versuche zu schlafen, aber die Geräusche der Nacht, die mir nach einer Woche immer noch ungewohnt vorkommen, halten mich wach – das verzweifelte wiehh-wiehh einer Sirene, der Wind, der sich seufzend ums Haus schlängelt. Auch kleinere Geräusche dringen durch die Wände von Tantes Schlafzimmer. Und obwohl sie im Grunde harmlos sind – das Quietschen der Bettfedern, wenn sich jemand im Schlaf umdreht, Schritte, gefolgt vom Summen der Entlüftung, sobald das Badezimmerlicht eingeschaltet wird –, erstarre ich doch jedes Mal vor Verlegenheit. Ich vermag einfach nicht aufzuhören, über Onkel und Tante nachzudenken. Ich würde lieber nur über Tante nachdenken, aber ihre Leben sind wie die Tücher von Braut und Bräutigam bei einer indischen Hochzeitszeremonie unauflösbar miteinander verknotet. Ich versuche mir vorzustellen, wie sie in diesem Land angekommen ist, mit den wenigen englischen Worten, rot verschleiert und mit dem schweren, kunstvoll gearbeiteten Schmuck behängt, den ich auf dem Hochzeitsphoto gesehen habe. (Was mag nur daraus geworden sein? Jetzt trägt Tante nur eine dünne Goldkette und winzige Perlenohrringe.) Und dann der Schock, als sie entdeckt, daß ihr Ehemann nicht der Besitzer eines Automobilimperiums ist (wie der Heiratsvermittler der Familie versichert hatte), sondern nichts weiter als ein Mechaniker, der eine schäbige Werkstatt in einem heruntergekommenen Stadtteil besitzt.

Ich habe Onkels Werkstatt noch nicht gesehen. Und natürlich auch sonst nichts, aber sobald das Wetter – das bisher nur eine bis in die Knochen kriechende, graue Kälte gewesen ist – sich bessert, habe ich vor, dies zu tun. Ich habe bereits bei Midwest Bus Tours angerufen, die für fünf Dollar Aufpreis ihre Passagiere von zu Hause abholen. Aber ich kann mich des Gefühls nicht erwehren, daß ich die Werkstatt niemals sehen werde, und so male ich mir – wieder einmal voller Gehässigkeit – einen trostlosen Ort aus, wo es nach Schweiß und Öl riecht und wo sich das Zischen der Hydraulik und das Klappern der Werkzeuge mit den Flüchen der Mechaniker mischt, die alle genauso verdrießlich sind wie Bikram-Onkel.

Aber bald schon bringt mich die Egozentrik, die jungen Menschen eigen ist, dazu, meine Phantasien auf andere, aufregendere Dinge zu richten. Ich sitze in meinem Seminar über den Modernen Roman in der Universität und trage einen karierten Rock und einen dazu passenden Pullover. Meine lässig gekreuzten Beine stecken in eleganten, kniehohen Stiefeln, die ich in einer der Nachmittagssendungen im Fernsehen gesehen habe, die sich Tante so gern anschaut. Mein Haar ist zu einem Bubikopf geschnitten, der um mein Gesicht schwingt, während ich temperamentvoll meine Argumente gegen die Interpretation des gutaussehenden Professors zu Dreisers Philosophie vorbringe. Ich doziere auf brillante Art und Weise über die Figur der Schwester Carrie, bis er überzeugt ist, und später gehen wir zusammen in ein ruhiges, kleines französisches Restaurant, um dort zu Abend zu essen. Kerzenlicht scheint auf das rötliche Haar des Professors, auf den goldfarbenen Rahmen seiner Brille. Auf die Ränder unserer Weingläser. Im Hintergrund spielt Chopin, als er mir seine Bewunderung, seine Liebe gesteht. Er schiebt einen Ring über meinen Finger, dessen Steine wie seine Augen leuchten, und erzählt mir von den Reisen, die uns um die ganze Welt führen werden, und von den

Büchern, die wir gemeinsam schreiben werden, wenn ich seine Frau bin. (Eine arrangierte Heirat wie die von Tante kommt für mich nicht in Frage!) Nach dem Essen nimmt er mich mit in seine Wohnung, von der aus man auf den See schauen kann, auf dessen Oberfläche zitternde Feenlichter funkeln. Er zieht mich respektvoll, aber leidenschaftlich auf das Sofa hinunter. Seine Lippen gleiten heiß über meine Kehle, sein…

Doch an dieser Stelle tritt meine Phantasie, bestimmt durch ein Leben mütterlicher Zensur, in den Streik.

Am nächsten Tag trete ich nach dem Mittagessen auf den kleinen Balkon hinaus. Es ist immer noch kalt, aber die Sonne hat sich endlich hervorgewagt. Der Himmel erstreckt sich wie eine Platte aus poliertem Metall über mir. Die Wolkenkratzer der Innenstadt von Chicago zerfließen schimmernd in der Entfernung – Zaubertürme aus einem alten Märchenbuch. Die Luft ist so neu und frisch, daß sie mich mit plötzlicher Freude und Hoffnung erfüllt.

Als Kind in Indien habe ich manchmal ein Lied gesungen. *Werde ich wohl einmal einen Prinzen aus einem weit entfernten Zauberland heiraten, wo die Gehsteige aus Silber und die Dächer aus Gold sind?* Meine Freundinnen und ich machten Hüpfspiele zum Rhythmus des Liedes, und wir lachten sorglos, gedankenlos. Und nun bin ich hier. *Amerika,* denke ich, und das Wort öffnet sich in meinem Inneren wie eine gefaltete Papierblume, die ins Wasser gesetzt wurde, und es erfüllt mich, bis kein Raum mehr zum Atmen bleibt.

Als ich wieder hineingehe, kommt mir die Wohnung

mit ihren verschlissenen Kissen und den schiefhängenden Bildern aufs neue bedrückend vor. Tante ist in der Küche – wo sie, wie ich festgestellt habe, die meiste Zeit des Tages verbringt – und schneidet Gemüse.

»Können wir einen Spaziergang machen?« frage ich sie. »Bitte!«

Tante blickt mich zweifelnd an. »Es ist sehr kalt draußen«, erwidert sie.

»Oh nein«, versichere ich ihr. »Ich war gerade auf dem Balkon, und es ist ganz wunderbar. Wirklich.«

»Dein Onkel mag es nicht, wenn ich ausgehe. Er sagt, das sei gefährlich.«

»Wie kann es denn gefährlich sein?« entgegne ich. Das ist nur ein Trick von ihm, um sie im Haus und damit unter seiner Kontrolle zu halten. Am liebsten würde er das gleiche mit mir machen, aber das werde ich nicht zulassen. Ich ziehe sie an der Hand zum Fenster hinüber. »Schau nur«, sage ich. Die Straßen sind sauber und leer und sehr breit. Ein glänzendes blaues Auto saust vorbei. Ein Bus hält ächzend an der Ecke, und zwei lachende Mädchen steigen aus.

Ich spüre, daß Tantes Widerstand ins Wanken gerät. Doch sie sagt: »Laß uns lieber warten. Am Wochenende nimmt er uns ins Einkaufszentrum mit. Da gibt es viele große, große Geschäfte, das wird dir gefallen. Er will uns zum Abendessen Pizza kaufen. Kennst du Pizza? Gibt es das in Indien auch schon?«

Ich würde ihr gern erzählen, daß es mir so vorkommt, als ob mich die Wände langsam erdrücken. Mein Verstand verkümmert. Bald schon werde ich mich in eine dieser traurig dreinblickenden Kühe verwandeln, die auf dem Bild über dem Sofa zu sehen sind.

»Nur ein kleiner Spaziergang, um die Beine zu vertreten«, erwidere ich. »Wir werden, lange bevor Onkel kommt, wieder zurück sein. Er muß gar nichts davon erfahren.«

Vielleicht vernimmt Tante Pratima die Sehnsucht in meiner Stimme. Vielleicht verursacht ihr das ein schlechtes Gewissen. Sie hebt ihr schmales Gesicht. Als sie lächelt, scheint sie kaum älter als ich zu sein.

»Vor meiner Heirat, als ich noch im Dorf lebte, ging ich oft spazieren – es war so wundervoll, die frische Luft, der Himmel, die Teiche mit Lotusblumen, die Hunde und Ziegen und Hühner, die überall herumliefen. Hier ist es natürlich ganz anders als auf dem Land…«

Ich warte.

»Es gibt wohl nichts dagegen einzuwenden, denke ich«, erklärt sie schließlich. »Solange wir in der Nähe des Hauses bleiben. Und solange wir zeitig genug zurückkommen, um deinem Onkel ein gutes Abendessen zuzubereiten.«

»Ein Spaziergang von einer halben Stunde, mehr nicht«, versichere ich ihr. »Wir werden bestimmt pünktlich wieder dasein.«

Als wir den düsteren Korridor entlanggehen, der genau wie die Wohnung nach altem Curry riecht (ob das den Nachbarn eigentlich nichts ausmacht?), fängt sie ein wenig entschuldigend noch einmal an: »Bitte, sag Onkel nichts davon. Das würde ihn nur verärgern.« Sie schüttelt den Kopf. »Er macht sich zu viele Sorgen, seit…«

Ich hätte sie gern gefragt, seit wann, aber ich spüre, daß sie nicht darüber reden möchte. Ich schenke ihr ein strahlendes Lächeln.

»Ich werde Onkel kein Wort verraten. Das ist unser Geheimnis.«

Wir gehen in Jacken und Saris die Straße hinunter. Ein paar Fußgänger starren uns im Vorübergehen an. Ich vermisse ein wenig das geschäftige Treiben der Straßen Kalkuttas, die Straßenhändler mit ihren leuchtenden Waren, die hupenden, mit Leuten vollgestopften Busse, die Rikschafahrer und ihre *Aus-dem-Weg*-Rufe, aber ich sage: »Es ist alles so ordentlich und ruhig, nicht wahr?«

»Jeden Mittwoch kommt der Reinigungswagen mit großen Bürsten und macht die Straßen sauber«, erklärt mir Tante stolz.

Die Sonne hat sich hinter einer Wolke versteckt, und es ist kälter, als ich erwartet hatte. Als ich aufblicke, ist das Aprillicht ein stummes Leuchten, das meinen Augen weh tut.

»Es wird heute bestimmt noch schneien«, eröffnet mir Tante.

»Aber das ist ja wundervoll! Ich habe Schnee bisher nur in Filmen gesehen! Er sieht immer so hübsch und zart aus. Ich hätte nicht gedacht, daß ich so spät im Jahr noch welchen zu sehen bekommen würde ...«

Tante zieht ihre formlose Jacke enger um sich. »So großartig ist das gar nicht«, entgegnet sie. Ihr Tonfall ist bedauernd, ganz so, als tue es ihr leid, mir meine Illusion zu rauben. »Er schmilzt im Kragen der Jacke und läuft einem den Rücken hinunter. Autos kommen ins Schleudern, wenn er sich in Eis verwandelt. Und schau nur, wie es hinterher aussieht ...« Sie tritt mit einer Wucht, die mich überrascht, gegen den braunen Matsch am Straßenrand.

Aber ich mag meine Tante, mag die liebenswerte Art, wie sie ihre Augen aufreißt, wenn sie eine Frage stellt – ganz wie ein kleines Mädchen –, mag die kleine Furche zwischen ihren Augenbrauen, wenn sie zuhört, mag es, wie ihre Züge plötzlich zu zerfließen scheinen, wenn sie lächelt. Ich erinnere mich, daß sie zu Hause immer als Schönheit galt, als jemand, der das Glück verdient hat, eine arrangierte Heirat mit einem Mann einzugehen, der in Amerika lebt.

Während wir weitergehen, scheint die frische, belebende Luft etwas in Tantes Innerem zu lösen. Sie redet und redet und redet. Sie fragt mich über das Muster meines Sari aus, die dunkelrosa gestickten Pfauen, die auf einem cremefarbenen Hintergrund tanzen. Ob dies die neueste Mode in Indien sei, erkundigt sie sich. (Sie benutzt dabei das Wort *desh* – Land –, um Indien zu bezeichnen, als sei es das einzige Land auf der Welt.) »Ich habe Kalkutta immer gemocht und war auch gern bei deiner Mutter zu Besuch, in diesem wundervollen alten Haus mit den marmornen Springbrunnen und Löwen.« Sie möchte wissen, welche Filme im Roxy gezeigt werden. Und ob die Kinder immer noch ihre mondförmigen Drachen im Maidan-Park fliegen lassen und die Straßenhändler immer noch mit grünem Chili gewürzten Puffreis verkaufen. Und was ist mit dem Victoria-Denkmal, das mit dem schwarzen Engel oben auf der weißen Marmorkuppel – ist es immer noch wie früher? Und stimmt es, daß der New Market mit all diesen entzückenden kleinen Kleidergeschäften abgebrannt ist? Und ob ich schon einmal mit der neuen Untergrundbahn gefahren bin, über die sie im *India Abroad* gelesen hat. Die Worte sprudeln nur so aus ihrem Mund. »Stell dir nur all diese Tunnel unter der Stadt vor! Man könnte sich darin verlaufen, und niemand würde einen finden, wenn man es nicht will.« Ich vernehme den Hunger in ihrer Stimme. Und daher halte ich meinen eigenen Eifer, etwas über Amerika zu erfahren, zurück und beantworte all ihre Fragen, so gut ich es vermag.

Die Straße ist schmaler geworden, und die Wohnhäuser mit ihren abblätternden Wänden und den gelben Flecken auf dem Rasen, da, wo der Schnee geschmolzen ist, sehen selbst in meinen Augen heruntergekommen aus. Überall gibt es Maschenzäune, und der Abfall liegt auf dem Gehsteig. In einigen Vorgärten sind kaputte Wagen abgestellt, deren verrostete Motorhauben vor sich hin gähnen. Aus der Kanalisation steigt ein süßlicher Fäulnisgestank auf. Das verwirrt mich. Ich dachte, ich hätte solche Gerüche in Kalkutta zurückgelassen.

»Sollten wir nicht langsam umkehren, Tante?« erkundige ich mich mit plötzlicher Nervosität.

Tante Pratima schaut sich mit leerem Blick um.

»Ja, ja, ach du liebe Güte, ist es denn schon so spät? Sieh nur, wie schwarz der Himmel ist! Es ist so schön, mit jemandem über zu Hause zu reden, daß ich dabei ganz die Zeit vergesse.«

Wir machen uns auf den Rückweg, heben unsere Saris ein wenig in die Höhe, um schneller laufen zu können. Unsere Schritte hallen auf dem leeren Gehweg wider, und als wir ein Stück gegangen sind, bleibt Tante stehen und blickt verwirrt die Straße hinauf und hinunter. Ihr Kopf wendet sich hektisch hin und her, wie bei einem verirrten Tier.

Dann sehen wir die Jungen. Sie sind zu viert und spielen mitten auf der Straße mit Dosen und Stöcken. Sie waren vorher nicht dort gewesen, oder vielleicht befinden wir uns jetzt auch in einer anderen Straße. Die Jungen blicken auf, und ich erkenne, daß ihre blassen Gesichter dreckverschmiert sind. Das blonde Haar hängt ihnen schlaff in die Stirn, und ihre Augen sind bleich und glitschig, wie Kiesel, die lange Zeit unter Wasser gelegen haben. Sie könnten acht, genausogut aber auch vierzehn sein – ich vermag ihr Alter nicht zu schätzen, wie ich es bei Jungen zu Hause kann. In dieser verlassenen Straße machen sie mir angst, obwohl es sicherlich keinen Grund dafür gibt. Schließlich sind sie nur irgendwelche Jungen, mit dünnen Handgelenken, die unter den Ärmeln ihrer zu kleinen Jacken hervorschauen. Sie haben sich unter einem Baum versammelt, an dem die ersten Frühlingsblätter ein blasses und zartes Grün zeigen. Ich blicke Tante Pratima an, um mich von ihr beruhigen zu lassen, doch die Haut auf ihrem Gesicht spannt sich über den scharfen, feinen Wangenknochen.

Die Jungen stecken die Köpfe zusammen, beraten sich, und dann tritt der größte einen Schritt auf uns zu und sagt: »Nigger.« Er sagt es leise. Seine Oberlippe entblößt die Zähne. Das Wort beschreibt einen Bogen, wie ein Stein, über die leere Straße hinweg, ein unmögliches Wort, das zu einem anderen Ort, einer anderen Zeit gehört. In den Mund eines rotgesichtigen, Gin-Tonic trinkenden britischen Beamten in seinem kolonialen Bungalow vielleicht, oder auch in den Mund des höhnisch grinsenden Aufsehers in *Onkel Toms Hütte,* während er in den Baumwollfeldern seine Peitsche herabsausen läßt. Doch nun sagt es dieser Junge, jünger als mein Cousin Anup, spricht es genauso leicht aus, wie man *danke* oder *bitte* sagt. Oder *kein Problem.*

Nun nehmen die anderen das Wort auf, rufen es im Chor, in hohen Singsangstimmen, die noch nicht gebrochen sind: *Nigger, Nigger,* bis ich kurz davorstehe, zu schreien oder zu weinen. Oder zu lachen, denn warum können sie nicht *erkennen,* daß ich gar keine Schwarze bin, sondern ein indisches Mädchen aus guter Familie?

Wenn unser Chauffeur, Gurban Singh, mich in unserem silberfarbenen Fiat durch die Straßen von Kalkutta fährt, bleiben die Leute stehen und tuscheln: *Ist das nicht Jayanti Ganguli, die Tochter der Bhavanipur Gangulis?*

Ich bemerke nicht, welcher der Jungen zuerst eine Handvoll Matsch aufhebt, aber auf einmal bewerfen sie uns alle damit. Er klatscht gegen unsere Jacken, läuft an unseren Saris hinunter und hinterläßt lange Streifen. Ich trete einen Schritt auf die Jungen zu. Ich bin mir nicht sicher, was ich tun werde, wenn ich bei ihnen angekommen bin – sie schütteln? Ihnen den Fehler erklären, den sie begangen haben? Ihre Köpfe auf den Boden des Gehsteigs schlagen? Aber Tante hält mich am Arm fest.

»Nein, Jayanti, nein!«

Ich versuche, mich zu befreien, aber ihr Griff ist erstaunlich stark. Oder vielleicht bemühe ich mich auch nicht heftig genug. Vielleicht bin ich insgeheim dankbar, daß sie mich anfleht – *Laß uns nach Hause gehen, Jayanti* –, so daß ich diesen Jungen, die mehr Haß in ihren Augen haben, als Jungen jemals haben sollten, nicht mehr gegenübertreten muß. Matsch ist auf Tantes Gesicht. Ihre zitternden Lippen sind kreidebleich. Sie schluchzt, und als ich meine Hand ausstrecke, um sie zu trösten, bemerke ich, daß ich auch schluchze.

Wir eilen, nein, wir rennen beinahe die Straße hinunter und stolpern über die feuchten Saris, die uns gegen die Beine schlagen. Die Stimmen folgen uns noch lange Zeit. *Nigger, Nigger.* Schlammstimmen, die auch dann noch in uns hineinsickern, als wir endlich den richtigen Weg gefunden haben, der uns zu unserem Haus führt, das die ganze Zeit nur eine Straße weit entfernt war. Im quietschenden Aufzug säubern wir uns schon, so gut es geht, wischen uns die Gesichter ab, schlüpfen aus den Jacken und halten einander an den zitternden Händen, ohne daß sich unsere Blicke begegnen.

Die Lampe im Flur vor der Tür ist ausgegangen. Tante Pratima durchsucht ihre Handtasche nach dem Schlüssel, sagt: »Er war hier drin, ich habe ihn immer hier drin, wo kann er nur *sein*?«

Meine Füße, die in indischen Schuhen stecken, frieren mehr, als ich es jemals für möglich gehalten hätte. Meine Zähne schlagen aufeinander, als ich auf sie einrede: »Schon gut, beruhige dich, Tante, wir werden ihn gewiß finden.«

Aber Tantes Stimme steigt zitternd höher und höher, eine bockige, erschöpfte Stimme. Sie dreht ihre Handtasche um und schüttelt sie. Münzen und Bonbonpapierchen und Stifte und Sicherheitsnadeln fallen heraus und schlittern über den Boden bis zur Flurkante. Sie hockt sich auf den dreckigen braunen Teppich und sucht darin herum.

In diesem Moment öffnet Bikram-Onkel die Tür. Er trägt noch seinen ölverschmierten Arbeitsanzug. »Was zum Teufel ist denn hier los?« will er wissen und blickt auf Tante hinab. Ich stehe ihm gegenüber, blicke ebenfalls hinab und sehe, was er sehen muß: den Scheitel in Tante Pratimas fest zurückgebundenem Haar, die gedehnte Linie der Kopfhaut, die grau auf ihre gesenkte Stirn hinunterdeutet, einer Anschuldigung gleich.

»Wo zum Teufel seid ihr gewesen?« erkundigt sich Bikram-Onkel, dieses Mal lauter. »Macht sofort, daß ihr reinkommt!«

Ich knie mich hin, helfe Tante, ein paar Sachen aufzusammeln. Den Rest lassen wir liegen.

Drinnen schreit Bikram-Onkel: »Hab ich dir nicht *verboten*, in diesem Viertel voller Gesindel rumzulaufen?

Weißt du denn nicht mehr, was letztes Jahr mit meiner Werkstatt passiert ist, wie sie alles kaputtgemacht haben? Und trotzdem mußtest du rauslaufen und ihnen die Möglichkeit geben, dir so was hier anzutun.« Er atmet heftig ein. Fast klingt es wie ein Schluchzen. »Mein Gott, sieh dich doch nur mal an.«

Ich versuche, nicht auf Tantes schlammbefleckte Wange, ihre ruinierte Jacke, die rotgeränderten Augen, den flehenden Blick zu starren. Aber ich vermag meine Augen nicht abzuwenden. Als ich klein war, habe ich einmal in einen alten Brunnen hinter Großvaters Haus geschaut und das Spiegelbild meines Gesichts im brackigen Wasser gesehen, bleich, verzerrt. Das gleiche schwindelerregende Gefühl wie damals überkommt mich nun wieder. *Soll mein Leben in Zukunft auch so aussehen?*

»Es ist meine Schuld«, sage ich. »Tante wollte gar nicht gehen.«

Aber niemand hört mich.

Tante macht einen winzigen, zögernden Schritt auf Onkel zu. Es ist eine kleine Bewegung, wie sie vielleicht ein verletztes Tier auf seinen Wärter zutun würde. »Es waren doch nur Kinder«, sagt sie in einem verwunderten Tonfall.

»Diese Bastarde!« ruft Onkel mit erstickter Stimme. Sein Akzent ist plötzlich überdeutlich und indisch. »Diese verdammten Bastarde! Ich könnte sie umbringen. Jeden einzelnen.« Sein ganzes Gesicht zittert, als drohe es jeden Augenblick in sich zusammenzufallen. Er hebt den Arm.

»Nein«, schreie ich. Ich stürze auf sie zu. Aber mein Körper bewegt sich nur langsam, wie unter Wasser. Vielleicht vermag er einfach nicht zu glauben, daß Onkel es wirklich tun wird.

Als die Rückseite seiner Hand Tante Pratima am Mund trifft, zucke ich zusammen, als hätten seine Knöchel dieses klatschende Knochengeräusch auf meinem eigenen Fleisch verursacht. Mein Mund füllt sich mit einem unheilvollen Salzgeschmack.

Werde ich wohl einmal einen Prinzen aus einem weit entfernten Zauberland heiraten?

Ich strecke die Hand aus, um Tante zu schützen, aber Onkel ist schneller. Er hat sie bereits fest im Griff. Ich blicke mich hektisch nach irgend etwas um – einem Stuhl vielleicht, den ich auf seinen Kopf niedersausen lassen kann. Aber dann höre ich ihn.

»Pratima!« ruft er mit gebrochener Stimme. »Pratima, Pratima.« Er berührt ihr Gesicht, seine Finger tasten unsicher, wie die eines Blinden, sein ganzer Körper zittert.

»Schhhh, Ram«, entgegnet meine Tante. »Schhh.« Sie streicht über sein Haar, als habe sie es mit einem Kind zu tun, und vielleicht hat sie das ja auch.

»Pratima, wie konnte ich nur ...«

»Schhhh, ich verstehe schon.«

»Irgend etwas ist in meinem Kopf explodiert ... Es war genau wie damals, in der Werkstatt ... weißt du noch ... als das Feuer dieser Brandstifter alles vernichtet hat ...«

»Denk jetzt nicht daran, Ram«, erwidert Tante Pratima. Sie zieht seinen Kopf auf ihre Brust herab und legt ihre Wange auf sein Haar. Ihre Finger streicheln über die Narbe an seinem Hals. Ihr Gesicht trägt einen ruhigen, beinahe glücklichen Ausdruck. Sie haben mich vergessen.

Ich fühle mich wie ein Eindringling, eine Närrin. Wie wenig ich doch verstanden habe. Als ich mich abwende, um das Zimmer auf Zehenspitzen zu verlassen, höre ich, wie mein Onkel sagt: »Ich habe mir solche Mühe gegeben, Pratima. Ich wollte dir so viele Dinge schenken – aber statt dessen ist sogar dein Schmuck fort.« Gram schabt an seiner Stimme. »Dieses verdammte Land, es ist wie eine *dain*, eine Hexe – es tut so, als gebe es, und dann nimmt es einem alles wieder fort.«

Und Tantes Stimme, so rein und melodisch, mit dem Anflug eines Lächelns: »O Ram, ich habe doch alles, was ich brauche.«

Nun ist es Abend, aber niemand hat daran gedacht, das Licht im Wohnzimmer einzuschalten. Bikram-Onkel sitzt vor dem Fernseher, die Füße auf einen wackeligen Beistelltisch gelegt. Er trinkt gerade sein drittes Bier. Die Dose glänzt leicht, als sich das unregelmäßige blaue Geflacker des Bildschirms darauf fängt. Ich habe das Gefühl, ich sollte ihm gegenüber etwas äußern, aber er blickt mich nicht an, und ich weiß nicht, was ich sagen soll. Tante Pratima ist in der Küche und bereitet das Abendessen zu, als sei dies ein Abend wie jeder andere. Ich sollte zu ihr gehen und ihr helfen. Aber ich bleibe in dem Sessel in der Zimmerecke sitzen. Ich bin mir auch nicht sicher, wie ich ihr gegenübertreten soll, wie ich ein Gespräch über das, was geschehen ist, beginnen könnte. (In Gedanken beschäftige ich mich immer noch damit und versuche, das Ganze zu begreifen.) Wäre es besser, es einfach zu ignorieren (könnte ich das überhaupt?) – die haßerfüllten Gesichter der Jungen, die Schwellung, die ihren dunklen Fleck über Tantes Kiefer ausbreitet, das Bild von Onkel, dessen Kopf gegen ihre zitternde Brust gepreßt ist? *Heim*, flüstere ich verzweifelt, *heim-*

heimheim, und plötzlich wünsche ich mir nichts sehnlicher als mein Zimmer in Kalkutta, wo die Dinge soviel einfacher waren. Ich sehne mich nach meinem hohen Mahagonibett, in dem ich geschlafen habe, so lange ich denken kann, nach dem beruhigenden Duft sonnengetrockneter Baumwollaken, die ich um meinen Kopf ziehe. Ich sehne mich in meine Kindheit zurück. Aber ich bin zu weit entfernt, als daß der Zauber wirken, mich die Worte – wenn auch nur in meinem Kopf – zurückgeleiten könnten.

Da erblicke ich aus dem Augenwinkel eine weiße Bewegung. Es schneit. Ich trete auf den Balkon hinaus und halte den Atem an angesichts des silbernen Wunders, der dicken Flocken, die sich kühl und feucht auf mein Gesicht legen, wie in einem halb vergessenen Film. Es ist kalt, so kalt, daß ich fühle, wie die Innenseiten meiner Nasenlöcher erstarren. Die Luft – die nach überhaupt nichts riecht – schneidet einen eisigen Pfad bis in meine Brust. Aber ich gehe nicht zurück in die Wohnung. Der Schnee hat die schmutzigen Zementgehsteige bedeckt, verbirgt die jämmerlichen krummen Schindeln der Dächer, mildert versöhnlich alle rauhen, lärmenden Kanten.

Der Schnee fällt auf alles, bringt eine Kälte, die bis in die Knochen geht. Aber nach einer Weile läßt der heftige Schmerz nach. Ich denke an Hände. An die blonde, mit rosa Spitzen versehene Hand der Stewardeß, die mir ein warmes Tuch reicht, das nach unbekannten Blumen duftet. An die schmutzige des Jungen, mit der er sein strähniges Haar zurückstreicht, eh er sie zu einer Faust ballt, um einen Haufen Matsch zu schleudern. Und auch an Onkels Hand mit den schwarzen Nägeln und den seltsam hilflosen, zerkratzten Knöcheln, die einen Bogen durch die Luft beschreibt, um Tantes Kopf zur Seite zu schleudern. Und an Tantes Hand, die über jene leuchtendrote Narbe streichelt. Ihre langen, vornehmen Finger (immer noch die einer bengalischen Aristokratin), die durch Onkels ergrauendes Haar fahren und ihn an sich ziehen. An all diese amerikanischen Hände, von denen ich weiß, daß sie mir in meinen Träumen wieder erscheinen werden.

Werde ich wohl einmal einen Prinzen
aus einem weit entfernten Land heiraten,
Wo die Gehsteige aus Silber
und die Dächer aus Gold sind?

Als ich hinabblicke, bemerke ich, daß der Schnee meine Hände bedeckt hat, so daß sie nicht mehr braun sind, sondern weiß, weiß, weiß. Und nun ergibt es einen Sinn, daß Schönheit und Schmerz jeweils ein Teil des anderen sind. Ich strecke sie weiterhin vor mir aus, betrachte sie, bis sie ganz bedeckt sind. Bis sie überhaupt nicht mehr weh tun.

Das Wort Liebe

Du übst sie seit Tagen laut vor dem Badezimmerspiegel, die Worte, mit denen du deiner Mutter erklären willst, daß du mit einem Mann zusammenlebst. Manchmal sind es Worte des Eingeständnisses und der Reue. Manchmal sind die Worte wütend, trotzig. Machmal verschmelzen sie zu einem einzigen seufzenden Laut. *Liebe.* Du läßt das Wasser laufen, damit er dich nicht hört und fragt, was diese fremden Sätze, die du immer und immer wiederholst, zu bedeuten haben. Du möchtest es nicht erklären, willst eine Auseinandersetzung wie beim letzten Mal vermeiden.

»Warum tust du dir das an?« hatte er gefragt und seine Bücher auf den Tisch geworfen, als er vom Unterricht zurückkam und dich zusammengerollt in einer Ecke des durchgesessenen Sofas entdeckte, das ihr zusammen bei einem Garagenverkauf in Berkley erstanden hattet. Dein Gesicht war zwar gewaschen, aber er wußte dennoch sofort, daß du geweint hattest. Um dich herum lagen Blätter, fest zusammengeknüllt wie Steine. (Das war, als du noch dachtest, daß Schreiben der beste Weg sei.) »Es ist schrecklich für mich, dich so zu sehen.« Dann fügte er in einem düsteren Tonfall hinzu: »Du tust ja gerade so, als sei ich eine Art Krimineller.«

Du betrachtest die Titel seiner Bücher, die auf dem

Kopf auf dem Tisch verstreut liegen. *Ingenieurwesen für Kontroll- und Überwachungssysteme. Leitfaden der Wärmesysteme. Handbuch der Stoß- und Schwingungsmessung.* Sie scheinen dir so rätselhaft wie Tarotkarten, und ebenso wie diese wollen sie dir offenbar etwas sagen. Wenn du sie doch nur entziffern könntest.

»Es liegt ja nicht an dir«, antwortest du, sammelst mit schlechtem Gewissen die Bücher ein und streichst über die Einbände. Preßt sie fest an dich. »Mit einem anderen Mann hätte ich das gleiche Problem.«

Du versuchst, ihm von deiner Mutter zu erzählen, die das Gesicht ihres Mannes zum ersten Mal bei ihrer Hochzeit sah. Wie sie, als er starb (du warst damals zwei Jahre alt), ihren Schmuck abgenommen und Witwenweiß angelegt und den Rest ihres Lebens deiner Erziehung gewidmet hat. *Wir haben nur einander,* hat sie oft zu dir gesagt.

»Na und?«

»Sie lebt in einer anderen Welt. Kannst du das denn nicht begreifen? Sie ist nie weiter als hundert Meilen von dem Dorf weggewesen, in dem sie geboren wurde, sie hat niemals Zigaretten oder Alkohol angerührt und noch nie einen Film gesehen, auch wenn sie in Kalkutta wohnt.«

»Ist das dein Ernst?«

»Ich liebe sie, Rex.« *Ich möchte nie mehr das Gefühl haben, mich ständig entschuldigen zu müssen,* sagst du dir. Du würdest ihm gern begreiflich machen, wie es war, wenn du dir ihr Gesicht vorstelltest. Wie sich die strengen Züge zu einem seltenen Lächeln mildern, das Silber ihrer Schläfen die Nachmittagssonne im Garten unter dem Granatapfelbaum einfängt und dich die Liebe ganz atemlos macht, als hätte dir jemand ein Loch in die Brust geschlagen. Aber er unterbricht dich.

»Dann sag ihr eben nicht, daß du in Sünde lebst«, sagte er. »Und noch dazu mit einem Ausländer. Jemand, dessen Lieblingsessen aus einem Steak von der heiligen Kuh und einem Budweiser besteht. Der sich hin und wieder eine Tablette einwirft, wenn er deprimiert ist. Der Schock würde sie wahrscheinlich umhauen.«

Du haßt es, wenn er so redet, die Endungen der Worte abbeißt und sie hinausspuckt. Du sagst dir, daß er dich verletzen will, weil *du* ihn verletzt, weil er eifersüchtig auf diese Frau ist, die dir so viel bedeutet. Du versuchst, dich an die ganz besonderen Augenblicke zu erinnern. An den Morgen, als er vor deinem Shakespeare-Seminar mit Veilchen auftauchte, die die Farbe seiner Augen hatten. An den Abend, an dem ihr beiden bis zum Grizzly Peak hinaufgefahren seid und zugesehen habt, wie sich der Sonnenuntergang rot über die Bucht ergoß, während er dir von seiner Kindheit erzählte, von all den Jahren, in denen er zwischen seinen geschiedenen Eltern hin und hergeschoben wurde, bis er das Alter erreicht hatte, um ausziehen zu können. Wie du ihn in den Armen gehalten hast. Und an den Abend in seiner Wohnung (Ist es wirklich erst drei Monate her?), als seine warmen, starken Hände die deinen ergriffen und er dich gebeten hat, bei ihm einzuziehen, weil er dich wirklich brauche. Du bemühst dich, die flüsternde Stimme auszublenden, die hinter dem Schmerz in deinen Augen sitzt, die Stimme, die du hörst, seitdem du ja gesagt hast und er dir einen leidenschaftlichen Kuß gab.

Das war ein Fehler, flüstert die Stimme, flüstert es im Tonfall deiner Mutter.

Manchmal klingt die Stimme auch anders, gar nicht wie die ihre. Sie gleicht dem schnellen Einatmen, kurz bevor jemand eine Frage stellt, die das eigene Leben zu ändern vermag. Du möchtest die Frage gar nicht hören, die lauten könnte: *Wie bist du nur in dieses ganze Durcheinander geraten* oder vielleicht auch, *warum*, und daher springst du mit dem Zauberwort ein. Liebe, sagst du dir, LiebeLiebeLiebe. Aber tief in deinem Inneren weißt du, daß Worte nichts zu lösen vermögen.

Und so versuchst du nicht länger, ihm zu erklären, warum du es deiner Mutter erzählen *mußt*. Du stehst einfach im Badezimmer vor dem schiefen Spiegel mit den matten Ecken und übst die Worte. Du bemühst dich, nicht zu bemerken, daß die Augen im Spiegel so sehr den ihren ähneln, daß du die gleiche vertikale Falte zwischen den Brauen trägst. Die Linie deines Kinns neigt sich im gleichen Winkel nach oben wie die ihre, wenn sie sich vorlehnte, um dir an der Tür einen Abschiedskuß zu geben. Draußen schreit irgendein versoffener Kerl herum. Das Krachen von splitterndem Glas ist zu hören und später dann Polizeisirenen. Aber du hörst, wie der Straßenhändler *momphali, momphali, ganz frisch und heiß* ruft, siehst sie lächeln, dir eine Münze reichen und vernimmst ihre Stimme, die sagt: *Ja, mein Kind, hol dir nur welche.* Das salzige Krachen gerösteter Erdnüsse erfüllt deinen Mund, das Badewasser läuft und läuft, endlos wie Kummer. Die Woche vergeht wie in einem Nebel, und plötzlich ist es Samstag morgen, die Zeit ihres wöchentlichen Anrufs.

Sie erzählt dir, daß Tante Aratis Arthritis trotz der Breiumschläge mit Gelbwurz immer noch nicht besser geworden sei. Dieses Jahr sei es so kalt in Kalkutta, daß die *shiuli* alle eingegangen sind. Du hörst zu, hältst dich an den runden O's, den langen, flüssigen E's und den S fest, die sanft wie Gutenachtküsse über dein Gesicht streichen. Sie bemühe sich, eine Hochzeit für Cousine Leela zu arrangieren, die doch nächstes Jahr ihren Abschluß am College machen wird, ob ich mich erinnere? Sie vermisse dich. Ob dir deine neue Wohnung gefalle. Wie lange es noch dauern werde, bis du promoviert haben und wieder für immer nach Hause kommen wirst? Ihre Stimme ist klein und weit entfernt, blechern vor Statik. »Du bist so schweigsam … Ist alles in Ordnung, *shona*? Hast du etwas auf dem Herzen?« Du würdest es ihr so gern sagen, aber dein Herz wirft sich in deiner Brust umher wie ein gefangener Vogel, und die Worte, die du so lange geübt hast, sind plötzlich verschwunden.

»Es ist alles in Ordnung, Ma«, erwiderst du. »Alles in Ordnung.«

Das erste, was du getan hast, als du in seine Wohnung gezogen bist, war, den Batikwandbehang aufzuhängen: tiefrote Blumen, die sich um einen schwarzen Kreis winden. Die Spätsommersonne schien durch das geöffnete Fenster. Der Duft nach kalifornischem Geißblatt lag in der Luft. In der Wohnung nebenan spielte jemand Mozart. Er kam zur Tür herein, verzog die Augen zu Schlitzen und blieb stehen, um dir zuzusehen. Du hast mit der Nadel in der Hand innegehalten. Die Knötchen des Stoffes pulsierten unter deiner Handfläche, ungleichmäßig wie ein Herz. »Nicht schlecht«, nickte er schließlich, und der Atem entwich deiner Kehle mit einem erleichterten, zittrigen Lachen.

»Meine Mutter hat ihn mir geschenkt«, erwidertest du. »Ein Abschiedsgeschenk, als ich zum College ging, ein Talisman …« Du hobst an, ihm zu erklären, daß sie ihn an einem Tag, so wunderschön wie dieser, auf dem Maidan-Basar gekauft hatte. Die Blüten an den Mangobäumen zeigten sich, und die Bülbüls mit ihrem roten Brustgefieder kehrten in den Norden zurück. Aber er hielt die Hand in die Höhe: *später.* Hob dich von dem wackeligen Stuhl und trug dich zum Bett. Legte sich auf dich, preßte dich auf die Decke. Seine Augen glichen Saphiren. In seinem Haar fing sich das Licht, schimmernd wie warmer Sandstein. Elektrische Spannung (Liebe oder Furcht?) fuhr dein Rückgrat hinauf, brachte dich zum Zittern, brachte dich dazu, zu vergessen, was du hattest sagen wollen.

In der Nacht, nach dem Liebesspiel, liegst du da und lauschst seinem schlafenden Atem. Sein Arm fällt über dich, warm, *schützend,* sagst du dir. Der Wind rüttelt an den Scheiben. Ein trockener Wind. (Es hat lange Zeit nicht geregnet.) *Ich werde umsorgt.*

Aber dann kommen die Erinnerungen.

Einmal, als du schon am College warst, hast du dir mit deinen Freundinnen einen damals beliebten Hindu-Film angesehen. Heimlich, da Mutter immer sagte, daß Filme frivol seien, dekadent. Aber in Kalkutta gab es keine Geheimnisse. Als du am nächsten Tag vom College heimkamst, stand ein Koffer mit deinen Sachen auf der Türstufe. Eine Notiz in der Handschrift deiner Mutter war daran befestigt. *Lieber habe ich keine Tochter als eine ungehorsame, eine, die Schande über die Familie bringt.* Selbst jetzt weißt du noch, wie du dich gefühlt hast – die schwindelerregende Angst, welche die Umrisse des Tages verkümmern ließ, das verzweifelte Klopfen an der Tür, bis deine Knöchel wund waren. Du hast den ganzen Nachmittag auf dieser Stufe gesessen, und die Passanten starrten dich neugierig an. Zum Abend hin wurde es kalt. Die Taubheit kroch an deinen Füßen hinauf, bedeckte dich überall. Als deine Mutter schließlich irgendwann nach Mitternacht die Tür öffnete, konntest du für einen Moment nicht stehen. Sie mußte dich auf die Füße ziehen, und du fielst in ihre Arme, und ihr habt beide geweint. Später dann hat sie dir ein heißes Fußbad mit Borwasser gemacht. Du erinnerst dich immer noch an die Weichheit der Handtücher, mit denen sie deine Füße trocknete.

Warum nur konzentrierst du dich immer auf die traurigen Dinge, fragst du dich. Ob dies eine Schwäche von dir ist, irgendeine verquere Verbindung der dünnen, silbrigen Fäden in deinem Hirn? Dabei sind doch auch so viele gute Dinge geschehen. Wie sie in der ersten Reihe saß, bei deiner High-School-Abschlußfeier, das Gesicht strahlend wie eine Dahlie über dem Weiß ihres Saris. Wie ihr beiden zusammen ein Bad im Ganges genommen habt, das braune Zerren des Wassers an eurer Kleidung. Und wie warm die verschlafene Sonne war, als ihr auf der Bank saßt und mit Curry gewürzte Kartoffeln aßt, die in heiße *puris* gewickelt waren. Und noch weiter zurück in der Vergangenheit, als sie dir das Schreiben beibrachte, die sanfte Biegung ihrer Hand über der deinen, die dir dabei half, die Kreide zu halten, der Geruch ihres frisch gewaschenen Haars, das sich um dein Gesicht ringelte.

Aber diese Erinnerungen sind vorsichtig, flüchtig. Du mußt sie aus ihren dunklen Schlupfwinkeln locken. Schon während du sie betrachtest, lösen sie sich auf, einem Nebel gleich. Und plötzlich fühlt sich sein Arm unglaublich schwer an. Du drohst unter seinem Gewicht zu ersticken, unter seiner muskulösen, haarigen Männlichkeit. Du schlüpfst aus dem Bett und gehst duschen.

Der Wind schnappt nach der wuchernden Kapuzinerkresse, die du auf dem winzigen Balkon gepflanzt hast. *Was wird dir von ihm in Erinnerung bleiben, wenn das alles vorüber ist?* flüstert die papierne Stimme in deinem Schädel. Das Licht aus dem Bad schlitzt den Boden auf, und der Wandbehang glüht feuerrot an der düsteren Wand.

Im ersten Monat, nachdem du bei ihm eingezogen warst, pochte dein Kopf jedes Mal vor Angst und schlechtem Gewissen, wenn das Telefon läutete. Du ranntest durch das Zimmer, um den Hörer abzunehmen, während er dich von seinem nach hinten gekippten Sessel aus beobachtete und eine Augenbraue in die Höhe zog. (Er hatte dir versprechen müssen, niemals ans Telefon zu gehen.) Nachts schliefst du neben dem Anschluß im Schlafzimmer. Du nahmst immer beim ersten Läuten ab, kämpftest dich durch Schichten von Schlaf, schwer wie Wasser, um ein atemloses Hallo zu flüstern, das nächste Wort immer in Bereitschaft: *Mutter.* Aber sie war es nie. Manchmal war es eine deiner Freundinnen aus dem Graduiertenprogramm, aber meistens war es für ihn. Frauen. Ex-Freundinnen, erklärte er für gewöhnlich mit einem treuherzigen Lächeln, wobei er das *Ex* betonte. Dann drehte er sich zum Fenster um und senkte die Stimme zu einem leisen Murmeln, während du so tatest, als würdest du schlafen. Du hast dich selbst für deine Eifersucht gehaßt.

Sie rief immer samstags morgens an, daheim war es dann Samstag nacht. Das letzte, was sie tat, bevor sie zu Bett ging. Du stellst dir vor, wie sie in dem großen Mahagonibett sitzt, in dem auch du geschlafen hast, als du klein warst – oder krank oder ängstlich. Draußen zirpen die Grillen. Der Nachtwächter macht seine Runden, ruft die Stunde aus. Die alte *ayah* (sie war schon lange vor deiner Geburt da) steht hinter ihr und kämmt ihr das lange Haar aus, das sich in der Brise des Fächers ein wenig hebt. Das Silber darin schimmert wie ein Lächeln. Es ist das wunderschönste Haar der Welt.

Und so kam es, daß du weniger vorsichtig wurdest. Manchmal riefst du aus der Dusche, daß er an den Apparat gehen soll. Und jedes Mal hat er dich aufgezogen *(Bist du dir wirklich sicher?)*, bevor er den Hörer abnahm. Nachts, nach dem letzten Kuß, glitt dein Körper von seinem feuchten, glänzenden hinunter – und es war dir egal, auf welcher Seite des Bettes du lagst, solange er dich nur in seinen Armen hielt. *Oder wolltest du in deinem tiefsten Innern etwa, daß sie es erfährt?* erkundigt sich die Stimme. Aber du lernst, ihr keine Aufmerksamkeit zu schenken, lernst, deinen Verstand mit Empfindungen zu füllen (wie die Höcker seiner Ellbogen sich in deine hohlen Hände schmiegen, wie sein schlafender Atem die kleinen Härchen auf deinem Arm in Bewegung versetzt), bis sich ihr Echo zerstreut.

Daher dachtest du dir nichts dabei, als das Telefon an jenem Dienstag morgen sehr früh läutete. Du zogst den Schlaf wie eine pelzige Decke über deinen Kopf, und selbst als du undeutlich seine Stimme vernahmst, die plötzlich sehr förmlich klang und *Einen Moment, bitte* sagte, hast du es immer noch nicht begriffen. Erst als er dich an der Schulter rüttelte, dir den Hörer reichte und lautlos die Worte *deine Mutter* formte.

Später versuchst du dich daran zu erinnern, was du ihr gesagt hast, aber du kannst dir die genauen Worte nicht mehr ins Gedächtnis zurückrufen. Irgend etwas über einen wundervollen Mann, und daß ihr bald heiraten werdet (obwohl er dir, als ihr das eine Mal über die Ehe diskutiert habt, gesagt hat, daß er dafür nicht geschaffen sei). Sie rief dich an, um dich wissen zu lassen, daß die Hochzeit von Cousine Leela arrangiert sei – ein anständiger Brahmanenjunge sei gefunden worden, ein Angestellter in einem Steuerberatungsbüro mit guten Aufstiegsmöglichkeiten. Nächsten Monat würde sie in Delhi stattfinden. Die ganze Familie werde hinreisen. Sie habe dein Flugticket bereits gekauft. *Aber nun bestehe natürlich kein Grund, daß du kommst.* Ihre Stimme war wie ein Speer aus Eis. Hast du *Bitte sei nicht böse, Mutter, bitte nicht,* gerufen? Um Vergebung gebeten? Wieder einmal dieses Wort, *Liebe*, geflüstert? Eins weißt du: daß du geredet und geredet hast, selbst nachdem die Leitung schon tot war. Als du schließlich aufblicktest, stelltest du fest, daß er dich beobachtete. Seine Augen waren undurchsichtig wie Kiesel.

Den ganzen nächsten Monat über versuchst du, sie zu erreichen. Du rufst an. Immer ist die *ayah* am Telefon. Sie klingt verängstigt, wenn sie deine Stimme vernimmt. *Memsaab* hat ihr verboten, mit dir zu reden, sonst wird sie ihre Stelle verlieren.

»Gestern hat sie den Anwalt zu sich gerufen, um ihr Testament zu ändern. Was hast du nur Schlimmes getan, Missybaba?«

Du hörst die Stimme deiner Mutter im Hintergrund. »Mit wem redest du, Ayah? Meine Tochter kann es nicht sein, denn ich habe keine Tochter. Leg sofort den Hörer auf.«

»Mutter …«, stößt du hervor. Das Wort hallt durchs Zimmer, prallt an den Wänden ab, so daß der Wandbehang erzittert. Seine schwarze Mitte kräuselt sich wie ein unergründlicher Brunnen. Die Leitung ist tot. Du rufst wieder an. Deine Finger zittern. Es ist schwer, durch die

Tränen die Zahlen zu erkennen. Deine Knie fühlen sich an, als seien sie gebrochen. Das Telefon summt an deinem Ohr wie ein gefangenes Insekt. Niemand nimmt ab. Du versuchst es die ganze Woche über. Schließlich teilt dir eine synthetische Stimme mit, daß die Nummer geändert wurde. Die neue ist nicht bekannt.

Dies ist eine Geschichte, die dir deine Mutter erzählt hat, als du noch ein Kind warst:

Es gab einmal ein Mädchen, mit dem ich ab und an spielte. Ihr Vater war der Dachdecker im Dorf deines Großvaters. Sie lebten in der Nähe des Frauensees. Sie war das einzige Kind, hübsch auf ihre dunkelhäutige Weise, und sie hatte keine Mutter mehr, daher verwöhnte ihr Vater sie sehr. Er erlaubte, daß sie überall herumlief, auf Bäume kletterte und im See schwamm. Sogar nachdem sie bereits das Alter erreicht hatte, in dem Mädchen aus guten Familien zu Hause blieben und darauf warteten, verheiratet zu werden, ließ er sie noch weiter zur Schule gehen. (Dir ist bereits klar, daß es sich um eine Geschichte mit einem schlechten Ende, mit einer warnenden Moral, handelt.) *Er lachte nur, wenn die alten Frauen des Dorfes ihn warnten, daß ein unverheiratetes Mädchen wie ein Feuer in einem Feld reifen Getreides sei. Sie ist ein gutes Mädchen, erwiderte er immer. Sie weiß, was Recht und was Unrecht ist. Er fand eine gute Partie für sie, einen Zimmermannmeister aus dem nächsten Dorf. Aber einige Tage vor der Hochzeit fand man ihre Leiche im Frauensee. Wir alle dachten, daß es ein Unfall gewesen sei, bis wir von den Steinen hörten, die sie in ihren Sari geknotet hatte.* (Sie verstummt, wartet auf die Frage, die du nicht stellen möchtest, aber stellen mußt.) *Wer vermag zu sagen, warum? Die Leute flüsterten, daß sie schwanger gewesen sei, daß sie ein oder zweimal mit einem Mann gesehen worden sei, einem umherziehenden*

Schauspieler, der vor einiger Zeit durch das Dorf gekommen war. Ihr Vater war untröstlich, sein guter Name ruiniert. Er mußte das Dorf verlassen, wegen all der Zungen und Augen. Mußte das Haus seiner Vorväter zurücklassen, das er so sehr liebte. Nein, niemand weiß, was aus ihm geworden ist.

Noch Monate später liegst du nachts wach und denkst über dieses verlassene Haus nach. Krabbelnde Mäusepfoten auf dem Boden, trockenes, papiernes Gleiten von Schlangen, Fledermausflügel. Wenn du eingeschlafen bist, träumst du von einem schönen dunkelhäutigen Mädchen, das sich Steine in ihren palloo knotet und in die Mitte des dunklen Sees hinausschwimmt. Das Wasser ist kühl auf ihren schweren Brüsten, an ihrem rund gewordenen Bauch. Es kräuselt und teilt sich vor ihr. Bevor sie untergeht, wendet sie sich dir zu. Manchmal ist ihr Gesicht ein leeres, nichtssagendes Oval. Manchmal ist es dein eigenes.

Im Moment läuft es nicht gut für dich. In den Seminaren an der Universität kannst du dich nicht konzentrieren, sie scheinen so gar keine Verbindung zum Rest deines Lebens zu haben. Deine Studienberaterin ruft dich in ihr Büro, um sich mit dir zu unterhalten. Du starrst auf die ordentlichen Bücherreihen hinter ihrem Kopf. Sie spricht von verpaßten Abgabedaten, von Forschungsarbeit, der es an Innovation mangelt. Du betrachtest ihre großen, weißen, regelmäßigen Zähne, die Zähne eines Pferdes. Sie hält inne und erkundigt sich, ob es dir gutgehe.

»Oh, ja«, entgegnest du in dem respektvollen Tonfall, den man dich gegenüber Lehrern zu verwenden gelehrt hat. »Es geht mir sehr gut.«

Aber am nächsten Tag bringst du es nicht fertig, aufzustehen und dich für das Seminar anzuziehen. Was macht es schon aus, wenn du eine literaturwissenschaftliche Diskussion über Shakespeares Sonette verpaßt? fragst du dich. Du bleibst im Bett, bis die Postbotin kommt.

Du hast einen Brief an Tante Arati geschrieben, in dem du ihr alles erklärst und sie bittest, deiner Mutter auszurichten, daß es dir leid tue. *Ich werde sofort nach Hause kommen, wenn das ihr Wunsch ist.* Jeden Tag suchst du im Briefkasten nach Tantes Antwort, vergeblich. Ihre Arthritis ist wahrscheinlich wieder schlimmer geworden, sagst du dir. Die Hochzeitsvorbereitungen nehmen sie in Anspruch. Der Brief ist verlorengegangen.

Zwischen ihm und dir ist die Lage auch nicht gut. Manchmal, wenn er redet, ergeben die Worte keinen Sinn. Du beobachtest, wie er seinen Mund bewegt, als wäre er eine Figur in einem ausländischen Film, die jemand zu synchronisieren vergessen hat. Er stellt dir eine Frage. Der gehobene Tonfall seiner Stimme sagt dir, daß er das getan hat, aber du hast keine Ahnung, was er von dir will. Er fragt noch einmal, lauter.

»Wie bitte?« erkundigst du dich.

Er marschiert aus der Wohnung und knallt die Tür hinter sich zu.

Du hast auch deiner Mutter geschrieben. Einen Einschreibebrief, damit er nicht verlorengehen kann. Du rennst jeden Tag nach draußen, wenn du den Postwagen hörst. Nichts. Du blickst die Postbotin, eine kräftige Schwarze, mißtrauisch an. »Sind Sie sicher?« erkundigst du dich. Du fragst dich, ob sie den Brief aus Versehen in einen anderen Kasten geworfen hat. Nachdem sie fort ist, spähst du in die schmalen Schlitze der anderen Briefkästen und versuchst, etwas zu erkennen.

Anfangs war er verständnisvoll. Er hielt dich in seinen Armen, wenn du nachts nicht schlafen konntest. »Weine nur«, forderte er dich auf. »Laß es raus.« Dann: »Früher oder später mußte es ja mal so kommen. Das wußtest du doch. Vielleicht ist es so am besten.« Und noch später: »Versuch doch, es positiv zu sehen. Es war längst an der Zeit, die Nabelschnur zu durchtrennen.«

Du rücktest von ihm ab, wenn er solche Dinge sagte. Was wußte *er* denn schon von Familien, von Liebe (jawohl), dachtest du. Er hatte sein Zuhause an dem Tag verlassen, als er achtzehn wurde. Seine Mutter rief er nur am Muttertag und – wenn er daran dachte – an ihrem Geburtstag an. Als er ihr von dir erzählte, hatte sie gesagt: »Wie *nett*, mein Schatz. Ihr beide müßt unbedingt ganz bald mal zum Abendessen herkommen.«

In letzter Zeit war er oft wütend. »Du gibst mir die Schuld an diesem ganzen Theater zwischen deiner Mutter und dir«, schrie er kürzlich beim Abendessen, obwohl du gar nichts gesagt hattest. Dann schüttelte er den Kopf. »Du machst dich selbst verrückt. Du solltest mal zu einem Therapeuten gehen.« Er schob den Teller mit einem Ruck von sich und verließ wieder einmal türenknallend die Wohnung. Die trockene, kratzige Stimme, die gegen deine Schläfen drückt, erinnerte dich daran, wie er letzte Woche die rothaarige Kellnerin in dem mexikanischen Restaurant beobachtet hatte, wie er lachte und seine Hand auf ihrer Schulter lag, als du von der Toilette gekommen warst. Daß er in letzter Zeit immer häufiger Anrufe am späten Abend bekam.

Als er spät in der Nacht zurückkehrte, saßt du immer noch am Tisch. Starrtest auf den Wandbehang. Er packte dich an den Armen und schob sein Gesicht ganz nah an deines heran.

»Liebling«, sagte er, »ich möchte dir ja helfen, aber ich weiß nicht, wie. Du bist inzwischen regelrecht besessen von dieser Sache! Du bist die ganze Zeit so deprimiert, daß ich dich gar nicht mehr wiedererkenne. Deine Mutter benimmt sich vielleicht unvernünftig, aber deshalb mußt *du* doch nicht das gleiche tun.«

Du blicktest an seinem Kopf vorbei. Er hat eine schöne Stimme, dachtest du geistesabwesend. Eine Stimme, die schmeichelt. Eine Schauspielerstimme.

»Du hörst mir ja nicht einmal zu«, sagte er.

Du hast es versucht, weil du wußtest, daß er sich auch Mühe gab. Aber selbst als sich später im Bett seine Lippen heiß auf die deinen preßten, zählte ein Teil von dir die Tage. Wie viele, seit du den Brief abgeschickt hattest? Er wandte sich mit einem wütenden Ausruf von dir ab und kehrte dir den Rücken zu. Du strecktest deine Hand aus, um über die Unebenheiten seines Rückgrats zu streichen. *Es tut mir leid.* Aber dann dachtest du schon wieder, irgend etwas kann einfach nicht stimmen. Inzwischen hätte dich längst eine Antwort erreichen müssen.

Heute kam der Brief. Du tratest unter einem tiefhängenden, graubäuchigen Himmel nach draußen, und da war die Postbotin und hielt ihn lächelnd in die Höhe – den Einschreibebrief an deine Mutter, der einen roten Stempel über der Adresse trug. *Annahme verweigert. Zurück an Absender.*

Nun kniest du im Badezimmer und kramst im Schrank hinter den Putzmitteln herum. Als du die Flaschen gefunden hast, reihst du sie auf dem Waschbecken auf. Du öffnest jede einzelne und betrachtest die Tabletten: rote, weiße, pinkfarbene. Du hast sie eines Tages beim Saubermachen entdeckt. Du erinnerst dich noch, wie schockiert du warst, und an die Auseinandersetzung, die ihr beiden deswegen hattet. Er hatte mit den Schultern gezuckt und die Hände mit den Handflächen nach oben ausgebreitet. Nun bedauerst du, daß du ihn damals nicht gefragt hast, welches die Schlaftabletten sind. Doch egal. Du kannst sie ja alle nehmen, wenn du dich tatsächlich dafür entscheiden wirst.

Du hast den Brief lange Zeit in der Hand gehalten, bis er schwerelos wurde, transparent. Dahinter erblicktest du einen anderen Brief, einen, der noch nicht geschrieben war. Seinen Brief.

Du wußtest, was darin stehen würde.

Bevor er an diesem Morgen zur Universität ging, hatte er dich beobachtet, wie du zusammengekauert auf dem Sofa lagst, wo du die Nacht verbracht hattest. Er hatte dich lange Zeit angeschaut, als habe er dich vorher noch nie richtig gesehen. Dann sagte er leise: »Es ging nie um mich, nicht wahr? Nie um unsere Liebe. Es ging immer nur um euch beide. Um sie und um dich.«

Er hatte nicht auf eine Antwort gewartet.

Irgendwo schlägt der Wind eine Tür zu, läßt dich zusammenzucken. Draußen regnet es, der erste Regen seit Jahren. Zunächst in großen, runden Tropfen, dann in dichten, silbernen Strömen. Du trittst auf den Balkon hinaus. Der Regen läuft dir die Wangen hinunter – Tränen, die du nicht zu vergießen vermochtest. Die Brunnenkresse, nun sauber gewaschen, glänzt rot. Ein Geruch nach feuchter Erde. Du tust einen tiefen Atemzug und entschließt dich zu einem langen Spaziergang.

Unterwegs versuchst du herauszufinden, was du tun sollst (und vielleicht auch, die Bedeutung dessen zu erfassen, was du getan hast). Die Tabletten sind natürlich eine Möglichkeit. Du stellst es dir vor: die leeren Flaschen neben dem Bett, dein darauf ausgestreckter Körper, eine Hand, die über die Seite hinabhängt. Der Abschiedsbrief. Wird er dir wohl reuige Küsse auf die bleiche Handfläche drücken? Wird sie über den Ozean geflogen kommen, um deine steifen Lider mit ihren Tränen zu waschen?

Oder – was? *Was denn nur?* Es wird doch sicherlich noch eine andere Möglichkeit geben. Aber du findest nicht die Worte, um ihr Form zu verleihen. Als du die leere Straße hinunterblickst, schmerzen die strahlenden Blätter der frisch gewaschenen Ahornbäume deine Augen.

Also spazierst du weiter. Deine Schuhe werden dunkler und schwerer. Wasser wirbelt in den Rinnsteinen, trägt den Staub von Monaten mit sich fort. Eine junge Frau mit einem Schirm kommt auf dich zu. Sie hat die Schultern hochgezogen, tritt auf Zehenspitzen durch die Pfützen, gibt sich große Mühe, trocken zu bleiben. Eine Windbö reißt den Schirm zurück und macht sie tropfnaß. Für einen Moment ist sie geschockt, wütend. Aber dann beginnt sie zu lachen. Und du lachst auch, denn du kannst genau nachempfinden, wie sie sich fühlt. Kurze, hysterische Ausbrüche von Gelächter, die schließlich ruhiger werden. Du atmest die Luft tief in dich hinein. Du siehst zu, wie sie mitten auf dem Bürgersteig stehenbleibt und ihren kaputten Schirm in einen Abfalleimer wirft. Sie breitet die Arme aus und läßt sich vom Regen durchweichen: Haar, Paisleybluse, mitternachtsblauer Rock. Donner und Blitz. Das wird ein ganz schöner Sturm werden. Du erinnerst dich an die Monsunstürme deiner Kindheit. In dieser Erinnerung gibt es keine Menschen, nur den Himmel, der sich mit belebendem Licht kräuselt.

Da weißt du, daß du, sobald du wieder in der Wohnung bist, deine Sachen zusammenpacken wirst. Ein paar Kleider, ein paar CDs, ein Lieblingsbuch, den Wandbehang. Nein, den nicht. Den wirst du in deinem neuen Leben, das du für dich selbst leben wirst, nicht brauchen.

Und da kommt ein Wort durch den aufreißenden Himmel zu dir. Das Wort lautet: *Liebe.* Du erkennst, daß du es bisher nie begriffen hast. Das Wort ist wie Regen, und wenn du ihm das Gesicht entgegenhebst, so wäscht es wie Regen alles Unwesentliche fort und läßt dich leer und rein zurück – bereit, einen Anfang zu machen.

Ein perfektes Leben

Bevor der Junge kam, hatte ich ein gutes Leben. Ein wundervolles Appartement in den Hügeln mit Blick auf die Golden Gate Bridge, eine interessante Arbeit bei der Bank und Kollegen, die ich zum größten Teil mochte. Und natürlich meinen Freund Richard.

Richard war genau der Mann, von dem ich während meiner Teenagerjahre in Kalkutta geträumt hatte. An all den feuchten, klebrigen Abenden, die ich im Empire Cinema House unter einem klapprigen, sich müde drehenden Deckenventilator verbrachte, Mango-Pistazien-Eis aß und mir Gregory Peck und Warren Beatty und Clint Eastwood ansah. Er war großgewachsen und schlank und kultiviert, und so ganz anders als die indischen Männer, die ich zu Hause kennengelernt hatte. Und selbst seine Arbeit als Marketingdirektor in einem Verlagsunternehmen kam mir unglaublich schillernd vor. Wenn ich mit Richard zusammen war, fühlte ich mich wie eine echte Amerikanerin. Wir joggten jeden Morgen zusammen und gingen am Wochenende wandern. Abends sahen wir uns einen intellektuellen Film an oder besuchten ein Lieblingsrestaurant. Oder wir diskutierten über einen aktuellen Roman, während wir auf meinem Balkon saßen, gekühlten Wein tranken und den Sonnenuntergang beobachteten. Und im Bett probierten wir wilde und wundervolle Dinge aus, die mich in Indien schockiert und sprachlos gemacht hätten, wäre ich denn in der Lage gewesen, sie mir vorzustellen.

Am besten gefiel mir an Richard, daß er mir meinen Freiraum ließ. Anfangs hatte ich Angst, daß er, sobald wir miteinander geschlafen haben würden, entweder das Interesse an mir verlor oder mich drängte, ihn zu heiraten. Oder daß ich schwanger werden würde. So passierte es für gewöhnlich in Indien. (Natürlich beschränkte sich meine Kenntnis dieser Dinge auf die romantischen Hindi-Filme, die ich gesehen hatte. Zu Hause diskutierten wir über so etwas nie, und obwohl meine Freundinnen am College eifrig darüber klatschten, wurden sie ebenso wie ich von dem abgeschirmt, was unsere Eltern als elende Wirklichkeit betrachteten.) Aber Richard blieb weiterhin leidenschaftlich, ohne besitzergreifend zu werden. Es machte ihm nichts aus, wenn ich mit Freunden ausging oder wenn wir uns wegen Arbeitsüberlastung mal einige Tage nicht sehen konnten. Wenn wir dann wieder zusammen waren, schlüpften wir in unseren gewöhnlichen, bequemen Trott, als wären wir nie getrennt gewesen. Dank der Pille und seiner unkomplizierten Einstellung (die typisch für Kalifornier ist, wie er mir versicherte) fühlte ich mich zum ersten Mal in meinem Leben frei. Es war ein berauschendes Gefühl. Es machte mich schwindelig und gab mir das Gefühl von Schwerelosigkeit, als könnte ich jeden Moment davonschweben.

Schließlich nahmen wir uns vor, irgendwann zu heiraten und Kinder zu bekommen, aber weder Richard noch ich hatten es besonders eilig. Die Haushalte von Freunden, die bereits Babys hatten, schienen mir im Zustand ständiger Aufregung: weinen und füttern und rülpsen und brechen. Decken, die als Polster über den Kaminsteinen befestigt, und tausend Kleinigkeiten, die auf das oberste Regalbrett gestopft wurden, um sie aus der Reichweite der zerstörerischen kleinen Hände zu schaffen. Und über allem hing der beklemmende Gestank (ein anderes Wort gab es nicht dafür) von Babytüchern und Lysol-Spray und dreckigen Windeln.

Mir war natürlich klar, daß es beim Betreuen eines Kindes noch um andere Dinge ging. Um Mutterliebe, zum Beispiel. Ich hatte ihre gewaltige Kraft verspürt, als ich auf der Entbindungsstation gewesen war, um Sharmila zu besuchen. Sie war in der Bank einmal meine beste Freundin gewesen, bevor sie kündigte (mich im Stich ließ, wie ich behauptete), um ein Baby zu bekommen.

Sharmila hatte ihr Gesicht gegen die faltige Wange des Kindes gepreßt, gegen diese Haut, die so transparent und fein war wie teures Zwiebelhautpapier, und mich mit Augen angesehen, die tief in ihren Höhlen lagen und dennoch strahlten. »Ich hätte nie gedacht, daß ich einmal so sehr lieben könnte, so unvermittelt, Meera«, hatte sie geflüstert. Und das sagte eine Frau, die immer der Ansicht gewesen war, daß es bereits zu viele Menschen auf der Welt gab, ohne daß auch sie noch zu dieser Überbevölkerung beitrug! Nun wußte ich, daß Mutterliebe etwas Reales war. Real, primitiv und gefährlich, sie lauerte irgendwo in den weiblichen Genen – ganz besonders in unseren indischen – und wartete darauf, angreifen zu können. Ich war entschlossen, auf der Hut zu sein.

Viele meiner Freundinnen hielten mich für seltsam. Die Amerikanerinnen waren zurückhaltender, aber die indischen Frauen fragten geradeheraus. *Macht es dir denn nichts aus, unverheiratet zu sein? Vermißt du denn nicht so ein kleines Wesen, das auf deinen Schoß klettert, wenn du am*

Ende des Tages nach Hause kommst? Ich betrachtete ihre strähnigen Haare, die zu häßlichen Knoten zurückgebunden waren, ihre verknautschten Saris, übersät mit Flecken, deren Ursprung ich gar nicht näher erkunden wollte, ihre geschwollenen Bäuche, die sich unter ihren Blusen abzeichneten. (Selbst diejenigen, die sich mit ihrem Aussehen Mühe gaben, schienen plötzlich intellektuell geschrumpft, ihre Gesprächsthemen beschränkt auf Diskussionen über Durchfall und Schmerzen beim Zahnen und Dr. Spocks Ansichten über das Bettnässen.) Sie sahen aus wie meine Cousinen daheim, die bereits ihr zweites oder drittes oder manchmal auch ihr viertes Kind bekamen. Sie hätten es sich genausogut ersparen können, nach Amerika zu kommen.

»Nein«, erwiderte ich ihnen und strich die seidene Yves-St.-Laurent-Strickjacke über meinen erfreulich schlanken Hüften glatt. »Ganz entschieden, nein.«

Aber ich sah ihnen an, daß sie mir nicht glaubten.

Genausowenig wie meine Mutter, die schon seit Jahren versuchte, eine Heirat mit einem netten indischen Jungen für mich zu arrangieren. Jeden Monat schickte sie mir Photos von geeigneten jungen Männern, den Neffen und Großcousins von Freunden und Nachbarn. Ernste, schnurrbärtige Männer in steifkragigen Hemden und mit zurückgekämmtem Brylcreem-Haar. Diese Photographien wurden von Warnungen (daß ich nicht jünger wurde; daß ich bald dreißig sein würde und mich dann niemand mehr haben wolle) und von Wehklagen begleitet (man sehe sich nur Roma-Tante an, ihre Tochter erwartete ihr drittes Kind, während *ihr*, dank mir, die Enkelkinder vorenthalten wurden). Als ich ihr zurückschrieb, daß ich noch nicht soweit sei, eine Familie zu gründen (ich erzählte ihr nichts von Richard, das hätte sie nur noch mehr aufgebracht), da lamentierte sie über meine verrückten westlichen Ansichten. »Ich hätte niemals nachgeben und dir erlauben sollen, nach Amerika zu gehen«, schrieb sie. Das *niemals* war mit einem nachdrücklichen Rot unterstrichen.

Obwohl ich immer einen Augenblick lang ein schlechtes Gewissen hatte, wenn ein weiterer dicker Brief von Mutter ankam, so wußte ich doch, daß ich das Richtige tat. Denn in indischen Ehen war das Dasein als Ehefrau nur der Auftakt zu jenem äußerst wichtigen, alles umfassenden Ereignis: Mutter zu werden. Doch dafür hatte ich nicht so hart gekämpft – mit meiner Mutter, um Indien verlassen zu dürfen, mit meinen Professoren, um mein Universitätsdiplom zu erhalten, mit meinen Chefs, um meine Karriere in Gang zu bringen. Ich war nicht etwa gegen die Ehe oder gegen das Kinderkriegen. Ich wollte nur sichergehen, daß, *wenn* es geschah, es zu meinen Bedingungen sein würde. Weil *ich* es so wollte.

Unterdessen seufzte ich vor Erleichterung, wann immer ich ein Baby-Haus verließ (so nannte ich die Heimstätten der Menschen, die von rotgesichtigen Tyrannen mit enormer Lungenkraft regiert wurden). In meinem eigenen, kühlen, sauberen Wohnzimmer legte ich eine Platte von Ravi Shankar oder vielleicht auch eine Nocturne von Chopin auf, zog den blauen Seidenkimono über, den mir Richard geschenkt hatte, und rollte mich auf meinem braunen Büffelledersofa zusammen. Wenn mich die beruhigenden Klänge der Sitar oder des Pianos einhüllten, schloß ich die Augen und dachte über den bevorstehenden Abend mit Richard nach. Und ich dankte Gott für mein Leben, das so zivilisiert, so kontrolliert, so *perfekt* war, wie ein Leben nur sein konnte.

Durch den Jungen änderte sich alles.

Er hockte unter der Treppe, als ich das Gebäude verlassen wollte, um mit Richard meinen morgendlichen Sechs-Uhr-Lauf durch die Rosengärten zu machen. Ich hätte ihn gar nicht wahrgenommen, wäre da nicht dieses Husten gewesen, das in dem Moment ertönte, als ich an der Tür ankam. Er hatte sich in die hinterste Ecke der düsteren dreieckigen Nische verkrochen, so daß ich zuerst nicht mehr sah als eine kleine, zusammengekauerte Gestalt und das Glitzern verängstigter Augen. Und ich dachte: *wie ein wildes Tier.* Später dann fragte ich mich, wie ich *ihm* wohl vorgekommen sein mußte: ein polterndes, nach vorn gebeugtes Wesen in einem pinkfarbenen Jogginganzug, dem das Haar wild um das Gesicht baumelte und das ihm befahl *Komm sofort da raus*, das wissen wollte *Wo kommst du her* und *Wie bist du durch die Sicherheitstür gekommen*. Aber er hat wohl kein Wort davon verstanden.

Als ich ihn endlich aus der Nische herausbekommen hatte, war mein Liz-Claiborne-Anzug ruiniert, meine Wange, wo er mich gekratzt hatte, stach, und auf meiner Uhr war es zwanzig nach sechs. *Richard*, dachte ich bestürzt, denn er mochte es nicht, wenn man ihn warten ließ. Aber dann nahm der Junge erneut meine Aufmerksamkeit in Anspruch.

Er schien ungefähr sieben zu sein, vielleicht auch älter. Er war so dünn, daß es sich nicht genau sagen ließ. Unter seinem dreckigen Hemd ragten die Schlüsselbeine hervor, und in den Vertiefungen dazwischen erblickte ich seinen wild schlagenden Puls. Zotteliges schwarzes Haar fiel ihm in die Augen. Sie starrten mich unverwandt an. Er schien nichts von dem, was ich sagte, zu verstehen, nicht einmal, als ich zu stockendem Spanisch wechselte, und als ich mich vorbeugte, zuckte er zusammen und riß einen dünnen, braunen Arm in die Höhe, um sein Gesicht zu schützen.

Was soll ich nur mit ihm anfangen, fragte ich mich verzweifelt. Es wurde immer später. Meinen morgendlichen Lauf hatte ich bereits verpaßt, und wenn ich nicht bald in meine Wohnung zurückkehrte, hätte ich auch keine Zeit mehr für meine Sit-ups. Danach wollte ich mir die Haare waschen – wir hatten eine wichtige Konferenz in der Bank, und man hatte mich dazu bestimmt, die Eröffnungspräsentation zu übernehmen. Außerdem wußte ich noch nicht, was ich für diesen Anlaß anziehen sollte. Ich schloß die Augen und hoffte, der Junge würde auf die gleiche Weise verschwinden, wie er aufgetaucht war, aber als ich sie wieder öffnete, war er immer noch da und blickte mich mißtrauisch an.

Ich schloß die Tür zu meinem Appartement auf, trat aber nicht sofort ein. Ich hatte Angst vor dem, was ich dort vorfinden mochte. Doch dann sagte ich mir, *was konnte denn noch Schlimmeres passieren*? Ich war zu spät zur Arbeit gekommen (zum ersten Mal überhaupt). Ich war mit ungewaschenem Haar, das mir in die Augen fiel, und unsortierten Tabellenkalkulationen in den Konferenzraum gestürmt. Meine Präsentation war höchstens zweitrangig gewesen (auch zum ersten Mal), und als mich Dan Luftner, der Leiter der Kreditabteilung, der schon seit Jahren darauf lauerte, mir eins auszuwischen, darum bat, einen aktuellen Bericht über die Kontoauszugssoftware zu liefern, die die Bank vor einer Weile erworben hatte, war ich nicht imstande gewesen, ihm eine angemessene Antwort zu geben. »Aber, Meera«, hatte er gesagt und in gespielter Überraschung die Augenbrauen in die Höhe gezogen, »ich dachte, Sie wüßten immer alles!« Ich litt den ganzen Morgen an dem triumphierenden Blitzen, das ich in seinen Augen gesehen hatte, und als ein Kunde eine besonders dumme Frage stellte, fuhr ich ihn an. »Geht es Ihnen gut, Meera?« erkundigte sich mein Vorgesetzter, der alles gehört hatte. »Vielleicht sollten Sie sich den Rest des Tages freinehmen.« Und so stand ich nun mitten am Nachmittag mit fürchterlichen Kopfschmerzen, die in meinem Schädel hämmerten, vor meiner Wohnungstür.

Ich beschloß, die nächsten Stunden bei zugezogenen Vorhängen und ausgestöpseltem Telefon im Bett zu verbringen, ein in Eau de Cologne getränktes Taschentuch auf der Stirn und mit der strikten Anweisung an den Jungen, mich auf keinen Fall zu stören. Und wenn die Kopfschmerzen nachgelassen hatten, würde ich mir die neue Dvorák-Aufnahme anhören, die Richard mir zum Valentinstag geschenkt hatte. Alles andere – auch der Anruf bei Richard, in dem ich ihm erklären wollte, warum ich nicht gekommen war – konnte ich später erledigen.

Sobald ich die Tür geöffnet hatte, überfiel mich der Gestank. Er war schlimmer als zehn Baby-Häuser zusammengenommen. Ich folgte meiner Nase ins Badezimmer. Überall auf dem Boden war Urin, eine große, gelbe Pfütze, in der braune Klümpchen schwammen.

Ich ging in die Küche, nahm zwei Aspirin und spülte dann noch eine dritte Tablette hinunter. Ich ergriff den Wischmop, den Eimer und eine Flasche Pine Sol und machte mich auf die Suche nach dem Jungen, wobei ich mir bereits alles zurechtlegte, was ich ihm an den Kopf werfen wollte. *Du kleiner Wilder, habe ich dir heute morgen nicht mindestens zehnmal in deutlicher Zeichensprache erklärt, wie man die Toilette benutzt? Und genau das war der*

Grund, warum ich zu spät zur Arbeit gekommen bin, warum meine Präsentation eine Katastrophe gewesen ist. Wenn ich nicht zur Mitarbeiterin des Monats gewählt werde wie die letzten drei Male, dann ist das allein deine Schuld. Ich hatte auch vor, ihn dazu zu bringen, das Badezimmer selbst sauberzumachen. Aber zuerst würde ich ihn schütteln, bis die Zähne in seinem dummen Schädel klapperten.

»Du hättest ihn noch am selben Morgen dem Hausverwalter übergeben sollen«, würde mir Richard später sagen. »Du hättest ihn nie mit in deine Wohnung nehmen dürfen. Ich verstehe einfach nicht, warum du das gemacht hast – das sieht dir gar nicht ähnlich.«

Richard hatte natürlich in beiden Fällen recht. Ich habe mich noch nie zu der Sentimentalität hinreißen lassen, Streuner aufzunehmen – ich kenne mein anspruchsvolles Wesen, die Grenzen meiner Geduld nur allzu gut. Mein erster Gedanke, als ich den Jungen sah, war auch tatsächlich der gewesen, den Verwalter zu rufen. Mr. Leroy, ein großer, nicht unfreundlicher Mann mit eigenen Kindern, hätte gewußt, was mit dem Jungen zu tun gewesen wäre. Hätte es bestimmt besser gewußt als ich.

Also, warum habe ich ihn nicht angerufen? Ob meine Entscheidung etwas mit den unglaublichen Augen des Jungen zu tun hatte und der Art und Weise, wie er sie auf mein Gesicht richtete? Der Art und Weise, wie seine dünnen Schultern dort unter der Treppe zitterten, als ich sie berührte? Ob ein Teil von mir – diese verräterische indische Seite, die an das Karma glaubt – das Gefühl gehabt hatte, daß er aus einem bestimmten Grund gerade auf meiner Türschwelle gelandet war? Ich bin mir nicht sicher. Aber selbst jetzt, während ich wütend die Wohnung nach ihm absuchte, wußte ich, daß ich ihn nicht wegschicken würde.

Ich fand ihn schließlich hinter den Vorhängen im Schlafzimmer. Er wich gegen die Wand zurück, als er mich sah. Ich vernahm das Zischen, als er einatmete, sah, wie seine Schultern sich versteiften. Er gab einen leisen jammernden Laut von sich, der endlos zu sein schien.

»Oh, Scheiße.« Ich stieß ein kurzes Lachen aus, als mir die Angemessenheit des Ausdrucks bewußt wurde. »Nun blick nicht so ängstlich drein, Himmel noch mal! Tu es nur nie wieder, in Ordnung? Und jetzt sollten wir wohl besser zusehen, daß du in die Badewanne kommst.«

»Sharmila«, sagte ich am Telefon, »wo kann man am besten Kindersachen kaufen?«

»Warum willst du das denn wissen? Hast du etwa vor, dir eins zuzulegen?«

»Sehr witzig. Nein, der Sohn meines Bruders kommt zu Besuch und...« Mein schlechtes Gewissen ließ meine Stimme ins Stocken geraten. Ich hatte Sharmila noch nie angelogen. Aber der Junge war mein besonderes Geheimnis. Ich war noch nicht bereit, ihn mit irgend jemand zu teilen.

»Dein Bruder! Hast du mir nicht erzählt, daß du ein Einzelkind bist?«

»Habe ich das? Vielleicht hatte ich da gerade Streit mit ihm.«

»Hmmm«, entgegnete Sharmila, die offensichtlich nicht überzeugt war. »Na gut, wie alt ist der Junge denn? Einige Läden haben schöne Babysachen und andere...«

»Er sieht so aus, als wäre er ungefähr sieben...«

»*Er sieht so aus*? Weißt du denn nicht, wie alt dein eigener Neffe ist?«

»Hör mal, ich stehe meiner Familie nicht so nah wie

du deiner«, rief ich. »Wir können nicht alle so perfekt sein. Tut mir leid, daß ich überhaupt gefragt habe.« Ich knallte den Hörer auf die Gabel und legte ihn dann daneben auf den Tisch. Sharmila würde sicherlich zurückrufen, um zu erfahren, warum ich, die ich mich niemals aufregte – nicht einmal, als der Computer damals in der Bank plötzlich die Information über fünfhundertdreiundsechzig Konten geschluckt hatte –, nun plötzlich so ein seltsames Verhalten an den Tag legte. Vielleicht verfiel sie sogar auf die Idee, vorbei zu kommen. Und ich hatte Angst, was sie sagen würde, wenn sie das mit dem Jungen herausfand.

Ich schaute zum Küchentisch hinüber und begegnete seinem besorgten Blick. »Alles in Ordnung«, sagte ich. »Ich bin nicht böse mit dir.« Ich lächelte ihn an, bis die Runzeln auf seiner Stirn verschwanden. Ich stellte zufrieden fest, daß er beinahe das ganze große Eibutterbrot gegessen und seine Milch ausgetrunken hatte. Nach dem Bad sah er viel besser aus, mit glänzendem Haar und einem sauberen Gesicht – und waren nicht auch die Ringe unter seinen Augen ein wenig blasser?

Das Baden hatte sich schwierig gestaltet. Er wollte einfach nicht allein in die Wanne gehen, also mußte ich ihn irgendwie dazu bringen. »Ich werde dir nicht weh tun«, sagte ich immer wieder. Trotzdem wehrte er sich und zitterte, als ich ihm das Hemd auszog und hielt mit einem jammernden Laut seine zerrissene Hose fest, bis ich nachgab: »Okay, okay, also behalt sie an.« Ich setzte ihn in die Wanne und begann, ihn einzuseifen, und da fühlte ich sie zum ersten Mal – die Runzeln alter Brandnarben auf seinem Rücken. *Zigaretten? Aber wer?* Ich versuchte, mir einen Menschen vorzustellen – einen Mann? Eine *Frau?* –, der ihn zu Boden preßt, während sein Körper wie ein gefangener Vogel unter dem enormen Druck dieses Erwachsenenarms zittert, wie der brennende Stummel immer und immer wieder in seinen Rücken gebohrt wurde, bis er sogar aufhörte, diesen dünnen, wimmernden Ton von sich zu geben. Und dann weinte ich, ich weinte und hielt ihn fest in meinen Armen, während das lauwarme Seifenwasser meine weiße Givenchy-Bluse durchtränkte, die ich vergessen hatte auszuziehen, und es war mir plötzlich ganz egal.

Irgendwie brachten wir das Bad hinter uns, und nun trug er eine abgeschnittene Jeans von mir, die wir mit dem Kimonogürtel in seiner Taille festgebunden hatten, und dazu ein aquamarinblaues Moschino-T-Shirt, das ihm beinahe bis zu den Knien reichte. Seine Füße steckten in meinen alten hawaiischen Sandalen.

»Ach, was soll's«, sagte ich und zwang ein Lächeln auf mein Gesicht. »Draußen gibt es eine Menge Leute, die noch verrückter angezogen sind als du. Laß uns einkaufen gehen. Hast du schon mal was von Macy's gehört, mein Junge?«

Aber die ganze Zeit über dachte ich: *Ob es wohl jemand aus seiner Familie gewesen ist? Vielleicht sein Vater? Oder – Gott möge uns beistehen – vielleicht seine Mutter?*

Als es zweimal hintereinander kurz und ungeduldig an der Tür läutete, wußte ich, daß das Sharmila war. Ich bereitete gerade das Abendessen zu: Erdnußbutter- und Marmeladenbrote und Buchstabensuppe. Ich hatte keine Ahnung, ob der Junge bereits das Abc kannte oder ob er Erdnußbutter mochte, aber Generationen von Kindern in Fernsehsendungen schienen damit prächtig zu gedeihen, also konnte es wohl nicht so schlecht sein. Ich fragte mich, ob ich wohl davonkommen würde, wenn ich einfach nicht aufmachte, aber da hämmerte Sharmila bereits an die Tür.

»Kein Grund zur Aufregung«, beruhigte ich den Jungen, der von seinem Stuhl aufgesprungen und in die Ecke neben den Kühlschrank zurückgewichen war. »Iß du nur deine Suppe, solange sie noch warm ist.«

»Ich wußte doch, daß du da bist«, begrüßte mich Sharmila und schob sich an mir vorbei. Sie schien ihren ganzen Haushalt auf dem Rücken mit sich zu schleppen, aber als ich genauer hinsah, erkannte ich, daß es sich nur um das Baby handelte, das in eine Decke und in eine Art Sack gewickelt war, der scheinbar auch als Windeltasche fungierte. »Ich wußte endgültig, daß etwas nicht in Ordnung ist, als ich bei der Bank anrief und man mir sagte, daß du dir einen Tag freigenommen hättest. Du nimmst dir doch nie einen Tag frei.«

Ich murmelte etwas davon, daß ich eine Menge Überstunden angesammelt hätte.

»Klar«, erwidert Sharmila. »Das kannst du bei jemand anders versuchen, aber nicht bei mir – ich bin nicht von gestern! Los, hilf mir mal, dieses verdammte Ding auszuziehen. Ich schwöre, es wiegt eine Tonne. Nein, Mummy beschwert sich nicht über dich, *raja beta,* nur über dein Gepäck.« Der letzte Satz war an das Baby gerichtet, das aussah, als würde es jeden Moment zu schreien beginnen. Doch bevor es dazu Gelegenheit hatte, steckte ihm Sharmila geschickt einen Schnuller in den Mund und wandte sich zur Küche um. »Und das ist also der junge Mann«, sagte sie.

»Sein Name ist Krishna«, erklärte ich. Welch eine geglückte Inspiration! Ich mußte ihm sowieso einen Namen geben (da er keinen zu haben schien), und da war ein Dämonen-zerstörender Gott, aufgezogen von einer Pflegemutter, doch eine gelungene Wahl. Seine Freunde in der Schule würden ihn Kris nennen können.

»Um Himmels willen, Meera, der Junge sieht nicht einmal indisch aus! Jetzt erzähl mir endlich die ganze Geschichte, und wage es ja nicht, irgend etwas auszulassen.«

Als ich mit meiner Geschichte geendet hatte, erstreckten sich die Schatten des Pfefferbaumes von draußen durch das ganze Zimmer. Sharmila wischte sich über die Augen. Sie hob ihr Baby hoch und preßte es lange Zeit an sich. Das Kind gurgelte vor Lachen, und Krishna, der schon den ganzen Nachmittag in der Nähe des Jungen gehockt hatte, streckte den Arm aus, um das pummelige Händchen zu berühren. Das Baby ergriff seinen Finger. Jetzt lachte auch Krishna – zum ersten Mal, wie ich Sharmila versicherte.

»Vielleicht hat er mal einen kleinen Bruder oder eine kleine Schwester gehabt, der arme Junge«, mutmaßte Sharmila und beobachtete, wie er mit ihrem Sohn spielte. Dann wandte sie sich mir zu. »Ich weiß, wie du dich fühlst, Meera, aber du kannst ihn nicht einfach *behalten* …«

»Warum denn nicht?« erkundigte ich mich hastig. Ich wollte das, was als nächstes kommen würde, nicht hören. Ich hatte Angst, daß ihre Worte das Echo der Einwände sein könnte, die ich in die hinterste Ecke meines Verstandes geschoben hatte. »Ich kann ihm ein gutes Zuhause geben. Ich kann …«

»Was ist, wenn er vermißt wird? Vielleicht sucht seine Familie in diesem Moment nach ihm …«

Ich verspürte den Anflug eines schlechten Gewissens, schüttelte das Gefühl aber unwillig und wütend wieder ab. *Und wenn schon,* dachte ich, denn mir fielen die Brandmale wieder ein. Doch ich erwiderte nur: »Er macht den Eindruck, als sei er schon lange Zeit auf sich allein gestellt.«

»Trotzdem, früher oder später wird er zur Schule gehen müssen, und dann brauchst du eine Geburtsurkunde, eine Sozialversicherungsnummer, irgendeinen Beleg, daß du sein Vormund bist...«

»Und was ist, wenn ich irgendwo hinziehe, wo uns keiner kennt? Ich könnte einfach sagen, daß wir unsere gesamten Papiere bei einem Brand verloren haben.«

»Meera«, erwiderte Sharmila geduldig, »du weißt selbst, daß das nicht funktionieren wird. Vielleicht würde es in Indien klappen, aber nicht hier, wo überall, ob in Krankenhäusern oder bei Ärzten, Unterlagen archiviert werden. Nein, du mußt es auf legale Weise tun.«

»Adoption! Kommt gar nicht in Frage!« rief Richard mit so scharfer Stimme, daß sich einige Köpfe zu unserem Tisch umdrehten.

Ich schob mein halb gegessenes Abendessen zur Seite, obwohl es gegrillter Lachs mit einer leichten Mandelsoße und damit eins meiner Lieblingsgerichte war.

»Warum? Warum kommt das nicht in Frage?« Auch meine Stimme hatte einen scharfen Tonfall angenommen – hauptsächlich, um meine Bestürzung zu verbergen. Tief unten in meinem Magen lag eine kalte, bleierne Schwere. Ich hatte natürlich mit einer kleinen Auseinandersetzung gerechnet, aber niemals damit, daß Richard sich so entschieden gegen meinen Plan aussprechen würde. Eigentlich hatte ich eher gedacht, mit seiner Hilfe die letzten Details ausarbeiten zu können, sobald wir die Angelegenheit besprochen hatten. Es erschütterte mich, wie mißbilligend seine Stimme klang, wie endgültig und wie sehr mit Abscheu erfüllt. Und dabei hatte er Krishna noch nicht einmal kennengelernt.

Wir aßen im Le Gourmand, das für meinen Geschmack ein bißchen zu schick ist. Die Karte ist auf französisch (sie geben einem zwar eine in Englisch, wenn man danach fragt, aber nur äußerst widerwillig), die Servietten sind mit echter Spitze umsäumt (belgischer, wie mir Richard versicherte), und es gibt eine einschüchternde Auswahl an Bestecken, die alle ein Monogramm tragen (neben meinem Teller lagen vier Gabeln, von den Messern und Löffeln einmal abgesehen). Aber Richard genießt so etwas sehr. Und da ich wollte, daß er gut gelaunt war, hatte ich ihn hierher eingeladen.

Aber bisher verlief der Abend nicht besonders gut.

»Das war dumm. Du hast dich einfach absolut dumm verhalten, Meera. Wie konntest du ihn nur mit in deine Wohnung nehmen?« hatte Richard gesagt, als ich ihm von Krishna erzählte. Sein Tonfall ließ mich sofort hochfahren. Niemand durfte mich ungestraft als dumm bezeichnen. Und er klang so *onkelhaft*, so besserwisserisch. *Oder war dies etwa der wirkliche Richard?* fragte eine tückische innere Stimme.

»Dumm und gefährlich«, sagte er gerade. »Es will mir einfach nicht in den Kopf, daß du ihn schon über eine Woche bei dir hast. Du könntest eine Menge Schwierigkeiten mit dem Gesetz bekommen. Man könnte dich wegen aller möglicher Vergehen anklagen – Entführung, Kindesmißhandlung ...«

»Und seit wann weißt du soviel über das Gesetz, Mr. Perry Mason?« warf ich ein. Das Wort Kindesmißhandlung hatte die Erinnerung an jene unebenen Narben unter meinen Fingern allzu lebendig werden lassen. Ich verlieh meiner Stimme Härte, denn ich wollte vor Richard nicht weinen. »Oder hast du etwa persönliche Erfahrung mit den Anschuldigungen, die du gerade erwähntest?«

Ich nehme an, ich klang auch nicht gerade wie ich selbst, denn Richards Mund öffnete sich zu einem kleinen O, das ihm einen erstaunten und zugleich empörten Ausdruck verlieh. Ich spürte, wie sich ein hysterisches Lachen in mir sammelte. Wir standen kurz vor unserem ersten Streit. Ich war überrascht festzustellen, daß ich mich beinahe darauf freute.

Aber Richard ist natürlich viel zu zivilisiert, um sich zu streiten. Nach einer Weile sagte er mit sorgfältig kontrollierter Stimme: »Wie ich sehe, bist du zu emotional in die Sache verwickelt, um klar denken zu können. Aber es kann einfach nicht so weitergehen. Wie lange, glaubst du beispielsweise, kannst du ihn noch in deiner Wohnung verstecken?«

Darüber hatte ich auch schon nachgedacht. Krishna und ich hatten einen reibungslosen Tagesablauf entwickelt. Morgens frühstückten wir zusammen und sahen uns die Nachrichten an. Während ich meiner Arbeit bei der Bank nachging, beschäftigte er sich damit, die Bilder in den Büchern zu betrachten, die ich ihm aus der Bibliothek mitbrachte. Wenn ich von der Arbeit kam, gingen wir gewöhnlich in den Park (wir hatten uns einen Drachen gekauft) oder in die Bibliothek oder liehen uns ein Video aus – er mochte Tierfilme. Nach dem Abendessen saßen wir dann zusammen auf dem Sofa und sahen es uns an und redeten über die aufregenden Szenen. Eigentlich war überwiegend ich diejenige, die das Gespräch bestritt. Ich hatte ihn immer noch nicht dazu gebracht, etwas zu sagen. Er nickte nicht einmal oder schüttelte den Kopf, um mir ja und nein zu bedeuten. Aber ich war mir sicher, daß er alles verstand, was ich sagte. Er kannte die Regeln und befolgte sie sorgfältig: Der Balkon, auf dem ihn jemand sehen konnte, war für ihn tabu. Er durfte in meinem Schlafzimmer keine Schubladen aufziehen und nicht an die Wohnungstür gehen, wenn es läutete. Er kam im Badezimmer zurecht und hatte gelernt, den Mikrowellenherd zu benutzen, und sich selbst (und auch mir, wenn ich es schaffte, zu einem schnellen Mittagessen nach Hause zu eilen), Butterbrote mit Erdnußbutter und Marmelade zu streichen. Und abends, wenn ich das Essen vorbereitete, war er gern in meiner Nähe und erledigte kleine Aufgaben: Er brach die Spaghetti, wusch die Spinatblätter und schnitt die Salattomaten in ordentliche Scheiben, was auf eine frühere Erfahrung schließen ließ. Vielleicht hatte er seiner Mutter auch immer geholfen.

Seiner Mutter.

Ich war zu dem Entschluß gekommen, daß er keine Mutter hatte, denn sie hätte sich gewiß zwischen ihn und diese brennende Zigarette gestellt, wie das Mütter tun sollten. Aber in meinen Träumen tauchte sie beinahe jede Nacht auf, suchte weinend und verwirrt nach ihrem Sohn. Machmal begegneten ihre Augen anschuldigend den meinen. Dann starrte ich trotzig zurück. *Du hättest vorsichtiger sein sollen,* warf ich ihr vor. *Du hättest nicht zulassen dürfen, daß er dir wegläuft.*

»Wenn es sein muß, kann ich ihn noch eine lange Zeit versteckt halten«, eröffnete ich Richard, obwohl ich schon damals hätte wissen müssen, daß das nicht möglich war. »Und jetzt würde ich gern nach Hause gehen. Ich möchte Krishna am Abend nicht so lange allein lassen.«

Ich vernahm das Trappeln seiner Füße, bevor ich den Schlüssel umdrehte, und als ich die Wohnungstür öffnete, wartete er schon auf mich. Er ergriff meine Hand, zog mich zum Sofa hinüber und legte mir das Buch in die Hände, das wir ein paar Stunden vorher zusammen gelesen hatten. Als ich das Buch ausgesucht hatte, das eine einfache Geschichte von einer Mäusefamilie erzählt, die in einem Gemüsegarten lebt, hatte ich die Befürchtung, daß es zu kindlich für Krishna sei, aber er liebte es. Er saß oft minutenlang da und zog die leuchtenden Gemüse – Auberginen, Zucchini, Bohnen, Salat –, mit seinen Fingern nach, als wüßte er ganz genau, wie sie sich anfühlten. Und wenn wir zu der Stelle kamen, wo Baby Maus davonwandert und sich verirrt und nicht hört, wie seine Eltern nach ihm rufen, da verharrte sein ganzer Körper mit angespannter Aufmerksamkeit.

Wir machten es uns auf dem Sofa gemütlich. Krishna beugte sich über das Buch, so daß er die Seiten für mich umblättern konnte. (Irgendwie wußte er immer genau, wann er es tun mußte, obwohl ich mir ziemlich sicher war, daß er nicht lesen konnte.) Für gewöhnlich genoß ich es, ihm vorzulesen, aber heute abend fiel es mir schwer, mich zu konzentrieren. Meine Gedanken kehrten immer wieder zu dem zurück, was Richard gesagt hatte, als er mich unten vor der Tür absetzte.

Er hatte mir angeboten, mich nach oben zu begleiten, und als ich ablehnte (irgendwie konnte ich den Gedanken nicht ertragen, daß seine Augen Krishna kühl und kritisch musterten), hatte er mich an den Schultern gepackt und mich dicht an sich gezogen, so daß ich ihm ins Gesicht blicken mußte. »Du bist besessen von diesem Jungen, Meera«, hatte er gesagt. Im flackernden Licht der Straßenlaterne entdeckte ich die Falten um seinen

Mund, scharf und tief wie Risse in Porzellan, ehe er sich vorbeugte, um mir einen harten Kuß auf den Mund zu geben. Der heftige Druck seines Mundes auf meinen Lippen, der so gar nicht seinen üblichen sanften Umarmungen entsprach, verblüffte mich. Ob er eifersüchtig war? Unterschied er sich vielleicht doch nicht von den Helden der Hindi-Leinwand, die ich in Kalkutta zurückgelassen hatte?

»Vielleicht brauchst du ein eigenes Kind«, sagte er und versuchte mich wieder zu küssen.

Ich dachte an Krishna, der oben auf mich wartete. An diese feine Linie, die zwischen seinen Brauen erschien, wenn er mir konzentriert zuhörte. »Vielleicht wäre es besser, wenn wir uns für eine Weile nicht sehen«, hatte ich schnippisch erwidert und ihn weggeschoben.

Aber seine Worte hatten mich tief getroffen.

Während ich nun auf dem Sofa saß, versuchte ich es mir vorzustellen. Mein Kind – und Richards, denn das war es, was er gemeint hatte. Aber irgendwie wollte es mir nicht gelingen. Die Details verwirrten mich. Ob das Baby wohl einen dichten Schopf dunkler Haare haben würde, wie dies bei indischen Kindern der Fall war? Oder ob es rosig und kahl wie amerikanische Babys wäre? Welche Farbe hätten wohl seine Augen? Außerdem konnte ich mir Richard nicht in der Rolle des Vaters vorstellen, der seine Armani-Hose in die Höhe zieht, um sich auf den Boden zu knien und Windeln zu wechseln, oder der um zwei Uhr morgens auf und ab spaziert und versucht, ein Baby mit Darmkoliken zu beruhigen, das sich über sein Satinnachthemd von Bill Blass erbrochen hat.

Es war viel leichter, sich Krishna vorzustellen. In meiner Phantasie läuft er im Park herum. Ich feuere ihn an, während er den Drachen in einem engen, purpurfarbenen Bogen in die Höhe zieht, bis er anmutig wie ein Vogel hoch oben über seinem Kopf schwebt. Am ersten Schultag setze ich ihn vor dem Tor ab, reiche ihm mit einem Kuß das Geld fürs Mittagessen und sehe zu, wie er den anderen Kindern nach drinnen folgt. Er dreht sich an der Tür um, präsentiert mir ein zittriges Lächeln und ein Winken, das mir zeigt, wie ängstlich er ist und doch entschlossen, tapfer zu sein. In Disneyland schreien wir, von einer wohligen Furcht erfüllt, als der Wagen der Achterbahn immer tiefer und tiefer und tiefer rast – schneller als irgend etwas, das wir uns je hätten vorstellen können. Beim Basketballspiel feure ich ihn mit Klatschen an, bis meine Handflächen wund sind. Ich begleite ihn, um ihm seinen ersten Wagen zu kaufen. Ich nehme ihn mit, um die Formulare für seine College-Bewerbung auszufüllen. Bis spät in die Nacht hinein sitzen wir da, genauso wie jetzt, und reden über Leben und Tod und Mädchen und Rockmusik oder worüber auch immer sich Mütter und Söhne unterhalten. In meiner Phantasie gibt es keinen Richard und (nur für einen Augenblick verspüre ich ein schlechtes Gewissen) auch kein Bedürfnis nach ihm.

Krishna blickte mich fragend an. Ich sah hinunter und bemerke, daß wir am Ende des Buches angekommen waren – und das wahrscheinlich schon vor einigen Minuten.

»Zeit fürs Bett, junger Mann«, sagte ich. Als ich mich zu ihm hinüberlehnte, um ihn zu umarmen, roch seine Haut nach meiner Jasminseife. Ich freute mich, daß er nicht mehr vor mir zurückwich, nicht einmal, wenn ich nach seinem morgendlichen Bad Gesichtscreme auf seine Narben strich. (Wahrscheinlich waren sie inzwischen schon zu alt, als daß ich damit noch etwas hätte ausrichten können, aber es gab mir ein besseres Gefühl.) Und jetzt hielt er mir, auch wenn er meine Umarmung nicht erwiderte, doch die Wange für seinen gewohnten Gutenachtkuß hin.

Während ich zusah, wie er seine Laken und die Decke (alle sorgfältig gefaltet – er war ein ordentlicher Junge) zum Sofa brachte, wo er schlief, bemerkte ich, daß er ein paar Pfund zugenommen hatte. Das machte mich albernerweise unglaublich glücklich, sogar mehr noch als die Sache damals in der Bank, als es mir gelungen war, das Von-Hausen-Konto wieder in Ordnung zu bringen, von dem mehrere Millionen Dollar verschwunden waren. Er wurde auch größer. Aber vielleicht lag das nur an der Art und Weise, wie er jetzt ging: die Schultern gerade, den Kopf in die Höhe gereckt.

Morgen, sagte ich mir, während ich ihm mit den Laken half. Morgen würde ich beginnen, einige diskrete Erkundigungen über die kalifornischen Adoptionsgesetze einzuholen.

Ich saß Ms. Mayhew gegenüber, die hinter ihrem Schreibtisch noch einmal meine Unterlagen durchging, und wunderte mich zum wiederholten Male, wie freundlich das für die Pflegeheime zuständige Büro aussah. Ich hatte etwas Langweiliges in düsterem Grau erwartet, mit einer Menge Metallmöbeln. Statt dessen war ich in einen hellen Raum getreten, der mit bunten Wandbehängen und Teppichen dekoriert war, und durch das große Fenster schien die Nachmittagssonne auf die Spielecke, die mit den Stofftieren und Knautschsäcken und großen, farbigen Bauklötzen einen einladenden Eindruck machte. Es gab auch Bücher dort, sogar das über die Mausefamilie, das Krishna so sehr mochte. Ich fragte mich, ob ich das für ein gutes Omen halten sollte.

Ms. Mayhew entsprach auch nicht unbedingt der hexenähnlichen Figur, die ich heraufbeschworen hatte, samt Hornbrille, dünner, spitzer Nase und grauem Haar, das zu einem festen, unnachgiebigen Knoten zurückgebunden war. Sie trug zwar tatsächlich eine Brille, aber eine mit einem dünnen Goldrahmen, der ihr einen eher nachdenklichen Blick verlieh, und ihr kurzes, zu einem modischen Bubikopf geschnittenes Haar ringelte sich auf attraktive Art um ihr Gesicht. Ihr Benehmen war auf eine geschäftsmäßige Weise angenehm – sie verschwendete keine Zeit und schien ihre Arbeit ernst zu nehmen –, was ich begrüßte, denn so ging ich bei meinen Aufgaben in der Bank auch vor. Vom Gemeindeamt, wo ich angerufen hatte, war ich an sie verwiesen worden, und sie erklärte mir sogleich, daß eine Adoption ein sehr langwieriger, komplizierter Prozeß sei, dem Staat Kalifornien verantwortungsbewußte Pflegeeltern aber immer willkommen seien. Ich solle mich doch zunächst einmal daran versuchen, um festzustellen, ob ich wirklich für eine Adoption bereit sei.

Obwohl ich diesbezüglich keinerlei Zweifel hegte, stimmte ich zu. Das war zumindest der beste Weg, um Krishna bis zur Adoption auf legale Weise bei mir behalten zu können.

Überraschenderweise gefiel Richard diese Idee auch. Insgeheim hoffte er vielleicht, daß der Reiz des Neuen, ein Kind im Hause zu haben, schon verflogen war, bevor die Adoption bewilligt würde. Ich wußte es natürlich besser, aber ich wollte nicht darüber diskutieren. Richard hatte sich wirklich Mühe gegeben, nett zu sein. Als ich ihn schließlich doch zu mir einlud, damit er Krishna kennenlernte (die Vorstellung gefiel mir immer noch nicht, aber irgendwann mußte es ja einmal passieren), brachte er ihm einen Baseball und einen Fängerhandschuh mit. Als Krishna sich weigerte, hinter dem Vorhang hervorzukommen, wo er sich beim Klang der männlichen Stimme versteckt hatte, erklärte er ihm, daß er das gut verstehen könne. Er machte sogar das Angebot, ihn zum Trainieren in den Park mitzunehmen, »wenn wir uns erst einmal aneinander gewöhnt haben«. Dafür war ich ihm dankbar. Es änderte zwar nichts an den Bildern in meinem Kopf, in denen immer noch nur Krishna und ich vorkamen, aber ich begann wieder, mit ihm auszugehen.

»Nun, Ms. Bose« – Ms. Mayhew blickte lächelnd auf – »Ihre Unterlagen sehen soweit gut aus. Die Empfehlungsschreiben sind alle sehr positiv, Ihre Fingerabdrücke lassen erkennen, daß Sie ein unbescholtenes Leben führen, und wie ich dem Bericht der Sozialarbeiterin entnehmen kann, die Sie zu Hause besucht hat, haben Sie Ihre Wohnung, wie gefordert, kindgerecht verändern lassen und wandeln das Arbeitszimmer in ein Kinderzimmer um. Nun haben Sie nur noch eine letzte Woche in Ihrem Elternkurs vor sich, und dann können Sie endlich eine Pflegemutter werden. Also ist es an der Zeit, uns genauer darüber zu unterhalten, was für ein Kind für Sie in Frage kommen würde.«

Dieser Teil war etwas heikel. Ich mußte meine Worte mit Bedacht wählen.

»In Ihren Unterlagen«, fuhr Ms. Mayhew fort, »erwähnten Sie, daß Sie einen Jungen von ungefähr sieben oder acht Jahren bevorzugen würden – was mir angesichts der Tatsache, daß Sie einer Ganztagsbeschäftigung nachgehen, sinnvoll erscheint. Aber Sie haben noch nichts bezüglich der gewünschten ethnischen Abstammung gesagt – oder spielt das keine Rolle?«

»Ehrlich gesagt, Sie müssen sich für mich gar nicht nach einem Kind umsehen. Mir schwebt da bereits ein bestimmter Junge vor.«

Ms. Mayhews Augenbrauen wanderten in die Höhe. Ich hatte mich nicht an die Vorschriften gehalten. »Wo lebt er im Moment? Bei Verwandten?«

Ich schluckte. »Er wohnt bei mir.«

»Sind Sie mit ihm verwandt?«

»Nein.« Als ich den Ausdruck auf ihrem Gesicht sah, beeilte ich mich, Krishnas Situation zu erklären. »Ich weiß, ich hätte das besser nicht tun sollen«, schloß ich, »aber er war so klein und so verängstigt…« Selbst in meinen Ohren klang meine Argumentation schwach und sentimental.

»Wo war er, als die Sozialarbeiterin zu Ihnen kam, um die Wohnung zu überprüfen?«

»Bei Freunden«, erwiderte ich mit schlechtem Gewissen. Ich hatte ihn an jenem Morgen zu Sharmila gebracht, weil ich kein Risiko eingehen wollte.

Ms. Mayhew schüttelte den Kopf. »Was Sie da getan haben, Ms. Bose, ist illegal, auch wenn Ihre Motive uneigennützig gewesen sein mögen. Ich fürchte, wir müssen Sie bitten, das Kind sofort zu uns zu bringen. Wir werden alles in unserer Macht Stehende tun, um die Eltern ausfindig zu machen…«

Ich hätte ihr am liebsten von den Verbrennungen erzählt, aber ich tat es nicht. *Später*, dachte ich. Ich würde es als Waffe benutzen, falls sie sie wirklich finden sollte.

»Sollte es uns nicht gelingen, sie zu finden, werden wir versuchen, ihn bei Ihnen unterzubringen, sobald Sie als Pflegemutter zugelassen sind. Aber bis dahin muß er woanders bleiben.«

»Es geht doch nur noch um eine Woche.« Ich beugte mich vor und umklammerte die Schreibtischkante. »Können Sie nicht einmal eine Ausnahme machen? Nur für diese eine Woche? Er fühlt sich so wohl bei mir. Es würde ihn in Angst und Schrecken versetzen, wenn er an einen fremden Ort müßte…«

»Tut mir leid. Ich muß mich an gewisse Vorschriften halten, und das hier ist eine der wichtigsten. Was Sie getan haben, ist ehrlich gesagt eine ziemlich ernste Angelegenheit. Sie könnte sogar verhindern, daß Sie als Pflegemutter zugelassen werden.«

Die Ecken des Raums färbten sich schwarz.

»Aber ich werde einen Vermerk in Ihre Akte machen, daß Sie aus Unwissenheit und in guter Absicht gehandelt haben«, sagte Ms. Mayhew, nicht unfreundlich. »Mehr kann ich nicht für Sie tun.«

Mir war klar, daß es keinen Sinn hatte, mich noch länger mit ihr auseinanderzusetzen. Ich bemühte mich, so gut es eben ging, die Fragen über Krishna zu beantworten, und fügte abschließend hinzu: »Ich werde ihn morgen hierherbringen. Geht das?«

Einen Augenblick lang hatte ich Angst, Ms. Mayhew würde darauf bestehen, daß ich Krishna noch an diesem Nachmittag herausgab. Sie blickte auf ihre Uhr und seufzte. »Also gut«, sagte sie. »Es ist ja schon drei. Aber Sie werden ihn morgen um Punkt neun, also sobald das Büro öffnet, hier abliefern.«

»Sharmila, was soll ich nur *tun*?« Ich bemühte mich, meine Stimme ruhig zu halten, weil ich Krishna nicht verängstigen wollte, der in einer Ecke saß und einen

Legoturm baute. Dennoch riß er den Kopf in die Höhe.

»Soweit ich das sehe, hast du überhaupt keine Wahl. Du mußt ihn morgen dort vorbeibringen.« Sharmilas Stimme am Telefon klang mitleidig, aber fest. »Falls du das nicht tust, wirst du noch größere Schwierigkeiten bekommen.«

»Ich hätte diese ganze Prozedur gar nicht erst anfangen sollen, sondern wäre besser sofort mit ihm nach Indien zurückgegangen …«

»Meera!«

»Es war dumm von mir, ihr überhaupt von ihm zu erzählen! Ich hätte einfach so tun sollen, als sei ich damit einverstanden, daß sie ein Kind für mich suchen – zumindest so lange, bis ich meine Zulassung habe …«

»Und was dann? Einfach anrufen und sagen: ›Ach, übrigens, Sie glauben ja nicht, wer gestern in meiner Wohnung aufgetaucht ist‹! Das hätte niemals funktioniert, Meera. Sie hätten die ganze Sache sofort durchschaut. Ich denke, daß es das beste war, die Wahrheit zu sagen. Und diese Mayhew scheint dir ja durchaus wohlgesonnen zu sein …«

»Wie kannst du das nur sagen? *Sie* ist doch diejenige, die darauf besteht, daß ich ihn abgeben muß …« Obwohl ich es vermied, Krishnas Namen zu benutzen, machte er eine plötzliche Bewegung. Der Legoturm fiel krachend um. An Sharmilas Ende begann das Baby zu schreien, und ich fragte mich, ob ihr Sohn die Spannung ebenfalls bemerkt hatte.

»Sie tut doch nur ihre Arbeit. Du hättest an ihrer Stelle wahrscheinlich genauso gehandelt.«

»Niemals«, erwiderte ich hitzig, aber ich wußte, daß Sharmila recht hatte.

»Tut mir leid, Meera, ich muß Schluß machen. Der Junge brüllt sich in der Wiege die Lunge aus dem Hals. Er ist schon den ganzen Tag so eigenartig. Ich habe keine Ahnung, was los ist.« Sharmila klang besorgt.

Ich bekam ein schlechtes Gewissen. Ich hatte all meine Sorgen bei ihr abgeladen, ohne mich auch nur ein einziges Mal zu erkundigen, wie es ihrem Sohn ging. »Kümmere dich nur um ihn. Ich komme schon klar.«

»Mach dir nicht zu viele Sorgen. Es ist doch schließlich nur für eine Woche. Erklär es Krishna – er ist ein kluger Junge, er wird es verstehen. Und wenn du möchtest, gehe ich morgen mit.«

»Würdest du das wirklich tun?« fragte ich dankbar nach. »Das wäre mir wirklich eine große Hilfe.« Am meisten fürchtete ich mich nämlich vor der einsamen Rückfahrt und dem Betreten meiner leeren Wohnung.

Das Weinen im Hintergrund war zu einem wütenden Schreien geworden. »Klar!« erwiderte Sharmila eilig, bevor sie auflegte. »Bis morgen dann!«

Am Abend kochte ich Krishnas Lieblingsessen: pikant gewürztes Brathühnchen mit heißem Reis. Es war auch eins meiner Lieblingsgerichte, aber ich brachte nicht mehr als ein paar Bissen hinunter. Ein Gefühl großer Angst erfaßte mich, und obwohl ich mir sagte, daß es albern sei, war ich nicht imstande, es abzuschütteln.

Nach dem Abendessen war unsere Vorlesezeit. Aber als Krishna das Mäusebuch zum Sofa herüberbrachte, atmete ich tief durch und schüttelte den Kopf.

»Ich möchte erst etwas mit dir besprechen«, begann ich.

Als ich ihm erklärte, wohin wir am nächsten Morgen gehen würden und warum, blieb sein Gesicht unverändert ausdruckslos. Als ich ihm versicherte, daß er Vertrauen in mich haben müsse, daß ich mein Bestes tun würde, um ihn so schnell wie möglich wieder zurückzubekommen, wartete er höflich ab, und sobald er sicher war, daß ich geendet hatte, legte er mir das Buch in den Schoß.

Während ich ihm vorlas, wie Baby Maus seine Eltern wiederfindet, war ich mir nicht sicher, was ich stärker empfand, Erleichterung oder Schmerz. Ob Krishna mich wohl nicht verstanden hatte? War er möglicherweise autistisch? (Richard hatte dies einmal angesprochen, aber ich hatte es scharf von mir gewiesen.) Oder war es ihm einfach egal?

In jener Nacht konnte ich nicht schlafen. Ich lag da, beobachtete die Schatten, die von der Straßenlaterne gegen meine Wand geworfen wurden, und dachte darüber nach, wie seltsam die Natur der Liebe doch war und auf welch eigenartige Weise sie die Menschen zu verändern vermochte. Die Straßengeräusche verebbten. Die Schatten zitterten über die Wand und die weiße Ausdehnung meines Bettes hinweg. Ich zitterte ebenfalls. Da bemerkte ich, daß sich ein anderer Schatten dazugesellt hatte.

Es war Krishna. Er hielt sein Kissen unter dem Arm. In seinem Gesicht war so wenig zu lesen wie immer.

»Kannst du auch nicht schlafen?« erkundigte ich mich.

Er erwiderte natürlich nichts.

»Also gut«, sagte ich und hob die Decke, obwohl ich wußte, daß Ms. Mayhew dies vermutlich als absolutes Tabu erachten würde. »Komm rein.«

Er machte es sich mit dem Rücken zu mir bequem. Die Matratze gab unter seinem Gewicht kaum nach, so leicht war er immer noch. Ich berührte mit einer leichten Handbewegung sein Haar und suchte in meiner Erinnerung nach etwas, das ihn trösten würde – vielleicht eines der Schlaflieder, die meine Mutter mir immer vorgesungen hatte, als ich noch klein war – vor unendlich langer Zeit. Aber ich hatte sie alle vergessen. Das einzige, woran ich mich erinnerte, war, wie meine Mutter mich festgehalten hatte. Und daher versuchte ich, das gleiche für Krishna zu tun. Ich legte einen Arm um seinen Körper – doch nicht mit der mühelosen Zuversicht meiner Mutter, sondern zögernd, ängstlich, als könnte er zerbrechen. Und so lag ich die ganze Nacht lang da, während sein Atem ruhiger und tiefer wurde und sein Körper in einem vertrauensvollen Schlaf gegen mich sackte. Sein vernarbtes Rückgrat preßte sich gegen meine Brust, seine Haut roch nach Jasmin und gewürztem Huhn.

Das Telefon riß mich aus dem Schlaf, in den ich gerade erst gesunken sein mußte. Meine Augen brannten vor Müdigkeit, und mein Körper schmerzte, als ob ich eine Erkältung in den Knochen hätte. Trotzdem tastete ich nach dem Telefon und stellte fest, daß Krishna sich im Schlaf bewegt und seinen Kopf nun unter mein Kinn gekuschelt hatte. Wie gut und richtig sich das anfühlte!

»Meera.« Sharmilas Stimme klang, als hätte sie auch nicht viel geschlafen. »Der Junge hat die ganze Nacht geschrien. Ich habe ihm schon die Medizin gegen Blähungen und Koliken und sogar etwas Baby-Tylenol gegeben, aber nichts scheint zu wirken. Und jetzt übergibt er sich. Ich muß mit ihm zur Klinik.«

Ich hätte gern etwas gesagt, um meine Betroffenheit auszudrücken, aber das einzige, was ich hervorbrachte, war: »Ja, natürlich.«

»Meera, wach auf! Das bedeutet, daß ich dich nicht zu dieser Ms. Mayhew begleiten kann.«

Die Erinnerung traf mich wie ein Stein zwischen die Augen.

»O Gott«, entschlüpfte es mir. Ich wäre am liebsten wieder ins Bett gekrochen und hätte die Decke über Krishna und mich gezogen. Für immer.

»Tut mir wirklich leid, daß ich dich enttäuschen muß«, fuhr Sharmila fort. »Aber ich habe keine andere Wahl.«

Ich hätte ihr gern gesagt, daß ich sie vollkommen verstand. Die Bedürfnisse der Kinder kamen vor den Bedürfnissen der Erwachsenen, das hatte ich bereits gelernt. Mutterliebe, diese mächtige Flutwelle, spülte alles andere fort. Freundschaft. Eine erfüllte Beziehung. Sogar das Bedürfnis nach Sex.

»Meera, hörst du mir zu? Ich möchte nicht, daß du allein dort hingehst. Würdest du bitte Richard anrufen und ihn fragen, ob er dich begleiten kann?«

»Okay«, erwiderte ich, zum einen, weil Sharmila so beunruhigt klang, und zum anderen, weil ich immer noch benommen war. Nachdem ich es ihr noch einmal versprechen mußte und sie aufgelegt hatte, wählte ich gehorsam Richards Nummer.

»Ich würde Ihnen in einigen Minuten gern Mrs. Amelia Ortiz vorstellen«, sagte Ms. Mayhew lächelnd. Sie sah in Rock und Blazer, beides in einem warmen Braunton, gleichermaßen tüchtig und hübsch aus. Für mich konnte ich momentan weder das eine noch das andere in Anspruch nehmen, und ich erwiderte ihr Lächeln nicht. Aber Richard, der neben mir saß und meine Hand hielt, tat es.

»Wir haben uns bemüht, so schnell wie möglich jemanden zu finden, damit das Kind nicht ins Kinderheim muß, weil das nicht immer die angenehmste Erfahrung ist, und Mrs. Ortiz war so freundlich, uns kurzfristig auszuhelfen.«

»Ich bin sicher, daß Meera und der kleine Krishna Ihnen dafür sehr dankbar sind«, erwiderte Richard und drückte meine Hand.

Ich hätte sie am liebsten aus seinem Griff gerissen, um ihm mitzuteilen, daß ich sehr wohl imstande war, meine eigene Meinung kundzutun. Aber mir war klar, daß ich mir all meine emotionale Energie aufsparen mußte. Beim Klang seines Namens hatte Krishna aufgeblickt. Seine Augen wanderten von Gesicht zu Gesicht, bis sie auf dem meinen verharrten. Er sah nicht besonders ängstlich aus, aber er hielt meine andere Hand fest umklammert und schob sich näher an meinen Stuhl heran.

»Wie ich sehe, hängt der kleine Junge sehr an Ihnen«, sagte Ms. Mayhew. »Ich werde, so schnell es die Vorschriften nur eben zulassen, versuchen, ihn wieder in Ihre Obhut zu geben. Bis dahin wird sich Mrs. Ortiz um ihn kümmern – ah, da ist sie ja.«

Ich fuhr herum und erblickte Mrs. Amelia Ortiz, eine dickliche Frau mittleren Alters in einem Kleid mit Blümchendruck. Sie tupfte sich das Gesicht mit einem Taschentuch ab. »Tut mir leid, daß ich zu spät komme. Der Verkehr war schlimmer, als ich erwartet hatte«, sagte sie mit einer angenehmen, ein wenig atemlosen Stimme und hielt mir lächelnd die Hand hin. Sie machte einen freundlichen, gesunden und mütterlichen Eindruck. Ich haßte sie.

»Ich denke, der Junge wird sich bei Mrs. Ortiz, die selbst zwei Kinder hat, wohl fühlen. Allerdings muß ich Sie bitten, keinen Kontakt zu ihm aufzunehmen, solange er dort weilt – das würde ihn nur beunruhigen. Übrigens spricht Mrs. Ortiz Spanisch. Das könnte möglicherweise hilfreich sein, falls dies seine Muttersprache ist.«

»Wie schön«, erwiderte Richard.

»*Hola, mi pequeñito*«, sagte Mrs. Ortiz und beugte sich zu Krishna hinab. Aber als sie sah, wie er in meine Richtung auswich, trat sie sofort einen Schritt zurück. »Keine Eile«, fügte sie hinzu.

Mein Widerstand ließ ein wenig nach. »Sein Name ist Krishna«, teilte ich ihr mit. »Sie können ihn Kris nennen.«

Mrs. Ortiz nickte mir zu. »Das werde ich.«

»Er mag Bücher, besonders das dort drüben über die Mäusefamilie.«

Mrs. Ortiz griff nach dem Buch und hielt es ihm hin. »Soll ich dir etwas aus diesem Buch vorlesen, Chris?«

Krishna blickte unsicher drein.

Ich versetzte ihm einen kleinen Schubser. »Geh nur«, forderte ich ihn auf, und er trat zögernd auf sie zu.

»Nun!« Richard erhob sich. »So, wie es aussieht, scheint für den Moment ja alles geregelt. Meera und ich müssen jetzt wieder zur Arbeit ...«

Er streckte die Hand nach mir aus. Ich mußte mich ebenfalls erheben, obwohl ich noch nicht endgültig bereit war, zu gehen.

»Seine Kleidung ist in dieser Tasche – ich habe genug für die eine Woche eingepackt. Sein Lieblings-T-Shirt ist das rote mit der Mickey Mouse. Und zum Abendessen ißt er gern ...« Meine Stimme begann zu zittern.

»Machen Sie sich keine Sorgen um Chris«, tröstete mich Mrs. Ortiz mit einem mitleidigen Lächeln. »Es wird ihm schon gutgehen.«

Ich griff nach meiner Handtasche. Es blieb wohl nichts

mehr für mich zu tun. »Auf Wiedersehen, Krishna«, sagte ich und ging auf die Tür zu. »Bis bald.«

Krishna schob sich an Mrs. Ortiz vorbei, warf sich vor mir auf den Boden und umklammerte mit aller Kraft meine Knie.

»Das ist oft der schwierigste Teil«, erklärte Ms. Mayhew, während sie sich mit Mrs. Ortiz' Hilfe bemühte, ihn wegzuziehen. »Erfahrungsgemäß wird er sich beruhigen, sobald Sie gegangen sind.«

Krishna klammerte sich jedoch mit unerwarteter Hartnäckigkeit an mich. Ich wußte, daß ich den Frauen eigentlich helfen sollte, indem ich zumindest die richtigen Dinge sagte – *Sei ein guter Junge und geh mit der netten Dame, es wird ja nicht für lange sein* –, aber meine Zunge war bis an die Wurzel hinunter wie festgefroren. Es kostete mich bereits all meine Kraft, mich nicht ebenso fest an ihn zu klammern.

»Das ist doch lächerlich«, stellte Richard fest, nachdem er uns einige Minuten lang beobachtet hatte. Er beugte sich vor und löste Krishnas Finger mit sanfter Gewalt. Ohne sich um die Tritte zu kümmern, die auf seine Schienbeine zielten, doch mit Respekt vor den gebleckten Zähnen, denen er mit einigen geschickten Bewegungen auswich, packte er Krishna schließlich und übergab ihn den beiden Frauen. Während Krishna sich weiterhin heftig wehrte – ganz so, wie er es am ersten Tag, der nun schon so lange zurückzuliegen schien, bei mir getan hatte –, ergriff Richard meinen Ellbogen und zog mich zur Tür.

»Mama!« schrie Krishna plötzlich. »Mama!«

Ich wirbelte herum. Tränen strömten ihm über das Gesicht. »Mama-Mama-Mama«, rief er mit einer Stimme, die so hoch und so süß war, wie ich sie mir vorgestellt hatte. Die Worte strömten hervor, als habe man ihm einen Stopfen aus der Kehle entfernt.

»Er hat bisher noch nie gesprochen«, sagte ich. Aber niemand schien mich zu hören.

»Ms. Bose, Sie machen die Sache nur schlimmer, wenn Sie bleiben«, ermahnte mich Ms. Mayhew mit anklagend verrutschter Brille.

»Ja, bitte, gehen Sie«, stimmte Mrs. Ortiz ihr mit rotem Gesicht keuchend zu.

»Ich möchte noch ein letztes Mal zu Krishna«, erwiderte ich und versuchte, mich von Richard loszumachen. Ich habe keine Ahnung, was ich im Sinn hatte – eine letzte Umarmung, ein endgültiger Kuß, ein paar beruhigende Worte, die ihm die Zeit bis zu unserem Wiedersehen erleichtern würden. Aber Richard ließ mich nicht gehen.

»Bringen Sie ihn weg«, rief er den Frauen zu, und während sie den schreienden und tretenden Jungen in ein anderes Zimmer brachten, schob er mich – auch mit einiger Mühe – aus der Tür und in seinen Wagen hinein.

»Puh«, stieß er hervor, als wir beide drinnen saßen. »Dieses Kind ist ja schlimmer als ein wildes Tier!« Er befingerte den eingerissenen Ärmelaufschlag seines Hemdes und schüttelte in einer Weise den Kopf, daß ich ihm am liebsten den ganzen Ärmel abgerissen hätte.

»Das werde ich dir niemals verzeihen«, fauchte ich. Ich ballte meine Hände zu Fäusten, aber sie zitterten trotzdem weiter. »Du hast mich von meinem Kind ferngehalten, als es mich am meisten brauchte.«

»Du lieber Himmel, Meera, nun übertreib mal nicht! Er ist nicht dein Kind. Und außerdem war es für den Jungen besser, die Abschiedszeremonie zu beenden.«

»Du verstehst gar nichts«, entgegnete ich. Plötzlich

fühlte ich mich unglaublich müde. Und alt. Eine alte Frau. Unverheiratet, kinderlos, eine Versagerin. In Indien gab es einen Namen für Frauen wie mich: *banja* – leer. Ich verbarg mein Gesicht in den Händen und ließ den Klang von Richards Stimme über mich hinwegfließen, bis sie verschwand.

In den nächsten drei Tagen tat ich mit großer Vorsicht und Korrektheit all die Dinge, die man von mir erwartete. Ich ging zur Arbeit, wo ich die Installation eines neuen Software-Programms an den Schalterbuchungsmaschinen beendete. Im Arbeitszimmer, das inzwischen in ein Kinderzimmer umgewandelt worden war, sortierte ich Krishnas Bücher auf den Regalen und hängte Tierposter auf. (Ich hatte keine Mäuseposter bekommen, und so mußte ich mich mit den rundäugigen Hundewelpen und Katzenjungen zufriedengeben, die aus ihren Körben hervorschauten.) Ich besuchte Sharmila, deren Baby es mittlerweile viel besserging, obwohl sie selbst immer noch zu erschöpft war, ihre üblichen scharfen Fragen zu stellen. Ich nahm an meinem letzten Elternunterricht teil und erhielt meine Urkunde aus den Händen eines lächelnden Ausbilders, der mir zu meinem erfolgreichen Abschneiden gratulierte. Ich rief nicht ein einziges Mal bei Amelia Ortiz an, obwohl ich ihre Nummer mehrere Male am Tag im Telefonbuch nachschlug.

Am vierten Tag, als ich von meinem einsamen morgendlichen Lauf zurückkehrte, blinkte das rote Zyklopenauge des Anrufbeantworters unheilvoll vor sich hin. Ich schaltete das Gerät mit unsicheren Fingern an und schimpfte wortlos mit mir, weil ich so nervös war, denn schließlich konnte es ja jeder sein, Sharmila oder vielleicht auch Richard – er hatte in letzer Zeit viele Nachrichten für mich auf dem Anrufbeantworter hinterlassen. Aber natürlich waren sie es nicht.

Bitte kommen Sie um neun Uhr ins Büro, lautete die Nachricht. Ich spielte sie mehrfach hintereinander ab und versuchte, etwas aus den feinen Modulationen in Ms. Mayhews Stimme herauszulesen. Ihr Tonfall verriet nicht sehr viel, aber ich wußte, daß es sich um schlechte Neuigkeiten handelte, um etwas wirklich Ernstes.

Krishna, flüsterte ich. Das Wort war wie ein dumpfer, leerer Ton in meinem Mund.

»Ich bin nur für einen Moment hineingegangen«, erklärte uns Amelia Ortiz, »nur für einen kurzen Moment, weil das Telefon läutete, und als ich wieder in den Garten zurückkam, wo er mir beim Unkrautjäten geholfen hatte, da war er fort.« Sie wischte sich mit einem zusammengeknüllten Kleenex durch das tränenüberströmte Gesicht. »Zuerst dachte ich, er wäre im Haus, denn der Riegel vor dem Tor war geschlossen. Aber da war er nicht. Er muß wohl über die Mauer geklettert sein.«

Ich saß wie betäubt vor Ms. Mayhews ordentlichem Schreibtisch und wartete darauf, daß die Wut in mir aufsteigen würde, aber ich spürte nichts. Gar nichts.

»Natürlich hat Mrs. Ortiz sofort die Polizei angerufen, aber sie haben ihn nicht gefunden. Sie werden noch einige Tage weiter nach ihm suchen.« Ms. Mayhews Augen sahen hinter den Brillengläsern müde aus. »Ich dachte, daß Sie es wissen sollten.«

»Ich bin seit sechs Jahren Pflegemutter, und so etwas ist mir noch nie passiert«, sagte Mrs. Ortiz. »Und dabei war er so ein guter Junge, ruhig und ordentlich und gehorsam, wer hätte gedacht ...«

Draußen vor dem Fenster warf ein Eukalyptusbaum,

der beim letzten Mal bestimmt noch nicht dort gestanden hatte, ein kompliziertes Muster aus Licht und Schatten auf Ms. Mayhews Schreibtisch und über das massive Messingschild, auf das ihr Name eingraviert war. Es stand ein wenig schief da. Ich verspürte den verrückten Drang, die Hand auszustrecken, um es geradezurücken.

»Ms. Bose, ist alles in Ordnung?« Ms. Mayhew beugte sich über ihren Schreibtisch, um meine Hand zu berühren.

Das Gefühl ihrer Finger, so warm und feucht auf meiner kalten, kalten Hand, ließ die Taubheit in meinem Inneren zerspringen. Ich riß meinen Arm zurück und sprang so schnell auf, daß mein Stuhl mit einem dumpfen Knall zu Boden fiel.

»Rühr mich nicht an, du Schlampe«, hörte ich mich mit einer tiefen und wütenden Stimme, der Stimme einer Fremden, sagen. »Nichts von alledem wäre geschehen, wenn Sie ihn mir noch für eine Woche gelassen hätten – nur eine einzige Woche –, statt ihn mit dieser … dieser Kuh hier wegzuschicken! Aber nein, Sie mußten sich ja an die Vorschriften halten. Die *Vorschriften*!«

»Ms. Bose!« Ms. Mayhews Stimme klang ruhig, aber ihr Gesicht war kreidebleich. Mrs. Ortiz hatte entsetzt eine Hand über ihren Mund gelegt. »Ich habe dafür Verständnis, daß Sie aufgebracht sind, aber es hilft doch nichts, mit dem Finger auf andere Leute zu zeigen und sie zu beleidigen. Mrs. Ortiz hat ihr Bestes getan – schließlich ist sie keine Gefängniswärterin. Und auch wenn Ihnen selbst die Gesetze des Staates Kalifornien wenig bedeuten mögen, so bin ich doch verpflichtet, sie zu befolgen.«

Ich war bereits an der Tür.

»Ich werde meinen kleinen Jungen suchen«, rief ich

über die Schulter zurück, »und wenn ich ihn gefunden habe, werde ich ihn todsicher nicht noch einmal in Ihre Hände geben.« Ich knallte die Tür mit aller Kraft hinter mir zu und stellte erfreut fest, daß die Wände wackelten. Aber es war nur ein kleines, hohles Vergnügen.

Ich suchte den ganzen Tag nach Krishna. Und auch am nächsten und am übernächsten Tag. Ich fuhr die ganze Woche über die Straßen in der Gegend von Mrs. Ortiz hinauf und hinunter und hielt an, um mich bei Passanten zu erkundigen, ob sie ihn gesehen hatten. Ich fuhr sogar hinauf in die Hügel, die mehrere Meilen von ihrem Haus entfernt lagen. Ich stolperte durch Eukalyptushaine und das dornige Gestrüpp der Zwergeichen und rief Krishnas Namen. Abends saß ich stundenlang auf den Stufen vor dem Haus, in dem mein Appartement lag, ignorierte die neugierigen Blicke der anderen Mieter und wartete voll banger Hoffnung – mit schmerzenden Beinen und brennenden Armen, die von den Dornen zerkratzt waren.

Aber im Grunde rechnete ich nicht wirklich damit, daß er wieder auftauchen würde. Ich wäre auch nicht zu jemandem zurückgegangen, der mich erst aufnahm und dann einfach wieder weggab, der mich kurz geliebt und bis in alle Ewigkeit verraten hatte.

Ein Jahr ist seitdem vergangen, und mein Leben verläuft wieder mehr oder weniger in geregelten Bahnen. Wie sagt Richard doch immer: Jede Trauer hat ein Ende. Wahrscheinlich hat er recht.

Doch für eine Weile stand wirklich alles auf der Kippe. Ich weigerte mich, auf seine besorgten Nachrichten zu reagieren, die er auf meinem Anrufbeantworter hinterließ, und sobald er vor meiner Wohnungstür auftauchte, drohte ich, die Polizei anzurufen, wenn er mich nicht in Ruhe ließ. Ich weigerte mich sogar, mit Sharmila über Krishna zu reden. Ich dachte darüber nach, bei der Bank zu kündigen – ich erledigte meine Arbeit sowieso derart schlecht, daß ich kurz davorstand, gefeuert zu werden – und nach Indien zurückzukehren. Ich verbrachte viel Zeit damit, mir die ganzen Photos der Männer mit ihrer Brylcreem im Haar anzusehen, die Mutter mir geschickt hatte. Einmal schrieb ich ihr einen Brief, in dem ich mich bereit erklärte, einer arrangierten Heirat zuzustimmen, wenn sie einen Witwer mit einem kleinen Jungen von ungefähr sieben Jahren für mich fände. Ein solcher Mann, sagte ich mir, würde weitaus mehr von Mutterliebe verstehen als Richard oder irgendein anderer amerikanischer Mann. Aber ich schickte den Brief nie ab. Denn obwohl ich verrückt war vor Wut und Trauer und Schuldgefühlen, war mir klar, daß das ein noch größerer Fehler als all die anderen gewesen wäre, die ich bereits begangen hatte.

Und ich hatte recht. Es läuft wieder alles besser. Erst kürzlich erhielt ich eine Beförderung, weil es mir gelungen war, die Anlaufschwierigkeiten eines Datenverarbeitungsprogramms, das alle in den Wahnsinn trieb, zu überwinden. Selbst Dan Luftner kam hinterher in meinem Büro vorbei, um sich bei mir zu bedanken. Ich bin in eine größere, bessere Wohnung in der Nähe vom Grizzly Peak gezogen. Sie ist mit hellem Teppichboden und passenden hellen skandinavischen Möbeln ausgestattet. Vor dem Fenster im Wohnzimmer liegt einem die ganze Bucht von San Francisco zu Füßen. Wenn ich mich mit Sharmila treffe – was nicht so oft der Fall ist, weil sie sehr mit ihrem kleinen Jungen beschäftigt ist –, haben wir jedes Mal viel Spaß und reden nur über angenehme Dinge.

Richard und ich sind wieder zusammen, und letzten Monat, als ich Mutter in einem Brief endlich von ihm berichtete, hat sie in ihrer Antwort weitaus weniger aufgebracht reagiert, als ich befürchtet hatte. Vielleicht dachte sie sich, daß ein ausländischer Ehemann – ein *firingi* – immer noch besser sei als gar keiner. Jedenfalls hat sie vor, zu unserer Hochzeit zu kommen, die im Juni stattfinden soll. Unsere Hochzeitsreise werden wir nach Südfrankreich machen. Ich habe ihr noch nicht erzählt, daß ich der Hochzeit nur unter der Bedingung zugestimmt habe, daß wir keine Kinder bekommen. Aber auch daran wird sie sich zweifellos gewöhnen. Ms. Mayhew hat mir eine Zeitlang Nachrichten wegen verschiedener Jungen hinterlassen, die ich nun, da ich eine anerkannte Pflegemutter war, hätte aufnehmen können. Doch ich löschte sie immer sofort wieder (obwohl ihre Stimme weiterhin durch meinen Körper wanderte, hinterhältig, rastlos, wie das Stück eines Schrapnells, das der Arzt zu entfernen vergessen hat), und nach einer Weile hörten ihre Anrufe auf.

Nur gelegentlich, hin und wieder, nehme ich mir noch einen Tag frei, um in Mrs. Ortiz' Gegend zu fahren. Niemand weiß davon, wie ich langsam durch die Straßen kurve und sorgfältig in jedes Gesicht schaue, das an mir vorbeigeht. Ich wandere zu den Eukalyptusbäumen und Zwergeichen hinauf. Die tote Rinde zerbröckelt unter meinen Füßen wie abgeworfene Schlangenhaut. Die dornigen Zweige verfangen sich in meiner Kleidung. Ich rufe einen Namen, bis die Schatten tief und kalt um mich erstarren. Und wenn ich zu meiner Wohnung zurückkomme, schließe ich vor der letzten Biegung der Treppe, die zu meiner Tür führt, die Augen. Ich halte den Atem an und stelle mir vor, wie ein Junge in einem roten

Mickey-Mouse-T-Shirt auf der obersten Stufe sitzt. *Wenn ich es schaffe, bis zwanzig, dreißig, vierzig zu zählen, ohne Luft zu holen,* sage ich mir, *dann wird er dasein. Er wird seine Arme ausstrecken und mich mit seiner hohen, klaren Stimme rufen.* So stehe ich auf der Hälfte der dunklen Treppe und spüre die Leere, die um mich herumwirbelt. Meine Lungen brennen, meine Augen sind wie zum Gebet fest geschlossen.

Die Geschichte des Hausmädchens

Die Nachmittagssonne erhellt die sanften Falten von Deepa Mashis rot-weißem Sari, als sie sich nach dem Essen mit einem zufriedenen Seufzer in ihrem gepolsterten Sessel zurücklehnt. Die Sonne scheint auf ihr Haar, das immer noch glänzend und schwarz ist wie in meiner Kindheit, als ich so gern mit meinen Händen darüberstrich. Die *ghu-ghu*-Vögel gurren im stillen Schatten unter dem Dachgesims ihres Hauses, und in der Ferne vernehme ich den leisen Ruf des *kulfi*-Händlers, der sein *frisches, frisches Eis, süßes, süßes Eis* anpreist. Für den Moment kommt es mir so vor, als hätte ich Kalkutta nie verlassen.

Dann sagt Mashi: »So, so, Manischa, wie ich höre, wirst du vielleicht bald heiraten.«

Diese Bemerkung überrascht mich nicht. Ich hatte so etwas schon erwartet, seitdem ich meiner Mutter gegenüber mit vorsichtiger Beiläufigkeit erwähnte, daß ich an der Universität in Kalifornien, wo ich Englisch unterrichte, einen bengalischen Professor kennengelernt habe. Dennoch steigt die Enttäuschung rauh und bitter in meiner Kehle auf. Ich hatte gehofft, daß es zwischen meiner Mutter und mir dieses Mal anders laufen würde.

Gleich am ersten Abend meines Besuches zu Hause hatte ich ihr von Bijoy erzählt. Wir waren allein in ihrer kleinen Wohnung, von der aus man auf einen Park hinausblicken kann, in dem *kadam*-Bäume stehen, deren allzu süßer Duft in die dunkle, feuchte Luft aufstieg. Wir nahmen uns von den Gerichten, die das Tages-Hausmädchen zubereitet hatte, bevor sie gegangen war. Reis, *dal*, ein schlichtes Blumenkohl-Curry. Meine Mutter lebt einfach. Rabindra-Sangeet-Klänge strömten aus einem Radio in der Nachbarschaft in den stillen Abend hinaus – *Ami chini go chini tomare, ich kenne dich gut, Frau aus einem fernen Land hinter dem Ozean*. Ich hatte das Gefühl, daß dies die richtige Zeit für eine Unterhaltung war – wenn nicht zwischen Mutter und Tochter, dann doch zumindest zwischen zwei intelligenten, erwachsenen Frauen.

Aber als ich geendet hatte, sah sie nur mit einer abrupten Bewegung hoch, und ihr Blick konnte Mißtrauen oder Mißbilligung oder sogar auch Erleichterung bedeuten – Erleichterung darüber, daß endlich eine Aussicht an meinem leeren Ehehorizont zu vermelden war. Es war mir noch nie gelungen, im Gesicht meiner Mutter zu lesen. »Wie nett, mein Schatz«, sagte sie dann und fuhr fort, von der Namensgebungszeremonie des ältesten Sohnes meiner Cousine Sheela zu erzählen, die letztes Jahr in Burdwan stattgefunden hatte.

Deepa Mashi wartet. Daher zwinge ich mich zu einem Lachen und hebe meine Hände zu einem übertriebenen Protest, spüre, wie ich in die Gewohnheiten meiner Kindheit zurückfalle und Schmerz mit Hilfe von Humor verberge. »Mashi! Ich habe Bijoy doch gerade erst kennengelernt! Es ist noch keine Rede von Hochzeit.«

Mashi öffnet ihr silbernes *paan*-Kästchen, wählt sorgfältig ein zusammengerolltes Betelblatt aus und legt es in ihren Mund. »Ihr kennt euch seit zwei Monaten, nicht wahr?«

Wann, frage ich mich – wie ich es all die Jahre meiner Kindheit und Jugend getan habe –, schafften es die Schwestern nur, sich zu treffen, um über ihre auf Abwege geratene Tochter-Nichte zu sprechen? Mein Groll gilt allerdings meiner Mutter – sie ist diejenige, die eigentlich diese Fragen stellen sollte, nicht meine Tante, sosehr ich sie auch liebe.

»Weißt du, wie lange ich deinen Onkel kannte, bevor wir geheiratet haben?« fährt Deepa Mashi fort.

Natürlich weiß ich das. Sie hat es mir ja schon hundert Mal erzählt. Aber ich weiß auch, wieviel Spaß es ihr machen wird, die Geschichte noch ein weiteres Mal zum besten zu geben. Daher schenke ich ihr ein freudiges, erwartungsvolles Lächeln.

»Fünfzehn Minuten während der Brautschau, so lange kannte ich ihn!« Mashi spricht mit dem unverblümten und atemlosen Überschwang, mit dem sie all ihre Geschichten erzählt. »Und im letzten Jahr haben wir, dank der Gnade Gottes, unseren zwanzigsten Hochzeitstag gefeiert.« Sie schließt ihr *paan*-Kästchen mit einem triumphierenden Schnappen, als habe sie eine wichtige Auseinandersetzung gewonnen.

Ich rette mich in Platitüden. »Die Zeiten haben sich geändert, Mashi.«

Mashi winkt die dazwischenliegenden Jahrzehnte mit einer beringten, zerfurchten Hand beiseite. »Oh, ihr halben Amerikanerinnen! Die wirklich wichtigen Dinge ändern sich nie.«

Vielleicht hat sie recht. Ich war von meinem dreijährigen Aufenthalt in den Staaten mit dem Gefühl zurückgekehrt, erwachsen und gebildet zu sein, entschlossen, mich der distanzierten Höflichkeit meiner Mutter zu stellen. Auf dem Flug zum Dum-Dum-Flughafen hatte ich mir immer und immer wieder geschworen, daß ich mein Leben nicht zur Begutachtung und um ihrer Anerkennung willen vor ihr ausbreiten würde, wie ich es so viele Male zuvor getan hatte. Und trotzdem war es mir beinahe sofort wieder passiert. Ich denke, daß Veränderungen – zumindest die wirklich wichtigen – mehr als Zeit und Entfernung und den bloßen Wunsch danach benötigen.

An jenem ersten Abend, während ich unter Mutters scheinbarer Gleichgültigkeit litt, bahnte ich mir einen Weg gegen die Beschreibung der Gäste, die an der Namensgebungszeremonie teilgenommen hatten. »Bijoy unterrichtet Psychologie; man findet ziemlich selten Inder in diesem Fachgebiet – zumindest in Kalifornien.«

Sobald es heraus war, und noch ehe ich vernahm, wie sie mit ihrer perfekt modulierten Stimme, an die ich mich nur zu gut erinnerte, antwortete, daß es sich um einen sehr interessanten Mann handeln müsse, ärgerte ich mich auch schon über mich selbst. Ich hatte mich so unreif verhalten wie eine Heranwachsende, die sich nach elterlicher Zuneigung sehnt. Ich spürte den wohlbekannten wilden Drang, etwas zu sagen, das brutal genug war, um ihre Selbstbeherrschung ins Wanken zu bringen. *Du hast recht, Mutter, er ist sehr interessant – ganz besonders im Bett.* Aber ich schluckte beides hinunter, die Wut und auch die Worte. Wozu sollte es gut sein? Wozu war *jemals* etwas gut gewesen?

Während meiner gesamten High-School-Zeit hatte ich mich immer bemüht, bei Prüfungen als Beste abzuschneiden, bei Diskussions- und Schauspielwettbewerben zu gewinnen, aber ich erhielt nie das Lob, nach dem ich mich sehnte, nie diese Einem-die-Luft-nehmende-fassungslos-vor-Freude-sein-Umarmung, die andere Töchter von ihren Müttern für weitaus weniger gute Leistungen erhielten. Im College hatte ich eine Zeitlang das Gegenteil versucht, hatte Seminare geschwänzt und mich mit einer wilden Clique herumgetrieben, Zigaretten geraucht (ein absolutes Tabu für ein indisches Mädchen aus guter Familie) und ab und zu sogar *ganja*. Hatte Jungen am hellichten Tage im Maidan-Park erlaubt, meine Hand zu halten, wo uns mit Sicherheit irgend jemand sehen und meiner Mutter davon berichten würde. Aber ihre einzige Reaktion war, mich mit einer distanzierten Traurigkeit anzusehen, wie man vielleicht eine Figur in einem Buch oder einem Film betrachtet, und mir mitzuteilen, daß sie nicht verstehe, warum ich mir unbedingt das Leben ruinieren wolle. Als ich ihr schließlich in einem letzten Versuch, irgendein Gefühl aus ihr herauszurütteln, mitteilte, daß ich nach Amerika gehen würde, antwortete sie nur: »Sei vorsichtig und schreibe, wenn du etwas brauchst.« Am Flughafen hatte sie eine kühle, trockene Wange gegen die meine gepreßt (während sich um uns herum Eltern an ihre abreisenden Kinder klammerten und ganze Tränenbäche vergossen) und gesagt: »Du weißt, daß ich nur das Beste für dich will.«

Das schlimmste war die Gewißheit, daß sie das wirklich wollte. Sie wachte sorgfältig, aufmerksam, wenn auch aus der Ferne, über mein Leben. Während meiner Kindheit bekam ich alle Wünsche – alle *materiellen* Wünsche – erfüllt, oft schon, bevor ich überhaupt darum bitten mußte. Aber was sie dachte, wonach sie sich sehnte, was sie in ihren Träumen aufschreien ließ (denn ich hatte sie ein- oder zweimal gehört) – das erfuhr ich nie. Es war ganz so, als hätte sie eine dünne und unsichtbare und bruchsichere Eiswand um sich errichtet. Egal, wie oft ich mich dagegenwarf, es wurde mir doch immer der Zutritt verwehrt.

Vielleicht wußte sie gar nicht mehr, wie sie mich einlassen sollte. Vielleicht hatten die Leute recht, wenn sie sagten, daß der Tod ihres Mannes und ihres Babys – während einer Cholera-Epidemie, die Kalkutta über Nacht erfaßt hatte, als ich fünf Jahre alt war – auch einen Teil von ihr getötet hatte. (Warum nur war mir diese Erklärung immer zu einfach vorgekommen?) Jedenfalls hatte sie mich Deepa Mashi überlassen, die, selbst kinderlos, die Rolle der zweiten Mutter voller Begeisterung übernahm, mich in den folgenden Jahren lobte, mir schmeichelte, mich tröstete, peinliche Fragen an mich richtete und mir, wenn ich mich weigerte, zu antworten, lautstarke Szenen machte, die dramatisch genug waren, um jedes Teenagerverlangen nach Aufmerksamkeit zu stillen. Andere Mädchen hätten eine solche Einmischung möglicherweise übelgenommen, aber ich begrüßte sie. Wenn ich fühlte, wie ich mich unter dem kühlen, leidenschaftslosen Blick meiner Mutter aufzulösen begann, verlieh mir Deepa Mashis Stimme, die über meine Torheiten lachte, mich wegen meiner Missetaten rügte, wieder Festigkeit und Form. Insgeheim und mit schlechtem Gewissen wünschte ich mir, ihre leibliche Tochter zu sein.

»Wir sollten über deine Brautausstattung reden«, sagte Mashi nun. »Wer weiß, wann du uns das nächste Mal besuchen kommst. Und Hochzeiten haben die Angewohnheit, ganz plötzlich stattzufinden.«

Ich würde ihr die Sache mit Bijoy gern erklären. Er ist nicht wie andere Inder – ganz gewiß nicht wie die, die Tante kennt, Ingenieure und Buchhalter mit verantwortungsbewußten, goldgeränderten Brillen und Füllfederhaltern von Parker in den Brusttaschen –, aufrecht, tugendhaft und fürchterlich langweilig. Bei unserer zweiten Verabredung hatte er mir gestanden, daß er mich attraktiv fände und Interesse an einer Beziehung mit mir habe, aber noch nicht bereit sei, sich durch eine Heirat zu binden. Ich war wütend gewesen, hatte mich beleidigt gefühlt – viel mehr noch, als wenn mir ein amerikanischer Mann so etwas gesagt hätte. An jenem Abend war ich, nachdem ich ihn mit kühler Stimme darüber informiert hatte, daß wir uns besser nicht wiedersehen sollten, mit dem Bus nach Hause gefahren.

Und wir hatten uns auch nicht wiedergesehen, einen Monat lang, in dem ich unaufhörlich, wie besessen, an ihn dachte. Seine vollkommene Mißachtung der Normen, die meine Jugend bestimmt hatten – und sicherlich auch seine –, faszinierte mich. Am Ende dieses Monats arrangierte ich es, zu einer Party eingeladen zu werden, von der ich wußte, daß auch er dort sein würde. Ich nahm sein Angebot an, mich nach Hause zu begleiten. Ich ließ es zu, daß er mich küßte, und als sich seine Lippen fest auf die meinen preßten, sich seine Zunge in meinen Mund zwängte und sich seine Hände mit nachdrücklicher Beharrlichkeit an den Knöpfen meiner *kurta* zu schaffen machten, sagte ich mir, daß dies genau das war, was ich wollte. Eine befreite Beziehung, ohne Verpflichtungen. Eine Reise in unbekannte und erstaunliche Gebiete der Erfahrung, die jemand wie meine Mutter sich nicht einmal vorzustellen vermochte. Ich hatte das Gefühl der Scham beiseite geschoben, und auch die alten Stimmen, die in meinem Kopf widerhallten: *Männer tun so etwas nicht mit Frauen, die sie respektieren.*

Aber es würde Mashi nur Kummer bereiten, wenn ich ihr erzählte, daß ich mit einem Mann zusammenlebe, mit dem ich nicht verheiratet bin – und vielleicht auch niemals sein werde. Ihre Welt ist aus einfacheren Linien konstruiert, und die Formen sind mit leuchtenden Grundfarben ausgefüllt, die nicht ineinanderlaufen, wie auf den Kalendern von Göttern, die in ihrem Wohnzimmer an der Wand hängen. Deshalb ist es leichter, mich in ihre Phantasie fallen zu lassen, während ich unter dem sich langsam drehenden Deckenventilator sitze und mich von dem sonnenwarmen Jasmin- und Gardenienduft, der aus dem Garten hereinzieht, einlullen zu lassen, und von dem *schhh-schhh*-Geräusch, mit dem der *mali* den Rasen wässert.

»Ich glaube, ich werde eine Benarasi-Seide tragen, aber ich möchte keine dieser traditionellen, auffälligen Farben.« Ein Teil von mir amüsiert sich über meinen engagierten Tonfall, als bestünde tatsächlich die Möglichkeit, daß dies geschehe. »Du weißt schon, Orange und Braun, Auberginen-Lila, Blutrot.« Mir wird klar, daß ich den Sari meiner Mutter vor Augen habe. Ich hatte ihn einmal, in eine Decke gewickelt, auf dem Boden einer Truhe entdeckt, ganz nach unten gestopft, wie ein schmutziges Geheimnis. »Man kann sie später nie mehr tragen, besonders nicht in Amerika.« Ich freue mich darüber, wie clever ich die Nachricht einfließen lasse – von der ich weiß, daß sie ordnungsgemäß ihren Weg zu Mutter finden wird –, daß ich nicht vorhabe, nach Indien zurückzukehren. Zumindest nicht, um hier zu leben. »Ein Safrangelb wäre schön – aber ganz hell sollte es sein. Ja, genau. Ich möchte eine safrangelbe Benarasi-Seide für meinen Hochzeits-Sari.«

Mashi schweigt für lange Zeit. Dann sagt sie mit einer seltsam ruhigen Stimme: »Oh nein, mein Schatz, bitte nicht Safrangelb, bitte nicht.«

»Aber warum denn nicht?« erkundige ich mich, überrascht von ihrem ungewöhnlichen Ernst.

»Safran ist eine so traurige Farbe.«

»Komisch, daß du das sagst. Ich finde sie eigentlich eher festlich: die Farbe des Anfangs.«

»Wahrscheinlich hast du recht. Es ist nur so, daß sie mich an etwas erinnert ...« Deepa Mashis Stimme verwandelt sich in ein Seufzen.

»An was denn, Mashi?«

»Oh, nichts, nichts, es ist nur eine Geschichte«, erwidert Mashi und schlingt ihre Finger ineinander. »Eine traurige Geschichte, die von Unglück erzählt, nichts für eine zukünftige Braut. Komm, ich mache dir einen Kardamomtee. Ich weiß doch, wie gern du ihn immer gemocht hast.«

Aber wie den meisten indischen Frauen fällt es auch Mashi schwer, nein zu sagen. Und als ich, durch das Unbehagen in ihrer Stimme neugierig geworden, darauf bestehe, die Geschichte zu hören, erzählt sie sie mir.

Es war einmal eine junge Ehefrau, der Augapfel ihres Mannes. Sie war schön, charmant und intelligent und hatte sogar das College besucht, was für eine Frau ihrer Zeit damals eine seltene Leistung war. Ihr Mann brachte diese Tatsache im Verlauf einer Unterhaltung mit Freunden gern zur Sprache – besonders, da sie nicht mit ihrer Ausbildung angab und sich in den meisten Fällen seinem überlegenen Urteilsvermögen beugte.

Die junge Ehefrau, die jeder für eine glückliche Frau hielt, lebte in einem alten und angesehenen Viertel von Kalkutta. Sie bewohnte eine marmorne Villa, die schon seit der Zeit des Großvaters im Familienbesitz war. (Der Großvater, dessen Porträt, majestätisch in antikem Messing eingerahmt, in der Eingangshalle hing, war durch seine wohltätigen Spenden berühmt geworden – er hatte Krankenhäuser gegründet, in denen Arme kostenlos behandelt wurden, und für die Errichtung von Schulen in den Slums gesorgt –, eine weitere Tatsache, die ihr Ehemann gern in die Unterhaltungen miteinfließen ließ, auch wenn er selbst in keine dieser Aktivitäten involviert war.) Während ihr Mann seiner Arbeit nachging (er war stellvertretender Leiter einer angesehenen englischen Bank, die nach der Unabhängigkeit in Indien geblieben war), widmete sie sich den Haushaltspflichten wie jede gute Ehefrau. Sie erklärte dem Koch, welche Lieblingsgerichte des Herrn er für das Abendessen vorzubereiten hatte, und beaufsichtigte die Hausmädchen, welche die hohen Schränke und Wanduhren abstaubten und die Elfenbein- und Messingstatuetten polierten, die in den verschiedenen Alkoven des Hauses standen. Sie unternahm lange Spaziergänge im Garten und wies den *mali* an, welche Blumen er in die Beete pflanzen sollte, die die geschwungene Auffahrt säumten. Und wenn der *darwan* (der gleichzeitig als Chauffeur fungierte) mit einem schneidigen Gruß von seinem Stuhl am gußeisernen Tor aufsprang, das stets geschlossen gehalten wurde, wünschte sie ihm lächelnd einen guten Tag und erkundigte sich nach seiner Frau und den Kindern, die in den Dienstbotenquartieren über der Garage wohnten und deren Namen sie immer präsent hatte.

Nach Ansicht der Leute war sie doppelt vom Glück gesegnet, da sie keine Schwiegermutter hatte, die sie zufriedenstellen mußte, aber sie wäre gewiß auch mit dieser gut ausgekommen. Ihre Mutter hatte sie gelehrt, den Älteren Respekt entgegenzubringen, und so kümmerte sie sich aufmerksam um die Tante ihres Mannes, eine alte und etwas schwerhörige Witwe, die bei ihnen lebte, auch wenn die alte Frau von Zeit zu Zeit bissige Bemerkungen von sich gab. Sie kümmerte sich ebenfalls intensiv um ihre Tochter, badete und fütterte sie selbst, statt sie einer *ayah* zu übergeben, wie es so viele Frauen ihrer Klasse taten, und nachmittags, wenn sie zusammen in dem kühlen, weißen Bett im Kinderzimmer lagen, las sie vor, bis das kleine Mädchen eingeschlafen war.

In ihrer freien Zeit las die Frau Bücher, die ihr ihr Mann auf dem Rückweg vom Büro in der Bibliothek aussuchte, und sie übte sich im Gesang. (Sie hatte eine gute Stimme und Interesse an zeitgenössischer Musik, und der Ehemann, der mit diesem Talent seiner Frau ebenfalls gern prahlte, hatte eine Lehrerin engagiert, die jeden Donnerstag ins Haus kam, um ihr *Rabindra sangeet* beizubringen.) Sie schrieb viele Briefe, hauptsächlich an ihre Familie, in denen sie immer erwähnte, wie glücklich sie sei, wie geliebt und behütet und wie gesegnet – ganz besonders jetzt, da sie ein weiteres Kind erwartete. In einem dieser Briefe bat sie ihre jüngere Schwester, die noch unverheiratet und somit ohne eigene Verantwortlichkeiten war, ob sie kommen und für einige Monate, nur bis zur Niederkunft, bei ihr bleiben könne. Es sei ab und an ein wenig einsam in diesem wundervollen, großen Haus, in dem die Stimmen widerhallten und die Schritte hohl durch die Korridore schallten. Vielleicht würde es ja dieses Mal ein kleiner Junge werden, endete sie, ganz so, wie ihr Mann es sich wünsche. Ein entzückender, hellhäutiger Junge mit lockigem Haar und leuchtenden Augen, der ihre Herzen erfreuen und den Familiennamen weitertragen würde.

Nicht lange danach tauchte das Hausmädchen auf.

Die beiden Schwestern spazierten am frühen Abend unter den duftenden *neem*-Bäumen und genossen die kühle Brise, bevor die Sonne hinter den Kokosnußpalmen unterging und die Moskitos über den Garten hereinbrachen. Die jüngere Schwester war sofort gekommen. Sie war erfreut und auch ein wenig dankbar, daß die Schwester – zu der sie ihr Leben lang aufgeblickt hatte und von der jeder sagte, daß sie hübscher und klüger und sanftmütiger sei und die soviel besser geheiratet hatte, als sie selbst es sich jemals erhoffen konnte – sie tatsächlich benötigte. Außerdem waren ihre diesjährigen Prüfungen vorüber und die Aussicht auf einen Sommer im provinziellen Burdwan kam ihr so lang und öde und ausgedörrt vor wie die Felder, auf die sie jeden Morgen von den Fenstern des Hauses ihres Vaters aus starrte. In Kalkutta hingegen hatte sie die Möglichkeit, Läden zu besuchen und ins Kino zu gehen, sich den Maidan-Park und das Victoria Memorial anzusehen und an Musiksoireen teilzunehmen. Selbst der Kalighat-Tempel, zu dem ihre Schwester die Tante jeden Dienstag begleitete und in dem es durch all die gesungenen Gebete und das verzweifelte Blöken der Opferziegen so schrecklich laut war, bot eine willkommene Abwechslung zu dem kleinen Shiva-Schrein zu Hause. Sie mochte auch ihren Schwager, obwohl sie sich ein wenig vor ihm fürchtete – ganz besonders, wenn er an Arbeitstagen morgens in Anzug und Krawatte zum Frühstück erschien, die Schuhe blank gewichst und den steifen Kragen seines Hemdes korrekt gebügelt. Ihr wurde unbehaglich (auch wenn sie das niemals irgend jemand eingestanden hätte), wenn er sich mit seinem sorglosen Charme nach ihrer Gesundheit erkundigte oder kluge Witze riß, die sie nicht verstand. Oder auch, wenn er sie mit diesem lodernden Blick betrachtete, der kurz in seinen Augen aufflackerte, wenn ihre Schwester nicht in der Nähe war.

Die Frau stand draußen, vor dem gußeisernen Tor. Sie verharrte regungslos, den Kopf umkränzt von der untergehenden Sonne, so daß sie der Schwester, als diese sie erblickte, blendendhell vorkam, wie eine Waldgöttin, die einem Kindermärchen entstiegen war. Aber natürlich war sie das nicht, sondern nur eine arme Frau in einem groben, grün eingesäumten Sari. Sie hatte hohe, hungrige Wangenknochen, und Schatten lagen in den Vertiefungen ihrer Kehle. Sie war eine *adivasi* und auf ihre Art recht attraktiv, aber niemand hätte sie – zumindest nicht auf den zweiten Blick – für etwas anderes halten können als ein Mädchen der Arbeiterklasse, das schon eine Weile auf der Suche nach Arbeit war.

»Herrin«, sagte sie in einem breiten, ländlichen Dialekt, als sie bemerkte, wie die Frauen sie anstarrten, »benötigen Sie ein Hausmädchen?«

Die Schwester erwartete, daß die Ehefrau nein sagen würde. So etwas war schon öfter geschehen, obwohl dies eine Gegend war, in der die Crème de la crème Kalkuttas lebte. Manchmal kamen Vagabunden ans Tor, verlumpte, bärtige Männer, die als Lohn für einen Tag Arbeit etwas zu essen verlangten und die verdrossen reagierten, wenn sie erfuhren, daß sie nicht benötigt wurden. Straßenbengel versuchten, über die Mauer zu klettern, um an den Mangobaum zu gelangen – auch wenn die Früchte noch grün und hart und bitter waren. Die bettelnden Frauen waren die schlimmsten. Sie umklammerten die gußeisernen Speere des Tores mit klauenähnlichen Fingern und riefen, daß sie hungrige Kinder zu Hause hätten und ob die kleine Mutter ihnen nicht wenigstens etwas Reis geben könne. Aber das konnte sie natürlich nicht, wie ihnen der Ehemann immer wieder in Erinnerung rief, denn eine solche Neuigkeit würde sich wie ein Lauffeuer unter den Bettlern verbreiten, und am nächsten Tag würden hundert andere über sie hereinbrechen.

Die Schwester wartete darauf, daß die Ehefrau den *darwan* rufen würde, der am anderen Ende der Auffahrt den schwarzen Studebaker wusch, um ihn – wie sie es bei den anderen Gelegenheiten immer getan hatte – zu bitten, dafür zu sorgen, daß die Frau verschwand. Daher war sie überrascht, als sie statt dessen vernahm, wie die Ehefrau sich bei der anderen nach deren Fähigkeiten erkundigte.

»Ich kann jede Arbeit verrichten«, erwiderte die Frau. »Wenn Sie mir zeigen, wie man es macht, kann ich es lernen. Ich bin eine gute Arbeiterin – ich werde Ihnen keine Schwierigkeiten machen.« Ihre Stimme war zwar respektvoll, trug jedoch nicht den unterwürfigen Tonfall der meisten Bediensteten. Sie war glockenklar und erfüllte die Abendluft mit ihrem vollen Klang, obwohl die Schlüsselbeine der Frau auf so scharfe und zerbrechliche Weise aus ihrem Fleisch herausragten.

»Hast du Familie?« erkundigte sich die ältere Schwester.

»Ja«, erwiderte die Frau nach einer kurzen Pause. »So eine, die man besser nicht haben sollte.« Sie gab keine nähere Erklärung ab.

»Wohin wirst du gehen, wenn ich dich nicht aufnehme?«

Die Frau zuckte mit den Schultern. Ihr Gesicht trug einen ruhigen Ausdruck, wie ein See, über den schon viele Stürme hinweggezogen waren.

Die junge Ehefrau dachte eine Weile lang nach. Dann

hob sie den Riegel des Tors und bedeutete der Frau, ihr zu folgen. Die besorgte Schwester versuchte ihr klarzumachen, daß dies wohl kaum richtig sei, daß ihr Schwager sicher nicht erfreut wäre. Aber die Ehefrau hatte bereits ein zwangloses Gespräch über Babydecken begonnen – ob ein Futterstoff aus importiertem Satin, wie ihr Mann ihn bevorzugte, besser sei als ein traditioneller roter malmal, der den Neugeborenen Glück bringen sollte –, und so hatte sie keine Gelegenheit mehr dazu.

Natürlich hatte die Schwester recht gehabt. Es gab beim Abendessen eine Szene, als der Ehemann erfuhr, daß seine Frau ein Hausmädchen für ihre persönlichen Belange eingestellt hatte, ohne ihn vorher zu befragen.

»Zunächst einmal benötigst du keinen weiteren Dienstboten. So wie es aussieht, hat nicht einmal Ayah genug zu tun. Und wo soll sie wohnen? Die Dienstbotenquartiere sind bereits voll.«

»Sie könnte im Haus bleiben«, erwiderte die Ehefrau mit ihrer sanften Stimme. »Wir haben so viele leere Zimmer.«

»Im Haus! Du willst sie also im Haus unterbringen! Was weißt du denn schon von dieser Frau? Sie könnte eine Diebin oder, noch schlimmer, eine Spionin für eine Bande von *dacoits* sein. Hast du denn bereits vergessen, was letztes Jahr bei den Dasguptas passiert ist? Die ganze Familie wurde in ihren Betten ermordet, und die Polizei fand später heraus, daß das Hausmädchen die Mörder hereingelassen hatte.«

»Das stimmt«, pflichtete ihm die alte Tante bei (denn wenn sie wollte, konnte sie noch sehr gut hören). »Du willst wohl unbedingt Ärger bekommen, wie? Die Hälfte dieser Frauen sind sowieso Prostituierte.«

»Ich glaube nicht, daß dieses Mädchen so ist«, entgegnete die Ehefrau. Sie faltete die Hände über ihrem angeschwollenen Bauch, richtete ihre leuchtenden Augen auf ihren Mann und wartete, bis er brummend sagte: »Ich werde sie mir einmal ansehen.«

Also wurde die Frau herbeizitiert. Die Augen des Ehemannes glitten über den dunklen Schimmer ihres frisch gewaschenen Gesichts, über das ordentlich zurückgebundene Haar, das die auffallende Form ihrer Wangenknochen zur Geltung brachte. Der schlanke, gerade Körper, der feste Bauch, die sanfte Rundung ihrer Brust und der Hüften, die der alte, grüne Sari nicht ganz zu verbergen vermochte. (Aber vielleicht bildete sich die Schwester dies alles auch nur ein.) Dann sagte er mit einer Stimme, die immer noch verärgert klang, daß er willens sei, es einen Monat lang mit ihr zu versuchen – aber nur unter der Bedingung, daß seine Frau die volle Verantwortung übernahm, wenn etwas schiefgehen sollte.

»Das werde ich«, sagte diese, warf ihm ein dankbares, strahlendes Lächeln zu und umfing seine Hand mit der ihren, auch wenn sie wußte, daß die alte Tante ein solch unziemliches Benehmen seitens der Ehefrau mit Stirnrunzeln betrachtete. Aber die Schwester, die spürte, daß der Ehemann in Wahrheit gar nicht verärgert war, kreuzte unter dem Tisch die Finger, um Unglück abzuwenden, und sprach ein Gebet für ihre Schwester.

Auf diese Weise gelangte das Dienstmädchen – nennen wir sie Sarala – ins Haus.

Das Hausmädchen hielt, was es versprochen hatte. Sie war schnell und aufgeweckt, und innerhalb weniger Wochen hatte sie all das gelernt, was die Ehefrau ihr zeigte – vom Besticken der Windeln bis zum Mischen der medizinischen Öle, die nach einem besonderen Rezept zusammengestellt wurden, welches der Ehefrau von ihrer eigenen Mutter weitergegeben worden war. Und sie arbeitete hart. Sie stand im Morgengrauen auf und wartete bereits mit einer Kanne Basilienkrauttee, der für Schwangere besonders hilfreich sein soll, wenn die Ehefrau aus der Tür ihres Schlafzimmers trat. Sobald der Mann zur Arbeit gegangen war, staubte sie die Frisierkommode der Ehefrau ab, rückte liebevoll die Kämme und Bürsten, die kleinen Töpfchen mit *kumkum* und *sindur* und *kajal* zurecht und sortierte die Schmuckstücke in ihre samtenen Kästchen, denn die Ehefrau war inzwischen meistens zu müde, sie selbst wegzulegen. Sie wusch deren feine Baumwollsaris mit der Hand und ließ sie im schattigen Teil der Terrasse trocknen, damit sie sonnenfrisch dufteten, ohne daß die Farben verblaßten. Sie massierte die geschwollenen Füße der Ehefrau mit dem medizinischen Öl und wurde nie müde, in die Küche hinunterzulaufen, um ihr ein Glas mit gekühlter *nimbu-pani* zu holen, wenn sie Übelkeit verspürte. Selbst während der heißen Nachmittage, wenn die übrigen Bediensteten verschwanden, um Siesta zu halten, saß sie im Gang vor dem Schlafzimmer ihrer Herrin, säumte einen ihrer Unterröcke oder ließ eine Bluse aus und unterhielt das kleine Mädchen, das oft früh von seinem Mittagsschlaf erwachte, mit Geschichten und Reimen, damit sie nicht hineinging und den Schlaf ihrer Mutter störte.

Manchmal rief die Ehefrau mit ihrer sanften Stimme: »Warum legst du dich nicht eine Weile hin, Sarala? Es macht mir nichts aus, wenn Khuku auf meinem Bett spielt.«

Aber das Hausmädchen erwiderte stets: »Oh nein,

Didi (sie hatte sich angewöhnt, sie mit *ältere Schwester* anzusprechen, genau wie es ihre eigene Schwester tat), ich bin nicht müde. Ruhen Sie sich nur weiter aus. Khukumoni macht überhaupt keine Mühe.«

Anfangs betrachtete die Schwester die Hingabe des Hausmädchens an die Ehefrau mit Mißtrauen. (Und zugegebenermaßen auch mit etwas Eifersucht. Es gefiel ihr gar nicht, daß das Hausmädchen ihre Schwester *didi* nannte, ein Titel, den rechtmäßig nur sie verwenden durfte. Ein heftiger Unmut stieg in ihr auf, wenn sie vernahm, daß die Ehefrau dem Hausmädchen gegenüber den gleichen herzlichen Ton anschlug wie gegenüber ihr selbst.) Ihr war noch nie zuvor eine solche Dienstmagd begegnet. Selbst die alten, die schon seit Jahren in der Familie ihres Vaters weilten, nutzten trotz aller Loyalität ihr höheres Dienstalter immer zu ihrem Vorteil, um Gefälligkeiten zu erbitten: ein neuer Schal zum Durga Puja, Geldgeschenke für die Hochzeit ihrer Kinder, längere Urlaube, um die Familie zu besuchen. Die Schwester beobachtete das Hausmädchen ganz genau, um sie bei einem Ausrutscher zu erwischen – ein Augenzwinkern, eine verzogene Lippe oder ein sorgloses Wort gegenüber einer anderen Bediensteten, womit sie ihre wahren Motive verraten hätte. Aber es geschah nichts. Obwohl sie sich den anderen Bediensteten des Haushalts gegenüber höflich verhielt, tratschte sie nicht mit ihnen. Und wenn die Ehefrau sie fragte, ob sie etwas benötige – Kleidung, Seife, eine weitere Decke –, verneinte sie. Die Schwester bemerkte zudem, daß sie sich bemühte, dem Ehemann aus dem Weg zu gehen, ohne dies allerdings zu offensichtlich zu tun. Wie sie ihr dichtes schwarzes Haar in einer Weise zurückband, von der sie wußte, daß sie unattraktiv war (denn es war klug, dieses Hausmädchen –

das hatte die Schwester sofort erkannt), und ihren Sari immer sittsam um die Schulter gezogen hielt. Wie sie sich als Schlafplatz nicht etwa den großen Alkoven mit einem Deckenventilator aussuchte, den die Ehefrau vorgeschlagen hatte, sondern einen engen, stickigen Lagerraum, den man von innen abschließen konnte.

Nachdem ein Monat vergangen war, mußte sich die Schwester eingestehen, daß sie ihr unrecht getan hatte. Das Hausmädchen liebte die Ehefrau auf eine Weise, in der intelligente Tiere ihre Wärter lieben, mit einer heftigen und vollkommenen Loyalität, die sie das eigene Selbst vergessen ließ. (Die Schwester hatte Geschichten von solchen Kreaturen gehört – von Geparden und Hausschlangen und den großen, grauen Wolfhunden, die sich die Radschas manchmal hielten –, die für ihre Herren töteten und für sie starben.) Vielleicht lag der Grund darin, daß die Ehefrau als erster Mensch wirklich freundlich zu dem Hausmädchen war, ohne dafür etwas zu fordern.

Eines Abends beobachtete die Schwester, wie das Hausmädchen der Ehefrau, die auf dem Balkon saß, eine Fußbank und ein Glas Honigmilch brachte. Sie sah das anmutige Lächeln, mit dem die Herrin das Getränk von dem Mädchen entgegennahm, und auch die entschlossene, strahlende Freude, die als Erwiderung über ihr Gesicht huschte, und sie zwang sich endlich, auch die letzte Spur von Eifersucht aus ihrem Herzen zu wischen. *Wenn ich fort bin,* sagte sie sich, *wird es in diesem Hause weiterhin jemanden geben, der sich um meine Schwester kümmert.*

»Wir müssen Sarala Lesen und Schreiben beibringen«, teilte die Ehefrau eines Tages ihrer Schwester mit. Sie drehte sich zu dem Hausmädchen um, das ihr mit langen, schwungvollen Strichen die Haare kämmte, und fragte: »Würde dir das gefallen?«

Das Gesicht des Hausmädchens glich dem eines Menschen, der sein ganzes Leben in einem dunklen Raum verbracht hat und nun plötzlich erkennt, daß sich ein Fenster öffnet und all die Helligkeit, von der er bisher nur vom Erzählen wußte, hereingeströmt kommt und er sie mit eigenen Augen sehen kann. »Oh ja, Didi.« Dann geriet ihre Stimme ins Stocken. »Denken Sie wirklich, daß ich das lernen könnte?«

»Natürlich«, erwiderte die Ehefrau. »Du bist doch ein kluges Mädchen.«

»Aber Dadababu – ihm wird es vielleicht nicht gefallen. Ich möchte nicht, daß er böse auf Sie ist.«

Die Ehefrau stellte das, was das Hausmädchen über ihren Mann gesagt hatte, nicht in Abrede, und die Schwester dachte überrascht: *Sie weiß mehr, als ich dachte.*

»Dadababu muß nichts davon erfahren«, sagte die Ehefrau nach einer Weile und lächelte. »Es soll unser Geheimnis sein.«

Und so begann der Unterricht.

Die Ehefrau kaufte dem Hausmädchen eine Tafel und Kreide und ein Grundschulbuch, und an den heißen, stillen Nachmittagen, wenn sie nicht schlafen konnte (da ihr Bauch inzwischen soweit angeschwollen war, daß er nach oben gegen ihren Brustkorb drückte und das Atmen erschwerte), lehrte sie das Mädchen das bengalische Alphabet. Die Schwester saß für gewöhnlich in einem der weichen Sessel des düsteren Schlafzimmers, atmete den feuchten, grasartigen Geruch der *khush-khush*-Blenden ein, die zum Schutz gegen die Hitze heruntergezogen waren, und sah zu, wie die Ehefrau dem Hausmädchen dabei half, die Buchstaben zu formen. Sie betrachtete die feinen, beinahe durchscheinenden Finger ihrer Schwester, die sich über den kräftigen, dunklen des Hausmädchens wölbten, lauschte ihrer sanften, klaren Stimme, die die Laute aussprach – *cha, la, bha, sha* –, und dem zögernden Echo des Hausmädchens, und das Gefühl der Liebe zu ihrer Schwester durchfuhr sie mit einer Macht, die so heftig war wie ein Feuer oder eine Flut. Aber unter dieser Liebe lag auch ein Anflug von Besorgnis, eine Stimme in ihrem Herzen, die fragte: *Wohin wird das nur führen?*

Trotz geschlossener Schlafzimmertüren verbreiten sich Neuigkeiten in einem Haus voller Dienstboten natürlich doch. Bis unten in die Küche, mit eifersüchtigem Flüstern, dann wieder nach oben, bis zur alten Tante, die ihre Informanten hatte. Und die Tante, welche die Ehefrau trotz all der vielen Freundlichkeiten (oder vielleicht gerade deswegen, denn so sieht es im menschlichen Herzen manchmal aus) nie gemocht hatte, die sich oft bei ihren Freundinnen – anderen alten Frauen, die in Bitterkeit von der Wohltätigkeit ihrer Verwandten lebten – darüber beschwerte, daß die Ehefrau zu modern und anmaßend sei und keine passende Schwiegertochter für die Familie Bandopadhyay, sagte eines Abends beim Essen beiläufig: »Nun bringst du also dieser Frau Lesen und Schreiben bei.«

»Ja«, antwortete die Ehefrau. Ihre Stimme klang recht gefaßt – sie war vertraut mit den Vorgängen in einem großen Haushalt und mußte damit gerechnet haben, daß dies früher oder später geschehen würde –, aber ihre Wangen überzogen sich mit einem rosafarbenen Hauch.

»Was höre ich da?« erkundigte sich der Ehemann. Als seine Frau es ihm näher erläuterte, preßte er die Lippen zu einer mißbilligenden Linie zusammen. »Findest du nicht, daß du mich hättest fragen sollen, bevor du mit so etwas anfängst?«

»Wann hat sie jemals irgend jemand gefragt?« warf die Tante ein.

»Ich nahm nicht an, daß es dich interessieren würde«, entgegnete die Ehefrau. »Es ist doch auch nur eine belanglose Kleinigkeit.«

»Kleinigkeiten können die größten Probleme verursachen«, sagte die Tante.

Die Schwester spürte, daß die Wut wie ein wilder Wind in ihr aufstieg, aber sie biß sich auf die Zunge, um ruhig zu bleiben. Sie wußte, daß alles, was sie sagen wollte, ihrer Schwester nur schaden würde.

»Tante hat recht«, entschied der Ehemann. »Dinge wie diese setzen den unteren Klassen und ganz besonders den Frauen dumme Ideen in den Kopf. Schüren das Verlangen, sich über den eigenen Stand erheben zu wollen.«

»Als nächstes wird sie nach einem höheren Gehalt verlangen«, zeterte die Tante. »Dann nach mehr Urlaub, dann ...«

Zum ersten Mal unterbrach sie die Ehefrau. Sie sprach mit klarer Stimme, an ihren Mann gerichtet: »Unsere Leute werden so ausgebeutet, weil sie Analphabeten sind. Ganz besonders die Frauen. Und Sarala – sie ist wirklich ein kluges Mädchen. Es wäre eine große Schande, ihre Intelligenz zu vergeuden. Ich bin mir sicher, daß dein Großvater ebenso empfunden hätte.« Ihre Augen waren wie Diamanten, mit einem scharf geschnittenen Funkeln darin.

Angesichts dieses entschlossenen Leuchtens schien der Ehemann sprachlos. Schließlich sagte er: »Oh, also schön, dann mach eben weiter. Aber denk an die warnenden Worte, die Tante und ich ausgesprochen haben. Sei auf der Hut vor diesem Hausmädchen.«

Später, als er mit seiner Tante allein war, sagte er: »Wir sollten sie im Moment nicht aufregen. Ich werde mich später um die Angelegenheit kümmern.«

Die junge Frau war beim Unterricht ebenso gut wie bei all den anderen Dingen. Bald schon hatte sie die Buchstaben gelernt und war in der Lage, einfache Worte zu entziffern. Nach einer Weile konnte sie dem kleinen Mädchen sogar einige Kinderreime vorlesen. Das Kind war durch diese Wendung der Ereignisse ganz aufgeregt und verärgerte die alte *ayah* schrecklich, als sie ihr mitteilte, daß sie Sarala viel lieber mochte und von jetzt an nur noch mit ihr spielen wolle.

Das Schreiben fiel ihr schwerer. Ihre schwieligen und ungelernten Finger hatten Mühe, die Windungen und Krümmungen des *sha* zu formen, die scharfen Winkel des *ra,* die engen Kringel des *la*. Aber sie gab nicht auf. Die Schwester sah sie jeden Abend, wenn sie zu ihrem Schlafzimmer ging, unter dem Korridorlicht vor dem Lagerraum sitzen, wo sie den Kopf voller Konzentration über ihre Tafel beugte und mit den Enden ihres Saris über die unberechenbaren, ungehorsamen Linien wischte, die immer und immer wieder die Tafel durchkreuzten.

Eines Tages präsentierte das Hausmädchen seiner Herrin schließlich die Tafel. Ihr Name stand darauf – zwar in groben und rohen Lettern, aber dennoch deutlich lesbar. Die Ehefrau erhob sich, zog sie zu einer Umarmung dicht an sich und sagte: »Sarala, das ist wundervoll! Ich bin sehr stolz auf dich.« Das Sonnenlicht, das durch das Fenster drang, erhellte die Gesichter der beiden Frauen. Tränen glitzerten an ihren Wimpern, und die Schwester, deren Augen sich ebenfalls gefüllt hatten, fühlte sich gesegnet, als habe man ihr für einen Moment erlaubt, ins Herz der Gnade zu blicken.

Am nächsten Morgen, als der schwarze Studebaker mit dem Ehemann über die frisch abgespritzte, nach Zitronenblüten duftende Auffahrt verschwunden war, rief die Frau das Hausmädchen ins Schlafzimmer und öffnete den Mahagoni-*almirah,* in dem sie ihre Kleider aufbewahrte. Sie zog die unterste Schublade auf, die mit bunter Seide gefüllt war, und der Duft nach Sandelholz, der von den Säckchen zwischen den Saris aufstieg, erfüllte den Raum.

»Ich möchte, daß du dir einen Sari aussuchst – welchen auch immer«, forderte sie das Hausmädchen auf. »Das ist mein Geschenk an dich, weil du so gut lernst.«

Das Hausmädchen wich mit einem entsetzten Gesichtsausdruck zurück, denn die Saris waren teuer und ihrem Stand nicht angemessen. Die Schwester, die auf dem Bett saß und zusah, sog den Atem vor Bestürzung mit einem zischenden Geräusch ein, denn es schien ihr, als würde die Ehefrau einen schweren Fehler begehen.

»Nur zu«, forderte die Ehefrau das Mädchen auf. Als sie den Ausdruck auf seinem Gesicht sah, fügte sie hinzu: »Keine Sorge, diese Saris sind ziemlich alt, und Dadababu findet, daß sie längst aus der Mode geraten sind. Ich werde wahrscheinlich keinen davon jemals wieder tragen. Also sollte es niemanden kümmern.«

Die Schwester starrte der Ehefrau ins Gesicht und fragte sich, ob diese wirklich glaubte, was sie da sagte. Sie wußte, daß es sehr viele Leute kümmern würde. Die unglaubliche Naivität ihrer Schwester erfüllte sie gleichermaßen mit Traurigkeit wie mit Neid.

»Didi«, wagte sie zu äußern. »Ich glaube nicht, daß das richtig ist. Vielleicht solltest du ihr statt dessen lieber etwas anderes geben, zum Beispiel ...«

Die Ehefrau wirbelte herum und ließ eine Wut erkennen, die außergewöhnlich für sie war (auch wenn die Schwester gleich im ersten Moment erkannte, daß dieser Zorn nicht gegen sie gerichtet war). »Diese Saris gehören mir«, fuhr sie sie an. »Sie stammen aus der Zeit vor meiner Heirat. Niemand hat das Recht, mir zu sagen, was ich mit ihnen zu tun oder zu lassen habe.«

Der Schwester wurde klar, daß sie bei ihrer Einschätzung einen Fehler begangen hatte und ihre Schwester doch nicht so naiv war.

Nach langem Zureden suchte sich das Hausmädchen schließlich doch zaghaft eines der einfacheren Stücke aus: eine safrangelbe Seide mit einer schmalen Goldpaspel, die in der Form von *peepul*-Blättern gearbeitet war.

»Eine gute Wahl«, sagte die Ehefrau anerkennend. »Safran ist auch meine Lieblingsfarbe. Sieh mal, hier ist noch eine passende Bluse. Probier den Sari nur an, und mach dich zurecht, damit ich sehen kann, wie er dir steht.«

Die aufflackernde Hoffnung der Schwester, daß der unglückselige Sari ganz unten in der Kiste des Hausmädchens verschwinden würde, bis die Ehefrau ihn vergessen hatte, wurde im Keim erstickt. Sie versuchte noch einmal, sie aufzuhalten, gab zu bedenken, daß ein anderer Tag vielleicht geeigneter sei, doch die Ehefrau wandte sich mit einem Gesicht aus Marmor von ihr ab und sagte: »Sofort.«

Also ging das Hausmädchen in ihr Zimmer, um den

Sari anzuziehen. Möglicherweise hatte es anfangs vorgehabt, sich nur ihrer Herrin zu zeigen, um dann, mit der Entschuldigung, an ihre Arbeit zu müssen, wieder in ihre gewöhnliche Kleidung zu schlüpfen. Aber als sie die Seide auf ihrer Haut spürte, die sogar weicher war als das Herz einer Lotusblüte, schien etwas über sie zu kommen. Sie suchte in ihrer Kiste, bis sie ein Stück von einem zerbrochenen Spiegel fand, und hielt es für einen Moment in die Höhe, um zu sehen, wie der Stoff der Dämmerung gleich auf ihrer ebenholzfarbenen Haut schimmerte. Dann kämmte sie ihr Haar aus und band es zu einem Zopf, der gegen ihre Hüften schwang. Und schließlich – kann man es ihr verdenken? Sie war schließlich kaum älter als die Schwester – ging sie in das Zimmer des kleinen Mädchens und nahm etwas von dem selbstgemachten *kajal*, von dem man glaubt, daß er gut für Kinderaugen sei, und trug ein bißchen von dem Lampenruß auf ihre Lider auf.

»Du siehst sehr hübsch aus«, befand die Ehefrau, als das Hausmädchen schüchtern an die Tür klopfte. »Du solltest dein Haar immer so tragen.« Sie lag auf dem Bett, was so früh am Tage ungewöhnlich für sie war, und hatte ihre geschwollenen Füße auf eine gefaltete Decke gelegt. Vor dem mit Turteltauben bestickten Kissen flackerte das Lächeln müde über ihr Gesicht, als habe sie ein enormes Gewicht einen Berg hinaufschieben müssen. »Ich glaube, ich werde mich ein paar Stunden ausruhen. Vielleicht könntest du mir ein bißchen süßen Joghurt zum Mittagessen bringen, Sarala. Und würdest du bitte aufpassen« – wandte sie sich ein wenig entschuldigend ihrer Schwester zu – »wenn Khuku ihr Bad nimmt und zusehen, daß sie ihren Mittagsschlaf hält? Du weißt ja, wie ungezogen sie manchmal sein kann …«

»Das tu ich gern«, versicherte die Schwester mit einem beruhigenden Lächeln, während sie die Vorhänge zuzog. »Ruh dich nur aus, und mach dir keine Sorgen.« Aber insgeheim fand sie, daß ihre Schwester gar nicht wohl aussah, und daß sie ihren Schwager, sobald er nach Hause kam, bitten würde, nach dem alten Dr. Hazra zu schicken. Außerdem überlegte sie, wie sie dem Hausmädchen auf taktvolle Weise beibringen konnte, den safrangelben Sari auszuziehen und sein Haar wieder hochzustecken wie vorher, aber noch bevor sie die richtigen Worte gefunden hatte, war das Mädchen schon in die Küche hinuntergelaufen, um seiner Herrin ein Glas kalten Granatapfelsaft zu holen.

In der Küche klappte der Köchin der Mund auf, als das Hausmädchen eintrat, und der Botenjunge, der für die Besorgungen zuständig war, schürzte die Lippen zu einem leisen Pfeifen, als er den Zopf sah, der gegen die schlanke Taille schwang. Die *ayah*, die neben der Tür hockte und *paan* kaute, atmete so heftig ein, daß sich ein Splitter Betelnuß in ihrer Kehle verfing, und sie hustete und hustete, bis die Köchin zu ihr hinübereilte, um ihr auf den Rücken zu klopfen.

Das Hausmädchen verbarg ein triumphierendes Lächeln und ging in seiner gewohnt reservierten Weise seiner Aufgabe nach. Sie schälte Granatäpfel und zerdrückte die Schoten in einem Entsafter, bis die tiefrote Flüssigkeit ein Glas füllte.

Die *ayah*, die sich inzwischen wieder erholt hatte, bemerkte bissig, wie wohlbekannt es sei, daß Ameisen, denen Flügel wuchsen, das Ende kurz bevorstand.

Das Hausmädchen füllte das Glas in aller Ruhe mit Eisstückchen auf, ohne auch nur einen einzigen Safttropfen auf dem silbernen Tablett, auf dem es stand, zu vergießen, aber als es wieder ging, ragte sein Kinn ein bißchen mehr in die Höhe, sein Zopf schwang etwas heftiger als zuvor, und es trug den Sari (den es eigentlich hatte weglegen wollen) den ganzen Tag über.

Wenn die Schwester später an diesen Tag zurückdachte, empfand sie ihn wie den höchsten Punkt an einem Rad – dem Rad des Glücks vielleicht, oder des Schicksals, dem Augenblick des Gleichgewichts, an dem alles so ausgewogen ist, wie es in dieser fehlerhaften Welt nur sein kann. Möglicherweise liegt es in der Natur der Sache, daß ein solcher Zeitpunkt keinen Bestand haben kann, sondern unweigerlich in die Dunkelheit hinabstürzt, wenn das Rad sich weiterdreht. Die Schwester allerdings gab dem Sari die Schuld an dem, was als nächstes geschah. Jenem verhängnisvollen Sari, um den sich Unheilsfetzen (die sich sonst möglicherweise aufgelöst hätten) miteinander verbanden und Gestalt annahmen. Jenem Sari, der mit seinem heiteren Farbton wie zum Gespött der Götter durch den Nachmittag brannte, mit seinem fröhlichen goldenen *palloo*, das hinter dem Hausmädchen herflatterte, während sie mit dem kleinen Mädchen zwischen den hohen Oleanderbüschen Nachlaufen spielte.

Die Dunkelheit senkte sich plötzlich und gewaltig herab, wie sie das in Kalkutta an den tropischen Abenden, die ohne Dämmerung auskommen müssen, immer tut. Der Rauch von dem Kohlen-*chula*, den die Köchin im Garten angezündet hatte, hing schwer und beißend wie eine Vorahnung in der Luft. Die Ehefrau schlief weiter. Sie lag bewegungslos ausgestreckt auf ihrem Bett, wie jemand, der unter schweren Medikamenten steht oder tot ist. An ihrem eigenen Schlafzimmerfenster kniff die Schwester die Augen zusammen, um durch den purpurfarbenen Dunst die beiden Gestalten zu beobachten, die sich zwischen den Büschen durchschlängelten. Ein Flackern von poliertem Gold, dann die Kinderstimme ihrer Nichte, die quengelnd in die Höhe stieg, als ihre Verfolgerin sie einholte: *Nein, nein, ich will noch nicht hineingehen.*

Die Schwester wollte gerade eine Ermahnung hinunterrufen, als sie den Ehemann bemerkte, den der Chauffeur soeben an der Haustür abgesetzt haben mußte. Er ging auf die beiden zu. Das Hausmädchen und das Kind, die ihm beide den Rücken zugekehrt hatten, waren in ihre Auseinandersetzung vertieft. Daher war die Schwester die einzige, die bemerkte, daß seine Bewegungen denen eines beutemachenden Wolfs – oder war es ein Schakal? – glichen. Bevor sie in der Lage war, einen Schrei aus der trockenen Enge ihrer Kehle zu zwängen, lag sein Arm bereits um die Taille des Hausmädchens und zog es fest an sich. Durch den Schock versteifte sich der Körper des Hausmädchens für einen Moment. Dann begann sie sich zu wehren, schubste heftig, ohne einen Laut von sich zu geben, gegen die Brust des Mannes, während das kleine Mädchen neugierig den Kopf zur Seite neigte, um sie mit ihren großen, strahlenden Augen, die denen ihrer Mutter so sehr glichen, zu beobachten.

Natürlich ließ er sie sofort los. Vom Fenster aus, dessen Rahmen sie umklammert hielt, konnte die Schwester sein Lachen vernehmen, das tief unten aus seiner Kehle aufstieg, und auch seine sanft gemurmelten Worte, als er sich vorbeugte, um seine Tochter hochzuheben. Sie wußte, was er ihr erzählte, während er der entschwindenden Gestalt des Hausmädchens nachblickte. *Ich habe mich vertan. Ich dachte, sie sei deine Mutter.*

Das war gewiß nicht unmöglich. Es war inzwischen beinahe dunkel, und das Hausmädchen hatte den Sari der Ehefrau getragen. Aber die Schwester stand noch lange Zeit dort am Fenster, den Kopf gegen die Stäbe gelehnt, die Augen fest geschlossen, und sie spürte, wie der kalte Rost an ihrer Stirn abblätterte und die trübe, schlammige Angst ihr Herz verstopfte.

Am nächsten Tag ging es der Ehefrau schlechter. Ihr Gesicht trug die Farbe von *chapati*-Teig, und die Haut um ihre Augen war weich und aufgequollen. Sie klagte über einen dumpfen Schmerz tief in ihrem Unterleib, und als die Tante einen warmen Breiumschlag aus Gelbwurz vorschlug, lehnte sie nicht ab. Als die Schwester sie so ergeben und bewegungslos und mit geschlossenen Augen daliegen sah, während die Tante die gelbe Paste auf ihren Bauch auftrug, da dachte sie für einen Augenblick: *Sie ist tot.* Und obwohl sie sich bemühte, diese Unglücksworte aus ihrem Kopf zu verbannen, wollten sie nicht fortgehen.

»Ich werde den Doktor rufen«, sagte sie.

»Warum denn?« fragte die Tante. »Dieser Umschlag ist das beste für schwangere Frauen – habe ich dir nicht erzählt, wie meine Schwägerin …«

»Wo ist die Nummer?« fragte die Schwester.

»Du solltest lieber warten, bis Babu nach Hause kommt, und ihn fragen, ob es wirklich nötig ist«, erwiderte die Tante.

»Die Nummer«, wiederholte die Schwester, beugte sich über die Ehefrau, und diese hob die Hand, deutete zur Kommode hinüber und ließ sie kraftlos wieder fallen.

Als sie endlich zur Praxis des Arztes durchkam, erfuhr sie, daß man ihn nicht erreichen konnte – er war im Krankenhaus und leitete eine Operation. Sie mußte sich mit der Versicherung des Assistenten zufriedengeben, daß er alles aufgeschrieben habe und der Doktor so schnell wie möglich zu ihnen kommen würde, wahrscheinlich irgendwann am späten Abend.

Die Schwester verharrte für eine Weile vor dem Zimmer der Ehefrau, biß sich auf die Lippe und lauschte auf das Stöhnen. Es war ein dunkler, hoffnungsloser, tierischer Laut, der ihr mehr zusetzte, als es der durchdringendste Schmerzensschrei vermocht hätte. Schließlich beschloß sie, ihren Schwager anzurufen, obwohl sie am Tag zuvor noch gedacht hatte, daß sie nie wieder mit ihm würde sprechen können. Doch die Telefonistin seiner Firma teilte ihr mit, daß er noch nicht vom Essen zurück sei.

»Choto-didi«, erklang da die zögerliche Stimme des Hausmädchens. »Glauben Sie, ich könnte den Nachmittag freibekommen?«

Die Schwester blickte sie geistesabwesend an. Trotz ihrer Besorgnis stellte ein Teil ihres Verstandes mit Zufriedenheit fest, daß das Hausmädchen wieder seine gewöhnliche Kleidung trug. Ihr Haar war fester als zuvor zurückgebunden, so daß die Winkel ihrer Augen ein wenig in die Höhe gezogen wurden, was ihrem Gesicht eine gewisse Fremdheit verlieh. Die Schwester war allerdings überrascht, daß das Hausmädchen sich ausgerechnet diesen Tag aussuchte, um irgendwo hinzugehen. Das sah ihr gar nicht ähnlich. Die anderen Bediensteten erfanden immer irgendwelche ausgefallenen Entschuldigungen, warum sie *unbedingt* einen Tag freibekommen mußten, aber das Hausmädchen hatte seit seiner Einstellung noch nie um Urlaub gebeten, so daß die Schwester angenommen hatte, daß es niemanden in der Stadt kannte.

»Ich denke, das ist kein Problem«, erwiderte sie. Es wäre angemessener gewesen, wenn das Mädchen die Tante um Erlaubnis gebeten hätte, aber wer konnte ihr ihr Verhalten schon verübeln? Aus dem Schlafzimmer vernahm sie die näselnde Stimme der alten Frau, die der Ehefrau kundtat, daß ein Glas schwarzer Tee mit einem Zweiglein *tulsi* darin genau das richtige gegen ihre Krämpfe sei.

»Sieh zu, daß du schnell zurückkommst«, sagte sie noch über die Schulter, während sie davoneilte, um ihre Schwester vor weiteren Hausmittelchen der Tante zu bewahren.

»Aber gewiß, Choto-didi, das werde ich.«

Erst später, als die Ehefrau sich gereizt erkundigte: »Wo ist Sarala? Sie soll meine Beine einreiben«, fiel der Schwester ein, daß sie sich gar nicht danach erkundigt hatte, wohin das Hausmädchen gehen wollte.

Das Hausmädchen kehrte erst wieder zurück, als sich der Schatten der *peepul*-Bäume zitternd über den Rasen bis zur Veranda neigte, wo die Familie ihren Abendtee und Kekse zu sich nahm. Die Ehefrau, die behauptete, daß sie sich besser fühle – obwohl ihr Gesicht immer noch sehr abgespannt aussah, mit dunklen Halbmonden unter den Augen, die ihnen einen verletzten Ausdruck verliehen –, hatte sich zu ihnen gesellt. (»Ich habe dir ja gesagt, daß der Gelbwurzumschlag die Krämpfe nehmen wird!« hatte die Tante bemerkt.)

Der Ehemann bedankte sich bei der Schwester, daß sie den Arzt gerufen hatte. »Du hast das Richtige getan. Ich möchte kein Risiko eingehen, was die Gesundheit deiner Schwester betrifft.« Er trug, wie immer am Abend, eine makellose *kurta*, die so weiß war wie frisch gepflückte *shiuli*-Blumen und deren goldene Knöpfe glänzten. Als er sich vorbeugte, um ihre Hand zu berühren – nur leicht, respektvoll, wie die Berührung eines Bruders –, glänzten auch seine Augen mit einer solchen Aufrichtigkeit, daß die Schwester für einen Moment glaubte, der gestrige Vorfall habe sich nur in ihrer Phantasie ereignet.

Genau in dem Moment kam das Hausmädchen mit einem Päckchen in den Händen die Auffahrt hochgeeilt. Sie blieb stehen, als sie den Ehemann inmitten der Familie bemerkte. Die Schwester hatte den Eindruck, als ob ein kurzes Zittern durch den Körper der Dienstbotin fuhr.

»Sarala«, rief die Ehefrau. »Wo bist du gewesen?«

»Ich bin zum Kalighat-Tempel gegangen, Didi, um für Sie zu beten.« Das Hausmädchen hielt ihr ein zerknittertes Bananenblatt mit einigen Blumen und *kumkum* und grau werdendem Zuckerwerk hin. »Ich habe Ihnen etwas *prasad* mitgebracht. Mutter Kali ist sehr mächtig – sie vermag alles zu heilen.«

»Vielen Dank, meine Liebe.« Die Augen der Ehefrau trugen einen warmen Ausdruck, als sie das Päckchen nahm und damit ihre Stirn berührte.

»Es gibt nichts gegen Kali einzuwenden«, sagte der Ehemann, ohne das Hausmädchen dabei anzusehen, »und es war nett von dem Mädchen, so etwas zu tun. Aber ich finde, du solltest das Zeug nicht essen.«

»Ein kleiner Bissen kann doch wohl nicht schaden, ganz besonders, wenn er von der Göttin gesegnet ist«, erwiderte die Ehefrau ruhig, brach ein Stück von dem Naschwerk ab und steckte es in den Mund.

»Babu …«

Es war der *darwan*. Er blickte unbehaglich drein.

»Was ist los?«

»Eine Frau steht draußen, die Einlaß verlangt. Ich habe versucht, sie abzuweisen, aber sie behauptet, ihre Mutter zu sein.« Er deutete auf das Hausmädchen. »Sie macht einen ziemlichen Aufruhr. Soll ich den Botenjungen bitten, mir dabei zu helfen, sie loszuwerden?«

Die Schwester blickte das Hausmädchen an, das neben dem Stuhl der Ehefrau stand und vor Schreck ganz still war.

Der Ehemann, der das Mädchen ebenfalls beobachtet hatte, antwortete langsam, nachdenklich: »Nein. Bring sie nur her. Ich denke, wir sollten hören, was sie zu sagen hat.«

Sie konnten die Stimme der Frau, schon lange bevor sie in der Biegung der Auffahrt auftauchte, vernehmen. Ihr breiter Akzent, der sie als Angehörige der Landbevölkerung auswies, glich dem des Hausmädchens, war aber roh und unangenehm, wie es der des Dienstmädchens niemals gewesen war. »Also hier ist die kleine Schlampe gelandet. Wer hätte das gedacht!«

Und dann das erzürnte Flüstern des *darwan*, der sie ermahnte: »Paß auf, was du sagst, alte Frau. Du befindest dich im Haus von *bhadralok*, von anständigen Leuten, nicht zu vergleichen mit den *bustee*, wo du herstammst.«

Das Lachen der Frau war dunkel vor Verachtung. Das Hausmädchen zuckte zusammen, als habe man ihr durch den Abend etwas Hartes ins Gesicht geschleudert. »Erzähl mir nur nichts von *bhadralok*! Ich weiß mehr von solchen Leuten, als du jemals wissen wirst. Ich habe schon das Innere von vielen Villen gesehen – sogar schon von Palästen. Ganz zu schweigen von all den Salons und Speisesälen.«

Als sie die Frau erblickte, war die Schwester zunächst überrascht, daß das die Mutter des Hausmädchens sein sollte. Mit ihrem aufdringlich gelben Sari und dem billigen Silberschmuck schien sie einer niedrigeren Schicht der Menschheit anzugehören. Sie hatte die Lippen zu einem gierigen Grinsen verzogen, das ihre Zähne entblößte. Und dennoch erblickte die Schwester in den Falten dieses Gesichts, das schon lange jeglichen Anspruch auf Unschuld verspielt hatte, Anzeichen einer gewissen, zerstörten Schönheit. Sie konnte sich plötzlich vorstellen, daß es einmal eine Zeit gegeben haben mußte, als es den Männern vermutlich den Atem verschlagen hatte, wenn sie die Mutter die Straße entlanggehen sahen.

»Soso«, sagte die Mutter und schritt auf das Hausmädchen zu. »Hier hast du dich also versteckt, du hinterhältiges Luder, während ich wie verrückt überall nach dir suche. Genauso wie Biru.« Sie wandte sich mit einer unterwürfigen Verbeugung dem Ehemann zu und fügte erklärend hinzu: »Sie hatten einen kleinen Streit, Mann und Frau, und meine alberne Tochter ist davongelaufen.«

»Er ist nicht mein Mann«, stieß das Hausmädchen durch steife Lippen hervor.

Die Mutter ignorierte sie. »Welch ein Glück, daß ich heute in Bappis Teebude gegenüber der Haltestelle am Tempel war. Eine Gnade der Göttin, wie sollte ich es sonst bezeichnen? Ich hatte mich gerade über mein *kima paratha* hergemacht, als Kamala einen Schrei ausstieß, so daß ich mich fast verschluckte. Ai, Lakkhi-Pishi, sagte sie, ist das nicht dein Mädchen, das verschwunden ist? Ich habe nicht mal mein *paratha* aufgegessen, sondern bin sofort aufgesprungen und rausgelaufen – ich konnte doch nicht das Risiko eingehen, meine Tochter noch einmal zu verlieren, oder? Sie war schon im Bus, aber glücklicherweise kam ein anderer direkt hinterher. Und hier bin ich.« Mit einem unangenehmen, höhnischen Grinsen auf dem zerfurchten Gesicht wandte sie sich dem Hausmädchen zu. »Also such deine Sachen zusammen. Wir wollen uns beim *babu* und seiner guten Frau hier bedanken und uns auf den Weg machen.«

»Ich gehe nicht mit«, erklärte das Hausmädchen mit leiser, aber entschlossener Stimme.

»Was?«

»Ich gehe nicht mit.«

»Und ob du das tust, und wenn ich dich den ganzen Weg an den Haaren hinter mir her zerren muß.«

Die Schwester sog heftig und erschrocken den Atem ein und drehte sich zu der Ehefrau um, die dasaß, als befände sie sich in einem Traum, als ob nichts von alldem wirklich geschehe. Auch das Hausmädchen drehte sich zu ihr um. »Bitte, Didi, schicken Sie mich nicht fort.« Sie umklammerte die Armlehne des Stuhls, auf dem die Frau saß, mit weißen Fingernägeln.

»Ich bin deine Mutter. Ich habe das Recht dazu.«

Das Hausmädchen sagte, nur an die Ehefrau gewandt: »Sie und Biru schicken in der Nacht Männer in mein Zimmer. Für Geld.«

Plötzlich lag eine Stille in der Luft, wie vor den *baisakhi*-Stürmen, die den Himmel aufreißen. Die Schwester sah, daß der Mund des *darwan* auf komische Weise offenstand und die Augen der Tante triumphierend glitzerten. Aber den Ausdruck auf dem Gesicht ihres Schwagers vermochte sie nicht zu deuten.

»Das ist eine Lüge. Eine stinkende, freche Lüge, du Miststück. Hör auf mit dem Geschwätz, und komm jetzt sofort mit ...«

Der Stuhl der Ehefrau fiel mit einem Krachen zu Boden, als sie aufstand. Das Päckchen mit *prasad* rollte von ihrem Schoß, und das Naschzeug kullerte über den Boden, bis es neben der *chappal* ihres Mannes liegenblieb. Sie schwankte ein wenig und hielt die Hand auf ihren Bauch gepreßt. Die Schwester bemerkte erschrocken, daß ihre Lippen aschfahl waren, und erhob sich ebenfalls.

»Sieh zu, daß du diese ... diese Kreatur los wirst«, forderte die Ehefrau ihren Mann mit einer undeutlichen Stimme wie eine Schlafwandlerin auf. Sie wartete, bis er dem *darwan* zunickte, und streckte dann ihre Hand nach dem Hausmädchen aus. »Sarala.« Die Worte kamen stoßweise und zerstückelt hervor. »Bring mich in mein Zimmer.«

Als die Schwester hinzueilte, um ihren anderen Arm zu ergreifen, hörte sie, wie die Mutter hinter ihr schrie: »Kreatur – wen nennt sie denn hier *Kreatur*? Und denken Sie nur nicht, daß Sie mich so einfach loswerden, *babu*. Ich kenne meine Rechte. Sie mögen ja reich sein, aber ich kann leicht hundert Leute aus den *bustee* zusammentrommeln, die morgen mit mir hierherkommen. Und dann werden wir Stunk machen, wie Sie es noch nie erlebt haben.« Ihre Stimme senkte sich wissend. »Glauben Sie, ich wüßte nicht den wirklichen Grund, warum Sie mein Mädchen hier halten – Ihre schwangere Frau taugt im Moment nicht zu viel anderem, was?«

Und dazu die Stimme des *darwan*, der die Frau vor sich herschubste: »Raus mit dir, raus mit dir, du dreckige

Hexe, bevor ich dir den Schädel einschlage! Wie kommst du dazu, den *babu* in seinem eigenen Haus zu bedrohen? Wage es ja nicht, noch einmal zurückzukommen ...«

»Ich werde ihr eins mit dem Knüppel überziehen, wenn ich sie in die Finger bekomme ...«, kreischte die Mutter.

»Raus mit dir, raus, aber schnell ...«

Der Ehemann lehnte sich ruhig in seinem Stuhl zurück. Die Dunkelheit sammelte sich um seine knochenbleiche *kurta*, und er trug einen seltsam zufriedenen Ausdruck auf dem Gesicht.

Als Dr. Hazra eintraf, lag die Ehefrau bereits im Fieberwahn, und der Schmerz in ihrem Bauch war schlimmer geworden. Sie warf sich auf dem Bett hin und her, schob die Decke weg, die sie ihr überlegen wollten, schlug um sich, als die Tante versuchte, ihr einen weiteren Umschlag zu machen, und als sich der Ehemann über sie beugte, um sich zu erkundigen, wie sie sich fühlte, da schien sie ihn nicht zu erkennen. Der Arzt gab ihr eine Spritze und rief im Krankenhaus an, weil er sie sofort einliefern lassen wollte.

»Wir werden sie voraussichtlich in den nächsten Wochen bis zur Geburt des Kindes dortbehalten. Sie muß unter Beobachtung bleiben. Aber am wichtigsten ist« – und hier bedachte er die übrigen Mitglieder des Haushalts mit einem anschuldigenden Blick – »daß man sie nicht aufregt.«

»Ich kann nicht fortgehen«, flüsterte die Ehefrau erschöpft. »Wer wird sich um Khuku kümmern? Wer wird ...?«

»Meine Liebe«, erwiderte der Ehemann und ergriff fürsorglich ihre Hände, »wenn der Doktor sagt, daß du gehen mußt, dann mußt du gehorchen. Keinem hier gefällt der Gedanke, daß du fort sein wirst, aber wir müssen das tun, was das beste für dich ist – und für das Baby. Es besteht kein Grund zur Sorge – schließlich ist deine Schwester hier. Und das Hausmädchen.«

»Ja, bitte mach dir keine Sorgen«, stimmte die Schwester zu und strich der Ehefrau eine feuchte Haarsträhne aus der Stirn, obwohl sich jeder Muskel in ihrem Körper zusammenkrampfte bei dem Gedanken, ohne ihre Schwester in diesem Haus zurückzubleiben.

Die Ehefrau winkte die Schwester zu sich heran, bis deren Ohr ganz nahe an ihrem Mund war. »Versprich mir, daß du bleiben wirst, bis ich zurückkomme«, sagte sie mit der schwachen Stimme eines Menschen, der schon weit weg ist. »Versprich mir, daß du dich um Khuku kümmerst. Und um Sarala – versprich mir, daß du dich auch um sie kümmern wirst.«

»Ich verspreche es«, erwiderte die Schwester und bemühte sich, jeden Zweifel aus ihrer Stimme herauszuhalten. Sie fühlte sich erschöpft und unfähig. Die Last von bösen Ahnungen lag schwer auf ihren Schultern. Aber was hätte sie sonst sagen sollen?

In der Woche, nachdem die Ehefrau ins Krankenhaus eingeliefert worden war, beobachtete die Schwester mit Erstaunen, wie reibungslos alles im Hause weiterlief. Der *mali* bewässerte und düngte und mähte den Garten wie bisher und trimmte sogar ohne jede Aufforderung die Zweige des Mangobaumes, die das Licht von den Wohnzimmerfenstern fernhielten. Der Koch leistete Wundervolles und bereitete ein Mughlai-Lamm-Gericht zu, von dem der Ehemann behauptete, daß es besser sei als alles andere, was er jemals gekocht habe. Der Botenjunge erschien pünktlich zur Arbeit, und die *ayah* geriet in jener Woche nicht ein einziges Mal mit einem der anderen Dienstboten aneinander. Selbst das kleine Mädchen weinte nicht nach seiner Mutter, wie es die Schwester befürchtet hatte. Sie ging ohne Protest in die Badewanne und ließ es zu, daß die Schwester ihr die verhedderten Haare auskämmte, ohne dabei um sich zu treten oder zu schreien. Sie aß tüchtig beim Mittagessen und legte sich zu ihrem Mittagsschlaf hin, und am Abend spielte sie recht fröhlich mit ihrem Vater Dame, bis es Zeit zum Schlafengehen war.

Die Schwester war erleichtert, aber ihre Erleichterung trug auch eine Spur von Bestürzung. Anfangs hatte sie diese Flut von gutem Verhalten als eine vorübergehende entsetzte Reaktion auf die Abwesenheit der Ehefrau gehalten, aber als die Wochen vergingen, wurde ihr klar, daß sie sich getäuscht hatte. Der Haushalt hatte sich lautlos und ohne Trauer über ihren Weggang geschlossen, wie sich die Blätter einer Seerose über der Oberfläche eines Sees schließen, sobald die Badenden verschwunden sind. Ganz so, als sei es eine vollkommen natürliche Sache. Ob es wohl auch so wäre – sie vermochte den Gedanken einfach nicht aus ihrem Kopf zu verbannen, obwohl sie sich sehr bemühte, ihn wegzuschieben –, wenn ihre Schwester den Tod gefunden hätte? Lief es etwa im Leben letztendlich nur darauf hinaus, ist das der einzige Eindruck, den man bei seinen Mitmenschen hinterläßt? fragte sie sich, während sie sich unruhig, aber dennoch vorsichtig, um die anderen nicht zu wecken, auf ihrem Nachtlager herumwälzte, das aus zwei zusammengeschobenen Matratzen bestand, die auf dem Boden des Kinderzimmers lagen.

Ihre Schlafstatt war im Kinderzimmer, da es Probleme

mit den Schlafarrangements gegeben hatte. Die Ehefrau hatte die Tante gebeten, mit dem kleinen Mädchen im Kinderzimmer zu schlafen, während das Hausmädchen auf dem Boden im Zimmer der Schwester schlafen sollte (nach den Gründen dafür hatte sich die Schwester lieber nicht erkundigt). Aber vom zweiten Abend an weigerte sich das kleine Mädchen und ließ sich nicht davon abbringen, daß die Schwester statt dessen bei ihr schlafen müsse.

»Sie schnarcht«, behauptete sie und deutete auf die alte Frau. »Und außerdem riecht sie.«

Die Tante wurde zornig und erklärte, daß die Ehefrau sie ausdrücklich gebeten habe, im Kinderzimmer zu schlafen, und daß niemand sie davon abhalten würde, die Wünsche der armen, kranken Frau zu erfüllen.

Sie hatten einen Kompromiß geschlossen, indem die Schwester den anderen beiden im Kinderzimmer Gesellschaft leistete, aber als sie darum bat, daß das Hausmädchen ebenfalls dort schlafen dürfe, hatte sich die Tante energisch gewehrt. Das Zimmer sei zu klein, und außerdem würde sie nicht mit einem Dienstmädchen im selben Raum nächtigen – ganz besonders nicht mit einem von fragwürdiger Moral. (Nach dem Auftauchen der Mutter hatte es im ganzen Haus ausgedehnte und hitzige Diskussionen über das sittliche Verhalten des Dienstmädchens gegeben – allerdings nicht, solange die Ehefrau in Hörweite gewesen war. Im Speisezimmer war die Tante nicht müde geworden zu betonen, welch ein Skandal es sei, daß von einer anständigen Familie verlangt wurde, sich mit einer Frau abzugeben, die, nach ihrem eigenen Eingeständnis, nichts Besseres war als ein Callgirl. Und in der Küche hatte die *ayah*, die sich bestätigt sah, jedem erklärt, daß sie von Anfang an, wirklich *von Anfang an*, gewußt habe, daß das Mädchen böse sei.)

Also schlief das Hausmädchen wie zuvor im Lagerraum. Und damit war sie vermutlich sogar besser dran, dachte die Schwester und seufzte, während sie zum zehnten Mal den Fuß des kleinen Mädchens von ihrem Bauch schob und sich ein Kissen gegen das Ohr preßte, um das kräftige Schnarchen der Tante nicht mehr hören zu müssen.

Die Schwester hatte nie einen tiefen Schlaf gehabt. Und nun, in der neuen Umgebung und mit der Sorge um die Gesundheit der Schwester und ihres ungeborenen Kindes, lag sie nachts oft wach. Sie starrte die Wände an, die vom Mondlicht gestreift waren, und dachte über ihren letzten Besuch im Krankenhaus nach. Wie die Ehefrau mit einem Gesicht, ausdruckslos und so bleich wie Elfenbein, auf ihrem schmalen, militärgrünen Feldbett gelegen hatte, das sie auf Anweisung der Ärzte nicht verlassen durfte. Wie ihr Zimmer trotz der geöffneten Fenster leicht nach Urin gerochen hatte (denn es war ihr nicht erlaubt, auf die Toilette zu gehen), der sich mit einem weiteren Geruch vermischte, den die Schwester nicht ganz einordnen konnte, den sie aber für den Geruch der Hilflosigkeit hielt.

Während sie wach dalag, wurde die Schwester mit den Nachtgeräuschen von Haus und Garten vertraut, den *jhi-jhi*-Insekten, die im Geißblatt zirpten, den Eulen, die voller Trauer vom entfernt stehenden *ata*-Baum schrien, den Geckos, die ihre tik-tik-tik-Rufe ausstießen, während sie über die gekalkten Korridorwände glitten. Über das Kopfsteinpflaster draußen vor dem Tor klapperten die Schuhe des Nachtwächters, der mit seinem Schlagstock durch die Straßen schritt und in regelmäßigen Abständen seine Stimme zu einem warnenden *kaun hai* erhob. Der tropfende Wasserhahn im Badezimmer klang, als trommelte jemand ungeduldig mit seinen Fingerspitzen auf einen Tisch. Die Türrahmen knarrten und kamen mit dem Geräusch knackender Knöchel wieder zum Stillstand. Und das träge Schk-Schk des Dachventilators war so störend wie eine Person, die in Pantoffeln durch das Schlafzimmer schlurft.

Aber in jener Nacht, zu Beginn der zweiten Woche, vernahm die Schwester ein anderes Geräusch, das sie im Bett aufsitzen und eine Hand gegen die pochende Brust pressen ließ. Es war das überaus leise Geräusch nackter Füße auf marmornem Mosaik, die den Korridor entlangkamen. Was der Schwester wirkliche Angst einjagte war die Tatsache, daß sich jemand bemühte, leise zu sein.

Sie blickte auf das schlafende Kind neben sich hinab und auf die alte Frau, die mit geöffnetem Mund laut atmete. Sie hätte sich am liebsten wieder hingelegt, wäre gern wie sie in einen unbeschwerten Schlaf gefallen. Aber das vermochte sie nicht. Sie glitt vorsichtig, trotz der Stimme in ihrem Kopf, die *nein, nein, nein* schrie, von der Matratze, zog den Sari fest über der Brust zusammen, öffnete die Tür einen Spaltbreit und spähte hindurch.

Ein Mann verschwand um die Biegung des Korridors. Sie erkannte ihn nicht. Das Mondlicht, das in den Gang hineindrang, war nur spärlich, und er trug ein ärmelloses *genji* und weiße *dhoti,* wie sie die meisten bengalischen Männer in heißen Nächten bevorzugten. Ob dies einer der Bediensteten war? Hatte das Hausmädchen vielleicht doch einen Freund? Die Schwester folgte dem Mann und hielt sich in den Schatten verborgen, obwohl sie wußte, daß sie dies besser nicht tun sollte. *Unklug, gefährlich,* schrie die Stimme in ihrem Kopf. *Welche Rolle spielt es schon, wer es ist?* Aber irgend etwas an dem Mann brachte sie dazu, weiterzugehen. Als sie an der Ecke stehenblieb, um ins Düstere zu spähen, sah sie, daß er an der Tür zum Lagerraum klopfte – gedämpftes, drängendes Pochen, das die Schwester über dem Hämmern des eigenen Herzens kaum zu vernehmen vermochte.

»Wer ist da?« hörte sie das Hausmädchen mit argwöhnischem Tonfall rufen. »Wer ist da?«

Der Mann, dessen Gesicht sie immer noch nicht sehen konnte, flüsterte etwas, das die Schwester nicht mitbekam, aber sie hörte, wie der Riegel innen zur Seite geschoben wurde. Das Hausmädchen erschien im Türrahmen. Ihr Gesicht war vom Schlaf geschwollen, Haare und Kleidung in Unordnung. »Ist Khuku krank? Wo ist sie? Was ist los? Ich werde Choto-didi besser sofort helfen ...« Und dann, als der Mann versuchte, sie in den Lagerraum zurückzuschieben: »Nein, bitte, nicht! Lassen Sie mich in Ruhe! Wie können Sie das tun, wo doch Didi krank im Hospital liegt?«

»Nun spiel nur nicht die Tugendhafte«, zischte der Mann. »Einmal Hure, immer Hure.«

Die Schwester erkannte die Stimme. Schwindel ergriff sie – Oder war es Entsetzen, vermischt mit Wut im Namen ihrer Schwester? –, und sie mußte sich an der Wand festhalten.

Der Mann versuchte dem Hausmädchen mit der Hand den Mund zuzuhalten, aber sie befreite sich aus seinem Griff. »Keine Sorge, niemand wird etwas erfahren. Es soll für dich schon der Mühe wert sein«, sagte er mit einem Lachen, das die Schwester wie eine Eisscherbe traf. »Und es wird dir mit mir mehr Spaß machen als mit diesen stinkenden Bauern in den *bustee*.«

»Lassen Sie mich los, Dadababu.« Das Hausmädchen trat jetzt nach den Schienbeinen des Mannes. Als dieser nicht von ihr abließ, versuchte sie, ihm das Gesicht zu zerkratzen, und ihre Stimme erhob sich drohend. »Oder ich werde so laut schreien, daß das ganze Haus wach wird.«

Der Mann fluchte leise und gemein und fuhr mit der Hand an seine Wange. Er schubste das Dienstmädchen zurück, und die Schwester hörte, wie ihr Körper gegen die Wand schlug. »Schlampe! Das wird dir noch mal leid tun.«

Die Schwester erhaschte einen flüchtigen Blick auf das wutverzerrte Gesicht ihres Schwagers. Und dann rannte sie, schneller als jemals zuvor in ihrem Leben, um zum Schlafzimmer zurückzugelangen, bevor er sie entdeckte.

Jahre später würde sie sich fragen, warum sie sich so geschämt hatte, so schuldig gefühlt, ganz so, als wäre sie die Heimlichtuerin gewesen. Sie würde sich wünschen, daß sie dageblieben und ihm gegenübergetreten wäre – und wenn sie ihn auch nur mit einem Blick konfrontiert hätte. Sie würde sich fragen, ob das einen Unterschied gemacht hätte für all das, was folgte.

Am nächsten Tag saß die Schwester spät am Morgen bei einer Tasse Tee und dachte nach. Die Vorstellung, am Frühstückstisch mit den höflichen Fragen ihres Schwagers konfrontiert zu werden – *Ist alles in Ordnung, Hast du gut geschlafen, Kann ich dir auf dem Rückweg vom Büro etwas mitbringen –*, hatte sie mit Übelkeit erfüllt, und so war sie im Bett geblieben und hatte über Kopfschmerzen geklagt, bis er das Haus verließ. Nun, da sie der Stimme des Hausmädchens lauschte, das dem kleinen Mädchen etwas vorlas, wobei sich seine Stimme melodisch hob und senkte, ohne daß darin eine Spur der Turbulenzen der vergangenen Nacht zu entdecken gewesen wäre, fragte sich die Schwester, was sie tun sollte. Sollte sie ihr andeuten, daß sie wußte, was geschehen war, um sich mit ihr zusammen etwas auszudenken, damit dies nicht noch einmal vorkam? Oder sollte sie mit ihrem gefährlichen Wissen zu ihrem Schwager gehen und ihn durch Erpressung zu einem guten Betragen zwingen? Sollte sie ihrer Schwester davon erzählen? Sie erinnerte sich an das Gesicht der Ehefrau, das bleich auf dem Krankenhauskissen lag, an die Augen, die ohne jede Neugier über die Gesichter der Leute wanderten, als gehörten sie einer entfernten Vergangenheit an, die für sie gar keine Bedeutung mehr hatte, und wußte, daß sie das nicht zu tun vermochte. Genausowenig wie die anderen Möglichkeiten in Frage kamen – sie war einfach nicht der Typ dazu. Als Jüngste der Familie – und noch dazu ein Mädchen – hatten immer andere Menschen die Entscheidungen für sie getroffen oder ihr zumindest gesagt, was sie zu tun hätte. Hatten sie gelobt, wenn sie fügsam und gehorsam war – denn schließlich waren das, wie jeder wußte, die Kardinaltugenden einer Frau. Der Gedanke daran, selbständig zu handeln, eine unkontrollierbare Macht in Bewegung zu setzen, die möglicherweise die Ehe ihrer Schwester zerstören konnte (die nicht so fügsam war wie ihre Schwester, ihr so ganz und gar nicht glich, und von der man nicht wußte, was sie anstellen würde, wenn sie erfuhr, was geschehen war), erfüllte sie mit großer Angst.

Außerdem bestand die Möglichkeit, daß sie übertrieben reagiert hatte, sagte sie sich, während sie auf das gesprenkelte Sonnenlicht hinabblickte, das über die roten und goldenen Dahlien hinwegtanzte, die entlang der

Auffahrt standen. Solche Dinge geschahen eben – selbst in ihrem behüteten provinziellen Leben hatte sie schon oft genug davon gehört. Wenigstens hatte ihr Schwager keine Mätresse, die er sich in einem separaten Haushalt hielt, wie das die reichen bengalischen Männer oft taten. Er verschwand nicht mit Freunden zu einem »musikalischen« Wochenende, bei dem – wie jeder wußte – Sängerinnen und Tänzerinnen auftraten, die gern auch noch andere Dienste anboten. Auf seine Weise liebte er seine Frau und war seinem kleinen Mädchen ein guter Vater. Vielleicht wäre es das beste, das Geschehene zu vergessen und ihm seinen kleinen Fehltritt zu verzeihen (schließlich war er ein Mann, mit all diesen unkontrollierbaren männlichen Bedürfnissen, vor denen man sie immer und immer wieder gewarnt hatte) – und zu beten, daß so etwas nicht noch einmal geschehen würde.

»Choto-didi! Choto-didi!«

Die Schwester schreckte hoch und erblickte die Tochter des *darwan,* die in den Dienstbotenquartieren nahe des Tors wohnte, und die nun keuchend auf das Haus zugelaufen kam.

»Choto-didi, da sind eine Menge Leute am Tor! Die Mutter von der da ist auch dabei.« (Sie deutete mit dem Kinn auf das Hausmädchen, dem das Buch zu Boden geglitten war.) »Sie versuchen, hereinzukommen. Mein Vater ist noch mit dem Wagen im Büro, und der Botenjunge ist zum Markt gegangen. Was sollen wir tun?«

Erst jetzt vernahm die Schwester – die vorher zu tief in Gedanken versunken gewesen war – das Rütteln am verschlossenen Tor, die wütenden Schreie, die immer lauter wurden, und dann ein Klirren, als ob Steine geworfen würden. Bald schon mochten sie das Schloß aufgebrochen haben und über sie herfallen.

Die Schwester erhob sich. Ihr ganzer Körper zitterte. Sie mußte etwas unternehmen – und zwar bald. Aber was? Sie überlegte, was ihre Schwester wohl getan hätte – nicht die Frau, die nun im Krankenhaus wie am Grunde eines Sees lag, wo sich all das stillstehende Wasser auf sie preßte, sondern ihr lebendiges früheres Selbst. Sie schloß die Augen, um sich an die starke, liebliche Stimme der Ehefrau zu erinnern, an die zuversichtliche Anmut ihrer Gesten, und als sie die Lider wieder öffnete, wies sie die Tochter des *darwan* an, den *mali* und den Koch zu holen.

»Bring Khuku in ihr Zimmer«, befahl sie dem Hausmädchen, »und bleib dort, egal was passiert.«

Das Hausmädchen starrte sie an, als habe sie nicht begriffen.

»Geh schon!« fuhr die Schwester sie plötzlich wütend an, und das Mädchen ergriff die Hand des Kindes und machte sich auf den Weg. Es war etwas Seltsames an ihrem Gang, aber die Schwester, die loslief, um die Polizei zu rufen, konnte nicht genau sagen, was es war. Erst Jahre später, als sie einen Film über Wandervögel sah, fiel ihr auf, daß das Hausmädchen sich mit dem steifen Gang verirrter Seevögel bewegt hatte, die sich auf dem Festland, weit weg von ihrer Heimat, wiederfinden.

Die Schwester fühlte sich ein wenig besser, nachdem sie die Polizei erreicht hatte.

»Sie werden gleich hiersein«, teilte sie dem ängstlich wartenden *mali* und dem Koch mit. »Kommt jetzt mit zum Tor.«

Der Koch drehte mit den Fingern den Stoff des Küchentuches, das ihm von der Schulter herabhing. »Sollten wir nicht besser im Haus bleiben, Choto-didi, und Türen und Fenster abschließen? Wäre es nicht besser, wenn Sie Dadababu anriefen?« Auf seiner Oberlippe perlten Schweißtropfen, und der Schwester wurde klar, daß auch er noch niemals etwas Vergleichbarem gegenübergestanden hatte. Seltsamerweise verflog dadurch ein Teil ihrer Angst.

»Nein«, erwiderte sie auf seine erste Frage. (Sie war noch nicht bereit, sich mit der zweiten zu befassen, die im Grund eigentlich lautete, *Warum haben Sie ihn noch nicht angerufen.*) »Wir müssen ihnen zeigen, daß wir keine Angst haben. Jetzt. Sofort! Wenn sie erst eingebrochen sind, werden wir sie nicht mehr kontrollieren können, aber wenn wir jetzt richtig handeln, kann es uns noch gelingen.« Sie war überrascht, wie ruhig sie klang, wie logisch, als glaube sie wirklich an das, was sie da sagte.

Die drei machten sich auf den Weg zum Tor, und als sie dort ankamen, sah die Schwester, daß die kräftigen Eisenplatten von Steinen zerbeult waren und die gußeisernen Schnitzereien der Speere ganz unnatürlich geformt, wie gebrochene Arme und Beine, herabhingen. Sie blickte in die Gesichter auf der anderen Seite, von denen sie immer nur Ausschnitte erkennen konnte: verrottete, zigarettengelbe Zähne, bebende Nasenflügel, Mundwinkel, vom Zorn herabgezogen, der so stark war, daß sie ihn deutlich wie Schweiß zu riechen vermochte. Die Augen waren glasig vor zerstörerischer Euphorie. Das waren keine Menschen, keine *wirklichen* Menschen. Sosehr sie sich auch bemühte, es gelang ihr nicht, diese bruchstückhaften Züge zu einem ganzen menschlichen Gesicht zusammenzusetzen. Wie Quecksilber überschwemmte die Furcht ihre Adern aufs neue und ließ ihre Stimme zittern, als sie sich nach ihrem Begehren erkundigte. Ihr wölfisches Grinsen bedeutete ihr, daß auch sie ihre Furcht spürten.

»Wir wollen das Mädchen! Gebt das Mädchen raus!«

»Ihre Mutter und ihr Mann wollen sie zurückhaben. Sie haben kein Recht, sie festzuhalten.«

»Wir haben gehört, daß ihr nichts Gutes im Sinn habt. Ein junges Mädchen auf diese Weise auszunutzen!«

»Ihr reichen Leute seid doch alle gleich! Ihr glaubt, die Welt gehört euch!«

Verschiedene Gruppen von Schaulustigen hatten sich inzwischen am Rande des Haufens versammelt. Straßenhändler und Kehrer, Passanten auf dem Weg zur Arbeit, Bedienstete aus einigen Nachbarhäusern. Die Schwester suchte die Gesichter nach Unterstützung ab, entdeckte aber lediglich freudige Erregung angesichts der Aussicht auf das Drama: Die reichen Leute bekamen endlich, was sie verdient hatten. Sie biß sich auf die Innenseite ihrer Wange, bis sie Blut schmeckte. Salzig, metallisch. Der pochende Schmerz verringerte die Angst ein bißchen.

»Niemand hält Sarala gegen ihren Wunsch fest. Sie will nicht zu ihrer Mutter zurück und auch nicht zu ihrem –«, in Gedanken entschuldigte sie sich bei dem Hausmädchen, zwang sich aber, das Wort auszusprechen, »Ehemann.«

»Sarala! So nennt sie sich also heute.«

»Was soll das heißen, sie will nicht? Jedermann weiß doch, daß eine Tochter zu ihren Eltern und eine Frau zu ihrem Mann gehört. Genau dieses *Sahibi*-Gerede ist es, das unsere Familien auseinanderfallen läßt.«

»Hören Sie, Miss, Sie sollten Ihre Nase besser nicht in Sachen stecken, die Sie nichts angehen. Mit Ihnen haben wir keinen Streit. Rufen Sie einfach das Mädchen her. Wir werden sie in Empfang nehmen und verschwinden.«

»Soll ich sie holen gehen?« flüsterte der Koch.

Vor dem inneren Auge der Schwester erschien das Gesicht der Ehefrau. Es trug ein ganz bleiches Gelb, als hätte es lange Zeit unter Wasser gelegen und die Farbe des Seesandes angenommen. Strähnen von ungekämmtem Haar wanden sich wie Wasserpflanzen darum. Die Augen waren geschlossen, im Tod oder in Resignation.

»Nein«, sagte sie. »Nein!«

Ein wütendes Geräusch, halb Brüllen, halb Zischen, erhob sich aus der Menge, und sie rückte näher. Jemand begann, wieder am Tor zu rütteln.

»Das wird euch noch leid tun.« Die Schwester erkannte die Stimme der Mutter, die seltsam glücklich klang, aber in dem ganzen Durcheinander gelang es ihr nicht, ihr Gesicht auszumachen.

Ein Erdklumpen traf sie an der Schulter, und etwas anderes – Hartes, Abschürfendes – streifte ihre Wange. Sie warfen mit allem, was ihnen in die Finger kam: Lehm, Grasklumpen, Kiesel. Die Schwester vernahm das Klopfen von Stein auf Metall, als sich jemand erneut am Schloß zu schaffen machte. Sie hob einen Arm, um ihr Gesicht zu schützen, und hörte das laute Krachen, als das Schloß nachgab. In dem Moment, als sich das Tor öffnete und die Menge mit einem Jubelschrei nach vorn drängte, schubste sie irgend jemand – vielleicht der *mali* – zur Seite, gegen die *hasnahana*-Büsche. Und dann vernahm sie die Sirenen.

»Man stelle sich das nur vor!« sagte die Tante beim Abendessen. »Die Polizei und das ganze Drumherum auf *unserem* Grund und Boden! Wagen, Sirenen, Handschellen. Und die ganze Nachbarschaft versammelt, um zu sehen, was vor sich geht. Was für eine Schande! In meinen zweiundsiebzig Jahren habe ich noch nie etwas

Vergleichbares erlebt. Die *hasnahana*-Büsche am Tor sind alle niedergetrampelt – es wird mindestens zwei Jahre dauern, ehe sie wieder nachgewachsen sind. Wir hätten dieses Unglück bringende Mädchen schon vor langer Zeit loswerden sollen, wie ich gesagt habe.«

»Das stimmt«, pflichtete ihr der Ehemann bei und befingerte das Pflaster, das auf seiner Gesichtshälfte festgeklebt war. »Ich hätte in dieser Sache fester durchgreifen müssen.« Um seinen Mund verliefen weiße Linien, dünn und fest, und die Schwester versuchte sie zu deuten, was ihr jedoch nicht vollkommen gelang. Alles, was sie erkannte, war, daß sie nicht nur vom Zorn herrührten – so einfach war es nicht.

»Und hast du das Tor gesehen?« fuhr die Tante fort. »Es ist völlig ruiniert. Die Eisenkonstruktion stammt noch aus der Zeit deines Großvaters. Wir werden sie nie wieder so ersetzen können.«

»Mr. Chowdhury von nebenan hat mich vorhin angerufen«, sagte der Ehemann, »um sich nach dem Grund für diese schmachvollen Vorgänge zu erkundigen. Das waren seine Worte. Ich habe mich noch niemals in meinem Leben derart erniedrigt gefühlt.«

Die Tante schnalzte verständnisvoll mit der Zunge.

»Und was das Schlimmste ist, du bist auch verletzt worden«, fügte er, an die Schwester gewandt, hinzu und deutete auf den Verband an ihrer Wange. »Dafür fühle ich mich verantwortlich.«

»Bitte«, erwiderte die Schwester durch trockene Lippen, denn ihr war klar, wohin das Ganze führte, »mach dir um mich keine Gedanken.«

»Aber stell dir nur vor, was hätte passieren können, wenn die Polizei nicht genau in dem Moment eingetroffen wäre!« entgegnete der Ehemann. Er erzitterte, als ob allein die Vorstellung einer solchen Möglichkeit schon zuviel für ihn sei. Dann wandte er sich dem Koch zu, der vom Türrahmen aus aufmerksam gelauscht hatte, und befahl ihm, das Hausmädchen zu holen. Als es eintraf, teilte er ihm in seiner freundlichen, vernünftigen Stimme mit, daß er Verständnis für seine Schwierigkeiten habe, jedoch an die Reputation und die Sicherheit seines Haushalts denken müsse. Gewiß sehe sie ein, warum er sie nicht länger dabehalten könne. Die Angelegenheit sei sehr schlecht für das kleine Mädchen, das schon durch den Krankenhausaufenthalt seiner Mutter verwirrt genug wäre. Die Leute von nebenan hätten mit Recht angemahnt, daß Vorfälle wie diese in einer Gegend, die laut *The Statesman* als eine der besten in Kalkutta gelte, nicht vorkommen dürften. Und dazu sei Choto-didi angegriffen worden und müsse nun für den Rest ihres Lebens eine Narbe tragen.

»Mir geht es gut«, beharrte die Schwester. »Es ist wirklich nur ein Kratzer.« Aber niemand schenkte ihr Beachtung.

»Ich hege keine Zweifel an deiner Moral«, fuhr der Ehemann fort. »Dennoch habe ich keine andere Wahl, als dich zu entlassen.«

Das Hausmädchen weinte nicht und flehte ihn auch nicht an, bleiben zu dürfen. Aus ihrem Gesicht, das keine Überraschung zeigte, schloß die Schwester, daß sie bereits gewußt hatte – vielleicht sogar schon seit langer Zeit –, daß so etwas geschehen würde.

»Ich bin sicher, daß du verstehst, warum ich es tun muß«, sagte der Ehemann.

»Ich verstehe sehr wohl«, erwiderte das Hausmädchen. Da war etwas in ihrer Stimme – ein ironischer Unterton, vielleicht –, das den Ehemann dazu brachte, für einen Moment die Fassung zu verlieren. Aber er gewann sie sehr schnell wieder zurück und teilte ihr in dem ihm eigenen, wohlwollenden Tonfall mit, daß sie natürlich noch ihre Bezahlung für den ganzen Monat erhalten würde. Und da es bereits dunkel war – schließlich sei er kein unvernünftiger Mann –, könne sie diese eine Nacht noch bleiben, vorausgesetzt, sie würde sich morgen in aller Frühe auf den Weg machen.

Mitten im Satz verließ das Hausmädchen den Raum.

»Welch eine Unverschämtheit«, verkündete die Tante. »Also wirklich, ich weiß nicht, was heutzutage mit den niederen Klassen los ist. Zu den Zeiten meines Vaters wäre ein Dienstbote für ein solches Verhalten ausgepeitscht worden. Warum ...«

»Du kannst sie doch nicht einfach fortschicken!« rief die Schwester. »Das Ganze ist doch nicht ihre Schuld.«

»Das hat ja auch niemand behauptet«, entgegnete der Ehemann. Unter dem weichen Tonfall seiner Stimme lag eine messerscharfe Warnung.

Doch die Schwester fuhr fort: »Ihr Leben ist ruiniert, wenn sie von hier fortgeht – ihre Mutter wird sie bestimmt wieder erwischen. Und dabei machte sie sich doch so gut, hat lesen gelernt und ...«

»Ich bin zunächst einmal für das Wohlergehen meiner Familie verantwortlich. Diese Frau hat vom ersten Tag an nichts als Schwierigkeiten bereitet.«

Die Schwester bemühte sich, aus ihrem morgendlichen Sieg über die Meute Kraft zu schöpfen und etwas Vernichtendes zu sagen, das ihn an seinen scheinheiligen Worten würgen ließe. *Ich kenne den wahren Grund, warum du sie loswerden willst.* Aber sie fühlte sich nicht stark genug für die Folgen, die eine solche Äußerung ins Rollen bringen konnte. Außerdem war es eine Sache, sich einem zerlumpten Haufen von Eindringlingen aus den *bustee* zu stellen, und eine andere, sich gegen die sanfte Macht ihres Schwagers aufzulehnen. Sie verabscheute die versöhnlichen Worte bereits, bevor sie über ihre Lippen kamen: »Dann warte zumindest, bis Didi wieder zu Hause ist – sie mochte Sarala so gern …« Die Schwester bemerkte bestürzt, daß sie in der Vergangenheit sprach, ganz so, als sei das Hausmädchen bereits fortgegangen.

Der Ehemann, dem der Versprecher ebenfalls nicht entgangen war, warf ihr ein triumphierendes Lächeln zu. »Ein Grund mehr, daß sie sofort geht. Wir wollen doch nicht, daß deine Schwester einen weiteren Schock erleidet, wenn sie aus dem Krankenhaus zurückkehrt, nicht wahr? Und du weißt genausogut wie ich, daß deine Schwester, so lieb sie auch ist, dazu neigt, allzu emotional zu reagieren.«

»Bitte«, versuchte es die Schwester noch einmal, da sie es ihrer Schwester versprochen hatte. Aber sie wußte, daß es nichts einbringen würde.

Der Ehemann erhob die Hand.

»Du solltest mir ein wenig Intelligenz zugestehen. Ich weiß, was das Beste für meinen Haushalt ist. Und du stimmst mir doch zu, daß immer noch *ich* derjenige bin, der diesem Haushalt vorsteht, oder?«

Die Schwester hatte das Gefühl, als würde ihre Brust von einer Faust zusammengequetscht, als bliebe ihr kein Platz mehr zum Atmen. Sie schob ihr erst halb aufgegessenes Abendessen zur Seite und erhob sich, um den Tisch zu verlassen, als sie wie von sehr weit entfernt die Stimme des Ehemannes vernahm: »An deiner Stelle würde ich deiner Schwester von dieser Sache nichts erzählen. Es würde sie nur aufregen, und wer weiß, was in ihrem labilen Zustand dann Verhängnisvolles geschieht …«

Und so erfuhr die Ehefrau nichts von den Ereignissen, bis sie mit dem neuen Baby nach Hause kam, das pünktlich und gesund zur Welt gekommen war – womit eigentlich niemand mehr gerechnet hatte. Zudem handelte es sich um einen Jungen. Sie wurde in einen Wirbel aus Glückwunschbesuchen und allgemeinem Jubel gerissen. (Selbst die Tante bemerkte nur gute Dinge über ihre Fähigkeit, einen solch entzückenden Jungen mit strahlenden Augen zu gebären, der zudem noch so viele Haare hatte, genau wie sein Vater, als dieser zur Welt kam.) Aber eines Nachmittags rief sie die Schwester in ihr Schlafzimmer, wo die neue Klimaanlage, die der Ehemann für das Baby gekauft hatte, beruhigend vor sich hin brummte, und erkundigte sich genau nach den Dingen, die sich in ihrer Abwesenheit zugetragen hatten.

Die Schwester wich dem dunklen, durchdringenden Blick der Ehefrau aus und schaute zu dem schlafenden Jungen hinüber. Sie starrte auf seine runden Knie mit den Grübchen, seine winzigen Hände, die ab und zu zuckten, seinen unglaublich kleinen, wohlgeformten Mund, der wie zu einem Kuß geschürzt war. Sie liebte ihn schon so sehr, daß sie jedes Mal, wenn sie ihn betrachtete, einen ziehenden Schmerz in ihrer Brust verspürte. Er war so hilflos. Ohne Vater wäre er es noch mehr. Und Khuku mit ihren leuchtenden, staunenden Augen – sie würde jegliche Chance auf eine gute Heirat verlieren, wenn der Skandal eines kaputten Elternhauses ihr Leben befleckte. Und die Ehefrau selbst – welch eine Zukunft gab es für Frauen, die, wie bedrückend der Grund auch sein mochte, das Haus ihrer Ehemänner verließen?

In der Nacht nachdem der Mann das Hausmädchen entlassen hatte, war die Schwester den ganzen Weg vom

Eßtisch bis zum Lagerraum gerannt, wo das Mädchen seine Habseligkeiten zusammensuchte.

»Du willst doch nicht etwa schon heute abend fort?« erkundigte sich die Schwester bedrückt und fragte dann: »Wohin wirst du denn nur gehen?«

»Ich weiß es noch nicht«, erwiderte das Hausmädchen, und zum ersten Mal zitterte seine Stimme. Im Licht des Korridors wirkte ihr Gesicht jung und voller Furcht.

»Es tut mir so leid«, sagte die Schwester und ergriff die Hand des Mädchens. »Wirklich. Ich wünschte, ich könnte etwas tun.«

»Da gibt es jetzt nichts mehr zu tun«, entgegnete das Hausmädchen und befreite sanft seine Finger aus der Umklammerung. Und in diesem Moment wurde der Schwester klar, daß das Hausmädchen wußte, was sie herausgefunden hatte, und daß es ihr dafür vergab, den Ehemann nicht beschuldigt zu haben. Seinen Fehltritt nicht dazu benutzt zu haben, dem Hausmädchen zu helfen.

»Sagt Didi …«, begann das Mädchen, verstummte dann aber wieder, so daß sich die Schwester noch lange Zeit fragen würde, was es der Ehefrau gern hätte ausrichten lassen. Etwas über das Verhalten des Mannes? Über ihre eigene Treue gegenüber der Frau, die sie aufgenommen hatte? Über Ungerechtigkeit und Ungemach? Was auch immer es war, sie wußte, daß sie es ihrer Schwester nicht hätte ausrichten können. Aber sie erzählte ihr, was das Hausmädchen mit einem Seufzer als letztes gesagt hatte, bevor es um die Biegung des Korridors verschwand. *Ich wünschte, ich hätte sie noch ein letztes Mal sehen dürfen.*

»Das wünschte ich auch«, erwiderte die Ehefrau. Sie

wischte sich mit dem Ende ihres Saris über die Augen, ließ ihr schlafendes Kind allein und ging zu dem Lagerraum, den seit der Abreise des Hausmädchens niemand mehr betreten hatte. Die Schwester, die ihr gefolgt war, bemerkte etwas, das ihr in jener Nacht gar nicht aufgefallen war. Das Hausmädchen hatte nicht alle seine Sachen mitgenommen. In der hinteren Ecke des winzigen Raums lagen sorgfältig aufeinandergestapelt die Tafel und die Schachtel mit der Kreide und die Übungsbücher, die das Mädchen mit solch leidenschaftlicher Sorgfalt studiert hatte. Als die Ehefrau die Sachen aufhob, bemerkten die Frauen noch etwas anderes: Ganz zuunterst lag der safrangelbe Sari.

»Die arme Sarala«, sagte die Ehefrau, nachdem sie für eine ganze Weile geschwiegen hatte, und strich den empfindlichen, zerdrückten Stoff glatt. »Das arme, arme Mädchen.« Sie legte den kleinen Stapel wieder an die Stelle, wo er gelegen hatte, und schloß dann die Tür des Lagerraums hinter sich. In den wenigen verbleibenden Tagen des Besuchs der Schwester erwähnte sie das Hausmädchen kein einziges Mal mehr.

Ein ganzes Jahr verging, ehe die Schwester abermals nach Kalkutta kam. Dieses Mal galt der Besuch dem Kauf ihrer Aussteuer, denn kürzlich war ihre Hochzeit arrangiert worden. Es war eine gute Partie. Ihr zukünftiger Mann war als Ingenieur bei Ralli's Ventilatoren angestellt und lebte in einer großen Firmenwohnung in Khiddirpore, einem recht anständigen Viertel von Kalkutta, und er besaß einen eigenen Motorroller – alles in allem keine schlechte Leistung für einen Mann, der noch keine dreißig Jahre alt war, da mußte jeder zustimmen. Und zudem sah er nicht einmal schlecht aus.

Möglicherweise waren es die Aufregung der bevorstehenden Hochzeit und all die Einkäufe, die erledigt werden mußten, möglicherweise auch die Freude, die beiden Kinder zu sehen, die sich um sie drängten, wobei der Kleine vor Aufregung über seine eigenen Füße stolperte und *mashi, mashi* rief. Oder vielleicht lag es auch an dem Strahlen, mit dem ihre Schwester sie umarmte und sagte: »Ich freue mich so für dich, meine Liebe. Er scheint wirklich ein netter Mann zu sein. Und außerdem sind wir dann praktisch Nachbarn. Wir können uns sehen, wann wir wollen. Ich schicke dir nachmittags, wenn die Männer arbeiten sind, den Wagen, und dann erzählen wir uns die neuesten Klatschgeschichten. Und unsere Kinder werden zusammen aufwachsen.« Jedenfalls genoß die Schwester den Besuch, vor dem sie sich etwas gefürchtet hatte, in vollen Zügen. Selbst die Unterhaltung mit ihrem Schwager, der sich in seiner gewohnt lässig-charmanten Art präsentierte, war weniger schwierig, als sie befürchtet hatte.

An diesem Abend zum Beispiel erörterte er auf dem Weg zu einer Wohnungseinweihungszeremonie im neuen Heim eines seiner Geschäftspartner aufgeräumt das Schicksal ihres zukünftigen Ehemanns. Der Ärmste würde keine Chance haben, sagte er. Jeder wache Moment seines Lebens würde von ihr beherrscht werden und sicherlich auch seine Träume – ganz so, wie es ihre *didi* ihrem Ehemann antat. Das sei eben das Schicksal verheirateter Männer.

Hinten im Wagen – bei dem es sich inzwischen um einen neuen handelte, einen pulverblauen Rolls-Royce, denn der Ehemann war erst kürzlich zum Manager seiner Zweigstelle ernannt worden – lächelte die Ehefrau und schüttelte nachsichtig den Kopf. Sie blickte ihre

Schwester über die Köpfe der Kinder hinweg an, die den Anweisungen des Mannes gemäß vornehme Festkleidung trugen, wie es sich für seine neue Position geziemte. »Dein Schwager macht gern Scherze«, bemerkte sie, während sie die Seiden-*kurta* des kleinen Jungen geradezog und eine Locke in das goldene Filigranstirnband des kleinen Mädchens steckte.

»Dadababu.« Die Stimme des Fahrers klang besorgt. »Da vorn ist eine *michil*. Wenn wir dort hineingeraten, werden wir für Stunden feststecken.«

»Verdammt!« erwiderte der Ehemann mit finsterem Blick. »Diese Streikenden und Gewerkschafts-*wallahs* blockieren ständig die Straßen mit ihren Fahnen und ihrem Geschrei und ihren unzumutbaren Forderungen. Bringen das Leben von anständigen Leuten durcheinander. Man sollte den ganzen Haufen ins Gefängnis werfen, wie damals, als die Briten noch hier waren. Das würde ihnen eine Lehre sein.« An den Fahrer gewandt fügte er hinzu: »Nimm einen anderen Weg, und sieh zu, daß wir pünktlich zur Zeremonie eintreffen.«

»Der einzige andere Weg ist durch den *mandi*«, entgegnete der Fahrer zögernd.

»Dann werden wir den wohl nehmen müssen«, antwortete der Ehemann verärgert. Er winkte dem Fahrer ungeduldig zu. »Mach schon, worauf wartest du?«

Die Schwester beugte sich vor und starrte hinaus. Der Wagen bog scharf in eine Gasse ab, die kaum breit genug für ein Fahrzeug war. In diesem Teil der Stadt war sie noch nie zuvor gewesen. Sie bemerkte, daß die Gehsteige hier voller und von einer anderen Art Menschen bevölkert waren. Natürlich gab es auch hier die üblichen Verkäufer, die sich mit den gewohnten Waren wie süßlichduftenden Jasminblumenketten, bunten Glasarmreifen und heißen Zwiebel-*pakoras* über die Straßen ergossen. Und die allgegenwärtigen *chai*-Jungen eilten mit Gestellen voller Teegläser, deren Dampf sich mit dem Dunst der Gasstraßenlaternen vermischte, hin und her. Aber was hatte es mit den Männern auf sich, die in großer Zahl mit bestickten *kurta*s mit glitzernden Knöpfen und um die Hände gewickelten Blumenketten die Straße hinauf und hinunter liefen, scheinbar ohne Ziel? Und die Frauen, die sich auf den Balkonen der schmalen Gebäude entlang der Straße drängten, die Lippen mit Betelsaft gerötet und die Augenlider mit dicken *surma*-Strichen beschmiert? Ihre Armreifen klirrten, während sie den vorbeispazierenden Männern zuwinkten, und sie ließen die *palloos* ihrer hauchdünnen Saris kunstvoll von ihren Busen herabgleiten. Die Wangen der Schwester begannen zu brennen, als ihr klar wurde, wer sie waren.

»Kannst du dich nicht etwas beeilen?« erkundigte sich der Ehemann in verärgertem Tonfall beim Fahrer.

»Tut mir leid, Dadababu, hier sind einfach zu viele Leute, und Sie wissen doch, wie sie heutzutage sind – bereit, einem die Autofenster einzuwerfen, wenn man sie auch nur mit einer Stoßstange berührt.«

Die Ehefrau hatte sich bemüht, die Aufmerksamkeit der Kinder mit einem Reimspiel von der Straße abzulenken, aber als der Wagen an einer Ecke ruckend zum Stehen kam, blickte sie auf. Drei Frauen standen auf dem Gehsteig, und als der Wagen hielt, rief eine von ihnen den Männern vorn etwas zu und warf ihnen eine Kußhand hinüber, während die beiden anderen in heiseres Lachen ausbrachen.

»Widerlich«, sagte der Ehemann und wandte sich ab, aber die Ehefrau, die die Frau anstarrte, die gesprochen hatte, atmete heftig ein.

»Ist das nicht Sarala?« fragte sie und begann die Scheibe herunterzudrehen.

»Was zum Teufel tust du da?« rief der Mann. »Bist du verrückt geworden? Ist dir denn nicht klar, daß das hier …?«

»Es ist Sarala, da bin ich sicher«, sagte die Ehefrau, lehnte sich aus dem Fenster und rief atemlos: »Sarala! Sarala!«

»Dreh sofort das Fenster wieder hoch«, schrie der Ehemann, ehe er sich wütend dem Fahrer zuwandte: »Bring uns sofort hier raus. Auf der Stelle. Es ist mir egal, wie du das anstellst.«

Hinten auf dem Rücksitz begannen die Kinder zu weinen, verängstigt vom Geschrei, aber die Ehefrau schien sie nicht zu hören. Und sie bemerkte auch nicht, daß die Schwester an dem *palloo* ihres *zari*-bestickten Saris zog und sie bat, sich wieder hinzusetzen.

»Sarala«, rief die Ehefrau wieder. Sie machte sich nun am Schloß zu schaffen und versuchte, die Tür zu öffnen, während der Wagen weiterkroch.

Die Frau verzog die Augen zu Schlitzen und beugte sich vor, um in das dunkle Plüschinnere des Wagens zu spähen. Die Schwester starrte fasziniert auf den tiefen Ausschnitt ihrer Bluse, auf die weiße Puderschicht, die die Vertiefung zwischen ihren Brüsten bedeckte. Schwaden von billigem Parfüm und Alkohol füllten den Wagen. Das Gesicht – war es wirklich das des Hausmädchens? Wie konnte sich die Ehefrau da so sicher sein? Sie selbst vermochte es unter dem dick aufgetragenen Make-up nicht richtig zu erkennen, hinter den erschöpft herabhängenden Lidern, dem verlebt aussehenden Mund.

Der Ehemann griff über die Lehne und packte den

Arm der Ehefrau, den Mund vor Wut oder Angst zu einem schmalen Strich gezogen.

Aber die Ehefrau streckte ihre andere Hand mit den bleichen, kühlen Fingern, an denen ihre Eheringe glitzerten, zum Fenster hinaus, der Frau entgegen. »Sarala«, sagte sie, »ich bin es, Didi.«

Die Frau starrte sie einen Moment lang an. Dann spuckte sie. Ein blutrotes Häufchen Betelblatt spritzte gegen die Handfläche der Ehefrau. Lange Zeit nachdem die Frau davonstolziert war, lange Zeit nachdem der Mann die Ehefrau vom Fenster weggerissen und der Schwester befohlen hatte, es hochzudrehen, saß sie noch da und starrte auf ihre Handfläche. Lange nachdem der Fahrer, der mit viel Glück eine Lücke in der Menge erzwungen hatte, davongebraust war. Nachdem die Schwester ihr die Hand mit zitternden Fingern und einem Spitzentaschentuch immer und immer wieder abgerieben hatte, bis keine Spur des Flecks mehr zu sehen war.

»Das war dumm!« fuhr der Ehemann sie an, als der Wagen die Hauptstraße erreicht hatte und schnell an Geschwindigkeit gewann. »Diese Frauen da – sie sind nicht besser als Tiere. Sie hätten dir etwas Schlimmeres antun können – dir die Ringe, die Armreifen, alles wegreißen können.«

»Das war Sarala, ich weiß es«, erwiderte die Ehefrau mit einer tonlosen Ruhe in der Stimme, die der Schwester mehr Angst einjagte als jeder hysterische Anfall.

Der Mund des Ehemannes war kaum mehr als ein häßlicher Schnitt in seinem Gesicht. »Das war eine Hure, verstehst du, eine Hure!« Aber der Schwester kam es so vor, als würde seine Stimme ein kleines bißchen zittern.

Am nächsten Morgen rief die Ehefrau die *ayah* in den Lagerraum und händigte ihr die Sachen aus, die das Dienstmädchen zurückgelassen hatte.

»Verbrenne sie«, wies sie sie an.

»Alles?« erkundigte sich die *ayah* mit einer Stimme, die vor schockierter Mißbilligung in die Höhe stieg. »Auch das hier?« Sie ließ eine sehnsüchtige Hand über die makellose, blütenweiche Oberfläche des safrangelben Saris gleiten, feiner als alles, was sie jemals zu besitzen hoffen konnte.

»Den ganz besonders«, entgegnete die Ehefrau. Ihr Gesicht schien nur aus ebenen Flächen und aus Kanten zu bestehen, als könnte es sich niemals wieder zu einem Lächeln erweichen.

»Aber der Sari ist so wunderschön – es wäre eine solche Verschwendung«, sagte die *ayah*. Ein anschuldigender und zugleich schmeichelnder Ton schlich sich in ihre Stimme. »Könnte ich ihn nicht statt dessen haben?«

»Verbrenn ihn«, schrie die Frau. Die *ayah*, die noch nie erlebt hatte, daß ihre Herrin die Stimme erhob, wich voller Angst zurück. »Hast du mich nicht gehört? Verbrenn ihn auf der Stelle, wenn du deine Arbeit hier behalten möchtest.«

(»Stellt euch nur vor«, würde die *ayah* später in beleidigtem Tonfall zu den anderen Dienstboten sagen, denen der Fahrer natürlich einen genauen Bericht über jenen Abend geliefert hatte, »sie hat gedroht, mich zu feuern! Mich, die ich seit zwanzig Jahren für diesen Haushalt arbeite, lange bevor sie überhaupt kam. Und alles nur wegen einem Sari, den sie dieser Schlampe gegeben hat.«

»Das zeigt doch nur, was für einen starken *jadu* das Mädchen in der kurzen Zeit, die sie hier war, verbreitet hat«, erwiderte der Koch und machte ein Zeichen, um das böse Auge abzuwehren.)

Die Ehefrau schloß sich in ihrem Zimmer ein und öffnete die Tür den ganzen Tag und die ganze Nacht lang nicht mehr. Nicht einmal, als ihre Schwester sie zum Mittagessen rief. Oder als die Kinder zur Zeit ihres Mittagsschlafes zu weinen begannen und nach ihr suchten. Und selbst als der Ehemann von der Arbeit zurückkam, am Türknauf rappelte und *Was ist das nun wieder für ein Unsinn*? rief, blieb sie so still dort drinnen, daß sich ihre Schwester besorgt fragte, ob sie sich wohl etwas angetan haben könnte.

Aber am Morgen stand sie auf und nahm ihr Bad und kämmte ihr langes, nasses Haar ordentlich über ihren Rücken. Sie trug einen sonnenaufgangsroten *bindi*, zog sich einen frisch gebügelten *dhakai*-Sari über und legte die Bürokleidung für ihren Mann heraus (der, obwohl er zum ersten Mal in seinem Leben gezwungen gewesen war, im Gästezimmer zu schlafen, sich mit überraschender Sanftmut dieser Schmach ergeben hatte). Sie bestellte den Koch zu sich und teilte ihm mit, was er zum Mittagessen und für den Abend vorbereiten sollte, erinnerte ihn daran, die gebratenen *brinjal* erst auf Zeitungspapier abtropfen zu lassen, ehe er sie servierte, mahnte ihn, keine Chilipaste ins Hühnercurry der Kinder zu tun und auch kein *dhania*-Blatt, weil sich der kleine Junge davon immer übergeben mußte. Sie spielte »Mensch, ärgere dich nicht« mit den Kindern, bis sie sich zu ihrem Mittagsschlaf hinlegten, und rief dann ihre Schwester, damit sie sich ein silbernes Eßbesteck, das sie als Geschenk zu ihrer Hochzeit bekommen sollte, aus dem Sheffield-Katalog aussuchte, den ihr Mann jedes Jahr aus England schicken ließ. Am Abend saß sie mit der Familie auf der

Veranda und servierte Tee in den zerbrechlichen Wedgwood-Tassen, die zu ihrer Aussteuer gehört hatten, wischte den Kindern den Mund ab und betrieb Konversation mit einer Stimme, die so ruhig war wie die gerade gegossenen Jasminbüsche, die die Stufen säumten.

Und so war es jeden Tag bis zur Abreise der Schwester, ganz so, als habe es diesen kurzen Aufruhr in ihrem Haushalt gar nicht gegeben. Als habe niemand diese Frau mit ihrer geschmacklosen Kleidung und dem unanständigen, angemalten Gesicht gesehen. Ihre von Verachtung erfüllten Augen, die die Schwester – und gewiß auch den Ehemann, oder? – immer dann quälten, wenn sie kurz vor dem Einschlafen wehrlos dalagen. Alle atmeten erleichtert auf, als alles wieder beim alten war. Es war so verwirrend gewesen, zusehen zu müssen, wie sich die Ehefrau auf solch verrückte Weise gebärdete – wenn auch nur für einen einzigen Tag.

Aber manchmal, wenn die Ehefrau an einem dieser hitzeüberkrusteten Nachmittage von ihrer Stickerei aufblickte, um durch die Fensterstäbe zum leeren, gelben Himmel hinaufzustarren, fühlte die Schwester, daß etwas unwiederbringlich aus ihrem Gesicht verlorengegangen war. Wieviel der Geschichte des Hausmädchens mochte sie wohl erraten haben? Das ließ sich nicht erahnen. Eine Schicht von Härte hatte sich um sie gelegt, die es der Schwester unmöglich machte, weiterhin in sie hineinzusehen. Über die Jahre hinweg sollte sie noch dicker werden (obwohl dies niemandem außer der Schwester aufzufallen schien) und zu einer polierten Maske erstarren, die nichts verriet. Die Schwester erzitterte beim Zusehen, als ob sie das kalte Verhärten ihrer eigenen Arterien verspürte. Sie trauerte im stillen und mit schlechtem Gewissen (gleichgültig, wie oft sie sich auch sagen mochte, daß das alles nicht ihre Schuld gewesen sei) um diese eifrige, umfassende Anmut, die ihre Schwester einst zu einem so seltenen und zauberhaften Wesen gemacht hatte.

Die Nacht hat sich bereits des Rasens bemächtigt, als Deepa Mashi mit ihrer Geschichte zum Ende kommt. Wir sitzen in dem dunklen Zimmer, in dem das Echo ihrer Worte widerhallt, bis sie hinübergreift, um die Lampe einzuschalten. Ihre Wangen glitzern feucht im plötzlichen Licht.

»Mashi, du weinst ja.«

Mashi lacht verlegen, abwehrend. »Oh, du kennst mich doch, ich bin immer zu emotional. Kein Wunder, daß Onkel mich deswegen ausschimpft. Mich bringt jede Geschichte zum Weinen. Weißt du noch, als wir einmal im Kino waren und uns diese Geschichte über das entführte Mädchen angesehen haben – *Umrao Jaan*, hieß der Film, glaube ich. Da habe ich drei Taschentücher verbraucht …«

Aber es steckt mehr dahinter. Das sagt mir die unbehagliche Stille, die sich in den Ecken des Raums zwischen den Zimmerpflanzen und dem Schnickschnack und den Wandbehängen gesammelt hat, die plötzlich staubig und traurig aussehen, als verkörperten sie irgendein unendlich sinnloses menschliches Unterfangen – die Suche nach Schönheit, den Glauben an das Glück. Die Hoffnung, daß das Glück andauert. Die Welt, in der meine Tante lebt, ist doch nicht ganz so simpel, wie ich immer angenommen habe.

»Mashi«, frage ich, »warum hast du mir diese Geschichte erzählt?«

Mashi windet sich. Diese unverblümte westliche Angewohnheit, Dinge direkt anzusprechen, verschafft ihr Unbehagen. Das schickt sich nicht, ist nicht weiblich, nicht sicher.

»Ich weiß es nicht«, erwidert sie schließlich, ohne mich dabei anzusehen.

Sie sagt mir nicht alles, das spüre ich. Soll dies etwa eine warnende Parabel für zukünftige Bräute sein? Die Geschichte irgendeiner Vorfahrin, einer entlegenen Linie unseres weitverzweigten Familienstammbaums entnommen? Dann plötzlich verstehe ich – doch ohne jegliche Überraschung, ganz so, als habe die Erkenntnis während des Erzählens immer schon in meinem Unterbewußtsein geschlummert. Diese Geschehnisse könnten meiner Mutter zugestoßen sein. Bei dem Kind, das mit meinem Vater an Cholera gestorben war, hatte es sich um einen Jungen gehandelt. Das könnte das Baby in der Geschichte gewesen sein, und ich das kleine Mädchen.

Ich versuche, die von Spinnweben umfangenen Jahre beiseite zu schieben, um zu den Tagen vor der Epidemie vorzudringen, bevor meine Mutter mit mir in jene kleine Wohnung zog (dem Lebensstil und den Finanzen einer Witwe angemessener), wo ich aufwuchs. Das Zuhause, in dem sie immer noch lebt, das Zuhause, das in all meinen Träumen über meine Kindheit auftaucht – und auch in all meinen Alpträumen. Und nun scheint es so, als könnte ich mich an ein altes Haus erinnern – lange marmorne Flure, strahlende magentafarbene Bougainvillea, die über Balkone rankt, das kühle Schwirren von Ventilatoren in Schlafzimmern mit hohen Decken. Einmal losgelassen, taucht ein Bild nach dem anderen auf: »Mensch, ärgere dich nicht«- und Damespiele am Nachmittag, die nach Eau de Cologne duftenden Küsse meines Vaters, die ich bekomme, nachdem ich die kiesbedeckte Auffahrt hinuntergelaufen und dem Schlauch des *mali* ausgewichen bin und zu dem schwarzen Studebaker gelange, der ihn nach Hause gebracht hat. Schlaflieder, die in einem ländlichen Akzent gesungen werden und so beklemmend sind wie das Licht des Mondes, das in den Palmen glitzert.

Ich sage mir, daß das nur an der Erzählung meiner Tante liegt, die sich in meiner allzu regen Phantasie festgesetzt hat. Doch ich bin mir sicher, daß sie zu meinem Leben gehören, diese sonnenerfüllten Morgen auf dem Balkon, wo ich zu Füßen einer Frau saß, mit einem Lächeln, süßer als Palmenhonig. Ihre Hände waren wie ein sanfter Wind in meinem Haar. Wenn sie mich, ein wenig ungelenk, auf ihren Schoß hob – *Komm nur, Khuku* –, wo die wachsende Rundung ihres Bauches nicht mehr viel Platz ließ, wünschte ich mir, daß sie mich nie wieder zu Boden setzen würde. Eine Frau, die so anders ist als meine Mutter, daß ich am liebsten um mich schlagen würde, um etwas zu zerschmettern, um zu schreien, bis mir die Luft ausgeht. Für einen Moment verspüre ich die Last der Schuld, die meine Tante mit sich tragen muß, und frage mich, ob ihre Liebe für mich über all diese Jahre zum Teil ein Versuch der Wiedergutmachung gewesen ist.

Und auch die anderen existierten – die schlechtgelaunte *ayah* mit ihrem zerfurchten Gesicht, das der Rinde eines Baumes ähnelte, die taube Tante, deren Schnarchen wie eine rasselnde Säge durch meinen Schlaf schnitt, der verschwitzte Koch, der den besten Reispudding machte, übersät mit gezuckerten Mandeln und dicken, goldenen Rosinen. Das schlanke Mädchen mit dem langen Haar, das mit mir im dämmerigen Abendlicht unter den *lichu*-Bäumen Fangen spielte und mir mit einer zittrigen, silbernen Stimme vom Dschinn und von Wasserhexen vorlas.

Und jener letzte Abend – ich verleihe nicht etwa den Worten meiner Tante Gestalt, wenn ich ihn wieder vor mir sehe. Die verbotene Straße, die mit dem bitteren Duft von trocknender Ringelblume und von Jasmin erfüllt ist. Die Lippen einer Frau, die zu einem höhnischen Grinsen verzogen sind, das vielleicht ihre Abwehr gegen Leid ist. Das dunkle Gesicht eines Mannes, in dem Angst gegen Wut kämpft. Meine Mutter, deren Finger sich um den roten Fleck in ihrer Handfläche schließen, als handelte es sich um eine Wunde, die niemals heilen wird, während all die strahlende Munterkeit aus ihrem Gesicht dahinschwindet.

»Es ist die Geschichte meiner Mutter, nicht wahr?« sage ich zu Mashi.

»O je!« Mashi ringt aufgeregt die Hände. »Wie kommst du denn darauf! Es ist nur eine Geschichte – ich hätte sie niemals erzählen sollen.«

Ich weiß, daß sie mir nicht mehr sagen wird. Das ist unsere Art, zu überleben. Wir indischen Frauen, deren Leben halb Licht, halb Dunkelheit ist, verharren kurz vor Enthüllungen, die unsere Haut wegzehren würden. Ich werde damit allein gelassen, die Wahrheit der Geschichte herauszufinden, das Rätsel zu lösen, warum sie mir gegeben worden ist.

Und plötzlich taucht inmitten der unlogischen Seitenwege des Denkens Bijoys Gesicht vor meinen wunden, schmerzenden Augenlidern auf, so hübsch und charmant und voller Lachen, aber auch – und dies gestehe ich mir nun zum ersten Mal ein – so unerbittlich. Ich frage mich, ob die Geschichte (obwohl sie in dieser Weise von meiner Tante gar nicht beabsichtigt war) eine Warnung für mich ist, eine Vorschau auf mein eigenes Leben, von dem ich dachte, daß ich es auf solch geschickte Weise gestaltet hatte, so vollkommen anders als das meiner Mutter, während es in Wahrheit doch nur eine Wiederholung ihres tragischen Liedes ist – wenn auch mit einer anderen *raga*. Vielleicht gilt dies für alle Töchter, vielleicht sind wir dazu verdammt, uns immer und immer wieder solche Männer auszusuchen, die bereits das Leben unserer Mütter zerstört haben.

»Es ist schon spät«, bemerkt Deepa Mashi. »Ich sollte das Abendessen vorbereiten. Onkel wird sehr verärgert sein, wenn er erfährt, daß ich den Nachmittag mit albernen Geschichten verschwendet habe.« Aber sie rührt sich nicht, und als ich nach ihrer Hand greife, hält sie meine Finger fest umfangen. Wir bleiben so sitzen, zwei Frauen, gefangen in der sich wiederholenden, kreisförmigen Welt von Schatten und Erinnerung, und wir blicken zu der Stelle, wo sich das letzte Licht des Tages seidig und zerbrechlich wie der *palloo* eines safrangelben Saris über den Rand des Horizonts ergossen hat.

Das Verschwinden

Als sie das erste Mal von dem Verschwinden hörten, wollten es die Leute gar nicht glauben.

Aber wir haben sie doch gestern noch im Ram-Ratan-Lebensmittelmarkt gesehen, wie sie Radieschen zum Einlegen aussuchte, erwiderten Freunde. Und, erinnert ihr euch nicht, daß sie letzte Woche noch mit ihrem kleinen Jungen im Mountain View Park war? Wir haben ihr vom Auto aus zugewinkt und sie hat zurückgewinkt. Sie trug diese blaue *salwaar-kameez*, genau, amerikanische Kleidung zog sie ja nie an. Und der Junge hat auch gewinkt. Der muß doch jetzt ungefähr zweieinhalb sein, oder? Er sieht ihr so ähnlich, mit seinen großen, schwarzen Augen und dem Grübchen. Was für eine Schande, sagen sie. Nun ist es schon soweit, daß man heutzutage in diesem Land nirgendwo mehr sicher ist.

Denn das war es, was jeder – auch der Ehemann – vermutete. Ein Verbrechen. Wie sonst, sagte er zu dem Polizisten, der den Fall untersuchte (er hatte noch in derselben Nacht die Polizei gerufen), war es möglich, daß eine junge indische Frau in einer gelbgeblümten *kurta* und Nike-Walking-Schuhen einfach so *verschwand*? Sie machte ihren Abendspaziergang, wie jeden Tag, wenn er vom Büro zurückkam. Ja, ja, immer allein, sie sagte, sie brauche diese Zeit für sich. (Er verstand das nicht ganz, aber es machte ihm nichts aus, auf seinen kleinen Jungen aufzupassen, vielleicht für eine Weile mit ihm Ball zu spielen, bis sie zurückkam, um ihnen das Abendessen zu servieren.)

Haben Sie beide sich vielleicht gestritten, erkundigte sich der Polizist und schaute stirnrunzelnd von seinem Notizblock auf. Der Ehemann blickte ihm geradewegs in die Augen und erwiderte: Nein, natürlich nicht.

Später, wenn er im Büro vor seinem Computer saß oder wenn er im Bett lag, das immer noch nach ihr zu riechen schien (aber da spielte ihm sicherlich seine Phantasie einen Streich – die Bettwäsche war bereits gereinigt), würde er über das nachdenken, was der Polizist ihn gefragt hatte. Er hatte ihm doch die Wahrheit gesagt, als er erwiderte, daß sie sich nicht gestritten hatten, oder? (Er war stolz darauf, ein ehrlicher Mann zu sein, erklärte seinem Sohn oft, es sei wichtig, nicht zu lügen, denn sonst bekäme man eine Nase wie Pinocchio. Und selbst jetzt, wann immer ihn der Junge fragte, wo Mama war, entgegnete er nicht, daß sie sich auf einer Reise befinde, wie es ihm die Frauen einiger Freunde geraten hatten. Ich weiß es nicht, erwiderte er nur. Und sobald das schmale Gesicht des Sohnes in sich zusammenfiel – ich will meine Mama, wann kommt sie wieder –, hielt er ihn ungeschickt auf dem Schoß und versuchte, ihm übers Haar zu streicheln, wie er das so oft bei seiner Frau beobachtet hatte, aber er brachte es nie über sich, das zu sagen, was der Junge hören wollte: *bald-bald*. Ich weiß es nicht, antwortete er immer und immer wieder.)

Sie hatten sich nicht wirklich gestritten. Sie war Gott sei Dank kein streitsüchtiger Typ, wie es einige Frauen seiner Freunde waren. Ruhig, das war sie. Zumindest, sobald er in der Nähe war, obwohl er manchmal, wenn er unerwartet heimkam, hören konnte, wie sie ihrem Sohn etwas vorsang – ein wenig falsch, aber mit einer Stimme, die voll und selbstbewußt klang. Oder sie lachte, wenn sie mit dem Kind im Wohnzimmer Nachlaufen spielte. Mama kriegt dich, Mama kriegt dich, und beide kreischten vor Vergnügen, bis sie ihn sahen. Still jetzt, beruhige dich, ermahnte sie den Jungen dann, ehe sie beide mit ernsten Gesichtern auf ihn zutraten, um ihm einen Willkommenskuß zu geben.

Aber er konnte sich nicht beschweren. War das nicht genau das, was er sich ausgebeten hatte, als seine Mutter zu fragen begann: Wann heiratest du endlich? Ich werde alt, und ich will noch meinen Enkelsohn sehen, bevor ich sterbe.

Wenn du ein ruhiges, hübsches Mädchen für mich findest, hatte er zurückgeschrieben. Nicht so ein freches Ding, wie es heute die Mädchen aus Kalkutta oft sind, keine, die zu viele westliche Ideen hat. Eine Frau, die erleichtert wäre, wenn ihr Ehemann die wichtigen Entscheidungen trifft. Aber klug solle sie sein, mindestens ein Jahr das College besucht haben. Eine Frau, die er stolz seinen Freunden vorstellen konnte.

Er war nach Kalkutta geflogen, um sich einige geeignete Mädchen anzusehen, die seine Mutter ausgewählt hatte. Doch wenn er sich jetzt daran erinnert, hat er nur noch sie vor Augen. Sie hatte mit gebeugtem Kopf dagesessen, ins Haar Jasmin geflochten, den seidenen Sari sittsam um die Schultern gezogen, genau wie all die anderen potentiellen Bräute, die er gesehen hatte. Nervös, hatte er gedacht, voller Sehnsucht, ausgewählt zu werden. Aber als sie aufblickte, war da ein kühler, nachdenklicher Blick in ihren Augen gewesen. Beinahe desinteressiert, schon fast so, als frage sie sich, ob *er* wohl einen anständigen Ehemann abgeben würde. Da hatte er sie gewollt, hatte sie innerhalb einer Woche geheiratet, trotz der Proteste seiner Mutter (Hatte sie den Blick wohl ebenfalls bemerkt?), daß das Mädchen etwas an sich habe, das sich einfach nicht richtig *anfühle*.

Er war ein guter Ehemann. Das konnte niemand anzweifeln. Er ließ sie machen, verwöhnte sie sogar. Beispielsweise als die Küche umgebaut wurde und sie rosafarbene und graue Fliesen haben wollte, während er weiße bevorzugt hätte. Oder als sie statt nach Reno lieber in den Yosemite Park fahren wollte, obwohl er genau wußte, daß er sich zwischen all den mit Bärenkot bedeckten Pfaden und ausgetrockneten Wasserfällen fürchterlich langweilen würde. Ab und an mußte er sich natürlich durchsetzen. Beispielsweise, als sie sich eine Arbeit suchen oder wieder am College studieren oder sich amerikanische Kleidung kaufen wollte. Doch er nahm seinem Nein immer die Härte, indem er eine Bemerkung hinzufügte, wie zum Beispiel: Warum denn, ich bin doch hier, um mich um dich zu kümmern, oder: Du siehst in indischer Kleidung viel hübscher aus, viel weiblicher. Dann zog er sie auf seinen Schoß und gab ihr einen Kuß und schmuste mit ihr, was für gewöhnlich damit endete, daß er sie ins Schlafzimmer trug.

Das war ein weiteres Gebiet, auf dem er nicht hatte nachgeben wollen. Sex. Sie sagte ständig: Bitte, heute nicht, mir ist nicht danach. Das kümmerte ihn nicht. Schließlich war sie ein wohlerzogenes indisches Mädchen. Er erwartete nicht, daß sie sich wie diese amerikanischen Frauen benahm, die er sich manchmal auf Erwachsenenvideos ansah und die in einer Weise schrien und bissen und noch andere Dinge taten, bei denen ihm schon heiß wurde, wenn er nur daran dachte. Aber ihr Sträuben ging über weibliche Sittsamkeit hinaus. Nach dem Abendessen machte sie sich beispielsweise an umfangreiche Hausarbeit, seifte die Böden ein, wechselte die Unterlegdeckchen in den Schränken. An dem Abend, bevor sie verschwand, hatte sie begonnen, die Fenster zu putzen, hatte das Reinigungsmittel und die Putzlappen sofort rausgeholt, nachdem sie den Jungen zu Bett gebracht hatte, obwohl er ihr gesagt hatte: Laß es uns tun. Gewiß konnte ihm niemand Vorwürfe machen, wenn er in solchen Situationen die Stimme erhob (aber niemals so laut, daß er damit seinen Sohn aufweckte) oder sie am Ellbogen packte und aufs Bett zog, wie er es an jenem letzten Abend getan hatte. Er gab sich immer Mühe, ihr nicht weh zu tun, darauf war er stolz. Nicht einmal ein kleiner Schlag, wie es bei manchen Männern üblich war, unter denen er aufgewachsen war, oder bei einigen seiner Freunde sogar noch heute. Und er sagte sich immer, daß er sofort aufhören würde, wenn sie ihn wirklich darum bat, wenn sie anfing, zu weinen. Doch nach einer Weile hörte sie immer auf, sich zu wehren, und ließ ihn tun, was er wollte. Aber das war nichts Neues. Das konnte somit nichts mit ihrem Verschwinden zu tun haben.

Zwei Wochen vergingen, und es gab keine Nachricht von der Frau, obwohl der Ehemann sogar eine Notiz im *San José Mercury* aufgegeben hatte und dazu noch eine halbseitige Anzeige im *India West*, die er photokopierte und an die Laternenpfosten in der Nachbarschaft klebte. In der Anzeige war ein Photo von ihr zu sehen, eine Nahaufnahme, die in zu hellem Sonnenlicht gemacht worden war und auf der sie mit ernstem Blick auf etwas hinter der Kamera schaute. FRAU VERSCHWUNDEN war da zu lesen. 100.000 DOLLAR BELOHNUNG. (Wie um Himmels willen wolle er denn nur soviel Geld auftreiben, erkundigten sich seine Freunde. Der Ehemann gestand ein, daß das schwierig sei, er es aber irgendwie schaffen würde. Schließlich war seine Frau für ihn wichtiger als alles Geld der Welt. Und um das zu beweisen, ging er noch am selben Tag zur Bank und brachte einen Stapel Formulare mit nach Hause, die er ausfüllen mußte, um eine zweite Hypothek auf das Haus aufzunehmen.) Er rief auch immer wieder auf der Polizeiwache an, aber die Beamten dort waren keine große Hilfe. Sie würden an dem Fall arbeiten, sagten sie. Sie hatten die örtlichen Krankenhäuser und Leichenschauhäuser und die Obdachlosenheime überprüft. Sie hatten ihre Beschreibung sogar an andere Staaten weitergegeben. Aber es gab keine Spur von ihr. Es sah nicht sehr vielversprechend aus.

Also rief er schließlich in Indien an und erklärte seiner Mutter über eine schlechte Verbindung, die seine Stimme unheimlich in seinem Ohr widerhallen ließ, was geschehen war. Mein armer Junge, rief sie, so allein und verlassen (das Wort flackerte unerfreulich durch seinen Kopf, *verlassen, verlassen*), wie willst du nur mit dem Haushalt und einem Kind fertig werden? Und als er eingestand, daß das in der Tat sehr schwierig sei, und sich erkundigte, ob sie nicht unter Umständen für eine Weile kommen und aushelfen könne – aber nur, wenn es nicht zu viele Umstände mache –, da erwiderte sie, daß sie sich sofort auf den Weg machen und so lange bleiben würde, wie er sie brauchte. Und was sollte dieser ganze amerikanische Unsinn von wegen Umstände – er war schließlich ihr einziger Sohn, oder etwa nicht? Sie wolle auch die Familie der Frau benachrichtigen, fügte sie zum Schluß hinzu, damit er sich mit dieser Unannehmlichkeit nicht belasten müsse.

Innerhalb einer Woche hatte sie die kleine Wohnung, in der sie seit dem Tod ihres Mannes lebte, verschlossen, sich ein Visum für besondere familiäre Notfälle besorgt und sich auf den Weg gemacht. Beinahe, als habe sie auf eine solche Gelegenheit gewartet, munkelten einige der Frauen verächtlich. (Dies waren die Freundinnen seiner Frau, obwohl Bekannte wohl die treffendere Bezeichnung darstellte. Seine Frau hatte es vorgezogen, für sich zu bleiben, was ihm ganz recht gewesen war. Er hatte ihr des öfteren gestanden, wie froh er sei, daß sie nicht stundenlang am Telefon plapperte, wie es die anderen indischen Ehefrauen so gern taten.)

Er war wütend, als er von diesem Klatsch erfuhr (vielleicht, weil er am Flughafen für einen Moment den gleichen tückischen Gedanken gehabt hatte, als er bemerkte, wie glücklich seine Mutter aussah, wie jung ihr vor Aufregung gerötetes Gesicht plötzlich wirkte). Einige Leute sehen wirklich nur, was sie sehen *wollen*, sagte er seinen Freunden gegenüber. Waren sie denn nicht auch der Ansicht, daß es eine gute Sache sei, daß sie gekommen war? Oh ja, erwiderten seine Freunde. Seht nur, wie glatt der Haushalt nun wieder läuft. Die Möbel täglich abgestaubt, die Wäsche gefaltet im Schrank (seine Mutter, die eine kluge Frau war, hatte sofort begriffen, wie sie mit der Waschmaschine umgehen mußte). Sie kochte ihm all seine Lieblingsgerichte, deren Zubereitung seiner Frau nie ganz gelungen war, und kümmerte sich wirklich aufopfernd um den kleinen Jungen – ging jeden Nachmittag mit ihm in den Park, nahm ihn mit in ihr Bett, wenn er nachts weinend aufwachte. (Er hatte ihr ein- oder zweimal erklärt, daß seine Frau das niemals getan hatte, weil sie der Ansicht gewesen war, daß der Junge lernen müsse, selbständig zu sein. Was für ein Unsinn, lautete die Erwiderung seiner Mutter.) Welch ein Glück du doch hast, fügten einige seiner Freunde hinzu, und er hatte ihnen im stillen zugestimmt, obwohl er es später als Ironie empfand, dies von einem Mann zu behaupten, dessen Frau verschwunden war.

Als das Jahr weiter voranschritt, dachte der Ehemann schließlich nicht mehr dauernd an seine Frau. Er liebte sie nicht etwa weniger, und auch der Schock über ihr Verschwinden war nicht weniger akut, aber der Gedanke an sie stand nicht mehr ständig im Vordergrund. Es gab Zeiten – wenn er beispielsweise mit einem wichtigen Kunden telefonierte oder nach dem Abendessen fernsah oder seinen Sohn zum Kinderturnen fuhr –, in denen er vergaß, daß seine Frau verschwunden war, daß er überhaupt eine Frau gehabt hatte. Und selbst wenn ihm auffiel, daß er es vergessen hatte, verspürte er kaum mehr als einen kleinen Stich, vergleichbar mit dem flüchtigen Schmerz, den er an seinen Zähnen fühlte, wenn er etwas zu Kaltes zu schnell trank. Auch der Junge fragte nicht mehr so oft nach seiner Mutter. Er schlief nachts wieder durch, hatte ein paar Pfund zugenommen (weil er endlich richtiges Essen bekam, wie seine Großmutter behauptete), und er hatte angefangen, sie »Ma« zu nennen, genau wie sein Vater es tat.

Daher schien es ganz natürlich, daß der Ehemann eines Tages die Photographien seiner Frau aus den Rahmen auf dem Kaminsims nahm, um sie gegen Bilder von sich und seinem kleinen Jungen auszutauschen. Freunde von ihm hatten sie gemacht, als sie jüngst einen Ausflug in den Vergnügungspark Great America unternommen hatten. Und ein anderes Bild zeigte den Jungen auf dem Schoß seiner Großmutter. Er hielt einen roten Geburtstagsballon in der Hand und lächelte (ihren Worten nach) genauso, wie es sein Vater in diesem Alter getan hatte. Er steckte die alten Photographien in einen großen, braunen Umschlag und schob sie ganz nach hinten in die Schublade, um sie seinem Sohn später, wenn er älter war, zu zeigen. Und als seine Mutter das nächste Mal fragte (wie sie es seit ihrer Ankunft schon des öfteren getan hatte), ob sie all die Saris und *kameezes* wegschaffen solle, damit er mehr Platz im Kleiderschrank habe, stimmte er zu. Und als sie ihm in Erinnerung rief, daß inzwischen ein Jahr seit der Tragödie vergangen sei und sie vielleicht einen Gottesdienst im Tempel abhalten lassen sollten, da willigte er ebenfalls ein. Und als sie ihm mitteilte, daß er langsam darüber nachdenken müsse, wieder zu heiraten – er sei doch schließlich noch so jung, und der Junge brauche eine Mutter –, und daß es das Beste sei, wenn sie Kontakt mit der Zweiten Tante zu Hause aufnähme, da blieb er stumm, widersprach ihr jedoch nicht.

Dann, eines Abends, während sie ein Blumenkohlcurry kochte, das zu ihren Spezialitäten gehörte, stellte sie fest, daß sie kein *hing* mehr im Haus hatte, ohne das sie – wie sie beharrlich erklärte – dieses Gericht nicht zubereiten könne. Der indische Lebensmittelmarkt war schon geschlossen, aber der Ehemann erinnerte sich, daß seine Frau manchmal einen Vorrat an Gewürzen auf dem obersten Regalbrett aufbewahrt hatte. Also stieg er auf einen Stuhl, um nachzusehen. Es fanden sich zwar keine Gewürzvorräte dort, jedoch etwas, das er ganz vergessen hatte: eine alte Teedose, in der sie ihren Schmuck aufbewahrt hatte. Die Idee, ihre Sachen darin zu verstecken, war von ihm gekommen, weil er Angst gehabt hatte, daß sie bei einem Einbruch gestohlen werden könnten. Allerdings handelte es sich um nichts allzu Wertvolles. Die kostbaren Hochzeitsstücke lagen alle in einem Tresorraum der Bank. Trotzdem hielt der Mann es für eine gute Idee, diesen Schmuck ebenfalls zur Bank zu bringen, und er nahm sich vor, es gleich am nächsten Morgen zu erledigen.

Als er jedoch die Dose hochhob, fühlte sie sich überraschend leicht an, und als er sie öffnete, lagen nur leere, rosafarbene Kosmetiktuchnester darin.

Unbeweglich hielt er den Behälter für einen Augenblick in der Hand, ohne zu atmen. Dann rief er sich ins Gedächtnis, daß seine Frau immer etwas leichtsinnig gewesen war. Er hatte sie des öfteren ermahnt, Dinge nicht einfach herumliegen zu lassen. Der Schmuck konnte überall sein – nach hinten gerutscht in der Schublade, wo sie ihre Schminksachen aufbewahrte, oder vergessen unter einem Haufen Bücher im Gästezimmer, wo sie übermäßig viel Zeit mit Lesen verbracht hatte. Trotzdem war er für den Rest des Abends nicht er selbst, so daß sich seine Mutter erkundigte, was ist denn geschehen, du bist so still, stimmt etwas nicht, dein Gesicht ist so seltsam. Er erwiderte ihr, alles sei in Ordnung, er verspüre nur einen kleinen Schmerz in der Brust. Ja, er würde morgen einen Termin beim Arzt vereinbaren, nein, er würde es nicht vergessen, sie möge ihn jetzt nur bitte für eine Weile in Ruhe lassen.

Am nächsten Tag nahm er sich nachmittags frei, ging aber nicht zum Arzt. Statt dessen machte er sich auf den Weg zur Bank. In der kleinen, stickigen Kammer, wo es ein bißchen nach Schimmel roch, öffnete er sein Schließfach und entdeckte, daß ihr ganzer Schmuck fort war. Die anderen Wertsachen hatte sie nicht angerührt.

Die Ecken der Kammer schienen gleichzeitig zu verschwimmen und dunkel zu werden, als habe der Ehemann zu lange in eine Glühbirne gestarrt. Er preßte seine Fäuste gegen die Augen und versuchte, sie sich an jenem letzten Morgen vorzustellen – wie sie den Jungen in seinen Kinderwagen setzte und die zwanzig Minuten zur Bank lief. (Sie besaßen nur einen Wagen, mit dem er zur Arbeit fuhr. Sie hätten sich einen weiteren leisten können, aber warum, sagte er seinen Freunden, wo sie doch nicht einmal einen Führerschein besaß.) Vielleicht hatte sie genau in dieser Kammer gesessen und die Smaragdohrringe, die Perlenhalskette und die lange Goldkette herausgenommen. Er stellte sich vor, wie sie die Stücke vorsichtig in Plastiktüten einpackte, in diese dünne, durchsichtige Sorte, die man beim Einkaufen von Gemüse bekommt, und sie dann in ihre Handtasche steckte. Oder hatte sie sie womöglich einfach hineingeworfen, so daß sich die Perlenreihen ineinander verdrehten, die glänzenden grünen Steine im Dunkel der Handtasche gegeneinanderklickten und der Junge angesichts des neuen Spiels lachend in die Hände klatschte?

Am Abend vermochte er zu Hause nichts zu essen, und bevor er zu Bett ging, stieg er für dreißig Minuten auf das staubige Trainingsrad, das in einer Ecke im Wohnzimmer stand. Bist du verrückt geworden, erkundigte sich seine Mutter. Er antwortete nicht. Als er sich endlich hinlegte, ließ ihn die Müdigkeit nicht wie erhofft sofort einschlafen. Seine Waden schmerzten von den ungewohnten Strapazen, sein Kopf pochte von Bildern, die ihm immer und immer wieder erschienen, und als er sich die Bettdecke bis unter das Kinn zog, da duftete sie wieder nach dem Haar seiner Frau.

Wo mochte sie wohl sein? Und mit wem? Er konnte sich einfach nicht vorstellen, daß sie allein zurechtkam. In seinen Augen war sie immer wie eine dieser zierlichen, purpurfarbenen Passionsblumenranken gewesen, die sie an Spalieren entlang des Zaunes hinten im Garten gepflanzt hatten, und einmal, ganz zu Beginn ihrer Ehe, hatte er ihr ein Gedicht geschenkt, in dem er darüber schrieb. Er erinnerte sich nun, wie sie ihn damals, als er ihr das Blatt überreichte, lange Zeit angestarrt hatte und in ihren Augen ein Blick aufgeflackert war, den er nicht ganz einordnen konnte. Dann hatte sie das Gedicht mit einem kleinen Lächeln angenommen. In Gedanken ging er immer und immer wieder alle Männer ihrer Bekanntschaft durch, aber jeder einzelne von ihnen (meist seine indischen Freunde) war sicher verheiratet und nach wie vor zu Hause bei seiner Familie.

Das Bett fühlte sich heiß und klumpig an. Er warf seinen fiebrigen Körper wie ein Tier hin und her, boxte in sein Kopfkissen und stieß die Decke zu Boden. Für einen kurzen Moment dachte er sogar daran, den Jungen aufzuwecken und ihn zu fragen: *Mit wem hat sich deine Mama getroffen?* Und ganz so, als besitze er eine eingebaute Antenne, die die Aufgewühltheit seines Vaters empfing, begann der Junge im Nebenzimmer prompt zu weinen (was er seit Monaten nicht mehr getan hatte). Schrille Schreie, die ihn atemlos machten. Und als sein Vater und seine Großmutter herbeieilten, um zu sehen, was los war, schob er sie mit all der Kraft, die seine kleinen Arme besaßen, von sich und rief: Geht weg, ich will euch nicht, ich will Mama, meine Mama.

Nachdem es ihnen gelungen war, den Jungen mit

einem Kolikmittel zu beruhigen, und er wieder eingeschlafen war, saß der Ehemann allein mit einem Glas Cognac in der Hand im Wohnzimmer. Er war kein Trinker. Seiner Ansicht nach war Alkohol nur etwas für schwache Männer. Aber aus irgendeinem Grund fühlte er sich außerstande, gleich wieder in das zerwühlte Bett zurückzukehren, dessen Kissen er zu Boden gestoßen hatte. Die unbekannten Bereiche des Lebens seiner Frau umgaben ihn gähnend schwarz wie Abgründe. Ob er der Polizei davon berichten sollte? fragte er sich. Würde das irgend etwas nutzen? Was, wenn seine Freunde irgendwie davon erfuhren? *Habe ich es dir nicht gleich gesagt*, würde ihm seine Mutter vorhalten. Und im übrigen bestand die Möglichkeit, daß sie bereits tot war, umgebracht von einem Fremden, der sie im Auto mitgenommen hatte, oder von einem gewalttätigen, eifersüchtigen Liebhaber. Er verspürte bei diesem Gedanken ein kleines, bitteres Vergnügen – und dann heftige Scham.

Nichtsdestotrotz begab er sich doch wieder in sein dunkles Schlafzimmer (wenn auch ein wenig schwankend, denn der Alkohol hatte ihn schwindelig gemacht) und tastete in der untersten Schublade unter seiner Wäsche nach dem rauhen, braunen Umschlag mit den Photographien. Er zog ihn hervor und zerriß die Bilder, ohne sie noch einmal anzusehen, in winzige Stücke. Dann trug er sie in die Küche, wo der Abfallzerkleinerer war.

Das Brüllen des Zerkleinerers schien das ganze Haus erzittern zu lassen. Er erstarrte aus Angst, daß seine Mutter aufwachen und sich erkundigen könnte, was er da tat, aber nichts geschah. Als die Maschine knirschend zum Stehen kam, atmete er tief ein. Vorbei, dachte er. Vorbei. Morgen würde er sich bei seinem Anwalt erkundigen, was die Rechtslage in seinem Falle bei einer

Wiederheirat vorsah. Beim Abendessen würde er seiner Mutter gegenüber beiläufig erwähnen, daß er nichts dagegen habe, wenn sie Kontakt mit der Zweiten Tante aufnehmen wolle. Aber dieses Mal würde er sich keine Frau wünschen, die das College besucht hatte. Selbst gutes Aussehen war nicht wichtig. Ein einfaches Mädchen, vielleicht aus dem Dorf ihrer Vorfahren. Ein Mädchen, dessen Familie nicht vermögend war, das all die Bequemlichkeiten, die zu verschaffen er in der Lage war, zu schätzen wußte. Eine Frau, die seinem Sohn eine echte Mutter sein würde.

Aber zu jener Zeit wußte er nicht, daß die Sache noch nicht vorbei war. Daß, selbst wenn er mit seiner neuen Frau schlief (ein molliges, fröhliches Mädchen, gutherzig, aber etwas phantasielos) oder seinen Töchtern bei den Hausaufgaben half oder seinen zunehmend rebellisch werdenden Sohn maßregelte, seine Gedanken immer bei ihr weilen würden. Ob sie wohl am Leben war? Glücklich? Mit einer plötzlichen Wut, von der er wußte, wie irrational sie war, versuchte er, sich ihre Leiche vorzustellen, in dem sanft hin und her wogenden Tang am Grunde des Ozeans liegend, in den man sie geworfen hatte. Aufgebläht. Von Fischen angeknabbert. Aber alles, was er zustande brachte, war die Erinnerung an jenen aufmerksamen Ausdruck auf ihrem Gesicht, wenn sie ihren Sohn in den Armen wiegte und ihm auf Bengali ein Kinderlied vorsang: *Khoka jabe biye korte, shonge chhasho dhol,* mein kleiner Junge wird heiraten, sechshundert Trommler. Jahre später, als alter Mann in einem Seniorenheim (die zweite Frau verstorben, die Töchter in weit entfernte Städte gezogen, der Sohn dem Vater entfremdet), würde ihn immer noch diese kurze, unbewachte Freude auf ihrem Gesicht verwirren, und er würde sich immer und immer wieder sagen, wie sehr sie ihn gehaßt haben muß, um *das* aufzugeben.

Aber in jenem Moment hatte er von all dem noch keine Ahnung. Also schaltete er mit einem zufriedenen Klicken und dem Gefühl, eine Aufgabe gut gemeistert zu haben, den Abfallzerkleinerer aus und ging nach einer Dusche (die sehr lang und heiß war, wie er es gern hatte, mit harten Wasserstrahlen, die die Haut an seiner Brust dunkelrot färbten) zu Bett, wo er sofort in einen tiefen, traumlosen Schlaf fiel.

Danksagung

Mein Dank gilt Claudine Ward,
deren Geschichte »Fugue«
die meine inspiriert hat.

Türen

Alles begann, als Raj zu ihnen zog.

Aber nein, das stimmte nicht ganz. Es hatte auch vorher schon Anzeichen von Schwierigkeiten gegeben. Vielleicht hatte Preetis Mutter sie auch deshalb bis kurz vor der Hochzeit immer wieder gewarnt.

»Das wird niemals funktionieren, glaub mir«, hatte sie düster verkündet, während sie den Stapel sorgfältig gefalteter, schimmernder *dupattas* in den Koffer legte, den Preeti nach der Hochzeit mit zurück nach Berkeley nehmen würde. »Du bist nun schon seit deinem zwölften Lebensjahr in den USA. Und Deepak – er kommt gerade frisch aus Indien. Nur weil ihr ein paar Seminare an der Universität zusammen besucht habt und es dir gefällt, wie er redet, heißt das doch noch lange nicht, daß du auch mit ihm leben kannst.«

»Bitte, Ma!« Preeti verharrte mitten im Ausräumen der Schublade, die ihre Schminksachen enthielt. »Wir haben doch schon hundert Mal darüber geredet. Findest du nicht, daß du langsam aufhören solltest? Vor allem in Anbetracht der Tatsache, daß morgen die Hochzeit stattfindet?«

»Es ist niemals zu spät, jemanden davon abzuhalten, sein Leben zu ruinieren«, erwiderte ihre Mutter. »Was weißt du denn schon wirklich darüber, was indische Männer denken? Was sie von ihren Frauen erwarten?«

»Also, jetzt fang nicht wieder so an! Dad und du, ihr habt doch in den letzten vierundzwanzig Jahren auch eine ganz glückliche Ehe geführt, oder etwa nicht?«

»Dein Vater ist nicht wie die anderen ...«

»Genausowenig wie Deepak.«

»Und außerdem ist er im Laufe der Jahre zahmer geworden. Du hättest ihn einmal erleben sollen, als wir frisch verheiratet waren.«

»Nun, da ich bei dir in eine gute Schule gegangen bin, werde ich gewiß in der Lage sein, auch Deepak in Null Komma nichts zu zähmen!«

»*Das* ist genau dein Problem!« brauste Preetis Mutter auf. »Du mußt alles ins Scherzhafte ziehen, weil du denkst, daß du der Welt immer deinen Willen aufzwingen kannst. Ich wünschte nur, ich hätte dir in der Tat einige Dinge besser beigebracht, wie es meine Mutter bei mir getan hat – hätte dich gelehrt, gehorsam und anpassungsfähig und versöhnlich zu sein. All das wirst du nämlich brauchen.«

»Ist das etwa noch dieselbe Mutter, die mir immer zugeredet hat, ich solle einen netten Inder heiraten? Die Frau, die mich sämtlichen Söhnen ihrer Freundinnen vorgestellt hat, wann immer ich vom College nach Hause kam?«

»Sie wurden alle hier erzogen, genau wie du.« Ihre Mutter weigerte sich, sich einwickeln zu lassen. »Und zwar nicht mit einem Haufen prähistorischer Wertvorstellungen.«

»Mom! Deepak ist der aufgeklärteste Mann, den ich kenne!« Preeti sprach mit einem heiteren Tonfall und bemühte sich, ihre aufsteigende Wut hinunterzuschlucken, denn sie wußte, daß die Besorgnis ihrer Mutter der Liebe zu ihr entsprang.

»Ich möchte, daß du weißt, daß du hier bei uns immer willkommen bist und ein Zuhause hast.« Preetis Mutter ließ seufzend den Koffer zuklappen, als schließe sie einen Sargdeckel.

»Und von jetzt an keine düstere Miene mehr!« Preeti hatte ihre Mutter entschlossen in den Arm genommen, obwohl sie tief in ihrem Inneren angesichts ihres unheilvollen Tons einen Anflug von Furcht verspürte. »Laß uns die Streiterei beenden, ja? Deepak und ich lieben uns. Wir werden schon klarkommen.«

Auch Deepaks indische Freunde waren besorgt gewesen, als er sich mit ihnen im International House Café traf, um ihnen die gute Neuigkeit mitzuteilen.

»*Yaar*, bist du sicher, daß du das Richtige tust?« erkundigte sich einer von ihnen und starrte auf die Hochzeitseinladung, die Deepak ihm überreicht hatte. »Sie ist schon so lange hier, daß man beinahe glauben könnte, sie sei in diesem Land geboren. Und du weißt doch, wie diese ›amerikanischen‹ Frauen sind, müssen immer den Ton angeben, denken nur an sich ...«

»Kein Wunder, daß wir sie AGVDs nennen – In-Amerika-geborene-verwirrte-*Desis*«, spöttelte ein anderer Freund und nahm einen Schluck Bier.

»Preeti ist anders!« erwiderte Deepak wütend. »Das weißt du – du hast sie schon oft erlebt. Sie ist klug und ernst und rücksichtsvoll ...«

»Also, *ich* würde eine arrangierte Hochzeit mit einer Frau von zu Hause bevorzugen. Ein hübsches, junges Mädchen aus dem Dorf meiner Eltern, nicht allzu gebildet, dazu erzogen, einen Mann richtig zu behandeln und keine Widerworte zu geben ...«

»Ich kann einfach nicht glauben, daß du so redest!« Deepak erhob sich so abrupt, daß sein Stuhl mit einem Krachen zu Boden fiel. »Frauen sind doch keine Puppen oder Sklavinnen! Ich will, daß Preeti ihre eigenen Entscheidungen trifft. Ich bin stolz, daß sie dazu in der Lage ist.«

»Nun beruhige dich, Deepak-*bhai*, wir versuchen ja nur zu helfen! Wir wollen lediglich vermeiden, daß du in ein paar Jahren vor dem Scherbenhaufen deiner Ehe sitzt ...«, wandte einer ein.

»Unsere Ehe wird nicht zerbrechen. Sie wird stärker sein als jede traditionelle Ehe, weil sie auf gegenseitigem Respekt gründet«, hatte Deepak noch im Weggehen über seine Schulter erwidert, ehe er das Café verließ.

Alles in allem schien es so, als würden Preeti und Deepak recht behalten. Sie hatten in den letzten drei Jahren friedlich miteinander gelebt – zu Anfang in einem winzigen Studentenappartement in Berkeley und dann, nachdem Deepak Arbeit bei einer Computerfirma gefunden hatte, in einem eigenen Haus in Milpitas. Preeti, die immer noch an ihrer Dissertation arbeitete, war nicht allzu begeistert gewesen, in einen Vorort zu ziehen, hatte aber nachgegeben, als Deepak darauf hinwies, wie schwierig die Pendelei für ihn geworden sei. Und natürlich hatte er recht, wenn er sagte, daß sie nur ein paar Mal die Woche zur Universität mußte, um zu unterrichten. Zum Ausgleich überließ er ihr sämtliche Entscheidungen bei der Innendekoration und wandte nichts dagegen ein, als sie die Räume mit second-hand-Regalen für die vielen Bücher vollstellte, als sie bequeme, alte Sofas in die Ecken schob und haufenweise Kissen auf dem Boden verteilte. Dazu kamen noch ein persischer Teppich und bunte Wandbehänge, gewebt von ihrer Freundin Cathy, die einer Frauenkunstgruppe angehörte. Er selbst hätte es vorgezogen, einen kleinen Kredit aufzunehmen, um eine komplette Polstergarnitur mit Beistelltischen aus glänzendem Eichenholz zu erstehen und Schlafzimmervorhänge, die zur Bettdecke paßten, aber er kam zu dem Schluß, daß das Haus ihre Domäne war.

Als sie alles eingerichtet hatten, gaben sie eine Einweihungsparty, und all ihre Freunde mußten zugeben, daß Deepak und Preeti eine großartige Ehe führten.

»Hast du von den köstlichen *gulabjamuns* probiert, die sie zubereitet hat?« erkundigte sich ein junger Mann bei einem anderen, als sie gingen. »Deepak hat wirklich das große Los gezogen, findest du nicht?«

»Absolut. Und hast du mitbekommen, daß sie in ihrem Fachbereich zur Studentin des Jahres gewählt worden ist? Warte ab, bald bekommt sie einen bequemen Job als Lehrkraft und bringt auch noch einen fetten Gehaltsscheck mit nach Hause!« erwiderte der andere und seufzte eifersüchtig.

Preetis indische Freundinnen waren erstaunt über Deepaks Hilfsbereitschaft. »Ich kann es einfach nicht glauben!« rief eine. »Er weiß doch tatsächlich, wo die Küche ist. Das wissen noch nicht einmal meine Brüder.«

»Hast du gesehen, wie er ihr den Teller nachgefüllt und ihr einen Drink gebracht hat?« erkundigte sich eine andere. »Und wenn er redet – immer heißt es *Preeti-hier* und *Preeti-da*. Vielleicht sollte ich meiner Mutter doch erlauben, für mich die Heirat mit diesem zweiten Cousin des Sohnes ihrer Schwägerin zu arrangieren, mit der sie mir ständig in den Ohren liegt.«

Selbst Cathy, die nicht leicht zu beeindrucken war, nahm Preeti, bevor sie ging, zur Seite. »Ich muß zugeben, daß ich anfangs meine Zweifel hatte, auch wenn ich nichts gesagt habe – deine Mutter war ja schon negativ genug eingestellt. Ich hatte ähnliche Befürchtungen wie sie und dachte, daß er sich als schrecklicher Chauvinist entpuppen würde, wie so viele andere Männer aus den alten Ländern, die ich kenne. Und natürlich weiß ich auch, wie dickköpfig und verschlossen *du* bist! Aber ich finde, daß ihr euch beide ganz wunderbar zusammengerauft habt. Auch wenn es wie ein Klischee klingt, ich glaube, daß ihr großartig zueinander paßt – das perfekte Ehepaar!«

»Was wollte Cathy denn von dir?« erkundigte sich Deepak später, nachdem die Gäste gegangen waren. Sie standen an der Spüle. Sie wusch das Geschirr, er trocknete ab.

»Sie findet, daß wir wunderbar zueinander passen, und hält uns für das perfekte Ehepaar!« Preetis Gesicht strahlte vor Freude, während sie einige Becher abspülte. Es war ihr wichtig, was Cathy dachte.

»Komisch, genau das hat mein Freund Suresh auch gesagt.«

»Vielleicht haben unsere Freunde ja recht!«

»Ich finde, das sollten wir überprüfen – und zwar gleich jetzt.« Deepak ließ das Handtuch fallen und packte sie lachend. »Das Geschirr kann bis morgen warten.«

Natürlich wußte keiner der Gäste von der Sache mit den Türen.

Deepak hatte es gern, wenn sie offenstanden, und Preeti zog es vor, sie zu schließen.

Zu Beginn ihrer Ehe hatte Deepak noch gelacht.

»Hast du Angst, daß uns die Töpfe und Pfannen ins Schlafzimmer verfolgen könnten, um zuzusehen, wie wir miteinander schlafen?« witzelte er, wenn sie abends sorgfältig die Schlafzimmertür zumachte, obwohl sie ganz allein waren. Oder: »Glaubst du, ich würde zur Tür hereinstürmen, um dich zu überfallen?« wenn sie die Badezimmertür mit einem vernehmbaren Klicken hinter sich abschloß. Er selbst badete immer bei geöffneter Tür, so daß sein Gesang mit dem Dampf aus dem Badezimmer hervorquoll.

Aber bald schon wurde ihm klar, daß diese Angelegenheit für sie nicht mit einem Lachen abgetan werden konnte. Preeti schloß die Tür zu ihrem Arbeitszimmer, wenn sie sich an den Schreibtisch setzte, um an ihrer Dissertation zu arbeiten. Im Garten sah sie immer zu, daß der Torriegel wirklich vorgelegt war, bevor sie sich ans Unkrautjäten machte. Hätte die Küche eine Tür gehabt, wäre sicherlich auch diese beim Kochen geschlossen worden.

Deepak fand die ganze Türenschließerei sehr verwirrend. Er war in einer großen Familie aufgewachsen, und obwohl sie vermögend genug gewesen waren, um ein Heim mit drei Schlafzimmern zu bewohnen – eins für Vater, eins für Mutter und seine zwei Schwestern und das dritte für die drei Jungen –, hatten sie niemals Grenzen gekannt. Sie waren ständig in die Räume der anderen gelaufen, und die Türen standen stets offen, so daß man jederzeit Bemerkungen und Witzeleien austauschen konnte.

Eines Abends, bevor sie zu Bett gingen, sprach er Preeti darauf an. Sie kam gerade aus dem Badezimmer, wo sie sich immer für die Nacht umzog, und war nicht imstande, ihm eine Antwort zu geben.

»Ich weiß es nicht«, erwiderte sie mit gerunzelter Stirn und faltete ihre Jeans geistesabwesend zusammen und wieder auseinander. »Ich denke, ich bin eben mehr ein privater Mensch. Es ist ja nicht so, daß ich dich ausschließen wollte. Ich habe es nur immer schon so gemacht. Vielleicht hat es etwas damit zu tun, daß ich ein Einzelkind bin.« Ihre Augen wanderten mit einem unglücklichen Ausdruck suchend über sein Gesicht. »Ich weiß, daß es anders ist, als du es gewöhnt bist. Stört dich das?«

Sie machte ein so bekümmertes Gesicht, daß Deepak ein schlechtes Gewissen bekam.

»Nein, nein, ganz und gar nicht. Es macht mir nichts aus«, beeilte er sich zu sagen und drückte ihre Schulter. Und das stimmte wirklich, auch wenn er nicht ganz verstand, warum sie so handelte. Menschen waren eben unterschiedlich. Das wußte er. Und er war mehr als bereit, die einzigartigen Bedürfnisse dieses exotischen Wesens zu akzeptieren, das indisch und auch wieder nicht indisch war und das durch eine rätselhafte, glückliche Fügung seine Frau geworden war.

Und so verlief alles friedlich – bis Raj über sie hereinbrach.

»Morgen?!« Preeti war außer sich, auch wenn sie sich bemühte, angesichts Deepaks offensichtlicher Freude die Fassung zu bewahren. In Gedanken ging sie die Liste der Dinge durch, die zu erledigen waren: im Gästezimmer Staub wischen, das Bettzeug waschen, ein besonderes Willkommensessen zubereiten (was bedeutete, daß sie zum Supermarkt und in den indischen Lebensmittelladen gehen mußte), vielleicht auch noch einen Blumenstrauß besorgen … Und ihr Studienberater drängte sie, das zweite Kapitel ihrer Dissertation abzugeben, mit dem sie gar nicht gut vorankam.

»Ja, morgen! Sein Flugzeug landet abends um halb elf.« Deepak wedelte aufgeregt mit dem Telegramm. »Stell dir nur vor, es ist schon fünf Jahre her, seit ich ihn das letzte Mal gesehen habe! Wir waren zu Hause unzertrennlich, obwohl er soviel jünger ist. Er ging bei uns aus und ein, war immer gut gelaunt, machte Witze und spielte irgend jemand Streiche. Du kannst dir nicht vorstellen, was für Sachen wir angestellt haben! Ich weiß, daß er dir gefallen wird – jeder mag ihn. Und sieh nur, er nennt dich schon *bhaviji* – Schwägerin.«

Der Raj, der am Flughafen aus der Maschine stieg, war ein schlaksiger Wirbelwind, der durch die Sperre gerannt kam, Deepak in die Arme schloß und ihn – ohne all die amerikanischen Blicke zu beachten – laut schmatzend auf beide Wangen küßte. Preeti fiel es schwer, seinem starken Bombay-Akzent zu folgen, als er sie beide atemlos mit Neuigkeiten über alte Bekannte unterhielt, was Deepak dazu brachte, den Kopf in den Nacken zu legen und in schallendes Gelächter auszubrechen.

Aber die eigentlichen Probleme begannen nach dem Abendessen.

»Was für ein vorzügliches Essen, *bhaviji*! Jetzt verstehe ich, warum Deepak ein Bäuchlein bekommt!« Raj rülpste anerkennend, während er seinen Stuhl zurückschob. »Ich weiß, daß ich heute nacht tief und fest schlafen werde – mir fallen schon die Augen zu. Sag mir doch, wo das Bettzeug ist, dann werde ich es holen und mir ein Nachtlager machen, während du den Tisch abräumst.«

»Vielen Dank, Raj, aber ich habe dein Bett bereits oben im Gästezimmer gemacht.«

»Im Gästezimmer? Aber ich bin doch kein Gast, *bhavi*! Ich werde eine ganze Weile bei euch bleiben. Du solltest dieses Zimmer für richtige Gäste freihalten. Ich brauche nicht mehr als ein paar Meter – genau hier zwischen Eßtisch und Sofa. Sieh nur, ich werde die Stühle ein wenig wegschieben – das ist schon alles.«

Als Deepak den Ausdruck auf Preetis Gesicht sah, versuchte er sich einzumischen.

»Komm schon, Raju – warum willst du nicht heute nacht im Gästebett schlafen, wo es doch einmal bezogen ist? Morgen können wir ja dann weitersehen.«

»*Aare bhai*, du weißt doch, wie ich all dieses formelle Getue hasse. Dort oben werde ich kein Auge zutun! Weißt du denn nicht mehr, was für einen Spaß wir als Jungs immer hatten, wenn wir ein großes Laken auf dem Boden im Wohnzimmer ausbreiteten, um dort zu schlafen? Wir haben uns die ganze Nacht laut Geschichten erzählt. Bist du ein *amreekan* geworden, oder was? Hilf mir, das Bettzeug herunterzuholen ...«

Preeti stand wie angewurzelt da, während der Singsang seiner Stimme um die Biegung der Treppe verschwand. Dann machte sie sich ebenfalls schweigend auf den Weg nach oben. Als Deepak eine Stunde später ins Bett kam, wartete sie auf ihn.

»Was, schläfst du etwa noch nicht? Hast du nicht morgen früh Unterricht?«

»Du mußt auch früh zur Arbeit.«

»Also, ehrlich gesagt, ich wollte ein paar Tage freinehmen. Um Raju ein bißchen San Francisco zu zeigen, vielleicht machen wir auch einen Ausflug nach Carmel ... du weißt schon.«

Preeti war von dem plötzlichen Gefühl der Eifersucht, das in ihr aufstieg, überrascht. Sie versuchte, es abzuschütteln, vernünftig zu argumentieren.

»Ich bin eigentlich der Ansicht, daß du deine Arbeit nicht vernachlässigen solltest – aber das ist deine Sache.« Mit Mühe kontrollierte sie ihre Stimme, um ihr Mißfallen nicht durchschimmern zu lassen. »Aber was wir klären müssen, ist diese Geschichte mit der Schlaferei. Ich muß frühmorgens den Eßbereich nutzen können, und das geht nicht, wenn er dort schläft.« Sie zitterte innerlich bei der Vorstellung, wie sie versuchte, ungestört ihren Morgentee zu trinken und die Zeitung zu lesen, während er ganz in der Nähe auf dem Boden lag – und wahrscheinlich vor sich hinschnarchte. »Und was meinte er eigentlich damit, daß er eine ganze Weile bei uns bleiben wird?«

»Nun ja, er will hier seinen Magister abschließen – das wird nicht mehr als anderthalb Jahre in Anspruch nehmen –, und ich habe ihm gesagt, daß er bei uns wohnen kann …«

»Du hast *was*? Ist das hier nicht auch mein Haus? Habe ich denn gar nichts mitzureden, wer hier wohnen darf und wer nicht?«

»Also schön. Geh schon und sage ihm, daß du ihn hier nicht haben willst. Geh nur, weck ihn auf, und sage es ihm noch heute nacht.«

Es lag eine Schärfe in Deepaks Stimme, die Preeti vorher noch nie vernommen hatte. Während sie auf die harte Linie seiner Lippen starrte, stellte sie plötzlich voller Furcht fest, daß sie ihren ersten wirklich ernsthaften Streit hatten. Das Gesicht ihrer Mutter erschien mit seinem kummervollen, aber zugleich triumphierenden Ausdruck vor ihrem inneren Auge.

»Du weißt genau, daß ich das nicht meine.« Sie verlieh ihrem Tonfall eine versöhnliche Note. »Mir ist klar, was es für dich bedeutet, einen alten Freund hier zu haben, und ich werde mein Bestes tun, ihm das Gefühl zu geben, willkommen zu sein. Aber ich bin nicht daran gewöhnt, für längere Zeit Hausgäste zu haben, und wenn er weiterhin darauf beharrt, unten auf dem Wohnzimmerboden zu schlafen, macht er es mir nur noch schwerer.« Sie bot ihm ihr bezauberndstes Lächeln, verzweifelt bemüht, den Fremden in seinen Augen, der so kalt und abwehrend wirkte, zu vertreiben.

Es gelang ihr. Er erwiderte ihr Lächeln, zog sie in seine Arme – ganz der alte, liebe Deepak – und versprach ihr, Raj dazu zu bringen, im Gästezimmer zu wohnen. Dabei biß er sie zärtlich in den Nacken, auf diese prickelnde Weise, die ihr immer Schauer über den Rücken jagte. Und während sie sich mit einem tiefen, lustvollen Seufzen an ihn kuschelte und ihren Körper krümmte, um sich noch enger an ihn schmiegen zu können, da schwor sich Preeti, daß sie sich Mühe geben wollte, Raj zu akzeptieren.

Das war allerdings schwieriger, als sie es sich vorgestellt hatte.

Der Begriff Türen kam in Rajs Universum nicht vor, und er ignorierte ihr physisches Vorhandensein – das für Preeti so faßbar und beruhigend war –, wann immer er konnte. Er platzte zur Tür ihres Arbeitszimmers herein, die Preeti extra geschlossen hatte, um ihr die neuesten Ereignisse aus seinem Computerlabor zu berichten, und ließ sie hinter sich offenstehen, wenn er wieder ging. Er riß die Tür zur Garage, wo sie die Wäsche wusch, meist genau in dem Moment auf, um seine Hilfe anzubieten, wenn sie gerade ihre Unterwäsche zusammenfaltete. Selbst wenn sie sich auf der Suche nach etwas Privatsphäre in ihren kleinen Garten zurückzog, gab es kein Entkommen. Von der Terrasse aus gab er ihr besorgte Ratschläge zur Pflege der Fuchsien, die die Köpfe hängen ließen.

»Ein bißchen mehr Dünger könnte nicht schaden, nicht wahr, *bhavi*? Also, du kannst mir glauben, dieses Flaschenzeug ist nichts im Vergleich zu dem Kuhdung, den meine Familie im Gemüsegarten benutzt. Wir haben *phul gobis*, die *sooo* groß sind. Ehrlich.« Er hielt seine Hände in die Höhe und deutete eine Größe an, die für Blumenkohl unmöglich war, während die vergitterte Schwingtür hinter ihm offenstand und Horden von Insekten Einlaß gewährte. Er ließ die Tür zu seinem Zimmer grundsätzlich offen – vielleicht, um ihr ein gutes Beispiel zu geben –, so daß Preeti jeden Morgen auf dem Weg zum Bad vom Rumpeln seines Schnarchens überfallen wurde.

»Cathy, Raj treibt mich in den Wahnsinn«, gestand sie ihrer Freundin, als sie sich nach einem Seminar zu einer Tasse Kaffee trafen.

»Dann sag es ihm doch!«

»Das kann ich nicht! Deepak würde sich schrecklich aufregen. Es hat etwas mit Gastfreundschaft und Gesichtsverlust zu tun – ich schätze, es ist eine kulturelle Geschichte.«

»Nun, hast du es denn mit Deepak besprochen?«

»Ich habe es ein- oder zweimal versucht, aber er hört mir nicht zu. Er scheint zur Zeit ein völlig anderer Mensch zu sein – er klingt sogar irgendwie anders.«

»Wie meinst du das?«

»Sein Akzent – er ist viel indischer, genau wie Rajs.«

»Preeti, du mußt unbedingt mit ihm reden.« Cathys Augen weiteten sich über dem Tassenrand vor Sorge. »Ich habe dich noch nie so deprimiert gesehen. Du hast richtige Krater unter deinen Augen, und mir scheint, daß du auch abgenommen hast. Wenn Deepak wüßte, wie sehr dich Rajs Gewohnheiten belasten, würde er sicherlich etwas unternehmen.«

Cathy hat recht, dachte Preeti auf dem Rückweg, während sie der zuckelnde Rhythmus des Zuges schläfrig machte. Sie mußte sich stärker bemühen, mit Deepak zu reden. Vielleicht heute abend schon. Sie war froh, daß sie sich morgens, bevor sie zur Universität gefahren war, die Zeit genommen hatte, eine *bharta* zuzubereiten, das gegrillte Auberginengericht, das zu seinen Lieblingsspeisen gehörte. Zu Hause konnte sie noch etwas pulao-Reis herrichten – die Sorte, die er besonders gern mochte, mit vielen gerösteten Cashnewnüssen –, und nach dem Abendessen, wenn sie zu Bett gingen, würde sie ihren Kopf in die Beugung seiner Schulter legen, sich an ihn schmiegen und ihm genau erzählen, wie sie sich fühlte. Vielleicht würden sie sogar miteinander schlafen – es schien schon so lange her zu sein, seit sie es das letzte Mal getan hatten.

Aber als sie die Haustür aufschloß, empfing sie das laute Plärren von *filmi*-Musik. Deepak und Raj saßen im Wohnzimmer nebeneinander auf dem Sofa und schauten sich einen indischen Film an, in dem ein dicklicher Mann mit einem Hut auf dem Kopf und einem nachdenklichen Gesichtsausdruck einer überheblichen jungen Frau ein Ständchen brachte. Beide Männer grölten vor Lachen, als die Frau herumfuhr, ihrem Bewunderer den Hut vom Kopf riß und darauf herumtrat.

»*Vah*, sieh dir nur diese funkelnden Augen an!« rief

Raj. »Ich sage dir, keines unserer modernen Mädchen kommt an Nutan heran – diese Frau hat einfach Klasse!« Er bemerkte Preeti und winkte ihr fröhlich zu. »Oh, *bhavi*, da bist du ja! Setz dich zu uns. Deepu-*bhaiya* und ich haben ein paar unserer Lieblingsfilme aus dem indischen Videoladen geliehen …«

»Ja«, fügte Deepak hinzu, »das war eine ganz großartige Idee von Raj. Ich hätte nie gedacht, daß es mir soviel Spaß machen würde, diese alten Filme anzusehen. Da tauchen Erinnerungen an wirklich lustige Zeiten auf.«

»Na und ob! *Bhavi*, wußtest du eigentlich, daß dein Ehemann in seinen Junggesellentagen ein echter Straßenecken-Romeo gewesen ist? *Yaar*, kannst du dich noch an das Mädchen entsinnen, das gegenüber von eurem Haus in Birla Mansions lebte? Wie du *chand-ke-tukde* – das bedeutet Teil des Mondes, *bhavi* – für sie gesungen hast, wann immer sie an der Bushaltestelle wartete …?«

»Jetzt reicht es aber, Raju! Du wirst mich noch in Schwierigkeiten bringen«, sagte Deepak, aber er blickte ziemlich zufrieden drein. »Preeti, komm her und setz dich zu uns, dann werde ich dir die Hindi-Worte erklären.« Er rückte näher an Raj heran, um Platz auf dem Sofa zu schaffen, und Preeti bemerkte mit einem Ziehen im Herzen, wie ungezwungen er seinen Arm um Rajs Schulter legte.

»Ich muß das Abendessen aufwärmen«, preßte sie zwischen steifen Lippen hervor.

»Oh, mach dir keine Mühe!« erwiderte Deepak. »Wir haben in dem kleinen Restaurant neben dem Videoladen ein paar *samosas* gegessen – wie hieß es doch gleich …?«

»Nusrat Cuisine«, warf Raj hilfsbereit ein. »Wir sind wirklich satt bis oben hin.«

»Wir haben dir auch etwas mitgebracht«, sagte Deepak, »steht auf der Anrichte.«

Preeti ging zur Küche hinüber. Ihr Körper kam ihr schwer und unwillig vor, als bewege sie sich in tiefem Wasser. Emotionen, die sie nicht näher erkunden wollte, wüteten in ihrem Inneren – heimtückische Strömungen warteten darauf, sie herabzuziehen. Sie hob die braune Tüte hoch, auf der der Name des Restaurants stand, und warf sie, ohne sie zu öffnen, in den Abfalleimer. Am liebsten hätte sie die *bharta* auch weggeworfen, aber sie nahm sich zusammen und stellte sie in den Kühlschrank.

Als sie die Treppe hinaufstieg, hörte sie Deepak rufen: »Möchtest du dir denn nicht den Film anschauen?«

»Nein. Ich muß noch eine Menge Arbeit aufholen.« Sie wußte, daß sie ungnädig klang. In Rajs Augen war sie wohl eine Spielverderberin.

»Also gut, wenn du meinst ...«

»Kommst du auch bald nach oben?« Sie bemühte sich, ihrer Stimme einen fröhlichen und freundlichen Tonfall zu verleihen. »Ich würde gern etwas mit dir besprechen.«

»Klar. Ich komme ganz bald nach.«

Das ist doch nicht möglich, daß dies alles mir passiert, sagte sich Preeti, während sie in den Schlafzimmerspiegel starrte. In dem düsteren Licht sah ihr Gesicht blaß und krank aus. Sie versuchte, sich an ihre vergangenen Erfolge zu erinnern: wie sie in Ohio auf der Bühne der Universität gestanden hatte, um nach Abschluß des Colleges vom Dekan ihr B. A.-Diplom in Empfang zu nehmen in dem Bewußtsein, daß sie zu den Besten ihres Jahrgangs gehörte. Wie sie mit zitternden Fingern einen geprägten Umschlag öffnete, um festzustellen, daß sie einen Studienplatz in Berkeley erhalten hatte. Wie sie auf einem Podium stand und den gewaltigen Applaus vernahm, nachdem sie bei einer Konferenz mit Teilnehmern aus ganz Amerika ihren Vortrag beendet hatte. Nichts davon schien real zu sein. Nichts davon schien der Frau geschehen zu sein, die sie im Spiegel anblickte und deren Haut straff über die zu scharf hervortretenden Wangenknochen gezogen war. Ihr ganzes Leben lang hatte sie geglaubt, daß sie alles schaffen konnte, was sie sich einmal vorgenommen hatte – das hatte ihr zumindest ihre Mutter immer gesagt. Doch nun, da sie von einer plötzlichen Welle des Schwindels erfaßt wurde, kamen ihr zum ersten Mal wirkliche Zweifel. Sie atmete heftig ein. *Ich werde nicht zulassen, daß er mein Leben ruiniert,* sagte sie sich. Für einen Moment war ihr nicht klar, ob sie damit Raj oder Deepak meinte.

Sie zog sich das pinkfarbene Spitzennachthemd über, das Deepak ihr zu ihrem ersten Hochzeitstag geschenkt hatte. Dann sprühte sie sich Parfüm auf die Handgelenke und übte vor dem Spiegel die Worte, die sie sagen wollte. *Denk positiv,* ermahnte sie sich. *Es bringt nichts, wenn du in Wut gerätst.*

Es dauerte noch gut zwei Stunden, ehe Deepak die Schlafzimmertür öffnete. Er summte leise ein Hindi-Lied.

»Bist du noch wach?« erkundigte er sich überrascht.

»Hast du vergessen, daß ich etwas mit dir besprechen wollte?« *Ruhig bleiben, ganz ruhig.* Aber ihre Stimme zitterte dünn und hoch. Anschuldigend.

»Tut mir leid«, erwiderte Deepak ein wenig beschämt. »Der Film war so gut – da habe ich ganz die Zeit vergessen.« Er öffnete den Mund zu einem kräftigen Gähnen. »Können wir uns nicht morgen unterhalten?«

»Nein! Ich will die Sache jetzt mit dir besprechen.«

Preeti redete schnell, weil sie Angst hatte, die Beherrschung zu verlieren. »Ich kann Rajs Anwesenheit in unserem Haus nicht mehr ertragen. Er macht mich verrückt. Er ...«

»Was soll das heißen, er macht dich verrückt?« Deepaks Stimme klang plötzlich gereizt. »Er versucht nur, nett zu sein, der arme Kerl. Ich finde, du könntest in seiner Gesellschaft ruhig etwas auftauen, ihm gegenüber ein bißchen offener sein. Schließlich sind wir in diesem fremden Land für ihn so etwas wie eine Familie.«

»Selbst Familienmitglieder benötigen manchmal etwas Zeit und Raum für sich selbst und wollen ihre Ruhe vor den anderen haben. In meiner Familie war es nicht üblich, die anderen zu stören ...«

»Nun, vielleicht hättet ihr das besser hin und wieder getan«, unterbrach Deepak in einem so gefühllosen Tonfall, daß Preeti ihn nur anstarren konnte. »Vielleicht wärst du dann heute ein klein wenig flexibler.«

Nach diesem Gespräch pflegte sich Preeti abends mit ihrer Arbeit im Schlafzimmer einzuschließen, während Deepak und Raj unten im Wohnzimmer über die guten alten Zeiten sprachen und im Hintergrund die Stereoanlage die Kishore-Kumar-Lieder plärrte, mit denen sie groß geworden waren. Oft schlief sie über ihren Büchern ein und wurde erst von Deepaks wütendem Klopfen an der Tür geweckt.

»Ich verstehe dich einfach nicht mehr!« rief er oft gereizt. »Warum schließt du die Schlafzimmertür ab, wenn du liest? Ist das nicht ein bißchen paranoid? Vielleicht solltest du darüber mal mit einem Fachmann reden.«

Preeti wandte sich in solchen Momenten schweigend ab. *Das kann doch nicht ewig so weitergehen*, dachte sie. *Er kann doch nicht für immer bei uns wohnen. Ich werde schon durchhalten, bis er wieder abreist, und dann wird zwischen uns beiden alles wieder in Ordnung sein.*

Und so wäre wohl alles weitergelaufen, hätte es nicht diesen einen, verhängnisvollen Nachmittag gegeben.

Das Semester war zu Ende, und Preeti lag mit geschlossenen Augen auf ihrem Bett. An diesem Morgen hatte ihr Studienberater sie zu sich ins Büro gerufen und ihr mitgeteilt, daß es ihrer Dissertation an Originalität und Tiefe mangele. Er hatte ihr nahegelegt, den gesamten Aufbau noch einmal zu überarbeiten. Seine letzten Worte klangen ihr immer noch im Ohr: »Ich habe keine Ahnung, was in den letzten Monaten mit Ihnen los ist – Sie haben nur noch zweitklassige Arbeit produziert. Und Sie gehörten einmal zu einer meiner gescheitesten Studentinnen! Ich erinnere mich noch an diesen Artikel über Marlowe, der so innovativ war … Vielleicht würde Ihnen eine kleine Pause guttun … vielleicht sollten Sie der Universität einmal für ein Semester den Rücken kehren.«

»Nicht der Universität – ich könnte ein Semester fern von zu Hause gut gebrauchen«, flüsterte sie nun, als die Tür unten zuknallte und Rajs eifrige Stimme zu ihr heraufdrang.

»*Bhavi, bhavi,* wo bist du? Ich habe großartige Neuigkeiten!«

Preeti legte sich ein Kissen über den Kopf und wünschte, er würde genauso weggehen wie diese dumpfen, pochenden Kopfschmerzen, die sie neuerdings so oft überfielen. Aber er stand bereits vor der Schlafzimmertür und klopfte.

»Mach auf, *bhavi*! Ich muß dir etwas zeigen – ich habe die Mathe-Abschlußprüfung glänzend bestanden! Ich war der einzige im ganzen Seminar …«

»Bitte nicht jetzt, Raj. Ich bin sehr müde. Das Abendessen steht in der Küche – vielleicht könntest du dich ausnahmsweise einmal selbst bedienen?«

»Was ist los? Hast du Kopfschmerzen? Warte eine Minute, ich werde dir etwas von meinem Tigerbalsam holen – das wirkt hervorragend bei so etwas.«

Sie hörte, wie sich seine Schritte entfernten und wiederkehrten.

»Danke, Raj«, rief sie, um eine weitere Unterhaltung direkt im Keim zu ersticken. »Stell es einfach vor die Tür. Mir ist gerade nicht danach, aufzustehen.«

»Oh, das mußt du auch nicht, ich werde es dir bringen.« Und bevor sie ablehnen konnte, hatte Raj bereits die Tür geöffnet – Wie konnte sie nur vergessen haben, sie abzuschließen? – und kam ins Zimmer spaziert.

Preeti blickte Raj an. Sie war zu schockiert, um ein Wort herauszubringen. Er hielt eine eckige, grüne Flasche in der ausgestreckten Hand und durchquerte wie im Zeitlupentempo das Schlafzimmer, ihren letzten Zufluchtsort, der plötzlich unglaubliche Ausmaße zu erhalten schien. Seine Lippen bewegten sich, aber durch den roten Nebel, der sich mit einem Mal über ihre Augen legte, vermochte sie kein Wort zu verstehen.

Dann drang eine Stimme durch diesen Nebel, die ihn anschrie *Raus hier, mach, daß du rauskommst*. Eine Hand griff nach der Flasche und schleuderte sie gegen die Wand, wo sie zerbrach und in smaragdgrüne Scherben zerfiel. Sie erkannte undeutlich die Stimme, die Hand. Sie gehörten ihr. Und dann war sie in der plötzlichen Stille allein.

Das Schlafzimmer war so ordentlich und ruhig wie immer, als Deepak eintrat. Nur ein sehr aufmerksames

Auge hätte den blassen Fleck an der hinteren Wand entdeckt.

»Alles in Ordnung? Raju sagte mir, daß du dich nicht besonders gut fühlst.« Und dann fiel sein Blick auf den gepackten Koffer, der neben Preeti stand. »Was soll denn das?«

»Ich gehe«, sagte sie mit ruhiger Stimme. »Ich werde eine Weile bei Cathy wohnen ...«

Sie registrierte mit ausdruckslosen Augen, wie Deepak einen leisen, aber heftigen Fluch ausstieß.

»Du kannst nicht so einfach weggehen. Was würden die Leute sagen? Außerdem bist du meine Frau. Du gehörst hierher, in mein Haus.«

Sie blickte ihn lange Zeit an. Irgendwo ganz hinten in ihrem Kopf war ein Gedanke. *Mutter, du hattest ja so recht*. Seltsamerweise bereitete er ihr keinen Kummer.

»Es ist wegen Raju, nicht wahr? Du kannst ihn einfach nicht leiden, obwohl sich der arme Kerl immer und immer wieder solche Mühe gegeben hat.« Deepaks Stimme klang bitter. »Schön. Ich werde also meinen besten Freund vor die Tür setzen, damit du deine Ruhe hast.«

Sie lauschte schweigend seinen Schritten, die sich auf der Treppe verloren. Ein langes, leises Stimmengemurmel drang aus dem Wohnzimmer. Dann vernahm sie die Geräusche von Packen aus dem Gästezimmer. Sie bemerkte, daß sie immer noch stand, und ging zum Bett hinüber, um sich zu setzen. Ihre Glieder fühlten sich steif und hölzern an, und sie hatte Probleme, die Knie zu beugen. Einige Zeit später – sie wußte nicht, wieviel Zeit genau – dankte ihr Raj von draußen vor der Schlafzimmertür und wünschte ihr viel Glück, mit der gesenkten Stimme, die Leute für gewöhnlich für die Schwerkranken reservieren. Die Haustür knallte hinter den beiden Männern zu.

Sie saß immer noch auf dem Bett, als Deepak zurückkehrte und ihr mitteilte, daß Raj in einem Motel wohnen würde, bis er ein Zimmer auf dem Campus gefunden hatte.

»Ich hoffe, du bist glücklich, wo du doch jetzt endlich wieder das ganze Haus für dich hast«, schloß er mit beißender Stimme und fügte noch hinzu: »Ich werde im Gästezimmer schlafen.«

Preeti vernahm vom Schlafzimmer aus seine unbeholfenen Versuche, das Bett zu machen, hörte das gedämpfte Geräusch, als Kissen zu Boden geworfen wurden, das Quietschen der Bettfedern. Ein Teil von ihr wollte unbedingt zu ihm gehen, sich entschuldigen und ihm anbieten, Raj wieder ins Haus zu holen. Sich an seinen warmen Körper schmiegen und es zulassen, daß seine Lippen – die so vertraut, so beruhigend waren – sie besänftigend in den Schlaf sandten.

Statt dessen legte sie sich zum ersten Mal zum Schlafen allein in das große Bett, das sie gemeinsam, eine Woche vor ihrer Heirat, gekauft hatten. Sie schloß die Augen und versuchte, sich an das Glücksgefühl jenes Tages zu erinnern, aber es erschien lediglich ein schwarzes, mit Schnee und Statik gefülltes Quadrat, als sehe man einen Videofilm, aus dem plötzlich aus Versehen ein Stück gelöscht wurde. Sie lag da und spürte, wie sich die Nacht langsam über ihren Körper legte, Schicht für Schicht, kalt und rein. Und als die Tür schließlich zuschnappte, da wußte sie nicht, ob es im Gästezimmer oder tief drinnen in ihrem eigenen Selbst geschehen war.

Der Ultraschall

Meine Cousine Arundhati und ich erwarten beide unser erstes Kind – eine Tatsache, die mir großes Vergnügen bereitet. Obwohl sie in Indien ist und ich hier, in Kalifornien, bin, halten wir uns gegenseitig ganz genau über unsere Fortschritte auf dem laufenden. Jede Woche tauschen wir unsere Erfahrungen aus. Berichten über die Übelkeit (die mich schlimmer plagt als Runu, denn sie überfällt mich nicht nur am Morgen, sondern begleitet mich durch den ganzen Tag), die lähmende Müdigkeit am frühen Nachmittag (die für Runu besonders schlimm ist, da sie genau um diese Zeit den Tee-Imbiß für ihre Schwiegereltern zubereiten muß), die deprimierende Gewichtszunahme (wir haben überhaupt keine Taille mehr), das erhebende Gefühl des Irrealen, das uns am Ende jedes Briefes als letzten Satz hinzufügen läßt: »Geschieht das alles eigentlich wirklich?«

Wir halten den Kontakt überwiegend durch Briefeschreiben aufrecht. Anrufe nach Übersee sind für mein schmales Portemonnaie zu teuer, da ich noch die Universität besuche und von Sunils Verdienst nicht viel übrigbleibt, weil er auch noch seinen Eltern Geld nach Hause schickt. Aber ab und zu, bei ganz besonderen Gelegenheiten, rufe ich sie an. Runu und ich planen diese Anrufe Monate im voraus. Manchmal liege ich in der

Nacht zuvor in der Dunkelheit, viel zu aufgeregt, um schlafen zu können, und denke an den Moment, wenn ich Runus Stimme höre, mit ihrer lieben, vertrauten Atemlosigkeit, als sei sie den ganzen Weg zum Telefon gerannt.

Nächste Woche wird wieder eine dieser besonderen Gelegenheiten sein. Denn dann (das haben wir so geplant, und ich habe extra meinen Termin verschoben, um ihn mit dem abzustimmen, den ihre Schwiegermutter für sie ausgemacht hatte) bekommen wir das Ergebnis unseres Amniozentese-Tests.

»Nur noch ein Tag, dann haben wir die Ergebnisse!« Ich falte meine Strickarbeit zusammen, einen unglaublich winzigen, roten Pullover, und lächle zu Sunil hinauf, der gerade erst hereingekommen ist. Er setzt seine Aktentasche ab und beugt sich über den Lehnstuhl, um mich zu umarmen.

»Bist du nervös, Anju?« erkundigt er sich. In meiner Familie gibt es den einen oder anderen Fall von Erbkrankheiten – nicht viele, aber genug, um uns zu beunruhigen.

»Eigentlich nicht. Na ja, vielleicht ein bißchen. Aber ehrlich gesagt dachte ich an Runu. Ich freue mich so sehr darauf, wieder einmal mit ihr zu sprechen und zu erfahren, wie es ihr geht. Und zu hören, ob sie einen Jungen oder ein Mädchen bekommt. Dann können wir uns Namen ausdenken, die zueinander passen …«

Sunil blickt finster drein. »Ich verstehe nur nicht, warum *du* immer diejenige sein mußt, die anruft.«

»Jetzt sei aber bitte nicht gemein! Du weißt, daß Runu anrufen würde, wenn sie es könnte. Aber ihre Schwiegermutter sieht nun einmal nicht ein, warum man Geld für Ferngespräche ausgeben soll. Sie läßt Runu ja nicht einmal ihre Mutter in Kalkutta anrufen ...«

»Und warum reicht es nicht, zu schreiben?« murrt Sunil vor sich hin, während er sich in Richtung Küche aufmacht. Über das Klappern der Topfdeckel hinweg höre ich ihn sagen: »Es ist ja nicht gerade so, als ob wir Millionäre wären.« In der Zeit vor der Schwangerschaft hätte er mich ausgeschimpft, die Stimme erfüllt mit einer Schärfe, in der sich seine berechtigte Wut widerspiegelt, während ich meine Augen gesenkt gehalten und schuldbewußt an der Borte meines Saris gezupft hätte.

Arbeite ich mich etwa kaputt und schwitze von morgens bis abends, damit du das Geld einfach aus dem Fenster werfen kannst? Aber jetzt läßt er die Sache einfach auf sich beruhen.

Manchmal habe ich den Verdacht, daß Sunil eifersüchtig auf Runu ist. Das mag daran liegen, daß uns beide so viel verbindet, denn wir kennen uns bereits seit vielen Jahren. Wir waren sieben, als Pratima-Tante, Runus verwitwete Mutter, in die Wohnung hinter unserem Haus in Kalkutta zog. Das war kurz nachdem mein eigener Vater gestorben war. Grund dafür sind vielleicht die Erinnerungen, die Sunil niemals so empfinden kann wie wir, egal wie sorgfältig ich sie ihm auch ausmalen mag. Vielleicht vermutet er auch – obwohl ich mich sehr bemühe, ihm keinen Anlaß dazu zu geben –, daß sie in gewisser Weise immer noch die wichtigste Person in meinem Leben ist.

Runus ausgerechneter Termin für die Niederkunft und mein eigener liegen eine Woche auseinander. Bis dahin sind es noch fünf Monate. Eigentlich war ich nicht besonders überrascht, als ich sie in Kalkutta anrief, um ihr von meinem Baby zu berichten, und sie mir lachend – aber auch ein bißchen schüchtern, als ob jemand in der Nähe stünde und zuhörte – erwiderte, daß auch sie gute Neuigkeiten habe. Denn so lange ich mich erinnern kann, haben wir immer alles gemeinsam gemacht.

In der Grundschule rannten wir um die Wette zur Bushaltestelle, und unsere identischen grauen Uniformröcke schlugen gegen unsere identischen knochigen Knie, und unser dunstiger Atem vermischte sich in der kalten Morgenluft. Die Verliererin mußte *panipuris* für uns beide von dem Straßenhändler kaufen, der jeden Nachmittag vor dem Schultor stand. (Manchmal verlor ich mit Absicht, denn Runu hatte nie viel Taschengeld. Aber ich mußte dabei sehr vorsichtig vorgehen, da sie einen großen Stolz besaß.) Wir schlangen die knusprigen, würzigen Bällchen mit der Füllung aus süßen und sauren Kartoffeln herunter und blickten uns währenddessen vorsichtig um, ob irgend jemand, der unsere Eltern kannte, in der Nähe war. (Unsere Mütter waren beide der Ansicht, daß man vom Straßenessen die fürchterlichsten Krankheiten bekommen konnte.) Und dann, nachdem wir gegenseitig unsere Münder inspiziert hatten, ob auch nur ja keine verräterischen Spuren zurückgeblieben waren, machten wir uns auf den Nachhauseweg – noch enger vereint durch diese verruchte Tat.

Später gingen wir dann zusammen bummeln und ins Kino. (Wir sahen beide unheimlich gern historische Romanzen, in denen der Held mit dem Turban auf dem Rücken seines Pferdes angeritten kam, um die Jungfrau mit dem geschürzten Rosenmund und dem edelsteinbesetzten Sari zu retten.) Auf dem Weg zum College dann pflegten wir uns über Jungen zu unterhalten. Dieser Suresh aus dem Geschichtsseminar war mit seinem schiefen Lächeln wirklich ein Herzensbrecher, oder etwa nicht? Und dann dieser andere, der mit den mächtigen Koteletten, dessen Namen wir nicht wußten und der immer an derselben Bushaltestelle wartete wie wir und uns manchmal (oh, wie unerhört) zublinzelte. Was sollten wir nur tun, wenn er tatsächlich auf uns zutrat und uns ins Kaffeehaus oder an den Rabindra-Sarobar-See einlud? Aber im Grunde wußten wir die ganze Zeit, daß das alles nur Gerede war, denn nach Beendigung des Colleges erlaubten wir unseren Müttern, wie es sich für gute indische Mädchen gehörte, traditionelle Ehen für uns zu arrangieren. Das einzige, worauf wir bestanden, war eine Doppelhochzeit.

Ich sage nicht etwa, daß es keine Unterschiede gab. Geld zum Beispiel. Als mein Vater starb, hatte Mutter das Familiengeschäft übernommen, eine Buchhandlung in hervorragender Lage auf der College Street, und sie hatte jeden mit der cleveren Tüchtigkeit überrascht, mit der sie ihn leitete. Runus Vater dagegen, der nach einer langen Krankheit gestorben war, hatte nur Schulden hinterlassen, und Pratima-Tante war wie die meisten vornehmen bengalischen Witwen gezwungen, irgendwie über die Runden zu kommen. Runu bekam nie neue Kleider und Schuhe wie ich oder riesige, flauschige Teddybären oder Puppen aus Amerika, die man aufziehen konnte und die tanzten und hallo sagten. Oder später Seidensaris oder goldene Ohrringe mit passenden Armreifen als Geschenk zum Geburtstag. Aber sie ließ es nicht zu, daß ich ihr irgend etwas von meinen Sachen schenkte, auch wenn ich das nur allzu gern getan hätte, und nach einigen heftigen Kämpfen unternahm ich keine weiteren Versuche mehr.

Aus irgendwelchen Gründen war sie auch in der

Schule nicht so erfolgreich, obwohl ich sie für ebenso intelligent hielt wie mich. Aber meine Mutter ermutigte mich immer, keine Angst vor Konkurrenz zu haben, und so nahm ich an Rechtschreibe- und Diskussions-Wettbewerben teil, die ich meist gewann, und später im College schlug ich mich in den Englischseminaren mit Chaucer und Thomas Hardy und W. B. Yeats herum. Ich stöberte in unserer Buchhandlung und der Universitätsbibliothek, las Hemingway und Kerouac und Willa Cather und sehnte mich danach, einmal all die Orte zu besuchen, von denen sie schrieben. Runu wählte Hauswirtschaftslehre als Hauptfach, was sich eigentlich nur die langweiligsten Mädchen aussuchten. Es schien ihr zu gefallen, wohingegen mich all das Stricken und Häkeln und Kochen verrückt gemacht hätte. Sie fabrizierte kunstvolle Gerichte wie *biriyani und patisapta,* für die tagelange Vorbereitungen nötig waren. Wenn ich wieder einmal aus Unachtsamkeit ein Stück Saum meines Saris aufgerissen hatte, nähte sie es mit winzigen Stichen, die beinahe unsichtbar waren. Und sie machte das beste Mango Chutney, das ich jemals gegessen hatte.

Daher ist es vielleicht ganz passend, daß Prajapati, der launische Ehegott, uns an zwei derart verschiedene Orte geschickt hat: mich mit Sunil hier nach San José und sie ins provinzielle Burdwan, als älteste Schwiegertochter einer großen, traditionellen Brahmanenfamilie.

Meine Füße sind heute wieder einmal sehr geschwollen. Meine Beine sehen aufgedunsen aus, als hätten sie keine Knochen. Wie fleischfarbene Nylonstrümpfe, die zum Bersten gefüllt sind. Wenn ich mit meinen Daumen auf die Schienbeine drücke, hinterlassen sie ovale, purpurfleckige Vertiefungen, die einfach nicht verschwinden wollen. Allerdings tut nichts weh, weil alles taub ist.

Als Sunil von der Arbeit nach Hause kommt, wirft er nur einen einzigen Blick auf meine Beine und fordert mich auf, mich auf das Sofa zu legen, die Füße erhöht. Er massiert die Beine mit Pinienöl, bis wieder ein bißchen Gefühl hineinkommt. Ich atme den intensiven Geruch, den zu lieben ich gelernt habe, tief ein und lächele ihn an. »Ich fühle mich schon viel besser«, sage ich, und das stimmt auch.

Sunil erwidert mein Lächeln und beugt sich vor, um mir einen kleinen Kuß auf den Bauch zu geben. »Was macht denn Frieden-und-Freude?« erkundigt er sich.

»Alles in Ordnung«, erwidere ich.

Das ist unser kleiner privater Scherz. Wenn wir einen Sohn bekommen, werden wir ihn Anand nennen, was auf Bengali Freude heißt. Wird es eine Tochter, soll sie den Namen Shanti – Frieden – tragen. Bis die Ergebnisse des Amniozentese-Tests auch das Geschlecht des Kindes enthüllen, nennen wir ihn (oder sie) Frieden-und-Freude.

»Wirst du dich denn auch über ein Mädchen freuen?« frage ich Sunil, und meine Stimme zittert ein wenig, obwohl ich mich bemühe, sie zu kontrollieren. Dieses Gespräch haben wir schon viele Male geführt.

»Aber natürlich, du albernes Ding«, erwidert er geduldig und streicht mein Haar zurück.

»Und deine Eltern …?«

»Die genauso. Und wenn es anfangs anders scheinen mag – sie werden schon darüber hinwegkommen. Hör auf, dich zu sorgen!«

Dann schweigen wir beide und denken an diese andere Sache, die, über die wir nicht reden. Was wir tun werden, wenn sich herausstellen sollte, daß mit dem Kind etwas nicht stimmt. Ich denke an den sabbernden Jungen mit den Albinoaugen, verborgen in dem kleinen Zimmer in jener düsteren und zerfallenen Villa in Kalkutta, wo eine andere Tante lebte. Ich hatte ihn eines Nachmittags zufällig entdeckt, als ich die verbotenen Teile des Hauses auskundschaftete, während die Erwachsenen unten ihren Tee tranken. Ich höre wieder diese grunzenden Laute, die er machte, sehe seine Finger, die sich mir durch die Eisenstäbe vor seinem Fenster entgegenstreckten, so weich und fett und von einem blassen Rosa-Braun, wie Regenwürmer. Niemand hat mir jemals verraten, was aus ihm geworden ist. Ich lasse meine Hand in Sunils gleiten, und er hält sie ganz fest. So sitzen wir da, bis die Nacht das Zimmer in Dunkelheit taucht.

Manchmal, wenn ich mich anziehe, blicke ich in den Spiegel auf und bin wieder einmal überrascht von den Veränderungen – der dunklen Linie, die von meinem Nabel nach unten verläuft, den Brustwarzen, die dunkel und glänzend sind wie die Pflaumen, die ich zur Verdauung über Nacht in Wasser ziehen lasse, die birnenähnliche Rundung von Bauch und Brüsten – üppig und obszön zugleich. Ich kann mich nicht entscheiden, ob ich das nun wundervoll oder abstoßend finden soll. Ich frage mich, wie Runu wohl aussehen mag. Ich habe keine aktuellen Photos von ihr. Ich vermute, daß ihre Schwiegermutter sowieso kein großes Verständnis fürs Photographieren hat.

Ich habe Runu das letzte Mal einen Monat vor meiner Abreise nach Amerika gesehen. Ich war nach Burdwan gereist, um sie in der großen Stein-und-Marmor-Villa zu besuchen, in der die Familie ihres Mannes bereits seit sieben Generationen lebt, wie mir ihre Schwiegermutter stolz mitteilte. War da nicht der Anflug einer Andeutung in ihrer Stimme, welch ein Glück Runu hatte, in einen solchen Haushalt aufgenommen worden zu sein?

Runu hatte hinter der Haustür auf mich gewartet, im drohend aufragenden Schatten der schweren Teakholzfüllung, in die wild aussehende Hausgötter – *yakshas* und *yakshinis* – geschnitzt worden waren. (Es gehörte sich nicht, daß sich die Braut der Bhattacharjee-Familie zum Bahnhof begab, wo gewöhnliche Leute sie anstarren konnten.) Ihre Augen glitzerten, als sie sich in meine Arme warf und immer und immer wiederholte, wie sehr sie sich freue, mich zu sehen, wie wundervoll ich aussehe, genau wie am Tage unserer Hochzeit (als wir uns das letzte Mal gegenübergestanden hatten), und wieviel sie mir zu erzählen habe.

Ich wollte ihr gerade erwidern, daß auch sie sich nicht verändert habe. Das Hochzeits-*sindur* auf ihrer Stirn und der rot abgepaspelte Sari, in dem ihre schmale, mädchenhafte Gestalt steckte, ließen sie aussehen, als spiele sie die Erwachsene nur. Aber genau in diesem Moment rief Runus Schwiegermutter mit freundlicher, aber fester Stimme aus der Küche: »Arundhati, kommst du bitte, um die *rotis* auszurollen?«

»Jawohl, Mutter«, erwiderte Runu. Sie wandte sich entschuldigend an mich: »Ruhe dich doch eine Weile aus, Anju, Liebes.« Während ich ihrem Rücken nachstarrte, der sich eilig über den Korridor entfernte, wurde mir klar, daß sich sehr viele Dinge geändert hatten.

Am nächsten Nachmittag saßen wir im Garten, im Schatten eines alten *neem*-Baumes, und Runu nähte Knöpfe an eine Hose, die einem ihrer Schwager gehörte.

Es gab insgesamt drei von ihnen. Ich hatte sie am Abend zuvor beim Essen kennengelernt. Und obwohl sie sich ihr gegenüber mit dem nötigen Respekt verhalten hatten, sie *boudi* – ältere Schwägerin – nannten und sie für ihr neues Fisch-*kalia*-Gericht lobten, verspürte ich eine gewisse Wut, als ich sah, wie Runu sie bediente und das aufwischte, was sie verkleckert hatten, und wie sie mit einem ununterbrochenen Lächeln ihre schmutzigen Teller abräumte.

»Langweilst du dich denn nicht, wenn dein Mann fort ist?« erkundigte ich mich. Runus Ehemann Ramesh arbeitete für die Eisenbahngesellschaft Indian Railways und war die meiste Zeit des Monats beruflich unterwegs.

»Oh nein! Es gibt immer soviel zu tun! Morgens muß ich in aller Frühe die Magd überwachen, während sie die Kühe melkt. Dann bereite ich den Tee für Mutter zu – sie ist sehr wählerisch, und ich muß genau die richtige Farbe treffen. Danach erkläre ich der Magd, was sie auf dem Markt einkaufen muß. Und dann ist all das Gemüse zu schneiden, sind Frühstück und Mittagessen und Abendessen zuzubereiten.«

Das Ganze klang in meinen Ohren schrecklich langweilig.

»Und wenn die Brüder von der Universität zurückkommen, mache ich ihnen einen kleinen Imbiß, entweder ein paar heiße *singaras* oder ein paar *rasogollahs*«, fuhr Runu fort, »und zwischendurch müssen immer wieder Steppdecken auf der Terrasse in der Sonne ausgebreitet werden, du kannst dir gar nicht vorstellen, wie modrig alles wird ...«

Ich hielt es nicht länger aus. »Hilft dir denn deine Schwiegermutter *gar* nicht?«

»Oh doch, aber ich sage ihr immer, daß sie es lassen soll. Sie wird alt und schwach, die arme Frau, und sie hat ihr ganzes Leben lang hart arbeiten müssen. Da ist es doch nur fair, wenn sie sich jetzt ein wenig ausruht.«

Meiner Ansicht nach schien Runus Schwiegermutter zäh wie ein Alligator zu sein und fit genug, um uns beide um Jahrzehnte zu überleben. Aber das behielt ich für mich.

»Einige Dienstboten übernehmen einen Teil der schweren Arbeit«, sagte Runu. »Aber du weißt ja, wie das ist.« Sie schüttelte wissend den Kopf, wie es ihre Schwiegermutter wohl auch getan hätte. »Sie stehlen einem die Sachen vom Leibe, wenn man sie nicht mit Adleraugen beobachtet.«

Ich dachte daran, wie Runu und ich uns in den Sommernächten unserer Kinderzeit oft heimlich auf dem Dach getroffen hatten, um Sternschnuppen zu beobachten und Geschichten über sie zu erfinden. Wir glaubten, daß wir uns etwas wünschen könnten und uns dieser Wunsch erfüllt werden würde, wenn wir genau um Mitternacht eine fallen sahen.

Selbst in der Nacht vor unserer Hochzeit waren wir auf Runus Drängen hin zusammen aufs Dach gestiegen.

»Oh, ich hoffe sehr, daß wir einen Mitternachtsstern sehen und uns etwas wünschen können«, hatte Runu geflüstert.

Ich glaubte schon längst nicht mehr an Sternschnuppen. Ich wußte, daß sie nichts weiter waren als brennende Meteore, die gar keine Kraft besaßen, um irgend jemandem zu helfen – nicht einmal sich selbst. Aber ich vernahm das Sehnen in Runus Stimme und hoffte, es würde ein Stern am Himmel für sie auftauchen.

Und nun, da erst ein Jahr seit jener Nacht vergangen

war, schien dieses wehmütige Mädchen für immer verschwunden. An ihre Stelle war eine pragmatische Hausfrau getreten, die sich nur noch Gedanken über ihre vom Schimmel bedrohten Steppdecken und die faulen Dienstboten machte.

Ich saß in diesem Garten und beobachtete, wie die Strahlen der Sonne in einem gesprenkelten goldenen Muster über Runu und ihre Näharbeit fielen. Durch die Sonnenstäubchen, die im schweren Nachmittagslicht hingen, schien ihr schmales, lebendiges Gesicht plötzlich weit entfernt, unerreichbar, wie etwas auf dem Meeresgrund, das jeden Moment, sobald sich die Strömung verändert, verwischen oder auch verschwinden konnte. Das machte mir angst.

Aber ich schob das Gefühl, betrogen worden zu sein, beiseite und sagte mir: *Sie ist glücklich, und darauf allein kommt es an.*

Und so unterhielten wir uns in den restlichen Tagen meines Besuches über harmlose Dinge: die sonnenerfüllten Zeiten unserer Kindheit, neue Rezepte, die Runu von ihrer Schwiegermutter gelernt hatte, Einkäufe, die ich zur Vorbereitung auf Amerika getätigt hatte. Als ich fuhr, umarmten wir uns und versprachen uns gegenseitig, niemals den Kontakt zu verlieren, auch wenn ich so weit weg ging. Doch als ich dann im Zug saß, lehnte ich meinen Kopf gegen die harte Holzlehne des Sitzes, starrte zu dem sengenden Nachmittagshimmel hinauf und dachte über all die kleinen Dinge nach, die mich gestört hatten. Dinge, die ich Runu normalerweise erzählt hätte. Die Art und Weise zum Beispiel, wie ihre Schwiegermutter manchmal mitten in unserer Unterhaltung auftauchte, und ich beim Aufblicken feststellen mußte, wie sie Runu und mich von der Tür aus beobachtete. Die

Art und Weise, wie einer von Runus Schwägern eine rüde Bemerkung von sich gegeben hatte, als ihr der Reispudding angebrannt war. Die Art und Weise, wie Ramesh, der zwei Tage vor meiner Abreise von seiner Geschäftsreise zurückgekehrt war, sie mit zornig erhobener Stimme angeherrscht hatte: *Arundhati, wie oft muß ich dir noch sagen, daß du die Zeitung nicht durcheinanderbringen sollst, bevor ich sie gelesen habe.* Ich fragte mich, ob mein Mann in Amerika auch so mit mir reden würde.

Der Zug machte einen plötzlichen Ruck, als er die Gleise wechselte, und ich stieß mit dem Kopf heftig gegen die Holzbank. Beginnende Kopfschmerzen packten meinen Schädel mit einem so festen Griff, daß ich mir die Fingerknöchel in die Augen preßte. Und als die Tränen kamen, wußte ich nicht, ob ich wegen der Müdigkeit oder des Schmerzes weinte oder aus Angst vor dem, was die Zukunft für uns beide bereit hielt.

Aber natürlich war mein Verhalten damals pubertär, melodramatisch. Inzwischen sind vier Jahre vergangen, und wir sind recht glücklich. Unsere Ehemänner sind liebenswürdig und zuverlässig und kümmern sich gut um uns. In der indischen Kultur läßt sich das mit Liebe gleichsetzen.

Das Glück hat mich doppelt begünstigt, denn in Sunil habe ich einen Freund gefunden, mit dem ich über das Verblüffende an Amerika reden kann, jemand, der versteht, wenn sich meine Kehle vor Einsamkeit zusammenzieht, wenn ich an manchen Abenden aufblicke und feststelle, daß die Skyline mit ihrer Palmen-Silhouette so sehr an zu Hause erinnert. Oh, wir streiten uns auch – meist geht es dabei um Geld, mit dem Sunil viel vorsichtiger umgeht als ich. Ab und zu, wenn ich etwas gekauft habe, das ich nicht hätte kaufen sollen, bezeichnet er mich als Verschwenderin, die das Geld wie Wasser durch ihre Finger rinnen läßt. *Deine Mutter hätte dich mit einem Maharadscha verheiraten sollen und nicht mit einem Mann, der sein Geld mit Arbeit verdienen muß.* Manchmal stürmt er dann aus dem Haus und kommt erst spät in der Nacht wieder. In solchen Nächten weine ich, sitze in der Küche, halte sein Abendessen im Ofen warm und warte. Dennoch weiß ich, daß ich es besser habe als die meisten Mädchen, mit denen ich groß geworden bin.

Sunil war derjenige, der mich gedrängt hat, wieder die Universität zu besuchen, um mein Examen als Lehrerin zu machen. Es machte ihm nichts aus, sich das Essen selbst zu kochen, wenn ich an Abendkursen teilnehmen mußte. Ich durfte meine entsetzlich unbeholfenen Probestunden an ihm testen, und er blieb in den Nächten vor den Prüfungen, wenn ich vor Nervosität nicht schlafen konnte, mit mir auf. Ich weiß, daß er bei der Verleihungsfeier im nächsten Jahr klatschend in der ersten Reihe sitzen wird, wenn ich aufstehe, um mein Diplom in Empfang zu nehmen. Auch wenn Runu sich darauf freut, für die Geburt nach Hause zu ihrer Mutter zurückzukehren, wie es der Brauch verlangt, und sie mich bedauert, daß ich dazu nicht imstande sein werde, bin ich selbst darüber nicht unglücklich. In Indien läßt man die Ehemänner nicht mit in den Kreißsaal. Und ich weiß, daß ich Sunil an meiner Seite brauchen werde, daß er meine Hand halten muß, um den Schmerz und den Triumph über die Geburt unseres Kindes mit mir zu teilen.

Runu erzählt nicht viel über ihren Mann. Manchmal erkundige ich mich nach ihm, und dann schleicht sich ein schüchterner Tonfall in ihre Stimme, und sie wechselt das Thema. Selbst in ihren Briefen ist sie vorsichtig, zurückhaltend, schreibt nur über greifbare Dinge: wie hoch der Jasmin gewachsen ist, den sie im letzten Frühjahr unter ihrem Fenster gepflanzt hat, weil er den Duft so gern mag, wie kompliziert das Muster des Pullovers ist, den sie für ihn in cremefarbener, roter und marineblauer Wolle strickt. (Als anständige Ehefrau nennt sie niemals seinen Namen – nicht einmal in ihren Briefen.) Wie zufrieden er ist, weil sich der Husten der Mutter gebessert hat, seitdem sie die Kräutertabletten nimmt, die auf Runus Anweisung gekauft worden waren. Für uns Inderinnen ist es schwer, offen über Liebe zu reden.

Aber sie ist glücklich, da bin ich mir sicher. Ich würde es fühlen, wenn es anders wäre. Ich spüre, wie sie in ihren Haushalt hineinwächst, ihre Ranken ausstreckt wie der Jasmin, den sie gepflanzt hat, und genug Duft und Schatten spendet, um die Herzen aller zu gewinnen.

Und nun kommen – um alles perfekt zu machen – noch die Babys hinzu.

Das Wartezimmer des Arztes ist in Pastelltönen gehalten. Blasses Blau und Rosa, das dazu dienen soll, die Ängste werdender Mütter und Väter zu beruhigen. Aber die Farben haben keinerlei Wirkung auf Sunil und mich. Wir rutschen unruhig in unseren pastellfarbenen Plüschsesseln hin und her. Der Arzt ist fünfundvierzig Minuten zu spät dran. Komplikationen bei einer Geburt, versichert uns eine Schwester lächelnd. Aber ich bin mir sicher, daß es etwas mit den Testresultaten zu tun hat, auf die wir warten. Wahrscheinlich sitzt er gerade in seinem Büro, den Kopf in den Händen verborgen, und zermartert sich den Schädel, wie er es uns beibringen soll. Ich blicke zu Sunil hinüber, aber der ist keine Hilfe. Er tupft sich die Oberlippe ab und ergreift meine Hand. Die seine ist ganz klamm.

Was werde ich – was werden wir tun, falls …? Aber mein Verstand erstarrt angesichts dieses Gedankens und weigert sich, weiterzudenken. Ich starre auf das Titelblatt einer Zeitschrift, die vor uns auf dem Tisch liegt, bis ich weiß, daß sich das Gesicht von Prinzessin Diana für immer in mein Gedächtnis eingebrannt hat.

Aber wieder einmal habe ich mich umsonst selbst gequält. Der Doktor platzt zur Tür herein, lächelt breit und wedelt mit einem Blatt Papier. Mit unserem Baby ist alles in Ordnung – und es ist ein Junge! Wir folgen ihm mit verlegenem, erleichtertem Grinsen ins Untersuchungszimmer, wo er meinen Bauchumfang mißt, erklärt, wie zufrieden er mit dem Verlauf meiner Schwangerschaft sei, und uns auffordert, dem Herzschlag unseres Kindes zu lauschen. Er klingt wie eine außer Kontrolle geratene Lokomotive, so voller wilder Energie. Ich weine, und sogar Sunil blickt zur Seite und wischt sich über die Augen. Der Doktor tätschelt uns nachsichtig die Schultern und fordert uns auf, in einem Monat wiederzukommen.

Auf dem Nachhauseweg halten wir am China Lion, unserem Lieblingsrestaurant, um zu feiern. Wir schlagen uns die Mägen mit scharf-saurer Suppe, Frühlingsrollen, Auberginen in Schwarze-Bohnen-Soße, süß-sauren Shrimps und Schweine-Chow-Mein voll. Ich esse unbekümmert einen ganzen Teller mit extra-würzigem Kung-Pao-Hühnchen, von dem ich immer Aufstoßen bekomme. Aber ich weiß, daß heute einfach nichts schiefgehen kann. Auf dem Zettel in meinem Glückskeks steht: *Bald schon wird in Ihrem Leben etwas Wundervolles geschehen.*

An jenem Abend schlafen wir miteinander. Als Sunil die Rundungen meiner Brüste und Hüften und Oberschenkel küßt, beginne ich abermals zu weinen. Trotz meines aufgedunsenen Körpers komme ich mir schön vor. Ich vermag mich gar nicht zu erinnern, wie es sich anfühlt, unglücklich zu sein. Hinterher kuschele ich mich in die warme Vertiefung seiner Schulter und lausche dem Rhythmus seiner langsamen, tiefen Atemzüge. Ich lege meine Handfläche auf den Bauch und stelle mir vor, wie mein Baby darin schläft, zusammengerollt und so groß wie eine Zitrone (das weiß ich aus meinem Schwangerschaftsbuch). Ich bilde mir ein, eine besondere Wärme, eine kitzelnde, gelbe, sonnenscheingleiche Wärme zu spüren, die in meine Hand strahlt. Ich muß unbedingt Runu fragen, ob sie das auch spürt. Aber es ist noch zu früh, um in Indien anzurufen.

Manchmal, wenn ich gerade ganz alltägliche Dinge tue – wie Autofahren oder Geschirr spülen oder die Übungen für meinen Rücken machen –, überkommt mich eine so große Welle der Dankbarkeit, daß ich sofort innehalten muß. Ich flüstere ein Dankgebet, daß mir mein Baby auf so leichte Art und Weise geschenkt worden ist – beinahe ungefragt, wie eine Gnade –, sobald Sunil und ich begannen, darüber nachzudenken, eine Familie zu gründen. Ich kenne die Geschichten. Von Frauen, die bestraft, sogar geschlagen wurden, weil sie keine Kinder bekamen. Von Frauen, deren Männer aufhörten, sie zu lieben, weil sie das unausgesprochene Gelübde ihres Ehevertrages gebrochen hatten. Von Frauen, von denen die Leute den Blick abwandten, weil sie Pech brachten.

Ich liebe mein Kind mit einer glühenden Hingabe, die ich erstaunlich finde. Schon jetzt bin ich bereit, für meinen Jungen zu sterben. Zu töten. Aber ich habe das Gefühl, als ob Runu ihr Baby sogar noch stärker liebt – mit einer Leidenschaft, die ich nur vermuten kann, mit einer verzweifelten Zärtlichkeit. Das liegt daran, daß sie bereits seit ihrer Heirat versucht, schwanger zu werden.

Fünf Jahre mögen für Menschen in Amerika keine lange Zeit sein, aber da, wo wir herkommen, ist es das. Eine Ehe kann schon nach der Hälfte dieser Zeit gebrochen und unfruchtbare Frauen können in Schande ins elterliche Heim zurückgeschickt werden. Runus Schwiegereltern waren natürlich nicht so. Dennoch verspürte ich eine zunehmende Anspannung zwischen den Zeilen ihrer Briefe, in den Pausen ihrer Stimme. Und ab und zu schrieb meine Mutter mir auch über gewisse Dinge. Runus Schwiegermutter hatte sie zum Schrein von Shasthi, der Göttin der Geburt, mitgenommen. Der Familienpriester hatte Runu ein Amulett an einer Kupferkette gegeben, das sie als Glücksbringer um ihre Taille tragen sollte, um die aufgebrachten Planeten zu besänftigen. Sie hatten sie medizinisch untersuchen lassen, um sicherzustellen, das es bei ihr keine organischen »Probleme« gab.

An dem Tag, als ich von letzterem erfuhr, war ich so wütend, daß ich meine Mutter anrief, obwohl ich erst in der Woche zuvor mit ihr telefoniert hatte. Eigentlich hätte ich lieber Runu angerufen, aber ich hatte Angst, daß sie deswegen Schwierigkeiten bekommen könnte.

»Hat sich ihr Mann vielleicht auch einmal untersuchen lassen?« schrie ich über das Knistern in der Leitung hinweg.

Meine Mutter, die für gewöhnlich eine sehr freimütige Frau ist, war seltsam still. Dann sagte sie: »So wird die

Angelegenheit hier nun einmal gehandhabt, Anju. Hast du das vergessen?«

»Warum nimmt man denn automatisch an, daß die Schuld bei der Frau liegt?« fragte ich, immer noch kochend vor Wut, als Sunil an jenem Abend nach Hause kam. »An Runus Stelle hätte ich meine Sachen zusammengepackt und wäre gegangen!«

Ich hatte erwartet, daß er ebenso schockiert und zornig sein würde wie ich. Voller Mitleid. Aber er zuckte lediglich mit den Schultern und sagte: »Indien ist eben eine Männerwelt. Runus Schwiegereltern sind immerhin viel besser als manche andere, die ich kenne. Und wo sollte Runu denn schon hingehen?«

Ein beunruhigender Tonfall lag in seiner Stimme. *Sei froh, daß du einen Ehemann wie mich hast und in dieser freien und einfachen amerikanischen Kultur leben kannst,* schien er zu sagen. *Du solltest dir lieber mehr Mühe geben, eine gute Ehefrau zu sein. Denn sonst …*

»Du hättest nicht zweimal in derselben Woche nach Indien telefonieren dürfen«, sagte Sunil nun. »Hast du denn vergessen, wie hoch die Telefonrechnung im letzten Monat gewesen ist?«

Die Entrüstung – um meines und Runus willen – hatte mich mutig gemacht. »Du bist solch ein Geizhals, ich glaube es einfach nicht!« Ich fuhr ihn in einem Ton an, den ich ihm gegenüber noch nie zuvor benutzt hatte. »Ein richtiger Tyrann! Du unterscheidest dich in keiner Weise von all den Männern in Indien. Auch für dich ist eine Frau nichts anderes als eine Gebärmaschine.«

»Vielleicht solltest du mal einen Blick auf die Realität werfen, Anjali«, erwiderte Sunil mit einer Stimme, die ganz kalt war vor Mißfallen. »Dann wärst du vielleicht ein wenig dankbarer.«

Ich hatte mich mit einem Kissen und einer Decke auf das Wohnzimmersofa zurückgezogen, wo ich lange, heiße Tränen über diese unfaire Welt vergoß, die nicht nur vorschrieb, daß eine Frau einen Ehemann haben mußte, sondern daß sie dafür auch noch dankbar zu sein hatte. Doch die ganze Zeit über hatte ich ein schlechtes Gewissen wegen der Dinge, die ich gesagt hatte, und als Sunil mich rief, ins Bett zu kommen, da wischte ich mir sorgfältig die Augen und folgte seiner Aufforderung.

Aber all das liegt nun, da die Babys unterwegs sind, hinter uns. Sunil ist ein so liebevoller Mann geworden, daß ich ihm manchmal sage – und das ist nicht nur als Scherz gemeint –, wie schön es wäre, für immer schwanger zu sein. In den ersten Monaten, als ich unter Übelkeit litt und keinen Essensgeruch ertragen konnte, übernahm er die Küche. Ich weiß noch, wie er sich durch Berge von Kochbüchern kämpfte, um etwas zu finden, das mich zum Essen verführen würde. Selbst heute noch fährt er jede Woche zu Mumtaz Cuisine, obwohl das Restaurant ganz am anderen Ende der Stadt liegt, um mir meine Lieblingsnascherei, *rasogollahs*, zu holen. Er massiert mir den Rücken und bringt mir heiße Milch ans Bett. Manchmal, wenn ich nachts wach werde, liegt seine Hand achtsam und zu einer Wölbung geformt auf meinem Bauch, als wolle er uns beide schützen.

Und bei Runu ist es genauso. Nichts ist zu gut für sie. Bei den Mahlzeiten wird sie als erste bedient und bekommt die größten und besten Portionen – die begehrten, mit Linsen geschmorten und mit Zitrone beträufelten Fischköpfe, die oberste Schicht des gezuckerten Reispuddings, den sie so gern ißt. Neue Saris, wenn ihr Mann von seinen Reisen zurückkommt. Parfüm, Schokolade, erst kürzlich sogar ein Paar goldene Ohrringe. Sie darf ausschlafen und sich am Nachmittag hinlegen. Ihren Schwägern ist es nicht erlaubt, sie mit Wünschen nach neuen Gerichten zu belästigen. Und ihre schreckliche Schwiegermutter, die für gewöhnlich das Geld so zusammenhält, hat doch tatsächlich importierte Vitaminpräparate für Schwangere gekauft, die Runu nun jeden Morgen zum Frühstück schlucken muß!

Das Schrillen des Weckers läßt mich aus dem Schlaf schrecken. Ich stelle ihn ab, lehne mich über Sunil hinweg, der stöhnend protestiert, und greife zum Telefon. Es ist ein Uhr morgens, früher Nachmittag in Indien, unsere verabredete Zeit. Ich bin mir sicher, daß Runu bereits neben dem Telefon wartet. Ich lächle voller Vorfreude auf all die wundervollen Dinge, von denen ich ihr berichten kann.

Aber als ich endlich durchkomme, ist Runu nicht diejenige, die den Hörer abnimmt. Eine fremde, männliche Stimme, die ich nicht kenne – vielleicht einer ihrer Schwäger –, teilt mir mit, daß sie sich gerade ausruhe. Er zögert, als ich darauf bestehe, mit ihr zu reden, und bittet mich dann, zu warten. Er bleibt lange Zeit verschwunden. Ich kaue auf der Innenseite meiner Wange und bemühe mich, nicht an die Telefonrechnung zu denken.

Schließlich kommt Runu an den Apparat. Sie klingt schrecklich erschöpft. Ihre Stimme ist so monoton, daß ich sie kaum erkenne.

»Bist du krank?« erkundige ich mich voller Angst. »Soll ich ein anderes Mal wieder anrufen?«

»Nein«, erwidert sie und fügt dann – offensichtlich mit großer Mühe – hinzu: »Wie geht es deinem Baby?«

»Gut«, entgegne ich, »es geht ihm gut.« Eine unangenehme Stille entsteht, die gefüllt ist mit all den Dingen, die ich ihr gern erzählen würde, und der Frage, die zu stellen ich mich fürchte, die ich am Ende aber doch stelle.

»Meinem Baby geht es auch gut«, antwortet sie und gibt dann einen erstickten Laut von sich. »Ich kann im Moment nicht weiterreden«, sagt sie.

Die Leitung ist tot.

Ich sitze da und halte den Hörer fest. Der gedämpfte Wählton brummt eine Weile in meinem Ohr, dann ertönen metallische Pieptöne, und schließlich höre ich eine amerikanische Frauenstimme, die mich höflich auffordert, den Hörer aufzulegen. Gehorsam und mit hölzernen Bewegungen tue ich, was sie mir aufgetragen hat. Irgend etwas stimmt nicht, aber ich begreife nicht, was. Wenn es Runu und dem Baby gutgeht – könnte dann vielleicht etwas mit Ramesh sein? Am liebsten hätte ich mir selbst eine Ohrfeige verpaßt, weil ich nicht gefragt habe. Ich hatte den Kopf nur voller Babys gehabt, deren durchscheinende Gliedmaßen mit wellenartigen Bewegungen in unseren Schößen wogen. Ich wähle Indien noch einmal an.

Dieses Mal benötige ich eine Stunde, um die Verbindung zu bekommen. Meine Augen brennen vor Müdigkeit. Ich vermag sie kaum offenzuhalten.

»Leg dich wieder schlafen.« Sunil ist aufgewacht und mahnt. »Du machst dich ja ganz krank. Was ist denn so wichtig, daß es nicht bis morgen warten kann?«

Ich bedenke ihn schweigend mit einem düsteren Blick und fahre fort zu wählen.

Aber als ich meine Mutter endlich erreicht habe, muß ich feststellen, daß sie auch nichts Näheres weiß. Es kann sich nicht um einen Todesfall oder um einen schwereren Unfall handeln, denn dann hätte ihr jemand Bescheid gesagt.

»Geh wieder ins Bett«, fordert sie mich auf. »Ich werde dich anrufen, falls es etwas Ernstes sein sollte. Und weine nicht soviel, das ist schlecht für dich – und für meinen Enkelsohn.«

Ihren Enkelsohn. Ich beruhige mich, um über diese Äußerung nachzudenken. Dieses kleine Leben in mir, das ich immer als mein eigen angesehen habe, gehört bereits so vielen Menschen. Enkelsohn, Cousin, seines Vaters Sohn. Und bei Runus Baby ist es ebenso.

In die Stille hinein sagt Mutter – wahrscheinlich um mich zu trösten –: »Vielleicht ist es ja gar nichts. Du weißt doch selbst, daß schwangere Frauen oft ohne jeden Grund emotional reagieren.«

In diesem Fall glaube ich zwar nicht daran, aber ich sage es mir immer und immer wieder, während ich mich hinlege und meinen schmerzenden Rücken gegen Sunil presse, der schon wieder eingeschlafen ist. Ohne aufzuwachen streckt er die Hand aus, findet meine Hüfte und streicht über die Schwangerschaftsstreifen, die sie wie seidene Nähte durchziehen. Sein Atem versetzt die kleinen Härchen in meinem Nacken in Bewegung, bis auch ich in den Schlaf sinke.

Am nächsten Morgen gehe ich nicht zur Universität, obwohl ich dadurch eine Psychologieprüfung bei Professor Warner verpasse, der keine Ausreden gelten läßt. Ich habe sogar Angst, das Telefon für kurze Zeit zu verlassen, um zur Toilette zu gehen, obwohl es in Indien inzwischen nach Mitternacht ist. Aber ich stelle mir vor, wie Runu auf Zehenspitzen die dunkle Treppe des schlafenden Hauses hinunterschleicht und mit zitternden Fingern zum Hörer greift. Ich muß für sie dasein.

Abends bin ich vom Warten erschöpft. Meine Schultern schmerzen, als hätte ich einen riesigen Stein einen Berg hinaufgeschoben. Den ganzen Tag über habe ich nur ein paar in Milch getauchte Salzcracker herunterbekommen.

Sunils Gesicht nimmt einen ernsten Ausdruck an, als er von der Arbeit zurückkehrt und mich, immer noch mit meinem Nachthemd bekleidet, zusammengerollt auf dem Wohnzimmersofa, neben dem Telefon findet, umgeben von feuchten, zerknüllten Kleenex-Tüchern. »Anjali«, beginnt er. »Ich weiß, daß dir deine Cousine wirklich wichtig ist, aber diese Art von besessenem Verhalten hilft keinem von euch beiden.«

Er schiebt mich unter die Dusche und verspricht, mich zu rufen, falls das Telefon läuten sollte. »Nimm eine lange, heiße Dusche«, befiehlt er. Er reicht mir ein frisches Stück Mysore-Sandelholzseife, die wir immer für besondere Gelegenheiten aufbewahren, und den blauen Seidenkaftan, den Mutter mir zu meinem letzten Geburtstag geschenkt hat. Als ich einige Zeit später aus dem Bad komme, steht das Abendessen bereit: gebratener Reis mit Shrimps, Tofu mit gebratenen grünen Bohnen und Zitronenhühnchen – alles in den lustigen kleinen rot-weißen Pappkartons von China Lion.

»Voilà!« sagte er mit einer tiefen Verbeugung.

Ich muß einfach lachen. »Das war die falsche Sprache«, erwidere ich und bin plötzlich unglaublich hungrig.

Ich habe einen Alptraum. Einen von jenen, bei denen man weiß, daß man träumt, aber das macht ihn nicht weniger furchterregend. In diesem Alptraum ist mein Baby irgendwo weit weg von mir unter Wasser gefangen. Es hebt einen kleinen schwarzen Hörer, um mich um Hilfe anzurufen. Ich vernehme das gedämpfte Läuten des Telefons und versuche, darauf zuzulaufen, aber meine Glieder sind wie aus Stein. Ich vermag nicht einen einzigen Finger zu bewegen. Ein unterseeischer Wind beginnt zu blasen. Das Wasser, das bis dahin noch ruhig gewesen ist, drängt sich aufgewühlt um meinen kleinen Jungen, reißt ihm das Telefon aus den Fingern. Es nimmt die Form einer wirbelnden Masse an und saugt ihn in sich auf. Sein Gesicht zerfällt, als er untergeht. *Anju,* ruft er, *Anju-Anju-Anju ...*

»Anju, wach auf«, ruft Sunil. Er hat sich über mich gebeugt und rüttelt mich sanft. »Es ist Runu.« Er legt den Hörer in meine taube Hand.

Es sind viele Störungen in der Leitung. Ich kann Runus Stimme kaum hören, als sie mich begrüßt. Doch dann wird mir klar, daß es gar keine schlechte Verbindung ist. Es sind die Hintergrundgeräusche irgendeines öffentlichen Ortes – Glocken läuten, Leute rufen Fragen, das Gerassel von Maschinen, das entfernte Brüllen eines Busses. Mein Herz beginnt wie wild zu schlagen. Normalerweise würde Runu niemals die Erlaubnis erhalten, sich an einen solchen Ort zu begeben – und ganz bestimmt nicht allein.

»Ich bin in der Hauptpost«, sagt Runu. Ihre Sätze kommen kurz und stoßweise. »Konnte zu Hause nicht reden. Habe eine Fahrrad-Rikscha hierher genommen. Sie denken, ich sei in meinem Zimmer und schlafe.«

»Was ist los, Runu? Ich bin halb tot vor Sorge! Ist Ramesh etwas zugestoßen? Oder deiner Schwiegermutter?«

»Nein«, erwidert Runu. »Es geht ihnen ganz wunderbar«, fügt sie mit gehässigem Tonfall hinzu.

Dann sagt sie: »Sie wollen mein Baby umbringen.«

»*Was?*« Ich bin mir sicher, daß ich sie falsch verstanden habe.

»Sie wollen, daß ich eine Abtreibung vornehmen lasse.«

Ich bin nicht imstande, allein damit fertig zu werden. Ich bedeute Sunil, an den Apparat im Wohnzimmer zu gehen. Aber ich weiß bereits – wieso bin ich nur noch nicht früher darauf gekommen? –, was Runu mir sagen wird. Vor nicht allzu langer Zeit habe ich in der Fernsehsendung »60 Minutes« einen Bericht über die zunehmende Beliebtheit von Amniozentese-Untersuchungen in Indien gesehen.

»Die Untersuchung hat ergeben, daß es ein Mädchen ist.« Runus Stimme ist ein hohles Echo in meinem Ohr. »Meine Schwiegermutter sagt, daß es sich für den Haushalt der Bhattacharjee nicht geziemt, daß das älteste Kind ein Mädchen ist.«

»Aber Ramesh – was sagt er dazu?«

»Er stimmt ihr zu. Zumindest für diesmal. Er sagt, ich sei jung und stark. Wir könnten sofort versuchen, wieder ein Kind zu bekommen. Und falls es abermals ein Mädchen werden sollte, will er darüber nachdenken, ob wir es behalten oder nicht.«

Ich bin wie betäubt und bringe kein Wort hervor.

»Ich habe geweint und gebettelt. Habe sogar mit Selbstmord gedroht. Aber sie sind unerbittlich …«

»Ihre Zeit ist zu Ende, Madam«, unterbricht die

Stimme der Dame vom Amt mit einem schweren indischen Akzent.

Mein Verstand ist wie erstarrt, und meine Stimme ebenso. »Buchen Sie den Anruf auf diese Nummer«, bringe ich schließlich hervor.

»Das wäre dann ein R-Gespräch, doppelte Gebühr.«

»In Ordnung.«

Ich höre, wie Sunil am anderen Anschluß heftig einatmet. Mein Körper versteift sich. Ich bin mir sicher, daß er mich bitten wird, Runu zurückzurufen. Aber er tut es nicht.

»Hast du etwas Geld bei dir?« erkundige ich mich bei Runu. Ich fürchte mich vor ihrer Antwort. Wie in den meisten traditionellen Haushalten ist ihre Schwiegermutter für die Finanzen zuständig. Wenn Runu etwas benötigt, ist sie gezwungen, sie darum zu bitten.

Doch Runu überrascht mich.

»Ich habe dreihundert Rupien – ich habe sie aus Rameshs Schreibtischschublade genommen. Und dazu all meinen Schmuck, der im Haus war. Für alle Fälle.«

»Für welchen Fall?« Ich will, daß sie es sagt. Ich muß hören, wie sie es sagt.

»Für den Fall, daß ich mich entschließe, nicht zurückzugehen.« Runus Stimme ist nun kräftiger. Ich glaube, sie mußte selbst auch hören, wie sie es ausspricht.

»Dann nimm doch den nächsten Zug nach Kalkutta. Bleib bei deiner Mutter, bis du weißt, was du tun sollst – vielleicht kann sie ja ein bißchen Druck auf deine angeheiratete Verwandtschaft ausüben ...«

»So einfach ist das nicht.« Und nun klingt Runu wieder furchtsam. »Ich habe Mutter vor dir angerufen. Sie sagt, es sei nicht richtig, das Haus meines Mannes zu verlassen. Ich gehöre zu ihnen – was immer auch geschieht. Sie hat Angst, daß sie mich nie wieder aufnehmen, wenn ich jetzt ausziehe – und was würde dann aus mir? Die Leute werden denken, daß sie mich hinausgeworfen haben, weil ich etwas Schlimmes getan habe. Sie werden denken, daß mein Baby ein Bastard ist ...« Ihre Stimme versagte.

Die Wände meines Schlafzimmers scheinen sich in Wellen zu bewegen und auf mich zuzukommen. Pratima-Tante ist die sanfteste und liebenswerteste Frau, die ich kenne. Ich habe sie immer als meine zweite Mutter betrachtet. »Hast du ihr gesagt, daß sie entschlossen sind, dich zu dieser Abtreibung zu zwingen?«

»Ja, das habe ich. Sie findet, das sei das kleinere Übel. Anju, was soll ich nur machen?«

Ich atme tief durch. Während ich rede, presse ich meine Handfläche fest gegen meinen Bauch, schöpfe Wärme von meinem Kind. Schöpfe Kraft.

Nachdem ich aufgelegt habe, bleibe ich vornübergebeugt auf der Bettkante sitzen. Ich fühle mich alt und ausgelaugt, und mir ist speiübel. Ich hoffe nur, daß ich Runu den richtigen Rat gegeben habe.

»Was hast du jetzt vor?« erkundigt sich Sunil von der Tür aus. An der Art und Weise, wie er die Lippen fest aufeinandergepreßt hat, erkenne ich sein Mißfallen.

»Ich werde ins Bad gehen und mich übergeben«, erwidere ich. »Und dann« – ich weiche seinem Blick nicht aus, fordere ihn heraus, nur ein Wort des Protestes zu wagen – »werde ich noch einmal in Indien anrufen.«

Später im Bett sagt Sunil: »Ich finde, du hättest Runu nicht raten sollen, zu deiner Mutter zu gehen.«

Ich fahre hoch, stoße die Decke beiseite. »Und warum nicht? Was soll das arme Mädchen denn machen? Es zulassen, daß die Familie ihres Mannes sie zu einer Abtreibung drängt, die sie gar nicht will? Außerdem macht es meiner Mutter nichts aus. Warum hast *du* eigentlich solch ein Problem damit?« Mein Tonfall ist bewußt aggressiv. Ich möchte – ich muß – mich mit jemandem anlegen.

Sunil weigert sich, anzubeißen. »Was hätte deine Mutter denn auch sagen sollen?« Seine Stimme klingt so vernünftig, daß es mich zur Raserei bringt. »Du hast ihr doch gesagt, daß Runu bereits auf dem Weg sei. Und im übrigen warst du schon derart aufgewühlt, daß sie dich sicherlich nicht noch weiter aufregen wollte …«

»Aufgewühlt. *Aufgewühlt!* Ich denke, du wärst auch aufgewühlt, wenn Leute versuchen würden, deine kleine Nichte umzubringen.«

Sunil ignoriert meinen Ausbruch. »Aber hast du dir einmal Gedanken darüber gemacht, was nun mit Runu geschehen wird? Wie sie leben soll? Deine Tante hat doch kaum genug Geld, um sich selbst durchzubringen.«

»Runu kann sich Arbeit suchen.«

»Was für einen Job soll sie denn machen? Sie hat weder eine Ausbildung noch irgendwelche Erfahrung.«

»Sie könnte …« Ich denke hektisch nach. »Sie könnte Näharbeiten für Boutiquen in Kalkutta anfertigen. Oder *salwaar-kameez*-Kleidung. Sie näht wirklich außergewöhnlich gut …«

Sunil wirft mir einen ironischen Blick zu. »Du scheinst wirklich zu glauben, daß alles ganz einfach ist, nicht wahr?«

»Vielleicht nicht einfach, aber gewiß möglich.«

»Selbst wenn du recht haben solltest, was ist dann mit

dem sozialen Stigma? Ihre Mutter sagt ja selbst, daß es eine Menge Gerede geben wird.«

»Die Leute klatschen doch immer. Das muß man eben ignorieren.«

»Das kannst du von hier aus leicht sagen. Runu ist diejenige, die jeden Tag damit konfrontiert werden wird. Selbst wenn das Geld nicht das größte Problem sein sollte, was für eine Art von Leben erwartet sie denn? Ganz bestimmt bekommt sie keine Chance zu einer Wiederheirat. Sie wird für den Rest ihres Lebens mit ihrer Tochter allein sein, eine von der Gesellschaft Ausgestoßene, auf die die Nachbarn jedes Mal, wenn sie über die Straße geht, mit den Fingern zeigen.«

Ich öffne den Mund, um ihm eine hitzige Entgegnung ins Gesicht zu schleudern, doch dann schließe ich ihn wieder. Ich erinnere mich an die Bilder, die Runu und ich als Kinder gezeichnet haben und auf denen zu sehen war, was wir einmal werden wollten, wenn wir groß waren. Meine Bilder änderten sich von Woche zu Woche – Dschungelforscherin, Wissenschaftlerin, Fallschirmspringerin –, aber ihre waren immer gleich. Sie zeigten eine Strichfigur mit einem traditionellen, rot abgepaspelten Sari und einem riesigen Schlüsselbund, der am *palloo* befestigt war. Sie hatte ein rotes Ehe-*bindi* und ein großes Lächeln und stand neben einem Mann mit einem Schnäuzer, der einen Anzug und eine Aktentasche trug. Um sie herum tanzten untergehakt einige Strichfigürchen-Kinder (deren Geschlecht durch weite, kurze Hosen oder dreieckige Röcke veranschaulicht wurde). Hatte ich ihr womöglich all das durch meine unangebrachte amerikanische Vorstellung von Feminismus und Gerechtigkeit weggenommen? Für einen Moment stiegen schreckliche

Zweifel wie Übelkeit in mir auf und drohten, sich aus meinem Munde zu ergießen.

»Vielleicht hatte ihre Mutter doch gar nicht so unrecht«, sagt Sunil. »Vielleicht ist die Abtreibung in der Tat das kleinere Übel.«

Ich starre meinen Mann an. Starre die dunklen, schweren Formen der Worte an, die er gerade in die Luft zwischen uns entlassen hat. Mir wird bewußt, daß ich sehr viel weniger über diesen Mann weiß, als ich in meiner Naivität, meiner romantischen Vorstellung geglaubt hatte.

»Warum sagst du nicht einfach, daß Runus Schwiegermutter auch recht hat? Und Ramesh«, flüstere ich schließlich. »Warum sagst du nicht einfach, daß du ihm zustimmst? Vielleicht hättest du von mir ja auch verlangt, eine Abtreibung vornehmen zu lassen, wenn das Kind kein Junge gewesen wäre.«

»Anju!« Sunils Stimme zittert vor Entrüstung.

Ich weiche seinem Blick aus und schnappe mir meine Kissen. »Ich werde auf dem Sofa schlafen«, teile ich ihm mit. Was ich gesagt habe, ist wahrscheinlich irrational, womöglich unverzeihlich, aber ich stecke inzwischen zu tief drin, als daß ich zurückkönnte. Und so knalle ich obendrein noch die Tür hinter mir zu.

Ich werfe die Kissen auf das durchgesessene Sofa und wische mir meine feuchten, zitternden Handflächen am Nachthemd ab. Ich öffne den Kühlschrank und betrachte nachdenklich eine große, tiefgekühlte Pepperoni-Pizza. Ich bin versucht, sie in die Mikrowelle zu stecken und das ganze Ding bis auf den letzten, klitschigen Bissen zu verspeisen. Ich stelle mir die Zeitungsüberschrift vor: *Grausamer Ehemann treibt schwangere Frau zur Verzweiflung – landet mit Pizza-Überdosis im Krankenhaus.* Das geschähe Sunil nur recht.

Doch ich gebe mich statt dessen mit einem Glas heißer Milch mit Honig zufrieden und mache es mir, nachdem ich es getrunken habe, auf dem Sofa bequem. Aber die Fragen lassen mir keine Ruhe. Es fühlt sich genauso an wie Akupunkturnadeln in den Beinen – nur daß ich es jetzt am ganzen Körper spüre. Liebt Sunil nun *mich* oder nur die zukünftige Mutter seiner Söhne? Hätte er sich wohl genauso um mich gekümmert, wenn wir in Indien wären und es sich herausgestellt hätte, daß das Baby ein Mädchen ist? Was, wenn ich überhaupt nicht in der Lage gewesen wäre, ein Kind zu bekommen? Hätte er seine Eltern wohl gebeten, sich nach einer anderen Frau für ihn umzusehen? Das alles sind womöglich nur Hirngespinste einer Schwangeren, aber es will mir einfach nicht gelingen, diese Gedanken zu verscheuchen. Und Runu, die nun schon beinahe auf halbem Wege nach Kalkutta sein mußte. Wie mag sie sich wohl fühlen, während sie von ihrem Zugfenster hinausschaut, die strohbedeckten Veranden der Dorfhütten betrachtet, wo die Frauen das Essen für ihre Ehemänner über Holzfeuern zubereiten und die Kinder um sie herum spielen? Wird sie einmal auf diesen Tag zurückblicken und mich verfluchen?

Ich schließe meine schmerzenden Augen. *Bitte,* bete ich, *bitte laß mich schlafen.*

Dann kommt die Erinnerung zurück, und sie ist so eindringlich, daß ich wieder das kalte, schleimige Gel spüre, das auf meiner Haut verteilt wird, die Sonde, die über meinen gewölbten Bauch vor und zurück gleitet und mit der der Doktor den Ultraschall aufzeichnet, durch den ich in der Lage sein werde, meinen Jungen zum ersten Mal zu sehen. Anfangs ist er nur ein undeutlicher, dunkler Schatten auf dem Bildschirm. Doch dann, als das Bild vergrößert wird, erkenne ich die feine Krümmung seines zierlichen Rückgrates, die kleine Erhebung seines Geschlechts. Er wedelt mit Armen und Beinen in einem anmutigen Unterwassertanz, obwohl ich bisher noch nichts davon spüre. Der pulsierende Punkt auf dem Bildschirm, der den Sternen ähnelt, die Runu und ich in jenen längst vergangenen Sommernächten beobachtet haben, ist der schnelle Schlag seines Herzens.

Der Ultraschall hat alles verändert, hat mein Baby, meinen Anand, in einer Weise real gemacht, wie es nichts anderes bisher vermochte.

Ich weiß, daß dies bei Runu auch so gewesen ist.

Jetzt habe ich ein besseres Gefühl hinsichtlich meiner Entscheidung. Ich vermag natürlich immer noch nicht zu sagen, ob ich Runu den richtigen Rat gegeben habe. Selbst bei Entscheidungen, die einen selbst betreffen, dauert es Jahre, ehe sich das herausstellt. Aber mein Körper beginnt sich zu entspannen. Ich atme tief ein, lege eine Hand auf meinen Bauch und spüre zum ersten Mal eine kleine, aber unmißverständliche Bewegung.

Vielleicht kann Runu mit ihrer Tochter in die USA kommen, überlege ich. Vielleicht nimmt sie sich ein kleines Appartement ganz in der Nähe und näht Kleider für sämtliche indische Damen. Oder sie verkauft Chutneys und Süßigkeiten und *samosas* – eröffnet vielleicht sogar ihr eigenes Restaurant. Ich sehe unsere Kinder vor mir, wie sie zusammen aufwachsen und sich so nahe sind, wie es ihre Mütter einst waren. Anand und – Dayita. Diesen Namen, der innig Geliebte bedeutet, gebe ich meiner Nichte, denn genau das wird sie für uns sein.

Anand und Dayita, flüstere ich vor mich hin. Anand und Dayita. Das klingt wundervoll, vollkommen, wie eine Zeile aus einem *ghazal*.

Morgen werde ich Sunil fragen, ob er für Runu bürgen

würde, sich vielleicht um ein Studentenvisum für sie bemühen könnte. Mir ist klar, daß er sich anfangs wehren und mir hundert Gründe nennen wird, warum wir das nicht tun können. Warum wir es nicht tun *sollten.* Aber ich werde ebenfalls kämpfen. Ich bin gerade dabei, es zu lernen. Ich werde alle Waffen einsetzen, die mir zur Verfügung stehen – sogar meine Schwangerschaft. Um Runus und um meiner selbst willen ist es die Sache wert. Ich werde mich durchsetzen.

Ich weiß, daß ich meinen Willen bekommen werde, sage ich mir und sinke mit einem Lächeln auf den Lippen in den Schlaf.

Affäre

Ich war gerade in der Küche und schnitt Gemüse für das Abendessen, als ich es erfuhr. Von Ashok. Während einer Fernsehwerbepause mitten in einem Football-Spiel, das er sich anschaute.

»Weißt du eigentlich«, sagte er von seinem Lieblingsplatz auf dem Sofa aus und stützte sich auf einen Ellenbogen, um mein Gesicht beobachten zu können, »daß Meena eine Affäre hat?«

Einfach so.

Das Messer rutschte weg und schnitt mir in den Finger. Ich registrierte, wie das Blut ganz plötzlich wie aus dem Nichts auftauchte und die ordentlich geschnittenen Karotten in ein dunkleres Orange färbte. Ich hätte Ashok am liebsten etwas an den Kopf geworfen – die Schüssel mit dem grünem *lauki* vielleicht, den ich im indischen Lebensmittelladen gekauft hatte. Oder auch das Schneidebrett, das durch die Luft segeln und ihm das Lächeln von seinem Gesicht schlagen würde.

Aber ich tat nichts dergleichen. Ich hielt nur meinen blutenden Finger in die Höhe und erwiderte in jenem sanften, vernünftigen Tonfall, den ich in über acht Jahren Ehe perfektioniert habe: »Jetzt sieh nur, was mir deinetwegen passiert ist! Ich wünschte, du würdest mich nicht immer mit allem möglichen so überfallen.«

»Arme Abha.« Der mitleidige Blick auf Ashoks Gesicht wirkte so echt, daß sogar ich, die ich es besser wußte, beinahe darauf hereingefallen wäre. In so etwas ist Ashok wirklich Meister. »Soll ich dir den Finger küssen, damit er schnell wieder heil wird?«

»Nein, danke«, schnappte ich zurück und öffnete die Schublade, um mir ein Pflaster herauszuholen.

»Woher sollte ich denn wissen, daß sie dir nichts gesagt hat? Sie ist doch schließlich *deine* beste Freundin«, sagte Ashok. Und dann: »Du bist böse, weil sie es statt dessen *mir* erzählt hat, nicht wahr?« Triumph glänzte in seinen Augen.

Er hatte recht, und er wußte es. Aber ich würde ihm nicht die Freude machen, es einzugestehen, also schwieg ich.

Bis zum heutigen Tag hatte ich eigentlich geglaubt, alles über Meenas Leben zu wissen – so wie sie alles über das meine wußte. Wir redeten jeden Tag miteinander – wenn nicht persönlich, dann am Telefon. Sie hatte mich erst vor einer Stunde, bevor unsere Ehegatten von der Arbeit heimkamen, angerufen, »damit wir uns richtig unterhalten können, ohne daß uns die Männer unterbrechen«. Sie hatte mir vom Büro erzählt, wie durch die neue Anzeigenkampagne, die sie entworfen hatte, bereits der Verkauf angekurbelt worden war. Und von der hübschen kleinen Jacke, die sie sich bei Nordstrom's ausgesucht hatte und deren Kragen mit echtem Fuchspelz besetzt war. Von einer Affäre hatte sie kein Wort erwähnt.

Ich fühlte mich hintergangen und widmete mich dem Zwiebelschneiden, damit ich einen triftigen Grund für meine Tränen hatte.

»Ich wette, du kannst es kaum erwarten, zu erfahren,

wer es ist.« Ashoks Stimme sprühte vor gehässiger Schalkhaftigkeit. »Ich wäre bereit, es dir zu erzählen, wenn du mich ganz lieb darum bittest.«

Das hätte er auch bestimmt getan. Aber ich brachte es nicht über mich, zu fragen. Damit hätte ich meine Niederlage eingestanden.

Ich streute wütend ein paar Extra-Teelöffel rotes Pfefferpulver über das Hühnchen-Curry. Von scharfem Essen bekommt Ashok immer schreckliches Sodbrennen. Für gewöhnlich hätte ich mich nicht zu einer solch offensichtlichen Rache herabgelassen, aber im Augenblick war ich zu aufgewühlt, um ein subtiles Verhalten an den Tag zu legen.

Dann plötzlich kam mir ein Gedanke. Ich ging hinüber und baute mich vor Ashok auf.

»Soll das etwa ein Scherz sein? Irgendeine Art kranker Schabernack?«

»Glaubst du wirklich, ich würde so etwas tun?« Ashok spielte die verletzte Unschuld. »Ganz besonders, wo ich doch weiß, wie sehr du an Meena hängst?«

»Ich erinnere mich noch sehr gut daran, als du einmal so getan hast, als hätte man dich in der Firma hinausgeworfen …«

Ashok schenkte mir ein charmantes Lächeln, das gleichzeitig eine Herausforderung war. »Warum fragst du Meena bei Kuldeeps Party morgen nicht selbst?« Er drückte den Lautstärkeknopf an seiner Fernbedienung.

»Wenn das ein Scherz ist, wird es dir noch leid tun«, rief ich über das Plärren des Fernsehers hinweg.

Ashok warf mir eine träge Kußhand zu. Er genießt es, wenn es ihm gelingt, mich aus der Fassung zu bringen. Er kreuzte seine Beine in einer einzigen, flüssigen Bewegung, zielte mit der Fernbedienung und zappte durch die Sendungen (eine weitere Angewohnheit, die mich verrückt macht), bis er MTV gefunden hatte, einen Sender, den ich besonders verabscheue.

Ich zog mich in die Küche zurück mit ihren glänzenden Reihen von Dosen, dem Gewürzregal mit den sorgfältig beschrifteten Behältern, den strahlenden Fliesen und Armaturen. All das gab mir für gewöhnlich das Gefühl, normal zu sein, alles im Griff zu haben. Aber es gelang mir nicht, dem Fernsehen zu entkommen, in dem eine sehr junge, sehr blonde Frau in einem glitzernden, hautengen Outfit auf schwülstige Weise davon sang *how you make me feel each night*. Ich wandte meine Augen von ihren langsam kreisenden Hüften und der roten Zungenspitze ab, mit der sie sich die Lippen befeuchtete. Ihre angemalten Fingernägel glitten vielsagend über ihre Brüste. Ich wußte, daß Ashok mich beobachtete, die Lippen zu einem höhnischen Grinsen verzogen, das zu sagen schien: *Na, leidest du immer noch unter deiner prüden indischen Erziehung, Abha?* Aber ich konnte nichts dafür. Sex war für mich eine Sache zwischen verheirateten Leuten, die in der stillen Privatsphäre ihres Schlafzimmers vollzogen wurde und Kinder hervorbringen sollte. Ich zog es vor, über die anderen Aspekte nicht nachzudenken, und lehnte das amerikanische Fernsehen ab, das damit in mein Heim eindrang.

Ich starrte auf die durchscheinenden Zwiebelringe, die auf dem Schneidebrett warteten. Sie bildeten auf dem dunklen Holz ein kompliziertes Muster, glitzerten wie abgehobelte Perlmuttstückchen. Wenn ich sie auf die gleiche Weise lesen könnte, wie Leute Teeblätter lasen, was würden sie mir wohl über Meena verraten? Über Ashok und mich und unsere ständigen Kämpfe? Es war ein deprimierender Gedanke. Ich streute noch einen weiteren Teelöffel rotes Pfefferpulver über das Huhn, ließ alles stehen und liegen und schloß mich oben im Gästezimmer ein.

Ich warf mich auf das ordentlich gemachte Gästebett, auf die kratzige Jodhpuri-Decke, die mit glücksbringenden Lotusblüten bestickt und Teil meiner Aussteuer gewesen ist, und weinte für eine Weile. Doch ich hatte Weinen schon immer als Zeitverschwendung betrachtet. Es läßt mein Gesicht nur aufgequollen aussehen. Daher hörte ich auf, wischte mir mit dem Ende meines Saris über das Gesicht und kontrollierte mein Spiegelbild. Ich sah in jeder Hinsicht genauso schrecklich aus, wie ich erwartet hatte – geschwollene Augen, rote Nase, blasse Haut. Auf meiner Stirn, die ich gegen die Decke gepreßt hatte, war ein Gewirr roter Linien entstanden.

Selbst unter den günstigsten Umständen bin ich keine Schönheit. Hätte mein Horoskop nicht auf so perfekte Art und Weise zu Ashoks gepaßt, so daß jeder erklärte, unsere Ehe müsse eine Fügung der Götter sein, hätte seine Familie mich gewiß nicht ausgesucht, da bin ich mir sicher. Ich besitze nicht Meenas helle Haut, die einen so eindrucksvollen Gegensatz zu ihrem lockigen, schwarzen Haar und den langen Wimpern darstellt. Meine Nase ist breit und anständig, aber in keiner Weise vornehm, während die ihre gerade und wie gemeißelt ist, ganz so, als habe sie einmal der *apsara* einer klassischen indischen Skulptur gehört. Ich befinde mich in einem ständigen Kampf gegen die Zentimeter, die sich wie durch einen Zauber um meine Hüften ansammeln (Ich nehme jedes Mal ein Pfund zu, wenn ich ein Dessert nur ansehe), während Meena schlank und rank durchs Leben gleitet, alles ißt, was sie möchte, und Designer-

Bikinis trägt. »Du könntest wirklich hübsch aussehen, Abha«, lamentiert sie in regelmäßigen Abständen, »aber du *versuchs*t es ja nicht einmal.« Sie hat mir gezeigt, wie ich den Bauch einziehen und beim Gehen die Schultern gerade halten soll, aber ich vergesse es einfach immer wieder. Und wenn mich die Notwendigkeit wieder einmal zwingt, ins Einkaufszentrum zu gehen und mir etwas zum Anziehen zu kaufen, so wähle ich regelmäßig Kleidung mit leuchtenden Blumenmustern, statt mich an die dunklen einfarbigen oder kleingestreiften Sachen zu halten, die sie mir empfohlen hat.

»Für *dich* ist es wichtig, richtig angezogen zu sein, weil du im Marketing arbeitest und Kunden beeindrucken mußt«, hatte ich ihr einmal erklärt. »Ich arbeite jedoch nur freiberuflich zu Hause und schreibe Rezepte für indische Zeitungen. Warum sollte *ich* gut aussehen müssen?«

»Also wirklich, Abha!« Meena hatte den Kopf geschüttelt, als ob ich ein hoffnungsloser Fall sei. »Alle Frauen sollten gut aussehen. Wünschst du dir denn nicht, daß Ashoks Herz schneller schlägt, wenn er dich anschaut?«

Der Gedanke ließ mich laut lachend herausplatzen. Manchmal waren Meenas Vorstellungen wirklich pubertär. Mir fiel meine Mutter ein, die den größten Teil ihres Lebens in ihren einfachen, rot abgepaspelten Baumwollsaris verbracht hatte, wie sie die meisten bengalischen Mütter tragen, und sich das plumpe Gesicht mit ihrem *palloo* abtupfte, während sie zwischen Küche und Kinderzimmer und Eßzimmer hin und her eilte. Ich bezweifelte, daß das Herz meines Vaters bei ihrem Anblick jemals schneller geschlagen hat (obwohl er sie natürlich liebte) – zumindest nicht in den letzten dreißig Jahren, seit ich die beiden kenne.

»Du hörst dich langsam wirklich wie eine Amerikanerin an, Meena! Indische Ehen basieren nicht auf solch oberflächlichen Dingen.«

»Das denkst du! Paß nur auf – wenn dir erst einmal klar wird, daß ich recht habe, könnte es zu spät sein.«

Meenas Stimme hatte einen scherzhaften Tonfall gehabt. Und dennoch hatte sie mich daran erinnert, daß Ashok ein paar Abende zuvor von der Zeitschrift aufgeblickt und aus heiterem Himmel gesagt hatte: »Abha, ich wünschte, du würdest etwas mit deinen Haaren anfangen. Vielleicht solltest du dir mal eine Dauerwelle machen lassen.«

Aber im Augenblick mußte ich mir um ernstere Probleme Sorgen machen als um mein Aussehen.

Ich kann am besten nachdenken, wenn ich mir Dinge aufschreibe, und so griff ich unters Bett. Verborgen hinter den Koffern, die wir seit Jahren nicht mehr hervorgeholt haben, halte ich für Fälle wie diesen einen Notizblock und einen Stift bereit. Ich schrieb auf das linierte, gelbe Papier:

I. Warum hat Meena eine Affäre (falls sie wirklich eine haben sollte)?

Darunter ließ ich etwas Platz und fügte dann hinzu:

II. Wie falsch ist das, was sie da tut (falls sie es wirklich tun sollte)?

Ich ließ wieder etwas Platz (obwohl ich die Antwort zu dieser Frage bereits wußte: sehr, sehr falsch) und machte mich an die dritte Frage.

III. Sollte ich sie zur Rede stellen?

Es gab da noch eine weitere Frage. Sie drückte sich stecknadelspitz gegen meine Augenlider, wenn ich diese schloß. Aber ich war noch nicht soweit, sie niederschreiben zu können.

Unten läutete es an der Tür. Wer mochte das so spät am Abend noch sein? Ich spähte durch den Schlitz in den zugezogenen Vorhängen. Ein Lieferwagen von Domino's Pizza stand vor der Tür. Sein blau-rot erleuchtetes Schild zwinkerte fröhlich. Verdammt! Ashok hatte mich wieder einmal ausgetrickst.

»Mmmm, Würstchen und Pilze!« sagte er und hob seine Stimme, damit ich ihn hörte. »Das riecht ja großartig!«

Mein Magen grummelte. Würstchen und Pilze sind meine Lieblingszutaten auf einer Pizza. Doch selbst das extra scharfe Huhn, das verschmäht unten in der Küche stand, hätte mir zu diesem Zeitpunkt gut gemundet. Ich hatte an jenem Morgen mal wieder halbherzig eine Diät begonnen und seit einem spartanischen Mittagessen, das aus Eisbergsalat ohne Soße bestand, nichts mehr zu mir genommen. Aber natürlich konnte ich nicht nach unten gehen, wo Ashok auf der Lauer lag. Daher biß ich die Zähne zusammen und kehrte zur Frage eins zurück.

Warum? Warum? Warum? schrieb ich. Hatte sie Langeweile? Wollte sie Srikant aufrütteln? Ihm bedeuten, daß er aufhören sollte, sie als selbstverständlich zu betrachten? Oder hatte sie jemanden gefunden, dem sie nicht widerstehen konnte?

Aber was für eine Art Mann war es wert, die eigenen Prinzipien zu opfern? Welchem Mann konnte man mehr Bedeutung beimessen als dem Wunsch, eine gute Frau zu sein?

Ich mochte Srikant, Meenas Mann. Er war nicht so attraktiv und zuvorkommend und klug wie Ashok, aber nach all den Jahren, die ich ihn nun schon kannte, wußte ich, daß er ein gutes Herz hatte. Das Leben mit Ashok hat mich gelehrt, gutherzige Menschen zu schätzen.

Srikant war kein großer Redner. Wenn er und Meena zum Abendessen kamen, lehnte er sich für gewöhnlich zurück und hörte Meena und Ashok zu, die über ihre gemeinen geistreichen Kommentare lachten, die sie über Leute und Bücher und Fernsehsendungen abgaben, von denen ich nicht einmal gewußt hatte, daß sie existierten. Manchmal, wenn ich in der Küche war und die *samosas* briet, die ich improvisiert hatte, oder letzte Hand an eine besonders feine *qurma* legte, bemerkte ich, wie ein nachdenklicher Ausdruck über Srikants Gesicht huschte. Ich fragte mich, ob er, während er die lebhaften Gesten der beiden beobachtete, wohl dachte, wie gut sie zueinander paßten. Andere empfanden ebenso. Wenn wir zusammen ausgingen und Meena und Ashok mit ihren langbeinigen Schritten vor uns ein Restaurant betraten – er mit einer besitzergreifenden Hand an ihrem Ellenbogen –, hielten die Kellner sie oft für ein Paar. Wahrscheinlich begingen sie den gleichen Fehler bei Srikant und mir, die wir dunkler, kleiner, ruhiger hinter ihnen hereilten und viel zu traditionell dachten, um uns auch nur an den Händen zu berühren.

Wenn Srikant doch etwas sagte, dann ging es dabei für gewöhnlich um seine Arbeit. Ich schätze, er empfand das gleiche für sie wie ich für meine Kocherei. Wenn er das neueste Software-Produkt beschrieb, das er gerade entwickelte, dann wurde seine Stimme tief, und seine Augen begannen zu glänzen. Jegliche Unbeholfenheit war verschwunden, er zeichnete mit beredten Händen Formen in die Luft und war für einen Augenblick beinahe attraktiv.

Dann unterbrach ihn Meena meist lachend.

»Ich schwöre, daß dieser Computer seine zweite Frau ist – nein, seine Mätresse! Er verbringt mehr Zeit mit diesem Ding als mit mir. Wißt ihr eigentlich, daß er ihm einen Namen gegeben hat?«

Srikant lächelte verschämt.

»Lalita! Er nennt ihn doch tatsächlich Lalita!« Meenas Lachen klang hoch und brüchig.

Srikant senkte den Blick und untersuchte seine eckigen, derben Nägel.

»Zu Beginn unserer Ehe war ich schrecklich eifersüchtig. Srikant kam oft erst zu den unmöglichsten Zeiten von der Arbeit nach Hause, obwohl ich ihm ständig erklärte, wie sehr ich es haßte, allein im Haus zu sein. Es war so fürchterlich still, ganz anders als in Indien, wo immer etwas passiert, wo Straßenhändler sind, Bedienstete, Leute, die auf einen Schwatz vorbeischauen ...«

»Wie schrecklich das für dich gewesen sein muß«, unterbrach Ashok sie, und seine tiefe, mitleidige Stimme, mit der er nie sprach, wenn *ich* über irgend etwas klagte, sandte einen Schmerz durch meinen Körper.

Ich wäre Srikant gern zu Hilfe gekommen. *Das haben wir indischen Ehefrauen doch alle mitgemacht,* wollte ich zu Meena sagen. *Ashok verhält sich heute noch so.* Aber sie war in der Regel bereits fortgefahren und erzählte uns von all den Tricks, die sie ausprobiert hat, um Srikant dazu zu bewegen, früher nach Hause zu kommen.

»Ich habe sogar ein Betty-Crocker-Kochbuch gekauft und ihm besondere Gerichte zum Abendessen zubereitet – Bœuf Stroganoff und Soufflés und Lemon Pies. Ich! Könnt ihr euch das vorstellen?«

Wir lachten alle, denn im Gegensatz zu mir ist Meena eine schreckliche Köchin. Srikant und sie leben im Grunde von Fast food und chinesischem Take-out.

»Das hat ihn wahrscheinlich in Lalitas Arme getrieben«, lautete Ashoks Seitenhieb.

»Wahrscheinlich. Jedenfalls dauerten meine Kochversuche nicht besonders lange, und nach einer Weile gewöhnte ich mich ans Alleinsein ...«

»Und inzwischen hast du zweifellos entdeckt, daß es durchaus von Vorteil sein kann, wenn dein Mann nicht da ist.«

»Nein! Wie könnte das je von Vorteil sein?« erkundigte sich Meena mit ihrer treuherzigsten Stimme und klimperte mit den Wimpern.

»Das werde ich dir mal erklären, wenn Srikant und Abha nicht dabei sind«, erwiderte Ashok augenzwinkernd, und dann brachen die beiden in Gelächter aus, in das Srikant und ich einige Sekunden zu spät einstimmten.

Das war ihre Art, miteinander zu scherzen. Bis heute hatte mich das nie gestört, da ich Meenas besondere Freundin war, ihre einzige Vertraute. Sie mochte mit Ashok herumalbern, vielleicht sogar flirten. Sie mochte im Mittelpunkt aller Partys stehen, zu denen wir eingeladen waren – der beste Amateurkomödiant, der ihm je begegnet sei, wie einer unserer Freunde (natürlich ein Mann) feststellte. Aber wenn sie unglücklich war, wandte sie sich an mich.

Ich wußte Dinge über Meena, die sonst niemand wußte – daß sie abends nach wie vor den Fernseher einschaltete, wenn Srikant spät von der Arbeit kam, damit sie nicht der Stille lauschen mußte, daß sie bei eingeschaltetem Licht schlief, wenn er beruflich verreisen mußte. Ich war diejenige, die sie in den Armen gehalten und die versucht hatte, sie zu beruhigen, als der Arzt ihr nach der Fehlgeburt im letzten Jahr mitteilte, daß mit ihrer Gebärmutter etwas nicht in Ordnung sei und sie vielleicht keine Kinder bekommen könne. Als ihre Tränen den Ärmel meines Saris durchnäßten, mußte auch ich weinen. Das war ein weiteres Band, das uns zusammenhielt: die unausgesprochene Trauer, kinderlos zu sein.

Deshalb konnte ich auf Meena nicht ärgerlich sein, nicht einmal wenn Ashok unser Aussehen verglich. Vergab ihr sogar ihre scharfe Zunge – selbst dann, wenn sie sich einmal gegen mich richtete. Sie brauchte mich mehr, als irgend jemand sonst in meinem Leben es jemals getan hatte – auf eine Art, von der ich bei meiner Heirat gehofft hatte, daß mich mein Mann und meine Kinder einmal brauchen würden.

Doch das war nun anders, dachte ich, während ich die Fingernägel in meine schmerzenden Schläfen preßte. Nun hatte sie einen Mann, mit dem sie ihre geheimen Freuden und Ängste teilen konnte, und sie hatte Ashok, dem sie es erzählte.

Meine für gewöhnlich makellose Küche sah furchtbar aus. Halb fertiggekochtes Essen, schmutziger Abwasch, Gemüseschalen im Spülstein – und dazu auch noch Pizzakrusten, die in einer geöffneten Schachtel von Domino's lagen. Ich spürte den Parmesankäse klebrig und rauh wie Sand unter meinen Füßen. Gott sei Dank war Ashok endlich zu Bett gegangen. Sein spöttisches Lächeln hätte ich bei alledem nicht auch noch ertragen.

Für einen Moment war ich versucht, alles so zu lassen, wie es war, aber ich wußte, daß es mich dann am Morgen erwarten würde. Also wischte ich den Boden, wusch das Geschirr ab, trug den Abfall nach draußen und kochte mir etwas Reis. Es war zwei Uhr früh, als ich mich hinsetzte, um den Reis und mein extra-gepfeffertes Huhn zu essen.

Ich wußte gar nicht mehr, wann ich das letzte Mal derart lange auf gewesen war. Ich brauche meinen Schlaf. Ashok ist eine Nachteule. Wenn wir zu einer Party eingeladen sind, von der wir wissen, daß sie bis in die frühen Morgenstunden dauern wird, fahren wir entweder getrennt, oder – und so war es in letzter Zeit zunehmend – er geht ohne mich hin. Ich bin ganz gern allein zu Hause, höre mir klassische Musik an – zum Beispiel eine Nacht-*raga* von Chaurasia, deren betörende Flötentöne über mir im Raum hängen, während ich an dem Rezept arbeite, das in der folgenden Woche im *The Indian Courier* erscheinen soll. Und wenn ich ins Bett gehe, schlafe ich sofort ein. Was das angeht, bin ich wohl glücklich dran. Meena dagegen leidet unter Schlaflosigkeit – ganz besonders, wenn sie über etwas aufgebracht ist. Irgendeine Kleinigkeit – wenn ihr Chef beispielsweise eine negative Bemerkung über ihre Arbeit macht oder wenn sie einen Brief von ihrer Mutter bekommt, in dem diese über das neue Baby der Schwester berichtet – kann sie dazu bringen, ganze Nächte wach zu liegen. Sie hat mir einmal gesagt, daß sie, wenn sie spät noch auf ist, hören kann, wie das Haus atmet – ein leises Keuchen, wie ein zusammengekauertes Tier.

Ich lauschte, während ich am Küchentisch saß. Mein Mund brannte von dem Huhn, meine Diät war ruiniert, aber ich hörte überhaupt nichts – bis auf das Summen des Kühlschranks. Doch diese Stille war trotzdem irgendwie unheimlich, wie schwarzer Schnee, der rings um mich zu Boden fiel. Aus einem Impuls heraus schaltete ich den Fernseher ein.

Ich mache mir nicht viel aus Fernsehen. Ich schaue mir jede Woche ein paar Kochsendungen an und gegebenenfalls die Nachrichten, wenn mich wieder einmal das schlechte soziale Gewissen überkommt. Und am Wochenende gönne ich mir morgens ein bißchen Heimat und schalte den internationalen Kanal ein, wo sie Lieder- und Tanzszenen aus beliebten Hindi-Filmen zeigen. Aber die werden auch immer schlechter, zeigen oft junge Mädchen in knappen Röcken und tief ausgeschnittenen Blusen, die sich von Männern begrabschen lassen. Mit den amerikanischen Sendungen, die Ashok sich ansieht, kann ich einfach nichts anfangen. Die Menschen im Fernsehen – die Männer mit ihren modernen Haarschnitten und den gebräunten Gesichtern, in denen die Augen blau wie Steine glänzen, und die Frauen in ihren hohen, hohen Schuhen, mit ihren sorgfältig geschminkten Mündern, ihren schmalen Taillen und den Brüsten, die niemals hängen – scheinen einer fremden Welt anzugehören, einer Welt voller Liebesbeziehungen und Intrigen und Designerkleidung, die immer perfekt sitzt.

Die beiden, die ich nun auf dem Bildschirm sah, trugen allerdings keine Designerkleidung. Sie trugen überhaupt keine Kleidung, und als ich den ersten Schock überwunden hatte, bemerkte ich, daß ich den Kanal eingeschaltet hatte, den Ashok erst letzten Monat bestellt hatte und den er seither trotz meines stummen Protestes, mit dem ich den Raum verließ, als er ihn zum ersten Mal einschaltete, beinahe jeden Abend ansah.

Ich schaltete den Fernseher mit brennenden Wangen aus. Also wirklich, was heutzutage alles gesendet wird, sagte ich empört zu mir selbst und stand auf, um nach oben zu gehen. Wie gut, daß wir keine Kinder im Haus haben.

Doch auf der Hälfte der Treppe blieb ich stehen. Ich rührte mich eine ganze Weile lang nicht, lauschte dem Ticken der Wanduhr und machte mich dann mit klopfendem Herzen wieder auf den Weg nach unten und schaltete den Fernseher erneut ein. Ich war mir nicht sicher, warum ich das tat. Vielleicht wollte ich mir einfach einmal – ohne Ashoks störende Anwesenheit – ansehen, was ihm an diesen Sendungen so gut gefiel. Oder vielleicht hatte es auch einen anderen Grund.

Das Paar ging nun an einem Swimmingpool entlang, aufrecht und unbefangen, während das vom Wasser reflektierte Licht auf ihrer Nacktheit schimmerte. Die Frau tauchte in das Becken und der Mann folgte. Ohne hindernde Kleidung schnitten ihre Gliedmaßen sauber durch das Blau, und als sie zusammenkamen, zerplatzten Blasen und stiegen wie silberne Perlen um sie auf. Meine Intuition sagte mir, daß sie nicht verheiratet waren. Ihre Münder und Hände erforschten die Kurven und Vertiefungen des jeweils anderen Körpers mit einem aufrichtigen Entzücken, das so ganz anders war als unsere unbeholfenen, verstohlenen Bewegungen im dunklen Schlafzimmer. Als sich die Lippen des Mannes um die festen, rosafarbenen Brustwarzen der Frau schlossen, sah ich aufmerksam zu. Ein Teil von mir war überrascht, daß ich nichts von der Scham empfand, die mich für gewöhnlich überkommen hätte. Möglicherweise verlieh das verschwommene blaue Wirbeln des Wassers, in dem sie sich wiegten, dem ganzen Akt eine Weichheit, etwas Surreales. Oder möglicherweise ist Scham auch etwas, das man nur dann empfindet, wenn ein anderer zusieht, wie man selbst zusieht. Als sich der Kopf des Mannes dem Halbmond ihres Nabels näherte und dann noch tiefer wanderte, ballte ich meine Hände zu Fäusten und beugte mich vor. Die Nägel gruben sich in meine Handflächen, wie sich die ihren in seine Schultern gruben. Und als sich ihr Körper zitternd aufbäumte, da überfiel auch den meinen ein Zittern.

Später lag ich im Bett, lauschte auf Ashoks Atem und dachte nach. Ob ich wohl die ganze Zeit über im Unrecht gewesen war, weil ich es ihm verwehrte, das Licht einzuschalten, wenn wir miteinander schliefen, weil ich steif und ergeben seine Stöße über mich ergehen ließ, bis er fertig war? Weil ich dankbar ins Badezimmer entfloh und mich wusch, sobald er von mir herunter war? Ob meine Mutter wohl auch im Unrecht gewesen war, als sie mir am Vorabend der Hochzeit erklärte, daß es die Pflicht einer guten Ehefrau sei, dem Mann zu erlauben, sich Befriedigung zu verschaffen – egal, wie unangenehm sie es auch empfinden mochte? Zum ersten Mal fragte ich mich, wie glücklich mein Vater mit ihr wohl gewesen sein mochte und sie mit ihm.

Ich betrachtete die dunkle Linie von Ashoks Schulter, und plötzlich erinnerte ich mich an etwas. Ganz am Anfang unserer Ehe hatte er mir ein- oder zweimal vorgeschlagen, die Sache anders zu machen, etwas Neues zu versuchen. Er hatte sogar ein Buch gekauft – *Joy of Sex* hieß es, glaube ich – und es mir beinahe schüchtern gezeigt. Aber ich hatte mit einem solch unverhohlenen Abscheu reagiert, daß er es nie wieder ansprach.

Hatte er damals begonnen, seinen bissigen Humor gegen mich zu wenden?

Ich streckte zögernd die Hand aus, um seinen Hals zu berühren. Seine Haut war warm und geschmeidig, und als ich mich ihm mit dem Gesicht näherte, da roch er nach Moschus und Männlichkeit. Ashok murmelte etwas im Schlaf, ein Wort, das ich nicht verstand. Er machte eine abwehrende Bewegung mit der Hand, so als ob man eine Mücke wegwischt, und traf mich am Mund, als er sich umdrehte.

In jener Nacht träumte ich von einem Mann und einer Frau unter Wasser. Ich wußte sofort, daß es sich nicht um das Paar in dem Film handelte. Ihre Hände strichen mit fiebriger Hast über den Körper des anderen, ihre Muskeln streckten sich, als seien sie das erste Mal zusammen. Als sich das wirbelnde Blau schließlich aufklarte und der Mann seinen Mund von dem dunklen Fleck Frauenhaar nahm, das so fein und wellig schien wie Wassergras, da sah ich, daß es Ashok war. Ich zog ihn hoch und preßte ihn gegen meine Hüften. Wir kamen gleichzeitig, meine Beine legten sich fest um ihn, und Blasen explodierten in kristallenen Splittern um uns herum. Und dann erblickte ich mein Gesicht, so wie man es in einem Traum tut. Es war blind vor Ekstase, mein Mund zu einem stummen, triumphierenden Schrei geöffnet, und mein Haar ergoß sich schwarz und wild und mänadisch um meinen Kopf. Nur war es gar nicht mein Gesicht. Es war Meenas.

Ich bemerkte sie, sobald ich das Taj-Restaurant betrat, wo Kuldeep und Saroj ihren zehnten Hochzeitstag feierten. Wie hätte es auch anders sein können? Mit ihrem strahlend orangefarbenen Chiffon-Sari leuchtete sie inmitten des Bankettsaales, und die Männer, die sich in jenen dunklen, konservativen Anzügen, die erfolgreiche Inder gern tragen, um sie versammelt hatten, kamen mir wie verwirrte Motten vor. Srikant war nirgendwo zu sehen.

»Sag, trägt sie etwa eine rückenfreie *choli*?« erkundigte

sich Ashok. »Deine Freundin ist ziemlich verwegen geworden, findest du nicht auch? Vielleicht sind das die Auswirkungen der Affäre ...«

Ich antwortete nicht. Die *choli* war in der Tat rückenfrei. Ich erwischte einen ausführlichen Blick darauf, als sich Meena abwandte, um einen Drink entgegenzunehmen, den ihr jemand hinhielt. Nur zwei goldene Bänder hielten sie zusammen. Neben mir gab Ashok ein leises, anerkennendes Pfeifen von sich.

Ich war schockiert. Und wütend, daß Meena eine solche Dummheit beging. Sie mußte doch wissen, daß jede Frau im Raum über diese *choli* flüstern würde. Ich konnte ihre Kommentare bereits hören.

Wie unanständig.

Wo hat sie nur ein solches Ding herbekommen? Und wie kann sie die Dreistigkeit besitzen, es hier zu tragen?

Wenn ich ihr Mann wäre, würde ich ihr aber was erzählen.

Mit Erzählen ist es wohl nicht getan. Sie braucht mal eine richtige Abreibung!

Solches Gerede war das letzte, was Meena, die bereits den Ruf hatte, anders und ein wenig gefährlich zu sein, gebrauchen konnte. Ganz besonders jetzt.

Na und? meldete sich eine leise Stimme in meinem Inneren. Warum machst du dir eigentlich solche Sorgen darüber, was sie über Meena denken könnten? Warum hast du das Gefühl, sie beschützen zu müssen?

Darauf hatte ich keine Antwort. Ich nehme an, ich hatte einfach immer schon so empfunden. Möglicherweise lag es daran, daß Meena trotz ihrer Weltklugheit unsere indischen Freunde weniger gut verstand als ich.

Die Männer zum Beispiel, selbst diejenigen, die sich nun um sie drängten und über ihre Scherze lachten, würden in der Abgeschiedenheit des Herrenzimmers Bemerkungen über sie machen, Bemerkungen gefolgt von Blinzeln und unanständigem, höhnischem Lachen. Denn trotz der Bill-Blass-Anzüge und der Krokodillederschuhe und dem schicken Benz, der gehorsam auf dem Parkplatz wartete, gehörten sie noch immer den Heimatdörfern ihrer Väter an. Dörfern, in denen man eine Frau, die man beim Ehebruch erwischt hatte, mit rasiertem Kopf und heruntergerissenen Kleidern auf einen Esel setzte, der sie unter dem Beifall der Menge, die sie mit Abfall bewarf, auf dem Marktplatz herumtrug.

»Abha, meine Liebe, da bist du ja endlich!«

Ich fuhr erschrocken herum. Ich hatte gar nicht bemerkt, daß Meena aus dem Kreis ihrer Bewunderer herausgetreten war. Nun beugte sie sich vor, um mir – und Ashok – einen Kuß auf die Wange zu geben. Für gewöhnlich taten Inder das nicht, aber so war Meena nun einmal. Ich beobachtete, wie ihre leuchtenden Lippen über die Wange meines Mannes strichen, und bemerkte sein Lächeln, als er ihr etwas ins Ohr flüsterte. Da fiel mir mein Traum wieder ein.

»Abha, du hörst ja gar nicht zu!«

Ich brauchte einen Moment, ehe ich mich auf Meenas munteres Gesicht zu konzentrieren vermochte.

»Vor dem Essen wird noch getanzt. Es geht in ein paar Minuten los. Ist das nicht wundervoll?«

Ich nickte und sah zu, wie zwei Männer verschiedene Stereogeräte hereinschoben, Lichtblitz-Stroboskope auf Gestellen aufbauten und Spiegelbälle an die Decke hängten. Zu tanzen war ungewöhnlich für indische Partys, zumindest in unserem Freundeskreis, dessen Vorstellung von einem schönen Abend sich auf eine Flasche Johnnie Walker und einen Teller biriyani mit etwas würziger Klatscherei beschränkte.

»Kuldeep und Saroj geben sich wirklich Mühe, Eindruck zu schinden, stimmt's?« bemerkte Meena mit leuchtenden Augen. Ihr Fuß tippte bereits erwartungsvoll auf den Boden.

»Und all das für einen zehnten Hochzeitstag! Ich frage mich, was sie zu ihrem zwanzigsten veranstalten werden!« sagte Ashok.

»Wenn sie dann noch zusammen sein sollten«, erwiderte ich trocken.

Meena und Ashok drehten sich beide um und sahen mich an. Sie waren es nicht gewohnt, mich so reden zu hören.

»Na, na, wir werden ja richtig zynisch«, sagte Ashok. Dann wandte er sich wieder Meena zu und machte vor ihr eine vollendete Verbeugung. »Dürfte ich um den ersten Tanz bitten, Madam?«

»Aber gewiß!« Meenas Lachen erinnerte an einen Schwarm weißer Vögel, die sich alle auf einmal in den Himmel erheben. »Das heißt, falls Abha nichts dagegen hat.«

Ich verspürte eine gewisse Enttäuschung. Ich war keine gute Tänzerin, doch es wäre nett gewesen, wenn mein Mann zuerst einmal *mich* gefragt hätte.

Als ich mich endlich zusammengerissen hatte und ihnen sagen wollte, daß ich nichts einzuwenden hätte, waren Ashok und Meena bereits verschwunden.

Ich lehnte mich gegen die Wand und sah zu, wie er sie in die Mitte der überraschend gut gefüllten Tanzfläche führte. Vielleicht waren die Leute zum Tanzen animiert, weil es sich um etwas Neues handelte. Oder vielleicht lag es auch daran, daß die Lichter der großen Kronleuchter gelöscht und der Raum in ein Halbdunkel getaucht war.

Das erste Stück war eine schnelle Nummer, ein Hit aus

einem kürzlich erschienenen Hindi-Film. Das Pulsieren der Stroboskope verlieh den Tänzern einen ausschnitthaften, geisterhaften Charakter, und die Gesichter, die ich schon seit Jahren kannte, kamen mir fremd vor. Aber Ashok und Meena erkannte man sofort, und sie waren zweifellos das anmutigste Paar auf der Tanzfläche. Die anderen Paare, die in einer Kultur aufgewachsen waren, in der Sitar und *tabla* im Mittelpunkt standen, und jahrelange Warnungen, daß gute Mädchen ihre Körper niemals auf *diese* Weise bewegen sollten, mühten sich tapfer, dem Rhythmus zu folgen. Aber ihre Ellenbogen und Knie standen in steifen, unbeholfenen Winkeln hervor, und wenn sie mit ihren Hüften und Hinterteilen wackelten, glich dies einer peinlichen Karikatur der Filmstars, die sie sich auf ihren Videorecordern ansahen. Ich fragte mich, was sie wohl denken mochten, wenn sie Ashok und Meena vorbeigleiten sahen, deren Gesichter vom silbernen Licht der sich drehenden Kugeln über ihren Köpfen erhellt wurde. Ob ihre Augen durch das Blitzen und Glitzern der goldenen Bänder von Meenas rückenfreier *choli* wohl ebenso verwirrt waren wie die meinen, als er sie im Travolta-Stil herumwirbelte, bis sie in seinen Armen landete und sich ihr Haar wie ein lebendiges Etwas um seinen Hals wand?

Nein, flüsterte ich in mich hinein. Er hätte niemals etwas zu mir gesagt, wenn er derjenige wäre, mit dem Meena eine Affäre hatte. Aber meine schwache, wenig überzeugend klingende Stimme ging in dem Getöse in meinem Kopf unter. *Ja, ja, ja. Das wäre der gelungene Sieg, die perfekte Rache für all diese sexlosen, lieblosen Jahre.*

Denn eines war mir im Bankettsaal des Taj, im gebrochenen Licht der Spiegelkugeln, klargeworden: Ich hatte Ashok all die Jahre nicht geliebt, nicht wirklich, auch wenn ich es geglaubt hatte. Ich war viel zu sehr damit beschäftigt gewesen, eine gute Ehefrau zu sein.

»Ich hoffe, ich störe dich nicht, Abha.« Es war Srikant, der ein Glas 7-Up in der Hand hielt. »Ich dachte, du würdest vielleicht gern etwas trinken.«

»Danke«, erwiderte ich, bemüht, zu lächeln. Das sah ihm wieder einmal ähnlich, sich rücksichtsvoll daran zu erinnern, daß ich keinen Alkohol trank. »Und wie steht's mit dir?«

»Ich habe erst mal genug«, entgegnete er und lehnte sich hinter mir gegen die Wand. Als ich mich umdrehte, um mich zu erkundigen, wo er die ganze Zeit über gewesen war, bemerkte ich den strengen Geruch seines Atems. Das überraschte mich, denn auch Srikant trinkt nur überaus selten Alkohol.

»Die beiden sehen gut zusammen aus, nicht wahr?« erkundigte er sich, meine Frage ignorierend.

Nun wurde ein langsames Stück gespielt. Meena und Ashok bewegten sich fließend inmitten all der Ehemänner und Ehefrauen, die sich ungelenk auf Armeslänge hielten, wie man es ihnen beigebracht hatte. Er senkte den Kopf, um ihr etwas zuzuflüstern, und als sie aufblickte, um zu antworten, da schien sie ihre Wange für einen Moment gegen seine Schulter zu lehnen. Sie blickten nicht zu uns herüber. Nicht ein einziges Mal.

»Das stimmt«, erwiderte ich langsam und registrierte, wie die Hand meines Mannes auf der bloßen Haut des Rückens meiner besten Freundin lag.

»Weißt du schon, daß ich nach Indien fliege?« erkundigte sich Srikant.

Um seinetwillen bemühte ich mich, etwas Interesse zu zeigen. »Wirklich? Meena hat gar nichts davon erwähnt. Wann werdet ihr denn abreisen?«

»Nächste Woche. Meiner Mutter geht es nicht gut. Ich werde allein fliegen.«

»Meena begleitet dich nicht?«

»Nein. Das wäre sinnlos.«

»Wieso sinnlos?« erkundigte ich mich mit einer viel zu scharfen und zu hohen Stimme. Wußte er etwa auch etwas, von dem ich keine Ahnung hatte?

Aber alles, was er sagte, war: »Sie ist so erfolgreich mit ihrer Arbeit, und im Augenblick hat sie sehr viel zu tun. Da will ich sie nicht herausreißen.«

Meena beugte sich nah an den Spiegel in der Damentoilette, wo wir für einen Augenblick allein waren, und frischte mit kräftigen Strichen ihren Lippenstift auf, der das gleiche intensive Orange hatte wie ihr Sari. Sie untersuchte kritisch ihren Lidschatten und das Rouge und drehte sich dann zu mir um.

»Ist es so gut?«

»Du sieht toll aus.«

Trotz ihrer Tanzerei kam es mir so vor, als wäre Meena gerade erst auf der Party angekommen. Ihr Haar lag wie frisch frisiert, ihre Kleidung war kein bißchen zerknittert. Sie schwitzte nicht einmal. Ich hatte lediglich an der Wand gelehnt und 7-Up getrunken, aber meine *kurta*, eine sittsame, hochgeschlossene Angelegenheit, trug feuchte Flecke unter den Armen. Mein Mund war verschmiert, und mein Haar, das ich erst morgens gewaschen hatte, hing mir strähnig ums Gesicht. Ich holte meinen Lippenstift hervor, obwohl ich eigentlich viel lieber nach Hause gefahren wäre, um mich ins Bett zu legen.

»Nicht *so*«, mahnte Meena. »Kratz nicht damit über die Lippen, als ob es ein Stück Wachsmalkreide wäre. Laß mich mal.«

Bevor ich mich's versah, hatte sie mir den Stift aus der Hand genommen. Sie bemalte meine Lippen mit einem glatten Strich und tupfte ihren Finger dann einige Male auf den Lippenstift, um mir etwas von dem Rot auf die Wangenknochen zu reiben. Ihre Berührung war so sanft wie das Streifen eines Vogelflügels. Ob sich ihre Hände wohl mit der gleichen Leichtigkeit über den Körper ihres Geliebten – Ashoks Körper? – bewegten? Bei dem Gedanken wäre ich am liebsten in Tränen ausgebrochen.

»Was ist denn los, Abha?«

»Nichts.« Ich bemühte mich, meiner Stimme Festigkeit zu verleihen und an Meena vorbei auf das Tadsch-Mahal-Poster an der Wand zu blicken, wo sich ein Mann und eine Frau unter einem riesigen, goldenen Mond an den Händen hielten und das majestätische Marmorbauwerk betrachteten, das ein Symbol der ewigen Liebe darstellt.

»Irgendwas macht dir doch zu schaffen! Nun sag es schon.«

Ich schüttelte den Kopf. »Wir sollten zusehen, daß wir wieder an den Tisch zurückkommen – sie haben bestimmt schon angefangen, das Essen zu servieren.«

»Liegt es an meiner *choli*?«

»Wenn du dich so anziehen willst, ist das deine Sache.«

Ein kleines Lächeln umspielte Meenas Lippen. »Ich wußte, daß es dir nicht gefallen würde – aber ich wollte einfach einmal etwas anderes. Ich war es so leid, immer das gleiche zu tun, das zu machen, was sich *gehört* ...«

Ist das etwa der Grund, warum du eine Affäre hast? hätte ich am liebsten hervorgestoßen. Aber ich konnte es nicht. Mein Leben lang hatte man mich zu gut gelehrt, Wut und Herzeleid zurückzuhalten.

»Bist du böse, weil ich mit Ashok getanzt habe?«

Als die beiden von der Tanzfläche an unseren Tisch zurückgekehrt waren, hatte Ashok gesagt: »Das war toll, Meena. Wie wäre es mit einer Fortsetzung nach dem Abendessen?«

»Vielleicht würde Abha ja auch gern mal mit dir tanzen.«

»Oh, du kennst doch Abha, sie tanzt *nie*.«

Die abfällige Sicherheit seines Tonfalls hatte mich rasend gemacht. *Ja, ich würde gern tanzen*, hätte ich beinahe gesagt. Aber ich wußte, daß ich uns beide mit meinen stolpernden, steifen Schritten nur in Verlegenheit gebracht hätte.

Laß bloß die Finger von meinem Mann, wollte ich Meena jetzt am liebsten ins Gesicht schreien.

»Er ist lediglich ein guter Freund, das weißt du doch, oder?« erkundigte sich Meena und warf mir einen forschenden Blick zu. Im flackernden Neonlicht der Damentoilette trug die Iris ihrer Augen ein tiefes Purpurschwarz, das mit Gold gesprenkelt war.

»Wie kommt es, daß du mir nicht mehr erzählst, was in deinem Leben vorgeht?« brach es aus mir heraus.

»Was meinst du damit?«

Ich betrachtete ihr überraschtes Gesicht. Der Ausdruck wirkte so echt, ihre großen Augen waren so bekümmert, daß ich mich schämte. Vielleicht hatte Ashok ja doch gelogen.

»Srikant hat mir gesagt, daß seine Mutter krank ist – daß er nach Indien fliegen wird …«, stammelte ich.

»Ach, *das*! Das haben wir heute erst entschieden – ich hatte noch keine Möglichkeit, es dir zu erzählen.« Sie hakte sich bei mir unter, während wir uns auf den Weg zum Tisch machten, und senkte ihre Stimme verschwörerisch. »Meiner Ansicht nach macht er viel Lärm um nichts – sie ist gar nicht wirklich krank. Im Grunde müßte er überhaupt nicht hin.«

»Also, Mrs. Mitra, was halten Sie davon? Mrs. Mitra ...?«

Ich blickte erschrocken von meinem Notizblock auf, den ich geistesabwesend mit Kritzeleien versehen hatte. »Tut mir leid«, sagte ich.

»Ich habe doch bemerkt, daß Sie seit einigen Minuten mit den Gedanken woanders sind«, erwiderte Suren Gupta, der Redakteur des Lifestyle-Teils des *Indian Courier*, jener Zeitung, für die ich jede Woche Rezepte schrieb. Er warf mir ein recht verständnisvolles Lächeln zu. »Beschäftigt Sie irgend etwas?«

Ich schenkte ihm ebenfalls ein kleines Lächeln. Einer von beiden lügt mich an, hatte ich gerade gedacht. Ashok oder Meena? Ich wußte nicht, welche Möglichkeit die schlimmere war.

Ich kannte Suren schon seit einigen Jahren – wenn man unser Verhältnis aufgrund unserer kurzen, unregelmäßigen Treffen in der Redaktion des *Courier* als Bekanntschaft bezeichnen konnte. Für gewöhnlich schickte ich ihm die Rezepte mit der Post, aber ab und zu, wenn er für Diwali oder Baisakhi oder ein anderes wichtiges Fest eine besondere Ausgabe plante, bat er mich zu einem Treffen in die Redaktion. Manchmal arbeitete ich dann dort, bis ich ein Menü zusammengestellt hatte, das zu seinem geplanten Thema paßte. An solchen Tagen lud mich Suren immer zum Mittagessen ein, und ich lehnte regelmäßig ab. Er war reich und alleinstehend, sah gut aus und hatte in der indischen Gemeinde ein bißchen den Ruf eines Playboys.

Heute allerdings hatte er ein besonderes Angebot für

mich. Der *Courier* wollte ein Kochbuch herausgeben – mit glänzendem Schutzumschlag und Farbphotos –, in dem ausgewählte Gerichte aus allen indischen Restaurants in der Bay Area gesammelt werden sollten. Verschiedene indische Geschäftsleute hatten zugestimmt, das Projekt finanziell zu unterstützen, und die Manager der Restaurants waren natürlich begeistert über die Publicity. Ob ich wohl Interesse hätte, die Rezepte für das Buch zusammenzustellen?

»Wie ich bereits andeutete«, wiederholte Suren, »müßten Sie die Restaurants besuchen, die Speisen kosten, die besten Gerichte für das Buch aussuchen, beobachten, wie sie zubereitet werden, um dann eine einfachere Version niederzuschreiben, die dem westlichen Lebensstil und Gaumen entgegenkommt. Natürlich wäre die Bezahlung entsprechend gut ...«

»Das klingt sehr interessant«, erwiderte ich und kämpfte gegen die Schwere in meinem Herzen an. Und das tat es wirklich. Ich spielte bereits seit längerer Zeit mit dem Gedanken, ein Kochbuch zusammenzustellen, und auf diese Weise hätte ich die Gelegenheit, eine Menge über die professionelle indische Küche zu lernen. Zudem würde es mich von all den Dingen ablenken, über die ich im Moment nicht nachdenken wollte.

»Ich könnte Ihnen beim Mittagessen die Details gern näher erläutern.«

Die Absage lag mir bereits auf der Zunge. Doch dann atmete ich tief durch. »Welch eine gute Idee!«

Wenn ihn meine Reaktion überraschte, so zeigte er es nicht. »Warten Sie, ich helfe Ihnen mit dem Schal«, sagte er und belohnte mich mit einem strahlenden, zuvorkommenden Lächeln.

Ich hatte Angst gehabt, daß Suren mich in eines dieser angeberischen, teuren Restaurants von San Francisco führen würde, wo es Spitzentischdecken und gedämpftes Licht und arrogante Kellner gab und ich mich fürchterlich deplaziert fühlen würde. Aber in dem kleinen, gutbesuchten Restaurant in Chinatown, in dem ich mich schließlich wiederfand, war es hell, und an den Wänden hingen auf roten Brokat gemalte Glückszeichen und Drachen. Die Kellner waren freundlich und sprachen nicht besonders gut Englisch, was mir zusammen mit den Einwegeßstäbchen in der fröhlichen Papierverpackung ein beruhigendes Gefühl vermittelte.

Und Suren trug auch dazu bei. Ich hatte mich ebenfalls besorgt gefragt, wie er sich wohl – in Anbetracht seines Rufes – verhalten würde. Aber er war recht charmant. Er nannte mir seine Lieblingsgerichte von der Karte und erzählte witzige Geschichten über seine Erfahrungen beim *Courier,* ohne mir irgendwelche peinlichen Fragen zu stellen. Langsam gelang es mir, mich zu entspannen. Es machte Spaß, mit einem Mann auszugehen, der nicht der eigene Ehemann war. Das hatte ich noch nie zuvor in meinem Leben getan. Ich genoß die kleinen Höflichkeiten, an die ich nicht gewöhnt war – daß er mir den Stuhl zurückzog und meine Tasse mit frischem chinesischem Tee auffüllte, noch ehe sie ganz leer war, daß er mich fragte, ob mir das Essen schmecke. Als Suren mir erzählte, daß er einige meiner Rezepte ausprobiert habe – das *rogan josh,* die *pista kulfi* – und sie ihm gut gemundet hätten, war ich überrascht und fühlte mich geschmeichelt. Im Laufe unserer Unterhaltung bedauerte ich, daß ich nichts Eleganteres trug als meine mit großen Sonnenblumen bedruckte *kurta,* die mir plötzlich irgendwie schlampig vorkam. Daß ich mir nicht die Zeit genommen hatte, mich ein wenig zu schminken.

Daher sagte ich auch nicht nein, als Suren ein Glas Chablis bestellte. Und als er sich über den Tisch beugte, um mein Handgelenk zu tätscheln, und sagte: »Ich weiß, daß Sie genau die Richtige für dieses Projekt sind, Abha. Ich freue mich auf die Zusammenarbeit mit Ihnen«, da zog ich meine Hand nicht weg, wie ich es wohl bis vor kurzem noch getan hätte. Und als er mir den Schal um die Schultern legte, und seine Finger einen Moment länger als notwendig verharrten, da machte es mir nichts aus. *Na und*, dachte ich trotzig und erinnerte mich daran, wie Ashoks Handfläche sich gegen Meenas nackten Rücken gepreßt hatte. *Na und*.

Ich blickte zu Suren auf und lächelte auf die gleiche zuvorkommende Weise wie er, als ich sagte: »Ich würde diese Arbeit mit Freuden übernehmen.«

An jenem Nachmittag, auf dem Nachhauseweg vom *Courier*, erstand ich das Nachthemd.

Im allgemeinen hasse ich es, Kleidung zu kaufen. Die großen Kaufhäuser verwirren mich, und die exklusiven Boutiquen mit den Verkäuferinnen in ihren aufreizenden Outfits, die mehr kosten, als ich in einem ganzen Monat verdiene, schüchtern mich ein. Aber heute wollte ich meinen neuen Auftrag feiern. Oder vielleicht lag es auch daran, daß ich, während ich durch die Stadt fuhr, mehr als sonst auf all die Reklametafeln achtete, auf denen Frauen mit trägerlosen Abendkleidern zu sehen waren, die Gläser mit Smirnoff-Wodka an ihre glitzernden Lippen hielten. Oder auf die ganzen Schaufenster mit den schmalhüftigen Puppen, die so elegant waren in ihren Badeanzügen und Hochzeitskleidern und weißen Leinenröcken, die Freizeitjacke lässig über die Schulter geworfen.

Jedenfalls fand ich mich in dem großen Macy's am Union Square wieder, wo ich durch die Wäscheabteilung wanderte. Ich schaute mich nach nichts Bestimmtem um, aber sobald ich das pfirsichfarbene Nachthemd sah – ganz aus Seide und Spitze und mit einem tiefen, runden Ausschnitt und dünnen Spaghettiträgern, die hinten im Rücken über Kreuz liefen –, da wußte ich, weshalb ich gekommen war. Und obwohl es, wie die meisten Sachen bei Macy's, unerschwinglich teuer war, gab ich ausnahmsweise einmal nichts darum. Als die junge Frau es an der Kasse in die Höhe hielt, so daß das Licht durch das durchsichtige Material schimmerte und *oooh, sexy* sagte, wurde ich nicht einmal rot und stammelte auch nichts vor mich hin.

»Ja, nicht wahr?« erwiderte ich mit einem kühlen Lächeln.

An jenem Abend ging ich nach dem Abendessen nach oben und zog mir das Nachthemd über. Ich kämmte mein Haar, bis es glänzte, und ließ es offen herabhängen. Dann trug ich etwas passenden pfirsichfarbenen Lippenstift, den ich auch bei Macy's gekauft hatte, auf die Lippen und die Wangenknochen auf – ganz so, wie es Meena mir bei der Party gezeigt hatte. Als ich wieder ins Wohnzimmer zurückkam, wo Ashok gerade in einem Bericht las, den er aus dem Büro mitgebracht hatte, flatterte mein Herz ganz wild in meiner Brust. Ich hatte das Gefühl, eine Revolution zu beginnen – und vielleicht tat ich das auch.

»Der Courier hat mir eine neue Aufgabe angeboten«, verkündete ich. »Ein Kochbuch. Ich finde die Sache richtig spannend. Allerdings müßte ich viel herumfahren und den Köchen über die Schulter schauen …« Ich verstummte erwartungsvoll.

Ich hatte keine Ahnung, was für eine Reaktion ich von Ashok erwartete. Vielleicht befürchtete ich, daß er den Macho spielen würde. *Meine Frau soll mit Köchen und Kellnern in Restaurantküchen herumhängen? Niemals.* Vielleicht hoffte ich auch auf Anerkennung. *Großartig, Abha! Ich wußte doch, daß es früher oder später jemandem auffallen würde, was du für tolle Arbeit bei deiner wöchentlichen Kochkolumne leistest. Und was trägst du da nur Wundervolles?*

Aber das einzige, was er sagte, während er geistesabwesend in dem Bericht herumblätterte, war: »Wie nett.«

Ich zerdrückte die Falten meines neuen Nachthemds in meinen Fäusten. Sogar eine spöttische Bemerkung – *Du glaubst wohl, du könntest die nächste Julia Child werden* – wäre besser gewesen.

»Ich habe heute mit Suren Gupta zu Mittag gegessen«, teilte ich ihm schließlich mit. »Du hast doch bestimmt schon gehört, was man über ihn sagt – er soll ein ziemlicher Frauenheld sein.«

Ashok blickte nicht einmal auf. »Es kann nicht schaden, wenn du dich mal ein bißchen in Gesellschaft begibst und Leute triffst.« In seiner Stimme klang unverändert eine geistesabwesende Freundlichkeit mit. »Wird dich vielleicht etwas auf Zack bringen.« Dann fügte er hinzu: »Geh ruhig schon zu Bett. Ich muß diese Sache hier bis morgen durchgelesen haben.«

Ich schluckte meine Enttäuschung und meinen Stolz hinunter.

»Wie gefällt dir mein neues Nachthemd? Ich habe es mir heute bei Macy's gekauft.«

Das brachte ihn endlich dazu, den Kopf zu heben. »Macy's?« Für einen Moment glitzerten seine Augen mit ihrer gewohnt gehässigen Amüsiertheit. »Was soll denn das sein? Deine Antwort auf die rückenfreie *choli*?« Seine Augen wanderten kritisch über mich hinweg. »Das Nachthemd ist hübsch, Abha, aber ehrlich gesagt finde ich, daß es nicht gerade für dich gemacht ist. Und in dieser Farbe siehst du ziemlich käsig aus.«

Am nächsten Morgen bewegte ich mich wie in einem Nebel. Meine üblichen Aktivitäten – Ashok den Tee ans Bett bringen, seine Kleidung herauslegen, frischen Orangensaft fürs Frühstück auspressen, ein neues Blaubeerpfannkuchen-Rezept ausprobieren, das ich in *Good Housekeeping* entdeckt hatte (ich war stolz auf mein internationales Repertoire) – kamen mir monoton und bedeutungslos vor. Der Gedanke, daß ich ihnen für den Rest meines Lebens nachgehen würde, legte sich schwer wie ein plötzliches, unerträgliches Gewicht auf mich. Gott sei Dank war Ashok zu sehr damit beschäftigt, Notizen in seinen Bericht zu kritzeln, um zu bemerken, daß ich ihm schweigend gegenübersaß und mein Essen auf dem Teller hin und her schob.

Vielleicht würde es mir ja bessergehen, wenn ich mit meiner neuen Aufgabe begann!

Also ging ich, nachdem Ashoks Auto aus der Auffahrt verschwunden war, unter die Dusche und zog mir danach wieder das pfirsichfarbene Nachthemd über. Es fühlte sich kühl und seidig auf meiner Haut an, und der Stoff glänzte und schimmerte im Morgenlicht, das durch das Schlafzimmerfenster drang. Ich kam mir seltsam elegant vor. Wie eine Königin. Und ich weigerte mich zuzulassen, daß Ashoks Kommentare mir dieses Gefühl verdarben. Trotzig setzte ich mich an meine Frisierkommode und begann, mich zu schminken.

Ich bekam langsam Übung. Ich zog meine Lippen in kräftiger Pfirsichfarbe nach, umrahmte meine Augen dunkel und trug mit einem Pinsel Rouge auf meine Wangen auf. Dann sprühte ich mich reichlich mit Chanel No. 5 ein, das Ashok mir zu unserem ersten Hochzeitstag geschenkt und das ich die ganze Zeit aufgespart hatte, und schließlich zog ich – aus einer Laune heraus – die einzigen Schuhe mit wirklich hohen Absätzen an, die ich besaß. Ich legte sogar noch meine baumelnden Kristallohrringe an. Ich war ein bißchen verlegen, als ich die Treppe hinunterschritt und mich im Flurspiegel sah, kam mir ein bißchen albern vor – wie ein Mädchen, das sich die eleganten Sachen ihrer großen Schwester ausgeliehen hat. Aber irgendwie verlieh mir das Ganze auch ein gewisses Selbstbewußtsein. Und als ich mit dem Manager des ersten Restaurants auf der Liste sprach, die Suren mir gegeben hatte, war ich überrascht, wie angenehm geschäftsmäßig meine Stimme klang, ganz so, als würde ich schon seit Ewigkeiten nichts anderes tun.

Eine Stunde später fühlte ich mich sehr viel glücklicher. Die Manager der ersten drei Restaurants, die ich angerufen hatte, waren sehr daran interessiert, an dem Projekt teilzunehmen, und ich hatte für die nächsten zwei Wochen Termine ausgemacht, um ihre Lokale zu besuchen. Der vierte Manager – der Besitzer eines Restaurants in San Francisco, das sich auf Mughal-Küche spezialisiert hatte, die ich besonders gern mochte – klang ein wenig nervös, aber nicht unfreundlich. Sein Chefkoch hatte plötzlich gekündigt, und er war gerade dabei, sich nach einem Ersatz für ihn umsehen. Ob ich wohl in einer Woche noch einmal anrufen könne? Ich versicherte ihm wohlwollend, daß das kein Problem sei.

Nicht schlecht für einen Morgen Arbeit – ganz besonders nicht für eine Anfängerin.

In diesem Moment schellte es an der Haustür.

Ich öffnete nicht sofort. Wahrscheinlich war es irgendein Vertreter, der etwas verkaufen wollte – einen Reiniger, der wie durch Zauberhand jeden Fleck auf meinem Teppich entfernen konnte, einen Dünger, der meine Miniatur-Gänseblümchen in Riesenchrysanthemen verwandeln würde. Vielleicht ging er von allein wieder weg, wenn ich blieb, wo ich war, und keinen Laut von mir gab.

Aber nun klopfte die Person an die Tür – ein höfliches und dennoch beharrliches Klopfen. Ich seufzte, öffnete die Tür einen Spaltbreit und bereitete mich darauf vor, nein zu sagen.

Dann sah ich, wer es war.

»Srikant!« Ich war zu schockiert für einen höflichen Gruß. »Was machst du denn hier?« In all den Jahren, die ich ihn nun schon kannte, war er niemals ohne Meena bei uns erschienen, und ganz gewiß nicht, wenn Ashok fort war. So etwas taten Inder nicht, die so erzogen worden waren wie wir.

Srikant blickte zu Boden und spielte mit seinen Schlüsseln. »Tut mir leid, wenn ich dich gestört habe, Abha. Ich muß mit dir reden ...« Seine Stimme verlor sich, entschuldigend.

»Bitte«, erwiderte ich und bedeutete ihm, einzutreten, obwohl ich mir ein wenig unbehaglich dabei vorkam, allein mit einem Mann im Haus zu sein, der kein Verwandter war – auch wenn ich ihn bereits seit vielen Jahren kannte. Aber es zerbrachen gerade all die vertrauten Regeln um mich her. Was machte da eine mehr oder weniger schon aus?

»Du siehst hübsch aus«, sagte Srikant, während er mir folgte.

Ich errötete und warf ihm einen flüchtigen Blick zu. Hatte er das etwa sarkastisch gemeint? Nein, das sähe Srikant nicht ähnlich. Dennoch war mir die Unangemessenheit meiner Kleidung in schrecklichem Maße bewußt – das dünne Nachthemd, unter dem sich mein Körper abzeichnete, der Lippenstift, der mir plötzlich aufdringlich vorkam, die hohen Absätze, die mich auf dem dicken Plüsch des Teppichs zum Stolpern brachten.

»Darf ich dir etwas anbieten – etwas zu trinken oder vielleicht einen kleinen Snack?« Unter dem Vorwand, Tee zu machen, konnte ich möglicherweise schnell nach oben laufen, um mir etwas anzuziehen, das schicklicher war. Aber Srikant schüttelte den Kopf.

Wir saßen steif auf unseren Sesselkanten im Wohnzimmer und bemühten uns, Höflichkeiten auszutauschen, während er eingehend das Muster der Vorhänge betrachtete, als sehe er sie zum ersten Mal.

Dann sagte er: »Meena und ich lassen uns scheiden.«

Das sprunghafte Hämmern meines Herzens brachte mich dazu, meine Erscheinung zu vergessen. »Wann?« flüsterte ich. Aber im Grund wollte ich eigentlich wissen *warum*?

»Sobald ich aus Indien zurück bin. Dies ist mit ein Grund, warum ich hinfliege. Ich werde meine Mutter davon in Kenntnis setzen.« Er schwieg für einen langen Moment, aber mir war klar, daß er noch mehr zu sagen hatte. Meine Kiefer schmerzten vor ängstlicher Anspannung.

»Sie hat seit zwei Monaten eine Affäre. Letzte Woche hat sie es mir endlich gesagt und mich gebeten, sie freizugeben.« Er rieb sich müde über das Gesicht. »Ich hatte bereits so etwas vermutet – es gab Kleinigkeiten, die nicht zusammenpaßten, Zeiten, wenn sie angeblich lange gearbeitet hat oder bei einer Freundin gewesen war, Zeiten, wenn sie im Bett ...« Er verstummte.

Hitze schoß mir ins Gesicht.

»Du hast sicher davon gewußt, nehme ich an.« Das war keine Frage.

Ich hätte ihm am liebsten erzählt, daß ich mir eine Weile lang nicht sicher gewesen war. Daß Meena sich mir nicht anvertraut hatte. Hätte ihm gern von dem Schmerz darüber berichtet. Aber das Ganze war zu kompliziert, um es zu erklären. Ich nickte mit schlechtem Gewissen.

»Das ist schon in Ordnung. Du hattest recht, ihr Geheimnis für dich zu behalten. Wahrscheinlich ist es das beste für uns. Wir sind nicht füreinander geschaffen. Meena – sie ist wie ein Falke, wild und schön und voller Verlangen, sich hoch in die Lüfte zu erheben.« Er schwieg und runzelte ein wenig die Stirn, als erwarte er nicht, daß ich das verstehen würde. Aber natürlich tat ich das. Sehr gut sogar. »Und ich« – sein Lachen trug einen traurigen, kratzigen Klang – »ich bin wohl eher ein Pinguin, der durch das Leben watschelt. Ich wußte es bereits, als ich sie das erste Mal sah, bei der Brautschau damals. Ich hätte es nie zulassen dürfen, daß meine Eltern diese Heirat arrangieren – aber sie war so hübsch, so lebendig. Ich dachte, daß sich vielleicht etwas davon auch auf mich übertragen würde.«

Ich wollte ihm etwas Verständnisvolles sagen. Aber eine Myriade von Bildern purzelte heiß und knisternd wie Wäsche, die zu lange in einem Trockner gelegen hat, in meinem Kopf herum. Ashoks spöttisches Lächeln: *Ich wäre bereit, es dir zu sagen, wenn du mich ganz lieb darum bittest.* Seine Hand, die sich gegen Meenas Rücken preßt. Der *palloo* von Meenas Sari, der wie eine Flammenzunge in der Dunkelheit auf der Tanzfläche flackert. Ihre aufgerissenen Augen, die denen eines erschrockenen Rehs gleichen, und die bestreiten, ein Geheimnis vor mir zu haben. Ob Ashok wohl ihr Liebhaber ist? Was, wenn Srikant gekommen war, um mir das zu sagen?

»Ich werde dir einen Tee machen«, schlug ich vor und preßte meine zitternden Hände zusammen. »Bitte – ich könnte selbst einen gebrauchen.«

In der Küche griff ich an den Schachteln mit Lipton-Teebeuteln vorbei, die ich für gewöhnlich benutze, um die Metalldose mit Darjeeling-Tee hervorzuziehen, die mir meine Mutter zu meinem letzten Geburtstag geschickt hatte. Ich schälte Kardamomsamen und zerdrückte Gewürznelken und mischte sie unter die geschnittenen schwarzen Blätter, wie es indische Frauen schon seit Jahrhunderten tun. Und als das Wasser kochte, schüttete ich alles hinein. Das Aroma meiner Kindheit erfüllte den Raum und beruhigte mich ein wenig.

Hinter mir sagte Srikant: »Du hast eine wundervolle Küche.«

Ich wirbelte herum. Ich hatte gar nicht gehört, daß er mir gefolgt war. Er wirkte unbeholfen und fehl am Platz, als ob auch er, wie die meisten traditionsbewußten indischen Männer, nur selten eine Küche betrat. Nach der Scheidung würde er wahrscheinlich lernen müssen, für sich selbst zu kochen. Aber vielleicht würde er sich auch von Big Macs und Burritos von Taco Bell ernähren. Womöglich spielten solche Dinge für ihn keine große Rolle.

»Alles ist so sauber«, bemerkte Srikant verwundert.

Ich blickte mich um und betrachtete die Küche für einen Moment durch seine Augen. Ich war stolz auf die blaugeblümten Vorhänge, die perfekt zu der fröhlichen Tapete paßten, auf die rot und orange leuchtenden Geranien auf dem Fensterbrett, die glänzenden Töpfe und Pfannen mit den Kupferböden, die von Haken herabhingen. Ich verbrachte Stunden damit, diese Töpfe zu polieren, eingelullt von der gleichmäßigen Vor-und-zurück-Bewegung meiner Hände, dem stechenden metallischen Geruch des Brasso-Reinigers.

»Ja«, entgegnete ich düster.

Srikant mußte die Bitterkeit in meiner Stimme vernommen haben, aber er gab keinen Kommentar ab. Und er machte auch keinen überraschten Eindruck. »Ich habe mich entschlossen, Meena das Haus zu überlassen, auch wenn sie es wahrscheinlich verkaufen wird. Wenn ich aus Indien zurückkomme, werde ich mir eine Wohnung in San Francisco suchen.«

»San Francisco! Wird dir denn das dauernde Pendeln nicht zuviel werden?«

Srikant nickte. »Doch. Aber ich wollte immer schon in der Stadt wohnen«, fügte er hinzu und hielt mir eine Tasse hin, damit ich sie füllte.

Ich blickte ihn verblüfft an. Sein unscheinbares, dunkelhäutiges Gesicht, sein ordentlich gekämmtes Haar, das all die Jahre, seit ich ihn kannte, immer gleich ausgesehen hatte – außer, daß es langsam ein bißchen dünner wurde. Sein stumpfer Schnäuzer. Ich hätte nie gedacht, daß er ein Typ für die Stadt war. Das machte mir wieder einmal bewußt, wie wenig ich von Menschen verstand.

»Und Meena? Was wird sie tun?« erkundigte ich mich beim Eingießen.

Srikant zuckte mit den Schultern. »Was wirst du tun?« fragte er.

Meine Hand zitterte so heftig, daß sich der heiße Tee über den Rand der Untertasse auf Srikants Hand und auf die Manschette seines Hemdes ergoß. Er zuckte zusammen.

»Tut mir schrecklich leid«, rief ich und eilte los, um eine Papierserviette zu holen. Ich wischte über seine Hand, rieb über die Flecken an seiner Manschette und dachte die ganze Zeit nur: *Ashok. Er meint, was werde ich tun, wenn Ashok mit Meena fortgeht.*

»Keine Sorge, es ist nichts passiert«, sagte Srikant und legte seine andere Hand über die meine.

Ich blickte auf diese Hand hinab, auf die kleinen Haare, die sich auf der Oberseite seiner Finger kräuselten, auf seine ehrlichen, derben Nägel. Es lag etwas unerwartet Tröstliches in ihrer kräftigen Form, in ihrem warmen Gewicht. Unter ihr schämte ich mich nicht meiner eigenen Hand, wie sonst, wenn Ashok sie – inzwischen nur noch äußerst selten – in seine manikürte nahm.

Srikant bemerkte meinen Blick und zog seine Hand fort. Aber ohne große Eile. Er trank seinen Tee, spülte die Tasse und die Untertasse ab und setzte sie vorsichtig auf den Trockenständer.

Ich hätte ihn gern gefragt: *Was hast du gemeint mit …* Aber ich brachte es nicht fertig. Ich hätte es nicht ertragen, daß Srikant erfuhr, daß ich ahnungslos war, was Ashok betraf; hätte das Mitleid nicht ertragen, das seine Augen erfüllen würde.

»Wann wirst du abreisen?« erkundigte ich mich statt dessen.

»Morgen.« Srikant blickte auf seine Armbanduhr. »Du

liebe Güte, es ist ja schon zwei! Ich muß langsam nach Hause und zu Ende packen.«

An der Tür sagte er: »Ich habe das eben ehrlich gemeint, du siehst wirklich hübsch aus.« Die kleinen Falten in seinen Augenwinkeln glänzten ein wenig, wie die Linien, die sich manchmal tief in einem Eisblock befinden. »Ich hoffe, daß wir beide Freunde bleiben werden, wenn diese ganze Angelegenheit vorbei ist.«

Ich nickte und schluckte. Ich wollte ihm etwas Tiefschürfendes, Weises, Tröstliches sagen, das ihn auf dem langen, einsamen Flug nach Indien ein wenig aufheitern würde, aber irgendwie fiel mir nicht das Richtige ein. »Pinguine sind wundervolle Geschöpfe, wenn sie im Wasser sind«, brachte ich schließlich hervor.

Er lachte, und ich dachte schon, er würde erneut meine Hand ergreifen, sie möglicherweise küssen, und fragte mich, wie ich darauf reagieren sollte. Aber er tat es doch nicht. »Ich werde dich anrufen, wenn ich aus Indien zurück bin«, sagte er.

In jener Nacht fragte ich unter dem Schutz der Bettdecke: »Ashok, bist du mir treu?«

Sobald die Worte heraus waren, wurde mir verlegen bewußt, wie altmodisch sie klangen. Ich hatte Angst, daß Ashok mich auslachen würde. Doch noch mehr Angst hatte ich davor, daß er mir eine ernsthafte Antwort geben könnte.

Doch er klang lediglich gereizt. »Was für eine dumme Frage ist das denn? Ich hätte dir nie die Sache mit Meena erzählen sollen – seitdem bist du wie besessen.«

»Ashok«, beharrte ich, »liebst du mich?« Ich hielt den Atem an und wartete in der angespannten Stille.

»Es ist ein bißchen zu spät, diese Frage zu stellen, findest du nicht auch?« erwiderte er schließlich mit einem Seufzen. Seine Stimme klang plötzlich alt. Erschöpft. Die Zeit lief uns allen davon.

»Laß uns schlafen, Abha. Ich habe morgen früh ein Meeting.«

Ich saß gegenüber von Meenas Haus in meinem Auto und betrachtete die Blätter des Ahornbaumes auf ihrem Rasen, die sich von Grün zu Grau zu Purpurschwarz wandelten, während die Sonne unterging. Ich seufzte und versuchte, die Beine auszustrecken, aber dafür war nicht genug Platz. Ich wartete schon seit Stunden – die Zeit, zu der Meena für gewöhnlich nach Hause kam, war längst verstrichen –, und plötzlich fiel mir ein, daß sie jetzt, wo Srikant in Indien war, womöglich gar nicht mehr nach Hause kommen würde.

Noch zehn Minuten, sagte ich mir. Zehn Minuten, und dann fahre ich. Aber ich wußte, daß ich, falls nötig, die ganze Nacht warten würde.

Dann erblickte ich sie im Rückspiegel. Sie fuhr langsam, als sei sie tief in Gedanken versunken, und nachdem sie in ihre Einfahrt gebogen und den Motor abgestellt hatte, saß sie noch für eine Weile in ihrem Wagen. Sie hatte mich nicht bemerkt.

Als sie endlich ausstieg, sah ich, daß ihr schwarzer Rock ein ganzes Stück oberhalb des Knies endete. *Viel zu kurz für die Arbeit*, sagte eine mißbilligende Stimme in meinem Inneren. Aber ein anderer Teil bemerkte, wie lang und anmutig und nackt ihre Beine in den durchsichtigen Seidenstrümpfen aussahen, und wie sie im Licht der Straßenlaterne schimmerten.

Ich holte sie an der Tür ein. Das scharfe Klicken ihrer

Absätze hatte meine Schritte übertönt, so daß sie sich, als ich sie mit einem Hallo begrüßte, mit einem kleinen Schrei umwandte. Die Unterlagen, die sie unter dem Arm getragen hatte, fielen zu Boden und verteilten sich über die Stufen.

»Abha! Was machst du denn hier?«

Ich hätte beinahe gelacht. Das waren genau dieselben Worte, mit denen ich Srikant empfangen hatte, als er an meiner Tür auftauchte. In all den unterschiedlichen menschlichen Leben gab es möglicherweise nur wenige Situationen, die sich immer und immer wiederholten und für die wir nur wenige Reaktionen bereithielten. Ich fragte mich, wie viele Frauen wohl wie ich schlaflos in der Dunkelheit der Nacht daliegen mochten, mit brennenden, tränenlosen Augen, weil ihre Ehemänner eine Affäre mit der besten Freundin hatten.

»Abha?«

Ich sah zu, wie Meena die runtergefallenen Unterlagen zu einem unordentlichen Stapel zusammenraffte. Ich entschuldigte mich nicht und bot ihr auch keine Hilfe an. Als sie fertig war, sagte ich: »Srikant war gestern bei mir, um mit mir zu reden.«

Ein Zittern wanderte über ihr Gesicht. Waren Schuldgefühle oder Erleichterung dafür verantwortlich?

»Komm herein«, sagte sie.

Wir saßen uns am Eßtisch gegenüber, unsere Gläser mit Saft waren unberührt. Meine Worte, Worte die ich mir endlich abgerungen hatte, hingen in der Stille. *Wie konntest du mir das antun, Meena?* Anfangs war ich mir nicht ganz sicher, ob ich die Affäre selbst meinte oder die Tatsache, daß sie sie mit Ashok hatte, oder daß sie es mir verheimlicht hatte. Doch dann wußte ich es. Das erste hätte ich ihr vergeben können und sogar auch das zweite, aber nicht das dritte. Das nicht.

»Wie konntest du es nur vor mir verheimlichen?« fragte ich wieder.

Meenas Lippen sahen trotz ihres Make-ups aschbleich aus. Ausgetrocknet. »Ich hatte Angst. Ich wußte, daß du dich aufregen würdest. Du mißbilligst ja sogar meine Kleidung. Wie hätte ich dir da sagen können, daß ich mich in einen anderen Mann verliebt habe?«

Liebe. Das Wort war wie ein Schlag mit einem Eishammer. Es verlieh mir das Gefühl von Schwindel, als ob ich aus einer großen, luftleeren Höhe herunterfiel. Irgendwie hatte ich mir keine Affäre dieses Ausmaßes vorgestellt.

»Du bist immer so *gut*«, fuhr Meena eilig fort. »Eine gute Ehefrau, eine gute Hausfrau. Perfekt in all den Dingen, zu denen ich selbst keine Lust hatte, von denen ich aber wußte, daß ich sie eigentlich tun sollte. Irgendwie wie eine Mutter. Ich sehnte mich nach deiner Anerkennung. Brauchte sie. Lange Zeit habe ich mir gesagt, daß ich bei Srikant bleiben muß. Denn was würde wohl Abha sonst von mir halten?«

Ich starrte sie an. Es war nicht leicht, zu begreifen, was sie da gerade sagte. Meena, die schöne Meena, die ich beneidet und bewundert und angebetet hatte, wollte *meine* Anerkennung?

»Aber ich konnte einfach nicht so weitermachen. Unsere Ehe – es war nichts mehr übrig, falls es überhaupt *jemals* einmal etwas gegeben hat. Ich kam mir vor, als würde ich innerlich langsam austrocknen, als würde mein Blut zu Staub.« Sie blickte mich zweifelnd an. »Ich bin mir nicht sicher, ob du überhaupt wirklich begreifen kannst, wovon ich rede.«

Doch das konnte ich. Mir wurde klar, daß die Ehe, die sie gerade beschrieb, meine eigene war. Wenn ich mir jetzt, in diesem Augenblick, die Handgelenke aufgeschlitzt hätte, wäre nichts weiter als Salzpulver hervorgekommen.

»Und dieser Mann – er gab mir das Gefühl, etwas Besonderes zu sein. Er verstand all die Dinge, die ich mir vom Leben erhoffte – denn er wollte sie auch. Mit ihm kam ich mir nicht habgierig oder schuldig oder beschämt vor.«

Ich erinnerte mich, wie die harte Attraktivität von Ashoks Gesicht stets weichere Züge angenommen hatte, wenn er Meena anblickte. Hatte auch ich ihn gehemmt, ihm all diese negativen Empfindungen suggeriert?

»Ich habe es einfach nicht über mich gebracht, dir all das zu erklären – ich wußte, welchen Ausdruck deine Augen annehmen würden. Weißt du eigentlich, daß sie immer ganz dunkel werden, wenn du aufgebracht bist, wie Schieferstückchen? Hätte ich dir gesagt, daß ich es tun muß, um glücklich zu sein, hättest du mir erwidert, daß Glück nicht so wichtig ist, wie das Richtige zu tun. Hätte ich dir gesagt, daß ich mir jeden Abend die Flasche mit den Schlaftabletten angesehen habe, in dem Wunsch, sie alle auf einmal zu nehmen, hättest du mich ermahnt, nicht so melodramatisch zu sein. So *kalifornisch.* Reiß dich zusammen, Meena, hättest du gesagt.«

Nein, hätte ich am liebsten geschrien. Aber sie hatte recht. Ich hätte all diese Dinge gesagt.

»Deshalb habe ich statt dessen mit Ashok darüber gesprochen. Ich wollte, daß *er* dir die Neuigkeit beibringt.«

»Ich wünschte, du hättest es mir selbst erzählt«, entgegnete ich erschöpft. »Das hätte weniger weh getan, als von Ashok zu erfahren, daß ihr beide eine Affäre habt.«

Meena machte einen verwirrten Eindruck. »Das hat Ashok gesagt?«

»Nicht mit so vielen Worten, aber …«

»Abha, der Mann, von dem ich rede, arbeitet in meiner Firma. Er ist Amerikaner. Sein Name ist Charles. Wir werden heiraten, sobald meine Scheidung durch ist.«

Ich wartete darauf, daß mich die Erleichterung überkommen würde, aber nichts geschah. Im Grunde war ich nicht überrascht. Nicht sehr. Es war ganz so, als hätte ein Teil von mir es bereits gewußt.

»Wie konntest du nur glauben, daß ich mich mit *deinem* Mann einlassen würde?« sagte Meena gerade, und ihre verletzten Augen trugen die Farbe von zerknittertem Samt. »Wie konntest du nur so etwas von mir denken?«

Als ich nach ihrer Hand griff, sie umklammerte, da wurde mir klar, daß ich die ganze Zeit über nicht wegen Ashok, nicht einmal wegen Meena, sondern wegen etwas ganz anderem unglücklich gewesen war.

»Abha! Wo zum Teufel bist du gewesen?«

Ich ließ mir Zeit mit der Antwort. Der Klang in Ashoks Stimme gefiel mir, dieser scharfe, besorgte Unterton. Den hatte ich schon seit einer ganzen Weile nicht mehr gehört.

»Ich war bei Meena. Sag bloß nicht, daß du nur wegen mir aufgeblieben bist!«

»Doch, das bin ich.«

»Schau an! Bist *du* nicht immer der derjenige, der sagt, ich solle mich nicht so anstellen, wenn du wegen irgendeines Meetings spät nach Hause kommst?«

»Aber du hättest ja wenigstens anrufen können. Weißt du eigentlich, wie spät es ist? Halb zwölf!«

»Armer Ashok.« Ich genoß die ganze Sache. »Ist deine Schlafenszeit denn etwa so weit überschritten? Warum gehst du nicht ins Bett – ich muß noch ein paar Dinge erledigen.«

Ich begann, die Treppe hinaufzugehen. Hinter mir erkundigte sich Ashok mit gereiztem Tonfall: »Was um Himmels willen hattet ihr denn alles zu besprechen, daß es so lange gedauert hat?«

»Da fragst du Meena am besten selbst, wenn du sie das nächste Mal siehst«, erwiderte ich freundlich.

Als ich im Gästezimmer angekommen war, hatte sich mein Gefühl von rechtschaffenem Triumph in Luft aufgelöst. Ich konnte Ashok nicht die Schuld an allem geben. So einfach war das nicht.

Ich zog mein Notizbuch hervor und las noch einmal die Fragen, die ich – vor so langer Zeit schon, wie es mir vorkam – niedergeschrieben hatte. Die Antworten darauf hatten sich alle geändert, und ich ebenso. Es erstaunte mich zu sehen, wie wenig ich damals gewußt hatte, wie gefesselt mein Denken gewesen war. Nicht etwa, daß ich bereits all diese Ketten losgeworden war – dafür würde ich wahrscheinlich bis an mein Lebensende brauchen. Aber ich fing immerhin langsam damit an.

Als Meena mir ein Photo von Charles gezeigt hatte, war ich wieder einmal überrascht gewesen. Ich hatte einen attraktiven, umwerfend gutaussehenden Mann erwartet. Vielleicht sogar einen Mann, der Ashok ein wenig ähnlich sah. Aber er war nur ein gewöhnlicher Mann mittleren Alters, mit freundlichen Augen und einer kahlen Stelle am Kopf, der nicht besser aussah als Srikant.

»Ich weiß«, sagte Meena und wurde ein wenig rot. »Was das Aussehen angeht, macht er nicht viel her.« Sie wischte mit der Ecke ihres Taschentuchs einen Staubfleck vom Photo, zärtlich, umsichtig, und starrte es für einen Moment an. Als sie wieder sprach, klang ihre Stimme beinahe schüchtern. »Aber er versteht mich, versteht mich vollkommen. Sogar meine schlechten Seiten. Bei ihm kann ich ich selbst sein, wie niemals zuvor.«

War ich schon jemals ich selbst gewesen? Wohl nicht. Ich hatte all meine Energie darauf verwendet, eine gute Tochter zu sein. Eine gute Freundin. Und natürlich eine gute Ehefrau. Ich schrieb die vierte Frage nieder, der ich mich bislang nie zu stellen gewagt hatte. *Was wirst du mit deinem eigenen Leben unternehmen, Abha?* Und plötzlich wußte ich, daß Srikant genau das gestern gemeint hatte. Daß er in Wahrheit wegen dieser Frage gekommen war.

Kurz bevor ich ging, hatte Meena noch gesagt: »Manchmal fühle ich mich noch so schrecklich schuldig. Ich denke darüber nach, was meine Eltern und Srikants Mutter wohl sagen werden, wenn sie es erfahren. *Selbstsüchtig* werden sie mich nennen. *Unmoralisch. Eine schlechte Frau.* Ich muß mir immer wieder sagen, daß ich das nicht bin. Es ist doch nicht falsch, den Wunsch zu haben, glücklich zu sein, oder? Sich mehr vom Leben zu wünschen als die Erfüllung von Pflichten, auf die man sich eingelassen hat, ehe man überhaupt wußte, was sie zu bedeuten haben?«

Für einen Moment sehe ich das enttäuschte, kummervolle, beschämte Gesicht meiner Mutter vor mir.

»Nein«, antwortete ich und sprach dabei sowohl zu Meena als auch zu mir selbst. Ich nahm das Ende meiner *dupatta* und wischte sanft die Mascaraspuren von ihren feuchten Wangen. »Das ist nicht falsch. Auf diese Weise bekommt ihr beide noch einmal eine Chance.«

Als ich von Meena zurückfuhr, nahm der Brief, den ich zu schreiben gedachte, in meinem Kopf bereits Formen an. Die Gestalt der Worte, die ich gebrauchen würde, war fremd, ihr Geschmack zugleich traurig und erheiternd.

Die alten Regeln sind nicht mehr richtig. Nicht hier und nicht einmal in Indien.

Die Scheinwerfer des Wagens hatten gigantische Monstergestalten aus den vertrauten Bäumen und Gebäuden und Straßenschildern geschnitten.

Ich spüre, wie deine Ablehnung dicht und rotglühend und erstickend um mich herum wächst. Und wie die meine auch dich erstickt.

Ich werde einen der staubigen Koffer unter dem Bett hervorziehen. Die Hälfte des Geldes vom Sparbuch nehmen. Dazu meinen Hochzeitsschmuck. Meinen Wagen. Damit dürfte ich mich ein paar Monate über Wasser halten können. Es gab billige Motels in den kleinen Orten auf der Halbinsel, Redwood City, San Mateo. Pensionen. Und auch in der Stadt selbst, in den nicht so guten Vierteln. Einige davon werden von Indern geführt. Ich hatte vor einer Weile einmal einen Bericht darüber in einer Nachrichtensendung gesehen. Möglicherweise würde mich ja jemand zu einem niedrigeren Preis wohnen lassen, wenn ich dafür Arbeiten verrichtete. Mich um die Akten kümmerte, ein bißchen Buchführung machte oder auch Zimmer säuberte.

Wir drehen uns in einer Spirale, an deren Ende der Haß steht. Und die Hoffnungslosigkeit. Das ist nicht das, was ich mir für den Rest meines Lebens wünsche. Oder für das deine.

Ich nahm mir vor, zu diesem Mughal-Restaurant zu fahren. Ich würde dem Besitzer anbieten, einige Tage umsonst zu kochen. Dann mußte er einfach erkennen, wie gut ich war, und mir den Job geben.

Während ich nun auf dem Gästebett in diesem Haus saß, das trotz aller Behaglichkeiten nie mein Zuhause gewesen war, schloß ich die Augen und versuchte, mir mein neues Leben vorzustellen – nicht so, wie ich es haben wollte, sondern so, wie es wirklich sein würde. Wie ich mich bemühe, mit riesigen Bratpfannen und Kochtöpfen und Tandoor-Öfen in einer großen, dunklen Küche klarzukommen, in der der Geruch nach altem Fett die Luft schwer macht, inmitten von Hitze und Schweiß und den Flüchen der umhereilenden Kellner. Wie ich in einem Ein-Zimmer-Appartement über irgendeiner Garage lebe, wo ich mir an meinen freien Tagen Suppe über einem Brenner heiß machen würde. Wie ich das verzogene Linoleum in einer Motel-Toilette am Highway 101 schrubbe.

Es ist besser so, besser, uns gegenseitig voneinander zu befreien, bevor es zu spät ist …

Ja, daran glaube ich – daran muß ich glauben. Trotz meiner schönen, ruhigen Küche, die ich zurücklassen muß. Trotz des Mitleids in den Augen der indischen Frauen, wenn sie davon hören. Trotz des Klatsches in Indien. Der Wut meiner Eltern. Der Entehrung der Familie. Trotz Ashok und trotz dieses hohlen Schmerzes, den ich empfinden werde, wenn ich mich daran erinnere – und das werde ich gewiß tun –, wie sich sein Körper neben mir im Bett angefühlt hat, wie sein Haar nach Pfefferminzblättern und getrocknetem Regen roch.

… damit wir noch einmal beginnen können zu lernen, was Leben heißt.

Und Srikant – nein, ich werde jetzt nicht an ihn denken. Dafür wird später noch genug Zeit sein, wenn ich damit begonnen habe, die aufgelösten Ränder meiner Existenz zu einem neuen Muster zu formen, eins, von dem ich heute noch nicht weiß, wie es einmal aussehen wird.

Ich reiße ein Blatt aus meinem Notizbuch.

Lieber Ashok, beginne ich.

Das Treffen mit Mrinal

Ich nahm gerade eine Mr.-P's-Pepperoni-Pizza aus dem Gefrierschrank, als ich hörte, wie die Haustür zuknallte. Einen Moment später kam Dean – wie mein Sohn Dinesh, ein Teenager, sich gern nennt – in die Küche geschlendert.

»Hi, Mom!« sagte er und strich sich mit den Händen durch das Haar, das seit seinem letzten Friseurbesuch wie die Borsten eines Schrubbers in die Höhe steht.

Die letzten Strahlen der untergehenden Sonne glitzerten auf seinem Knopfohrring und brachten mich zum Blinzeln. Er trug sein schwarzes Lieblings-T-Shirt, auf dem in blutroten Lettern MEGADETH steht. Ich bemühte mich, nicht zu seufzen. Zumindest hatte er nicht das andere an, das er auch mochte und das in Purpur und neonfarbenem Pink gehalten war und den Schriftzug *Suicidal Tendencies* trug.

»Wie ich sehe, gibt's wieder mal Pizza.« Nun glitzerte die Sonne auch auf seinen Zähnen.

Ich war mir nicht ganz sicher, was ich aus diesem Lächeln herauslesen sollte – in den letzten elf Monaten, seit sein Vater gegangen war, hatte Dinesh sich so sehr verändert. »Hast du etwas dagegen?« erkundigte ich mich mit leicht schlechtem Gewissen. »Soll ich dir etwas anderes machen?«

»Nö, laß nur, Pizza ist schon okay.« Er zuckte mit den Schultern und wandte sich ab.

»Dinesh ...«, begann ich, verstummte dann jedoch. Ich hätte mit meiner Hand am liebsten über seine rauhe Wange gestrichen, um ihn wie früher zu bitten, mir zu erzählen, was er tagsüber alles erlebt hatte. Aber die alten Worte und Gesten schienen irgendwie unzureichend.

Er warf mir einen flüchtigen, fragenden Blick über die Schulter zu. Doch als ich nichts weiter hinzufügte, trottete er den Korridor entlang zum Elternschlafzimmer, in dem er jetzt wohnte, und rief: *bis dann*. Innerhalb weniger Minuten erscholl das mißtönende Hämmern von Hard Rock durch die geschlossene Tür und erfüllte das ganze Haus.

Dinesh war einige Tage nach dem Eintreffen der Scheidungspapiere in das große Schlafzimmer gezogen. In gewisser Weise war ich froh gewesen, daß er das Zimmer haben wollte. Ich hatte dies als Zeichen genommen, daß er damit begann, die Situation zu akzeptieren. Das Zimmer hatte leergestanden und bot ihm genug Platz für seine Stereoanlage. Manchmal frage ich mich allerdings, was er darin macht, wenn er keine CDs hört oder auf seiner elektrischen Gitarre übt, oder wenn ich nicht das Steigen und Fallen seiner Stimme am Telefon höre, sein kurzes, befangenes Lachen, das meiner Ansicht nach nur bedeuten kann, daß am anderen Ende der Leitung ein Mädchen ist. In den Nächten, wenn der Schlaf nicht kommen will, stehe ich manchmal im Flur und betrachte den dünnen Lichtstreifen unter seiner Tür, die er immer so sorgfältig hinter sich abschließt. Ich stelle mir vor, wie er wach auf dem großen Bett liegt, das einmal seinem Vater und mir gehört hat, und ein Verlangen überkommt mich, an die Tür zu klopfen, daß mein Arm von den Fingerspitzen bis hinauf zu meiner Schulter schmerzt.

Ich schob die Pizza in den Ofen und begann im Kühlschrank – in dem mehrere in Plastikfolie gewickelte Gemüse unterschiedliche Stadien von Pilzbefall demonstrierten – nach geeigneten Salatzutaten zu kramen. Ich schaffte es, ein Viertel eines müde aussehenden Salatkopfes, einige verschrumpelte Radieschen, eine ganz passable Gurke und dazu noch zwei Tomaten aufzutreiben, die erst ein bißchen in ihrer Haut herumrutschten.

Das war doch gar nicht schlecht. Seit Mahesh gegangen ist, koche ich kaum noch und indisches Essen schon gar nicht. Ich bin zu dem Schluß gekommen, daß ich bereits genug Zeit meines Lebens mit Schneiden und Kochen und Gewürzemahlen vertrödelt habe. Statt dessen habe ich nun Kurse am örtlichen College belegt – nicht etwa so etwas Anspruchsloses wie »Quilts selbst gemacht« oder »Erfüllung durch transpersonale Kommunikation«, sondern Bibliothekswissenschaften. Ich hoffe, daß ich dadurch irgendwann einmal eine Vollzeitbeschäftigung in der öffentlichen Bibliothek von Sunnyvale bekommen werde, in der ich zur Zeit nachmittags arbeite.

In den letzten beiden Semestern habe ich auch einen Fitneßkurs besucht. Ich möchte gern glauben, daß das nichts mit Maheshs Weggang zu tun hat. Der Kurs macht mir Spaß. Anfangs war ich die ganze Zeit über außer Atem und mein Körper nur eine Ansammlung von schwerfälligen, schmerzenden Muskeln. Aber jetzt kann ich alle Übungen, sogar die ganz komplizierten. Abends, im Bett, lasse ich meine Finger mit bitterer Befriedigung über die neuen, festen Linien meiner Waden und Hüften, meines flachen, harten Bauches gleiten.

Eine angenehme Müdigkeit kitzelt in meinen Handflächen und unter meinen Fußsohlen. Sie hilft mir in den meisten Nächten, einzuschlafen. Wenn ich auch manchmal die Stunden in der Küche vermisse, in denen das Licht des späten Nachmittages golden und schwer auf dem Aroma von Knoblauch und geröstetem Senfsamen liegt, so würde ich das doch niemals zugeben.

Ich frage mich, ob auch Dinesh die Currys und *dals* vermißt, gewürzt mit Kreuzkümmel und Korianderblättern und grünem Chili, *puris* und *parathas*, ausgerollt und gebraten, bis sie gold-braun aufpuffen. Heutzutage ißt er meist bei Burger King, wo er einen Job angenommen hat. Vielleicht gibt es für ihn ja wichtigere Dinge, die er vermißt. Ich weiß es nicht. Wir reden nicht mehr soviel miteinander, seit sein Vater in sein neues Leben nach San Francisco gezogen ist, wo er mit Jessica, seiner rothaarigen Ex-Sekretärin, in einer Wohnung lebt, von der aus man auf die Bucht blickt.

Immer wenn ich in der letzten Zeit an Dinesh denke, überkommt mich eine Beklommenheit. Ich sage mir, daß ich mir nicht so viele Sorgen um seine Kleidung oder den Haarschnitt machen sollte oder auch darum, daß er sich für so viele Stunden in seinem Zimmer einschließt und Musik hört, die so unbeherrscht klingt. Daß das nur die Anzeichen für die Schwierigkeiten sind, die Teenager nun einmal haben und die durch die Abwesenheit seines Vaters verstärkt werden. Aber manchmal rufe ich seinen Namen, und er blickt von dem auf, was er gerade tut – doch nicht mit einem irritierten *was denn, Mom,* wie ich es gewöhnt bin, sondern mit dem höflichen, verschlossenen Gesicht eines Fremden. Dann erfaßt mich die Angst. Mir wird klar, daß Dinesh von mir wegdriftet, auf der Welle seines neuen Lebens davongetragen wird, klar auf der Oberfläche, aber mit einer dunklen Unterströmung, die ich, hilflos an irgendeiner Küste zurückgelassen, nur vermuten kann. In solchen Momenten bereite ich dann Salate zu, viele Salate, als könnten ihn die Gurken und der Sellerie und das Alfalfa vor schlechten Noten, Drogen, Straßenbanden und AIDS beschützen. Als könnten die durchscheinenden Zwiebelringe und die langen Karottenlocken eine Kette schaffen, die ihn für immer in meiner Nähe, in Sicherheit hält.

Als das Telefon läutete, hielt ich nicht mit dem Gemüseschneiden inne. Ich wußte, daß Dinesh drangehen würde. Die Anrufe sind eh immer für ihn. Aber dann hörte ich, wie er seine Tür öffnete und über das Getöse der Stereoanlage hinweg rief: »Ist für dich, Mom!«

»Frag, wer dran ist«, rief ich ohne Interesse zurück. Ich habe mich von den meisten Freunden aus der Zeit, als ich noch verheiratet war, zurückgezogen. Anfangs habe ich versucht, an einigen Festivitäten teilzunehmen – Abendessen und *pujas* und Abschlußpartys für Kinder, die nach Stanford oder Harvard gingen. Aber ich war immer die einzige Frau ohne Ehemann, und die anderen Frauen, selbst die, die zu gut erzogen waren, um zu tuscheln, blickten mich mit einem so mitleidigen Blick an, wie man ihn einer verstümmelten Kreatur schenkt, einem Tier, dem eine Gliedmaße abgetrennt worden ist. Hinter dem Mitleid lag immer ein Aufflackern von Dankbarkeit, daß es nicht ihnen zugestoßen war, oder auch ein Schimmer von Mißtrauen, denn nun war ich ungebunden und damit gefährlich.

Wahrscheinlich ist es wieder einmal ein Immobilienmakler, der wissen will, ob wir das Haus verkaufen wollen, sagte ich mir, während ich damit begann, die verschrumpelten Ränder des Salats abzuschneiden. Ich vermutete, daß sie alle irgendeine Art Scheidungsblatt abonniert hatten, da sie bereits in Horden über mich hergefallen waren, bevor ich alle rechtlichen Angelegenheiten geklärt hatte. Und sie alle sprachen mit der gleichen quälend höflichen Stimme, die mich jetzt schon wieder verkrampfen läßt. Während der ersten zwei Monate war ich nach dem dritten oder vierten Anruf am Tag regelmäßig in Tränen ausgebrochen. Als ich mich jetzt daran erinnerte, ließ ich das Messer mit Nachdruck auf den Salat hinabsausen und sah befriedigt zu, wie die braunen Stücke zur Seite flogen.

Mit der Zeit werde ich mich natürlich doch von dem Haus trennen müssen. Die Unterhaltszahlungen von Mahesh sind zwar fair, und ich habe meinen Teilzeitjob, aber das Geld reicht trotzdem nicht, und wir müssen jeden Monat etwas von meinem Gesparten nehmen. »Warum ziehen Sie nicht in eine Wohnung, Asha?« fragt mich meine Studienberaterin immer wieder. »Das wäre viel billiger, und außerdem müßten Sie nicht immer gegen die Erinnerungen kämpfen.« Sie hat recht. Aber Dinesh hat sein Leben lang in diesem Haus gewohnt. Wenn es mir gelingen sollte, das Haus noch ein Jahr zu halten, bis er seinen Schulabschluß gemacht hat (das wären noch genau elf Zahlungen), dann, so glaubte ich, hätte ich einen Teil der Schuld an meinem Versagen, seinen Vater bei uns zu halten, wiedergutgemacht. Aber vielleicht täusche ich mich auch wieder einmal, wenn ich annehme, daß dies überhaupt eine Bedeutung für ihn hat.

»Eine Marina irgendwas. Gehst du jetzt dran oder nicht?« Dinesh klang gereizt. Er mag es nicht, wenn ihn jemand beim Musikhören stört. »Sie sagt, sie ruft aus England an.«

Ich kannte keine Marina. Ehrlich gesagt, kannte ich auch niemanden, der in England wohnt. Aber ich eilte trotzdem mit schlechtem Gewissen ans Telefon, wie ich es immer tue, wenn es sich um ein Ferngespräch handelt.

»Asha!« Die Frau am anderen Ende der Leitung klang quälend vertraut. Sie sprach mit jenem schneidigen britischen Akzent reicher Inderinnen, die in von Nonnen geleiteten Klosterschulen erzogen worden sind. »Hier ist Mrinalini!« Sie verstummte, zuversichtlich, daß ich sie erkennen würde. *Wer …?* Doch dann traf es mich wie der Blitz. Wieso war ich nur nicht gleich darauf gekommen, auch wenn ich ihre Stimme seit Jahren nicht mehr gehört hatte? Denn das war Mrinalini Ghose, meine Klassenkameradin und beste Freundin, meine Vertraute und meine Konkurrentin während meiner Kinder- und Jugendjahre.

»Mrinal!« flüsterte ich ins Telefon, und eine Mischung aus Freude und Kummer schwappte über mich hinweg und machte mich ganz schwindelig. »Wie geht es dir? Was machst du in England?« Ich sprach Bengali und stolperte eine wenig über das intime *tui*, das ich so lange nicht mehr benutzt hatte. Ob ihr wohl auch spontan Szenen in den Sinn kamen, wie es bei mir der Fall war? Unsere heimlichen Besuche auf dem Maidan-Fest, wo wir uns mit fritierten Zwiebel-*pakoras* vollstopften, die ich heute noch riechen kann. All die Nächte, die ich im Haus ihrer Eltern mit ihr in dem großen Mahagoni-Himmelbett mit den geschwungenen Löwentatzen verbracht hatte, wo wir stundenlang miteinander flüsterten und kicherten, nachdem die *ayah* das Licht ausgeschaltet hatte. (Worüber eigentlich? Ich wußte es nicht mehr. Es kam mir unglaublich vor, daß ich einst die halbe Nacht wach geblieben war, nur um mich zu unterhalten.) Jedes

Jahr hatten wir uns vor unseren Abschlußprüfungen in ihrem Elternhaus – das größer und ruhiger war als meines – getroffen, um zu lernen. Wir sagten uns gegenseitig die Namen der großen Herrscher der Mughal-Dynastie auf oder rasselten die Metaphern in Hamlets *Sein-oder-nicht-sein*-Monolog herunter, während die Köchin eine weitere Kanne mit Ingwertee nach oben brachte, den sie extra für uns gekocht hatte, weil er den Verstand klarmachte. »Ich kann nicht eine einzige Zeile mehr lesen«, stöhnte ich immer, wenn ich schließlich ging. »Ich werde mich zu Hause sofort hinlegen und schlafen.« Aber zu Hause zwang ich mich dann doch, wach zu bleiben und weiterzulernen, denn ich wünschte mir so sehr, besser als Mrinal abzuschneiden. Meistens war sie es aber, die die besseren Noten bekam. Vielleicht war sie einfach klüger. Oder vielleicht blieb sie ebenfalls noch auf, um zu lernen, nachdem ich gegangen war.

Sie sei von ihrer Computerfirma in Bombay nach London geschickt worden, um an einer Technologietransfer-Konferenz teilzunehmen, erklärte Mrinal. Und nächste Woche würde sie noch eine in San Francisco besuchen. Deshalb riefe sie an.

»Wir müssen uns unbedingt treffen, Asha! Ich habe dich schon eine Ewigkeit nicht gesehen. Und ich brenne darauf, Mahesh richtig kennenzulernen – die Zeit bei deiner Hochzeit war einfach zu kurz, das zählt nicht. Und deinen Sohn – er ist genauso attraktiv wie sein Vater. Im Laufe der Jahre habe ich so viele Photos gesehen, daß ich beinahe das Gefühl habe, ihn schon zu kennen ...«

Ich schloß die Augen und lehnte meine Stirn gegen das kalte Weiß der Wand. Die traditionellen indischen Worte der Gastfreundschaft drängten sich in meinem

Mund. *Wie wundervoll, dich nach all diesen Jahren zu sehen. Du mußt unbedingt bei uns wohnen.* Ich wußte, daß Mrinal dies erwartete. Aber ich vermochte die Worte nicht auszusprechen.

An dem Tag, als meine Heirat arrangiert worden war – damals hatte ich gerade die Hälfte meines zweiten Jahres am College hinter mir –, rief ich Mrinal an. Ich weiß es noch wie heute: der düstere Monsun-Nachmittag mit den graubäuchigen Wolken, die in der Ferne die Dächer der hohen Bürogebäude streiften, und ein salziger Schwefelgeruch in der Luft, wie Blitze. Ich war vor Aufregung über die Worte gestolpert, als ich ihr erzählte, wie attraktiv mein zukünftiger Mann sei, was für einen guten Job er habe, daß ich nach Kalifornien ziehen, in der Nähe der Filmstars leben würde. Unter der Aufregung war ein geheimer Triumph verborgen gewesen, daß ich diejenige war, die man als erste gewählt hatte, daß *ich* als erste verheiratet wurde, wo doch alle sagten, daß ich nicht so hübsch sei wie Mrinal.

Mrinal hatte mir eine Weile schweigend zugehört. Dann fragte sie mich mit ruhiger Stimme: »Möchtest du das denn wirklich, Asha? Es ist eine große Entscheidung. Du kennst ihn noch nicht einmal – du hast ihn doch erst einmal getroffen.«

»Was soll denn all dieser verwestlichte Unsinn von wegen *nur einmal getroffen*?« erwiderte ich schnippisch. Ein Teil meiner Wut erwuchs aus Enttäuschung. Ich hatte mich so darauf gefreut, sie mit meiner Neuigkeit zu beeindrucken. »So wird es nun einmal gemacht, ganz besonders in traditionellen Familien wie den unseren.« Meine Stimme klang steif und gequält und schrecklich altmodisch. Ich wußte, daß Mrinal an all unsere rebellischen Unterhaltungen über Liebe und Romantik und die freie Wahl des Lebenspartners dachte. Aber das waren doch nur alberne pubertäre Phantasien gewesen, die keine Verbindung zu unseren wirklichen Leben hatten. »Deine Mutter hat so geheiratet und meine auch. Und sie sind sehr glücklich dabei.«

»Schon, aber unsere Mütter haben nicht einmal die High School abgeschlossen. Die Zeiten haben sich geändert, genau wie wir.« Mrinal sprach mit einer schrecklichen Gelassenheit in der Stimme. »An deiner Stelle würde ich mich nicht so beeilen.«

»Ach, wirklich?« Meine zunehmende Wut machte mich sarkastisch. »Und was würde Madam tun?«

»Eine Weile warten, das College beenden, vielleicht einen Job suchen. Kannst du dich denn nicht mehr daran erinnern, wie oft wir darüber gesprochen haben, wie wichtig es für Frauen ist, finanziell unabhängig zu sein?«

»Nein, kann ich nicht«, log ich.

»Ashoo!« rief Mrinal vorwurfsvoll. Dann fügte sie hinzu: »Und du schreibst auch so gut. Professor Sharma sagt doch immer, daß du das Zeug zur Schriftstellerin hast.«

»Und außerdem«, fuhr ich fort, ihren letzten Kommentar bewußt ignorierend, »wer sagt denn, daß ich nach der Heirat nicht finanziell unabhängig sein kann?«

»Ich meine doch nur, daß ich versuchen würde, erst ein bißchen die Welt kennenzulernen, um herauszufinden, was ich eigentlich wirklich will, bevor ich mich binde ...« Der bittende Tonfall ihrer Stimme jagte mir Angst ein. Ich wollte ihr nicht weiter zuhören.

»Aber ich bin Gott sei Dank nicht du«, hatte ich geschrien und den Hörer auf die Gabel geknallt.

Natürlich hatten wir uns wieder vertragen, und Mrinal half mir bei den Hochzeitsvorbereitungen – Saris kaufen, Einladungslisten schreiben, Koffer für die Reise aussuchen. Am Hochzeitsmorgen hatte sie mein Haar immer und immer wieder neu frisiert, während ich bei jeder Frisur jammerte, daß sie mich noch häßlicher aussehen ließe. Als die Zeit gekommen war und ich mit meinem frischgebackenen Ehemann abreisen sollte, klammerten wir uns aneinander und versprachen uns, für immer Freundinnen zu bleiben. Aber während der ganzen Zeremonie – sogar als wir die duftenden, rotweißen Blumenketten austauschten und Maheshs Hand an meinem Hals vorbeistrich, so daß mich ein Zittern durchlief – habe ich mich dann doch gefragt, ob ich zu überstürzt gehandelt, vielleicht die falsche Entscheidung getroffen hatte. Ob Mrinal am Ende wieder einmal gewonnen hatte.

Nun, da sich der Hörer kalt gegen mein Ohr preßte, vernahm ich Mrinals kleine, metallische, ein wenig enttäuschte Stimme, die mich fragte, ob ich noch da sei, ob es mir gutgehe.

»Natürlich bin ich noch da«, erwiderte ich, zwang mich zu einem Lachen und wechselte ins Englische, das mir die angemessenere Sprache für Lügen zu sein schien. »Ich habe nur gerade einen Blick auf den Kalender geworfen. Die nächste Woche wird für uns alle ein wenig hektisch. Mahesh wird bis Freitag gar nicht in der Stadt sein. Er muß beruflich nach Philadelphia. Dinesh ist montags und mittwochs mit seinem Karate beschäftigt, dienstags macht er bei den Toastmeistern mit« (nun improvisierte ich völlig), »er ist das jüngste Mitglied, weißt du, und donnerstags ...«

Aus dem Augenwinkel heraus bemerkte ich eine Bewegung in der Küche. Es war Dinesh, der nach der Pizza schaute. Er starrte mich wütend an. Meine Stimme stockte, aber jetzt gab es kein Zurück mehr. »Ich kann nicht genau entziffern, was hier steht – ich glaube, da arbeitet er als ehrenamtlicher Helfer im El Camino Hospital. Und ich bin auch ziemlich beschäftigt ... Wie schade, hättest du mir nur ein wenig eher Bescheid gesagt ...«

»Ashoo, du willst mir doch wohl nicht weismachen, daß du zu beschäftigt bist, um dich mit mir zu treffen!« erwiderte Mrinal. Sie nannte mich bei dem besonderen Namen, den nur sie benutzte. Ihre Stimme klang gekränkt. »Ich habe erst kurz vor meiner Abreise aus Indien von der Konferenz in Amerika erfahren. Ich war dermaßen damit beschäftigt, ein Visum zu bekommen, daß ich keine Gelegenheit hatte, anzurufen. Aber ich habe auf dem ganzen Weg nach London an dich gedacht.«

Etwas in meinem Inneren verdrehte sich, als wolle es brechen, und ich wußte, daß ich sie einfach sehen mußte. Dieses Wissen erfüllte mich gleichermaßen mit Aufregung und Furcht. »Ich werde irgend etwas absagen«, antwortete ich. »In welchem Hotel wirst du wohnen?«

»Was soll der ganze Scheiß über mich und Karate?« brach es aus Dinesh heraus, noch bevor ich den Hörer ganz auf die Gabel gelegt hatte. »Und die Toastmeister – ich und Toasts ansagen, jetzt hör aber auf!« Ich sah, wie eine Ader an seiner Schläfe pochte. Das hatte er von Mahesh geerbt. »Ich bin wohl so, wie ich bin, nicht gut genug für deine Freundin, was? Und warum hast du wegen *ihm* gelogen« – er sprach den Namen seines Vaters nicht aus – »hast gesagt, er sei geschäftlich unterwegs?« Er imitierte meinen indischen Akzent, betonte ihn in seiner Übertreibung. »Warum hast du ihr nicht einfach die *beschissene* Wahrheit erzählt – daß er dich leid geworden ist und dich wegen einer anderen Frau verlassen hat.«

Das war der Moment, in dem ich zuschlug. Diese Aktion und wie sie geschah – beinahe unfreiwillig, während ein Teil von mir immer noch versuchte, die Tiefen des Schmerzes und der Wut zu erfassen, aus der diese Worte hervorgebrochen waren –, schockierte uns beide. Ich hatte Dinesh nur selten geschlagen, er war immer ein sehr gehorsamer Junge gewesen. Aber was mir nun angst machte, war die Tatsache, daß ich ihm hatte weh tun wollen, die Tatsache, daß ich all meine Kraft in diesen Schlag gelegt hatte. Wir standen uns gegenüber, meine Handfläche bebte von dem Aufschlag, und auf seiner Wange breitete sich ein roter Fleck aus. Am liebsten hätte ich meine Arme um ihn geschlungen und über das, was ich gerade getan hatte, geweint, aber ich brachte nur hervor: »Benutze niemals wieder dieses Wort in meiner Gegenwart!« – obwohl ich genau wußte, daß diese Reaktion vollkommen falsch war.

Dineshs Hände ballten sich zu Fäusten, als wolle er zurückschlagen, und ich fragte mich verstört, ob er es wohl tun würde. Doch er sagte lediglich mit einer kalten Stimme, die mich wie ein Messer durchfuhr: »Du machst mich krank.«

»Du machst mich auch krank«, hörte ich mich schreien, als er die Schlafzimmertür zuknallte. »Denk dran, daß ich nicht die einzige bin, die dein Vater zurückgelassen hat, als er auszog. Ich kann mich nicht erinnern, daß er *dich* gebeten hat, mitzukommen, Mr. Klugscheißer!«

Und dann schämte ich mich so sehr für mein Verhalten, daß ich mich wirklich krank fühlte. Ich ging ins Badezimmer und versuchte, mich zu übergeben, aber nichts passierte, und ich fühlte mich nur noch schlimmer. Ich saß eine Weile auf dem Toilettendeckel und versuchte herauszufinden, wie sich mein Leben, das mir vor einem Jahr noch so wohlgeordnet erschienen war, sich in ein solches Durcheinander hatte verwandeln können. Als ich herauskam, erinnerte mich der Geruch an die Pizza im Ofen, eine inzwischen verkohlte, schwarze Masse. Ich warf sie in den Abfall und ging zu Bett.

Dinesh mied mich. Er verließ das Haus jeden Tag in aller Frühe – sogar am Wochenende – und kam erst spät wieder, wenn er sicher sein konnte, daß ich bereits schlief. Wenn ich morgens in die Küche kam, fand ich das Abendessen vom Vortag, das ich für ihn zubereitet hatte, unberührt auf dem Ofen vor. Wenn ich den Deckel hob, gab das erstarrte Essen einen leicht süßlichen Geruch nach Fäulnis von sich.

An einem Freitag abend blieb ich auf und wartete auf ihn, entschlossen, mit ihm zu reden. Ich war mir nicht sicher, was ich sagen würde – etwas, um die lange und komplizierte Beziehung, die mich mit Mrinal verband, zu erklären, vielleicht etwas, um ihm zu versichern, daß ich ihn so liebte, wie er war. Es war ein feuchter Nachmittag gewesen, und die reglose, klebrige Luft schwer zu atmen. Ich eilte von der Arbeit nach Hause und verbrachte den Rest des Tages in der Küche, um *kachuris* zu machen, die immer zu Dineshs Lieblingsgerichten gehört hatten. Stundenlang füllte ich Teig mit gewürzten, zerdrückten Erbsen, rollte perfekte Kreise aus, ließ sie in das heiße Öl gleiten und hob sie heraus, wenn sie genau den richtigen Goldton hatten. Ab und zu fuhr ich mir mit einer mehligen Hand über die verschwitzte Stirn und fragte mich, ob ich die ganze Sache völlig falsch anging.

Am Abend regnete es unerwarteterweise. Ich öffnete sämtliche Fenster, und der kühle Geruch nach feuchter Erde zog ins Haus. Ich verspürte ein plötzliches Glücksgefühl – obwohl ich ganz gewiß keinen Grund dafür hatte –, eine plötzliche Hoffnung, daß doch noch alles gut werden würde. Ich legte mich in der Dunkelheit auf das Sofa, um auf Dinesh zu warten, und dann schlief ich ein und hatte einen Traum. In dem Traum erschien mir sein Gesicht. Nicht, wie es heute aussieht, mit Ohrring und verschandeltem Haar und dieser Wut, die an seinen Mundwinkeln zerrt, sondern sein Babygesicht mit dem seidigen, faltenlosen Strahlen. Wie er immer auf der Seite lag, die karierte Decke mit der zur Faust geballten Hand umklammert, und mit geschürzten Lippen, die kleine, saugende Bewegungen machten. Wie seine Augen unter den dünnen Lidern hin und her schossen, wenn er träumte. Es war ein so klares Bild, daß ich seinen Geruch nach Milch wahrnahm, und die Seite meines Halses kribbelte, dort, wo er immer sein Gesicht rieb, wenn ich ihn gestillt hatte.

Das Zuknallen der Haustür weckte mich. Dann hörte ich, wie sich seine Schritte durch den dunklen Flur zu seinem Zimmer entfernten.

»Dinesh«, rief ich.

Er antwortete nicht, aber die Schritte hielten inne.

Ich eilte hinaus und tastete nach dem Lichtschalter. »Dinesh, ich habe dir *kachuris* gemacht. Ich dachte, wir könnten zusammen zu Abend essen.« Wo war nur dieser verflixte Schalter?

»Ich habe unterwegs gegessen …« Seine schattige Silhouette wandte sich bereits ab.

»Dinoo«, rief ich verzweifelt, nannte ihn bei seinem alten Kosenamen, obwohl ich wußte, daß es das Falsche war. »Dinoo, es tut mir leid, was passiert ist.« Du solltest dich nicht entschuldigen müssen, schalt mich eine Stimme in meinem Kopf. Du bist die Mutter. Und außerdem hat er angefangen. Ich ignorierte die Stimme. »Ich würde gern ...«

»Verschon mich!« fiel mir Dinesh ins Wort und hielt genau in dem Moment, als ich endlich den Lichtschalter gefunden hatte, seine Hand in die Höhe. In dem plötzlichen, harten gelben Licht wirkte sein Gesichtsausdruck so furchterregend erwachsen, so ganz wie sein Vater, daß mich das härter traf als jeder Schlag. Ganz ruhig stand ich da und sah zu, wie mein Sohn davonging, bis sich die Schlafzimmertür mit einem letzten, endgültigen Klicken hinter ihm geschlossen hatte.

Ich wühlte in meinem Schrank herum und versuchte mich zu entscheiden, was ich anziehen sollte. In zwei Stunden traf ich mich mit Mrinal zum Abendessen im obersten Stockwerk des Hyatt in San Francisco (»geht auf meine Kosten«, hatte sie glücklicherweise beharrt), und nichts, was ich besaß, erschien mir passend. In der Nachmittagssonne, die in Streifen durch das heruntergelassene Rollo fiel, kamen mir die Seidensaris entweder grell oder altmodisch vor. Die *kurta*s sahen langweilig aus. Ich besaß keine schicke westliche Kleidung, weil Mahesh sie nie an mir gemocht hatte. Ich wünschte, ich hätte Dinesh um Rat fragen können, aber seit dem *kachuris*-Abend hatten wir nicht mehr miteinander gesprochen.

Es war ein Sommertag wie dieser gewesen, als mir Mahesh mitteilte, daß er mich verlassen würde. Ich hatte nachdenklich vor meinem Kleiderschrank gestanden und überlegt, was ich zu der Party der Kapoors anziehen sollte, die an jenem Abend ihren fünfundzwanzigsten Hochzeitstag feierten. Er saß auf dem Bett und schaute aus dem Fenster.

»Was gefällt dir besser?« hatte ich gefragt und einen creme-und orangefarbenen Sari und eine blaue *kurta* mit silbernen Blumen in die Höhe gehalten. Mahesh suchte mir gern die Sachen zum Anziehen aus, wenn wir ausgingen. Er wußte, was mir am besten stand.

Aber an diesem Tag starrte er nur weiter hinaus auf den Rasen, als habe er mich nicht gehört. In letzter Zeit war er oft derart in Gedanken vertieft gewesen. Wahrscheinlich sorgt er sich wegen irgend etwas im Büro, dachte ich. Doch wenn ich ihn nach seiner Arbeit fragte, antwortete er jedes Mal, daß alles in Ordnung sei.

Ich fragte ihn erneut, was ich seiner Ansicht nach anziehen sollte.

»Das ist mir egal«, erwiderte er mit einer Stimme, die so gar nicht wie die seine klang. »Ich halte das einfach nicht mehr aus, Asha.«

Er eröffnete mir, daß er sein ganzes Leben lang das getan hatte, was andere Leute von ihm erwarteten: Erst war er der gehorsame Sohn, dann der verantwortungsbewußte Ehemann und Vater gewesen. Nun hatte er endlich jemanden gefunden, der ihm das Gefühl gab, lebendig zu sein, bei dem er glücklich war. Er wollte die Chance wahrnehmen, sein Leben wirklich zu *leben*, bevor es zu spät war.

Ich entsann mich noch daran, wie ruhig ich innerlich gewesen war, während ich ihm zuhörte. Ruhig und ein wenig neugierig. Denn das Ganze passierte natürlich nicht wirklich *mir*. Außerdem hatte ich einen ganzen

Haufen von Bildern in meinem Kopf, um ihm zu beweisen, wie unrecht er hatte: Mahesh, der mir auf unserer Hochzeitsreise in Kashmir lächelnd in die Augen blickt, während das Nachtwasser hinter unserem Hausboot auf dem Dal-See schimmert; Mahesh und ich, wie wir uns über das winzige, verschrumpelte Gesicht unseres Babys beugen, sich unsere Blicke begegnen und wir in ungläubiges, zittriges Lachen ausbrechen; wie wir alle samstags morgens in unser Bett kriechen, um uns Bugs Bunny anzuschauen. Und erst vor kurzem haben wir uns einen brandneuen Mazda Miata gekauft, da mir Vater und Sohn versicherten, daß ein Zweisitzer absolut nicht unpraktisch sei, und Dinesh hatte gelacht und aufgeregt gefragt: *Darf ich den auch fahren, sobald ich meinen Führerschein habe?*

»Bist du denn mit uns niemals glücklich gewesen?« hatte ich mit ruhiger Stimme gefragt.

»Ich habe gedacht, ich wäre es«, hatte er geantwortet. »Aber da wußte ich noch nicht, was wirkliches Glück ist.«

Nun, da ich bemerkte, daß die Sonnenstäubchen genau wie an jenem Tag in der erleuchteten Luft hingen, daß der Jasmin draußen genauso roch wie damals, da fürchtete ich, daß Mrinal die neueste Mode tragen würde. Selbst damals schon, als wir noch auf das magere Taschengeld angewiesen gewesen waren, das wir von unseren Eltern erhielten, hatte sie ein Gespür für Farben und Modestile besessen. Sie war immer auf den Maidan-Markt gegangen und hatte Reste von den Großhändlern gekauft, die dort mit ihren Ballen gefärbter Baumwolle und Seide saßen, und sich dann daraus die schönsten Modelle erschaffen. Und nun, da sie als leitende Angestellte zu den Führungskräften gehörte, achtete sie sorgfältig auf sich – wie ich den Photos entnehmen konnte, die sie mir in größeren Abständen, aber regelmäßig schickte, zusammen mit einigen hastig hingekritzelten Zeilen, in denen stand, daß sie an mich denke. Die Photos waren im Urlaub entstanden, an so ausgesuchten Orten wie den OotyHügeln oder dem Strand von Kanyakumari, wo sich die drei Ozeane treffen. Sie deuteten auf Glanz und Verlockung hin. Auf dem letzten Photo, das sie vor einem Jahr geschickt hatte, trug Mrinal eine mitternachtsblaue *kameez* mit einem gewagten runden Ausschnitt und goldene *chappals* an den Füßen. Sie lehnte sich leicht gegen einen gutaussehenden Mann. Die marmornen Kuppeln des Tadsch Mahal schimmerten im Hintergrund.

Manchmal fragte ich mich im stillen, wie Mrinal es empfand, nicht verheiratet zu sein. Bei Familientreffen mußte sie doch ein gewisses Bedauern überkommen, wenn Schwestern und Cousinen ihren Nachwuchs vorführten und mit ihren Männern prahlten. Aber als ich mir die Bilder noch einmal genauer ansah – ob sie nun neben einem Fresko in den Ajanta-Höhlen posierte oder elegant vom Deck eines Kreuzfahrtschiffes winkte und mit einem direkten, offenen Lächeln in die Kamera blickte –, verschwanden meine Zweifel. *Sie lebt das perfekte Leben, hat Geld, ihre Freiheit, erfährt Bewunderung,* sagte ich mir, plötzlich neidisch, *und sie muß sich keine Gedanken darüber machen, irgend jemand zufriedenzustellen.* Doch jenseits dieses Neides freute ich mich für sie. Immer dann, wenn mein Leben mich mit seinem Wirrwarr und seiner Gewöhnlichkeit deprimierte, war es mir ein seltsamer Trost, an Mrinals zu denken, das mit den gleichen sauberen, zuversichtlichen Strichen geschaffen worden zu sein schien, mit denen sie einst ihre Kleider entworfen hatte.

Es war nicht leicht für mich gewesen, mit Mrinals Photos mitzuhalten, aber ich hatte mein Bestes getan – mit Bildern von den Yosemite-Wasserfällen und der Golden Gate Bridge. Auch ich legte meinen Photos hastig hingekritzelte Zeilen bei, obwohl ich leicht die Zeit für einen Brief gefunden hätte. Aber das hätte irgendwie bedeutet, daß mein Leben weniger geschäftig und damit weniger erfolgreich war. Nachdem ich das Tadsch-Mahal-Bild erhalten hatte, bat ich einen Freund, ein Photo von uns dreien in unserem neuen Mazda zu machen. Ich hatte immer noch einen Abzug von diesem Photo, auf dem Mahesh und ich bei heruntergeklapptem Verdeck im Wagen sitzen, während Dinesh sich lässig wie ein Model an die Wagentür lehnt. Ich erinnere mich noch, wie ich das Bild betrachtete und dachte, wie sehr ich doch Vater und Sohn liebe. Wie sehr sie Teil meines Selbst waren, ganz wie mein eigener Körper, so daß ich mir niemals ein Leben ohne einen von beiden hätte vorstellen können. I*ch wünschte, du könntest uns einmal besuchen,* hatte ich fröhlich und ohne nachzudenken auf die Rückseite des vergrößerten Abzugs geschrieben, ehe ich ihn in den Umschlag steckte und an Mrinal schickte.

Ich war mit den mir zur Verfügung stehenden Mitteln gegen die Scheidung vorgegangen – hatte argumentiert, Mahesh angefleht, nicht mehr mit ihm geredet, hatte seine Lieblingsgerichte gekocht. Ich war sogar so weit gegangen, mir ein transparentes schwarzes Negligé von Victoria's Secret zu kaufen. An jenem Abend hatte ich mir im Bad viel Zeit gelassen, mir das Haar gekämmt, bis es glänzend über meinen Rücken hinabfiel, hatte mir Lavendelöl auf die Handgelenke und den Hals gerieben und verschiedene Lippenstifte ausprobiert. Als ich herauskam, hatte Mahesh von der Zeitschrift aufgeblickt, die er im Bett las. Er hatte seine Brille abgenommen und sich müde über die Augenwinkel gewischt.

»Tu dir das nicht an, Asha«, hatte er gesagt. Die Traurigkeit in seiner Stimme war schlimmer gewesen als Wut, schlimmer noch als Verachtung.

Er war noch am selben Abend ausgezogen.

Nun, da ich mir langsam eine rohseidene *salwaar-kameez* überzog, von der ich hoffte, daß sie elegant wirkte, ohne zu protzig zu erscheinen, versuchte ich mir zu überlegen, was ich Mrinal erzählen sollte. Aber das einzige, woran ich denken konnte, waren die dunklen Schatten unter meinen Augen, die auch die Schminke nicht richtig zu verdecken vermochte, und die verräterischen grauen Strähnen, die ich vor kurzem in meinem Haar entdeckt hatte.

»Wenn Sie mir bitte folgen würden.«

Der maître d', ein großgewachsener Mann in einem einschüchternden schwarzweißen Smoking, schlängelte sich geschickt durch das überfüllte Restaurant. Meine Beine zitterten ein wenig, als ich ihm folgte. Ich war immer noch sehr angespannt von der Fahrt. Ich war es nicht gewohnt, im Stadtverkehr zu fahren, und der zehn Jahre alte Chevy (Mahesh hatte den Miata mitgenommen) hatte die Sache nicht gerade erleichtert. Der burgunderfarbene Plüschteppich, in dem meine Füße versanken, das Klimpern von Besteck und das kultivierte Lachen, das Aufblitzen eines Armreifs oder einer diskreten Krawattennadel, das Glänzen einer nackten Schulter, hervorgerufen durch ein ins Licht gehobenes Weinglas – all das trug nur zu meinem Unbehagen bei. Meine Erfahrung mit Restaurants beschränkte sich auf eine Zeit, als Dinesh noch klein war und wir Chuck E.

Cheese unregelmäßige Besuche abstatteten, wo wir über das aufgeregte Gekreische von Kindern und das Geklingel des Flipper-Spielautomaten den schwitzenden, Schürze tragenden Pizzaköchen unsere Bestellung zuschrien. Als er älter wurde, gingen wir auch ab und zu einmal in das Shanghai-Restaurant in unserem Viertel, wo der klebrige Chili-Sesam-Öl-Geruch über den orangefarbenen Formica-Tischen hing. Während ich unbeholfen dem maître d' folgte, wurde mir klar, daß ich nicht hierhergehörte und daß dies jeder im Raum wußte, ohne auch nur einen Blick auf mich werfen zu müssen.

Dann sah ich sie. Sie saß an einem Fenstertisch und hatte mir den Rücken zugewandt. Trotz des fragenden Blickes des maître d' blieb ich stehen. Ich wollte mir einen Augenblick gönnen – um mich zusammenzureißen, um sie zu betrachten, bevor sie bemerkte, daß ich da war. Vielleicht erhoffte ich mir, in diesem unbewachten Moment etwas zu erfahren, das mir einen Vorteil für unser bevorstehendes Wiedersehen verschaffen würde. Draußen erstreckte sich die Bay Bridge einer glitzernden Lichterkette gleich über das Wasser. Der Abend war so klar, daß man bis zu der Stelle schauen konnte, wo der Glockenturm von Berkeley die Dunkelheit wie eine erleuchtete Nadel durchstach. Aber Mrinal schenkte der Aussicht keine Beachtung. Statt dessen blickte sie auf ihre Hände hinab. Ich bemühte mich, etwas aus der Neigung ihrer Schultern, der Rundung ihrer Wange zu lesen. Ich muß zugeben, daß ich nach einem versteckten Kummer suchte, vielleicht einer Lebensmüdigkeit. Aber das einzige, was ich entdeckte, war die natürliche Anmut, mit der sie ihren Körper hielt, ganz so, wie sie es schon immer getan hatte.

Sie mußte meine Gegenwart gespürt haben, denn sie drehte sich um. Als sie mich sah, erschien ein so freudiges Lächeln auf ihrem Gesicht, daß ich mich dafür schämte, sie bespitzelt zu haben.

»Ashoo, meine Liebe, wie hübsch du aussiehst!« Sie stand auf und umarmte mich fest. »Du bist viel schlanker als auf dem Photo, das du mir letztes Jahr geschickt hast!« Ich konnte ihr Parfüm riechen, es duftete nach Moschus und Geld. Hinter ihrem Rücken veränderte sich langsam die funkelnde Skyline der Stadt, weil sich das Restaurant drehte. Mrinals Gesicht funkelte auch. Sie hatte eine glitzernde Grundierung aufgelegt und genau die richtige Menge Mascara, und sie sah sehr viel jünger aus, als sie war – achtunddreißig, genau wie ich. Sie trug eine braune, schulterfreie Tunika mit einer schmalgeschnittenen *churidar*-Hose, eine elegante Verschmelzung von Ost und West. Es war wie für sie gemacht.

»Ich kann dir gar nicht sagen, wie ich mich auf unser Treffen gefreut habe!« Mrinal lachte laut. Ihr Lachen hatte einen frohen, vollkehligen Klang, und sie scherte sich nicht darum, ob jemand zuhörte, ganz genau so, wie ich es in Erinnerung hatte. »Wie viele Jahre ist es jetzt her? Beinahe zwanzig? Es gibt so vieles, was man nicht schreiben kann, was man nur von Angesicht zu Angesicht zu erzählen vermag ...« Sie hielt meine Hände in den ihren, und ich erblickte die sorgfältig manikürten Nägel, die genau das Braun ihrer Kleidung trugen. Ein Diamantring glitzerte an ihrem Ringfinger.

»Du siehst auch sehr hübsch aus«, erwiderte ich und bemühte mich, ihr Lächeln zu erwidern. Eine Schwere lag in meiner Brust. Ich vermochte nicht zu sagen, ob es Ablehnung oder Neid war. »Und du hast recht, es gibt haufenweise Neuigkeiten zu erzählen! Aber zuerst mußt du mir etwas über diesen göttlichen Ring sagen! Hast du dich etwa verlobt? Versteckt sich irgendwo ein glücklicher Mann in einer Ecke?« Meine Stimme klang selbst in meinen Ohren spröde und falsch.

»Nein«, antwortete Mrinal. Ein Schatten schien über ihr Gesicht zu fallen, aber vielleicht sah ich ja nur, was ich sehen wollte. »Gefällt er dir? Ich habe ihn gerade erst in London gekauft. Meine Art, mich ein wenig selbst zu verwöhnen.«

Ich war beeindruckt, mehr sogar, als wenn sie ihn von einem Mann erhalten hätte. Mrinal und ich sind beide von Müttern erzogen worden, die daran glauben, daß Frauen sich mit dem zufriedengeben sollten, was ihre Männer ihnen zugedenken. Eine Frau, die Dinge für sich selbst in Anspruch nimmt, so hatten wir immer und immer wieder zu hören bekommen, war habgierig. Egoistisch. Das Teuerste, was ich mir in meinem ganzen Leben einmal selbst gekauft hatte, war ein Flakon Chantilly Parfüm für 19.99 Dollar bei Ross's Dress for Less gewesen. Ich hatte zwanzig Minuten mit einem schlechten Gewissen vor der Parfümtheke verbracht, ehe ich dafür bezahlte, und dann hatte ich den Kauf damit gerechtfertigt, daß die Weihnachtsfeier von Maheshs Firma bevorstand, an der ich teilnehmen würde. Ich wollte Mrinal gerade sagen, wie großartig ich es fand, daß sie die Konditionierung unserer Kindheit überwunden hatte, als die Kellnerin an den Tisch trat, um unsere Getränkebestellung aufzunehmen.

»Wie wäre es mit zwei Wodka-Martinis, geschüttelt, nicht gerührt?« Mrinal lächelte. »Erinnerst du dich noch?«

Ich nickte. In der High School waren wir leidenschaftliche James-Bond-Fans gewesen. Diese gewalttätige, magische Welt – die so ganz anders war als unsere – mit ihren goldenen Pistolen und komplizierten Maschinen und Bikinischönheiten faszinierte uns. Wir hatten uns geschworen, daß wir, sollte es uns jemals gelingen, unseren konservativen, Alkohol ablehnenden Eltern zu entfliehen und ins Gelobte Land – nach England oder Amerika – zu gelangen, dies mit Bonds speziellem Drink begießen würden.

»Stell dir vor, ich habe ihn all die Jahre noch nicht versucht«, sagte ich. »Mahesh« – es war doch nicht unmöglich, seinen Namen auszusprechen – »mag nämlich nur Wein.«

Die Kellnerin stellte unsere Drinks auf den Tisch. Sie trug einen kurzen, schwarzen Rock und ein paillettenbesetztes, rückenfreies Oberteil. Ihr rotes Haar fiel in Stufen auf ihre Schultern herab. Ich versuchte, nicht an Jessica zu denken.

»O ja«, sagte Mrinal, als sie ihr Glas an die Lippen hob. »Mahesh! Du mußt mir unbedingt alles über den rätselhaften und romantischen Mahesh erzählen!« Sie nahm einen kräftigen Schluck und neigte das Glas dabei, als sei dies eine alte, vertraute Geste. »Es ist wirklich schade. Ich hätte ihn nur zu gern einmal kennengelernt. Genauso wie deinen charmanten Sohn.«

Der Boden hob sich und begann sich zu drehen. Vielleicht lag es an dem Martini, der bitter auf meiner Zunge brannte und mich zum Husten brachte. Eine weitere Enttäuschung. Ich atmete tief durch und öffnete den Mund. Die Worte strömten aus mir hervor. Und es waren genau die richtigen. Und es fiel mir überhaupt nicht schwer.

»Du bist wirklich glücklich dran«, sagte Mrinal, als ich geendet hatte. Sie faltete die Ecke ihrer Serviette auf und zu, und dieses Mal lag wirklich ein Schatten in ihrem Blick. Er ergoß sich über die Vertiefungen unter ihren Augen. »Du weißt gar nicht, wie glücklich du dran bist, Ashoo, daß du einen solch liebevollen, aufmerksamen Mann und einen so guten, verantwortungsbewußten Sohn hast.«

»Aber du hast auch Glück«, erwiderte ich, ein wenig überrascht angesichts der Vehemenz, mit der sie dies ausgesprochen hatte. »Du bist erfolgreich bei deiner Arbeit, kannst reisen, wann immer du Lust hast, kletterst in der Firma immer höher, mußt dir keine Sorgen ums Geld machen. Du bist so viel hübscher als ich, es muß ein Dutzend Männer geben, die dich sofort heiraten würden. Manchmal wünschte ich, wir könnten tauschen ...« Ich verstummte. Ich wollte meine Phantasien nicht preisgeben.

Mrinal saß einen Moment lang schweigend da, blickte auf ihren Ring hinab und drehte den Diamanten hin und her, um das Licht darin einzufangen. Dann sagte sie: »Du hast recht. Es gibt vieles in meinem Leben, auf das ich stolz bin. Die Freiheit. Die Macht. Die Möglichkeit, einen Raum voller Männer in dem Bewußtsein zu betreten, daß keiner von ihnen mich herumschubsen kann. Die widerstrebende Bewunderung in ihren Augen zu sehen, wenn ich ein schwieriges Geschäft abschließe.« Sie sprach langsam, nachdenklich. »Das war es, was ich immer gewollt habe. Ich würde es niemals aufgeben, um zu einer Ehefrau zusammenzuschrumpfen, wie es diese Frau – wie war doch noch mal ihr Name? – in diesem Theaterstück gesagt hat, das wir für den Literaturkurs lesen mußten.«

Zusammenschrumpfen. Ich gab mir alle Mühe, bei dem Wort nicht zusammenzuzucken. Ich erinnerte mich an die Frau, die das gesagt hatte, Millimant in Congreves *Der Lauf der Welt*. Mrinal und ich hatten die bekannte Szene nach dem Kurs zusammen im hinteren Teil der College-Bibliothek gelesen, unsere Lieblingszeilen unterstrichen und sie uns gegenseitig vorgetragen. Ihre Worte hatten in diesem muffigen Saal, an dessen Wänden düstere Ölgemälde von alten, toten Männern – Gründern und Rektoren – hingen, die mißbilligend auf unsere aufgeregten, lachenden Gesichter herabblickten, so lebendig und gescheit geklungen.

»Die Wahrheit ist nicht so simpel, wie wir damals gedacht haben«, entgegnete ich seufzend.

»Ich weiß.« Mrinal seufzte ebenfalls. »Manchmal, wenn ich morgens wach werde, möchte ich am liebsten meine Augen gar nicht öffnen. Ich weiß ganz genau, wie alles sein wird – die Bettdecke und der Teppich, die Vorhänge und Kissen, alles so wunderbar farblich aufeinander abgestimmt ...«

»Mrinal, bitte«, unterbrach ich sie mit drängender Stimme. Aus irgendeinem Grund erschien es mir sehr wichtig, daß sie nicht weitersprach.

Doch sie fuhr unerbittlich fort: »... der ein Meter zwanzig hohe Fernseher, die Stereolautsprecher in den Ecken, die Hängepflanzen, die wohlüberlegt und genau an der richtigen Stelle hängen, das helle Licht, das auf alles fällt ...«

Sie preßte ihre Knöchel gegen die Augen, und als sie sie wieder wegzog, da war ihre Wimperntusche verschmiert. Ich starrte sie an. Es war das erste Mal, daß ich Mrinal weinen sah.

»Ich wollte so tun, als sei alles ganz wunderbar«, sagte sie. »Ich habe mir so sehr gewünscht, daß du mich bewunderst, mich beneidest. Dieser alte Konkurrenzgedanke zwischen uns, du weißt schon. Aber als ich hörte, wie du von deinem Mann und deinem Sohn erzählt hast« – ihre Stimme stockte bei dem Wort Sohn – »als ich diese Liebe sah, die dein Gesicht zum Strahlen brachte, da konnte ich es einfach nicht länger aufrechterhalten.«

Die Tränen verursachten schwarze Streifen auf ihren Wangen. Sie weinte, wie sie lachte – ohne Scham, ohne jeden Rückhalt. Ich wäre am liebsten zu ihr um den Tisch gegangen, um sie in den Arm zu nehmen. Ich hätte am liebsten ebenso geweint wie sie, hätte ihr gern alles gestanden. Aber es kam mir vor, als ob ich ganz tief in etwas gefangen war, in einem Tunnel vielleicht, oder einem Brunnen, in dem mich das dunkle, kalte Wasser hinunterdrückt. Deshalb saß ich schweigend da, während Mrinal sich die Augen wischte und dafür entschuldigte, daß sie eine Szene gemacht hatte. Sie sagte, daß sie gar nicht wisse, was in sie gefahren sei. Und da war es zu spät.

»Ich freue mich für dich, Ashoo, wirklich«, sagte sie, als wir uns zum Abschied küßten. »Achte gut auf diese beiden wundervollen Jungs, die Gott dir gegeben hat.«

Als ich abends in die Garage fahre, benutze ich wie immer die Fernbedienung, um das Garagentor hinter mir zu schließen, aber ich stelle den Motor nicht direkt ab. Ich sitze bei geöffnetem Fenster in dem alten, braunen Chevy, zupfe am rissigen Vinyl des Armaturenbretts, lausche dem vertrauten, tröstlichen Rumpeln. In meinem Kopf wiederholen sich die Vorfälle des Abends immer und immer wieder. In einer versteckten Ecke meines Verstandes schwimmt ein kleiner, verführerischer Gedanke, der für einen Moment deutlich zu erkennen und dann wieder unscharf ist: Wie leicht wäre es, einfach hier sitzen zu bleiben, bis die Abgase meine Lungen füllen. Ich schließe die Augen und sehe, wie der graue, gazeähnliche Rauch sanft in die Hohlräume meines Inneren dringt und alles ausfüllt.

Ich bin mir nicht sicher, wie lange ich schon in der Garage sitze. Ein süßlicher, schwerer Geruch hängt jetzt im Wagen. Er springt mich an, steigt über meine Hüften und Brüste und den Mund bis zu meinen Augen in die Höhe. Und ich weine – weine all die Tränen, die ich nicht vergossen habe, als Mahesh gegangen ist, und auch nicht, als sich Dinesh in dem harten Licht des erleuchteten nächtlichen Flurs von mir abwandte. Ich weine um Mrinal in dem geräumigen Bett in ihrer Luxuswohnung, die dort bis ans Ende ihres Lebens allein liegen wird, und um mich selbst, der es wahrscheinlich genauso ergehen wird. Aber hauptsächlich weine ich, weil ich mich wie ein Kind fühle, das eine Märchenpuppe aufhebt, die es immer schon von weitem bewundert hat, und nun feststellen muß, daß all ihr magisches Glitzern nichts weiter ist als bemalter Ton. Irgendwie hatte es mir der Glaube an Mrinals Glück, der Gedanke daran, daß ein Leben ohne Reue wie das ihre möglich ist, leichter gemacht, meinen ganz individuellen Kummer zu ertragen. Wie sollte ich nun weiterleben, nun, da ich wußte, daß Vollkommenheit nur ein Trugbild war?

Der Geruch ist jetzt durchdringender. Ich kann ihn in meinen Poren spüren. Er beginnt sich zäh und glänzend wie Öl auf meine Haut zu legen. Das Denken wird schwieriger. Ich muß nur noch eine kleine Weile warten, bis er mich vollkommen bedeckt haben wird.

Aber ich weiß, daß das nicht die Antwort ist. Nicht etwa, daß ich sicher wäre, wie die genaue Antwort lautet oder ob es überhaupt eine gibt. Ich weiß nur, daß ich den Motor abstellen muß, bevor ich dazu nicht mehr in der Lage bin. Ich greife nach dem Schlüssel, aber ich kann ihn nicht sehen. Ich taste in der Dunkelheit, durch den klebrigen Wirbel, der sich um das Lenkrad aufgetan hat, und für einen panikerfüllten Moment fürchte ich, daß ich ihn niemals finden werde. Aber dann preßt sich die metallische Kühle in meine Handfläche, präzise und beruhigend solide in einer Welt voller ungestalter Formen. Ich drehe ihn mit einer heftigen Bewegung und stolpere vom Wagen auf den Schalter zu, der das Garagentor öffnet. In der neuentstandenen Stille verursacht mein Husten ein scharfes, reißendes Geräusch, laut genug, um die Nachbarn zu wecken – so kommt es mir zumindest vor. Als sich das Garagentor rumpelnd öffnet, bin ich beinahe überrascht, daß dort niemand im Morgenmantel und mit streitlustigen Fragen bewaffnet auf mich wartet.

»Mom.«

Die Stimme hinter meinem Rücken erschreckt mich. Ich wirbele herum, um mich ihr zu stellen, und werde von einem plötzlichen Schwindel erfaßt. Der Boden unter meinen Füßen wellt sich verräterisch, bereit, sich aufzulösen.

»Alles in Ordnung?« Dineshs Hände umfassen meine Oberarme. Seine Finger besitzen die Stärke und die Zuversicht der Jugend. »Mom, bist du etwa *betrunken*?«

Ich kann mich nicht allzu gut auf sein Gesicht konzentrieren, aber ich vernehme den Schock in seiner Stimme und darunter eine überraschende Note prüder Mißbilligung. Das läßt ihn beinahe… *mütterlich* klingen. Ich hätte am liebsten gelacht. Aber dann beginnt er zu schnuppern, und sein Gesicht verändert sich, die Züge verschwimmen, als ob man durch Wasser blickt.

»Was sollen die ganzen Abgase in der Garage? Mom, was hast du *getan*?«

Seine Stimme zittert ein wenig beim letzten Wort. Ich bemerke überrascht, daß er den blauen Pyjama trägt, den ich ihm vor einer Weile einmal gekauft habe. Zusammen mit seinem zerwühlten Haar läßt er ihn unerwartet jung aussehen. Und furchtsam. Furchtsam vor dem, was ich zu sagen haben könnte.

Ich will irgend etwas Positives und Bedeutsames von mir geben, vielleicht etwas in der Art, daß ich ihn viel zu sehr liebe, als daß ich ihn verlassen könnte, egal, wie verlockend ein Selbstmord auch sein mag. Ich würde ihn gern ganz eng an mich pressen, wie ich es immer bei einem Gewitter getan habe, als er noch klein war. Aber ich bringe nicht mehr hervor als: »Ich glaube, ich muß mich übergeben.«

»O Mann, dann warte aber, bis ich dich ins Badezimmer geschafft habe«, erwidert Dinesh. Er schiebt eine Schulter unter meine Achselhöhle und schafft es, mich halb zerrend und halb tragend zum Waschbecken zu bringen – und zwar so geschickt, daß ich mich frage, ob er es schon einmal getan hat und für wen. Er hält meinen Kopf fest, während ich mich würgend über das Becken beuge, und als es vorbei ist, wischt er mir das Gesicht vorsichtig mit einem feuchten Handtuch ab. Selbst als er damit fertig ist, halte ich meine Augen weiter fest geschlossen.

»Bin in einer Minute wieder da«, sagt er. Er schließt die Badezimmertür hinter sich – eine freundlich gemeinte Geste, wie ich finde.

Mein Gesicht sieht im Spiegel verquollen aus, die Augen angeschwollen. Ich starre in sie hinein, fühle mich wie eine absolute Versagerin. Ich habe meinen

Mann verloren und meine Freundin hintergangen, und nun, um der ganzen Sache die Krone aufzusetzen, habe ich mich auch noch in Gegenwart meines Sohnes ins Waschbecken erbrochen. Ich denke darüber nach, wie sehr ich mich immer bemüht habe, die perfekte Ehefrau und Mutter zu sein, wie all die Heldinnen der Mythologie, mit denen ich aufgewachsen bin – die geduldige, pflichtgetreue Sita, die selbstlose Kunti. Zum ersten Mal überkommt mich der Gedanke, daß Mahesh vielleicht ein ähnliches Bild in seinem Kopf herumträgt. Vielleicht ist er vor uns geflohen, weil er eine letzte Chance haben wollte, der virile Arjun, der mächtige Bhim zu sein. Und für einen Moment verspüre ich eine Traurigkeit für ihn, denn auch ihm wird eines Tages klarwerden – womöglich schon sehr bald, vielleicht eines Morgens, wenn er neben Jessica im Bett aufwacht oder wenn er ihr einen Blick aus dem Augenwinkel zuwirft, während er den Mazda in eine Parklücke manövriert –, daß das perfekte Leben nichts weiter ist als eine Illusion.

Dinesh ist wieder zurück und hat einen roten Plastikbecher bei sich, den er mit Wasser füllt. »Trink das«, sagt er in einem Ton, den ich auch angeschlagen habe, wenn er als Kind krank war. Ich hebe den Becher gehorsam an den Mund. Das Wasser ist warm und schmeckt nach Zahnpasta. Selbst ohne ihn anzusehen weiß ich, daß er mich beobachtet, auf irgendeine Erklärung wartet. Ich spüre auch die Angst, die immer noch von ihm aufsteigt, kann sie beinahe sehen, wie die Hitzewellen, die zur Mittagszeit über sommerlichen Bürgersteigen flimmern. Aber mir fällt nichts ein, was ich sagen könnte. Also stehe ich da, unter dem lauten, anschuldigenden Geschwirr des Badezimmerabzugs, starre auf die sorgenvolle Falte, die Dineshs Stirn durchzieht (die hat er von mir), und lasse meinen Finger am Rand des leeren Plastikglases entlanggleiten.

Langsam nimmt irgendwo hinter dem Stechen in meinen Augen ein Bild Formen an. Es hat so ganz und gar nichts mit dem zu tun, was gerade geschieht, daß ich schon glaube, all das Kohlenmonoxyd beginne nun Halluzinationen hervorzurufen. Es ist ausgerechnet eine gebrannte Tonschale, ganz schlicht und ohne Verzierungen, und die Glasur trägt das gedämpfte Braun gefallener Blätter. Für einen Moment bin ich verwirrt, dann erinnere ich mich daran, daß ich ein Dia davon in dem Kunst-sehen-und-begreifen-Kurs betrachtet habe, an dem ich im Frühjahr teilgenommen hatte. Die Periode und den Namen des Künstlers habe ich schon wieder vergessen, aber ich weiß noch, daß er alt und bekannt war. Ich drehe die Schale in meinem Kopf immer und immer wieder herum, bis ich entdecke, wonach ich suche – eine kleine Unebenheit auf dem hauchdünnen Rand –, und dann höre ich wieder die Stimme des Lehrers mit ihrem näselnden New Yorker Akzent, die uns erklärt, daß er diesen Makel an all seinen späteren Werken hinterlassen hat, weil er glaubt, daß es sie menschlicher und damit kostbarer mache.

»Mom!« Dineshs Stimme durchbricht meine Gedanken. Eine ängstliche Schärfe ist in seiner Stimme. Mir wird klar, daß er mich schon seit einer ganzen Weile etwas fragt.

»Tut mir leid«, entgegne ich.

»Ich habe gefragt, wie dein Abend gelaufen ist.«

Ich bleibe einen Moment lang stumm, muß der Versuchung widerstehen. Dann erwidere ich mit einer Grimasse: »Ich habe alles verpfuscht.« Es überrascht mich, welch eine Leichtigkeit dieses Eingeständnis bringt. In ihrem Sog füge ich kühn hinzu: »Ich erzähle es dir, wenn du Lust hast. Ich könnte uns etwas heiße *pista*-Milch machen …« Ich strecke die Hand aus, um ihn an mich zu ziehen. Ein Gefühl der Angst überkommt mich, daß er sich losmachen und sagen könnte: *Laß nur, Mom, ich habe noch was zu erledigen.* Aber er senkt den Kopf, so daß sein borstiges Haar meine Wange kitzelt, und schließt mich kurz und unbeholfen in die Arme.

»Klingt nicht schlecht.« Jetzt lächelt er, zumindest ein bißchen. »Hey, Mom, du hast schon lange keine *pista*-Milch mehr gemacht.«

Später beuge ich mich über den Ofen, rühre die gemahlenen Pistazien in die köchelnde Milch und sehe bewundernd zu, wie schön sie sich verdickt. Ich weiß, daß es noch andere Kämpfe geben wird, andere verletzende Worte, die wir uns gegenseitig ins Gesicht schleudern, vielleicht sogar noch heute abend. Und daß ich noch zu anderen Gelegenheiten im Auto sitzen und dem verführerischen Brummen des Motors lauschen werde. Und trotzdem nehme ich aus der Wohnzimmervitrine zwei Rosenthal-Kristallgläser, die mir Mahesh zu unserem zehnten Hochzeitstag geschenkt hat, und als die cremige Milch abgekühlt ist, gieße ich sie hinein.

Morgen werde ich einen Brief an Mrinal beginnen.

Die Gläser glitzern wie die Hoffnung. Mein Sohn und ich halten sie mit ernsten Gesichtern in die Höhe und trinken auf unsere kostbaren, unvollkommenen Leben.

Glossar

Die folgenden Begriffe stammen aus verschiedenen indischen Sprachen (überwiegend Bengali und Hindi). Einige Worte, wie beispielsweise »Botenjunge«, sind britische Ausdrücke aus Kolonialzeiten, die in den indischen Sprachgebrauch übergegangen sind.

aare	Anrede: Hey du!
Adivasi	Mitglied eines einheimischen Stammes (das Wort selbst bedeutet Ureinwohner)
almirah	großer Schrank
alu	Kartoffel
amchur	aus zerstampften Mangos, schwarzem Salz und anderen Gewürzen hergestelltes Gewürzpulver
amreekan	Amerikaner
apsara	Naturgottheit (Nymphe) aus der indischen Mythologie, die durch Musik, Spiel und Tanz den Gott Indra erheitert
arre bhai	Hallo, Bruder; verbreiteter Ausdruck unter Männern
ata	Zimtapfel
ayah	Kinderfrau
babu	Herr, Gentleman; verbreitete Anrede für europäisch gekleidete Inder
baisakhi	heftiges Aprilunwetter
banja	unfruchtbar
benarasi	Sari aus dem Benarasi-Stoff (dieser ursprüng-

lich aus der Stadt Benares stammende Stoff wird mit Goldfäden bestickt bzw. verarbeitet)

bhadralok — Leute aus guten Familien; Kalkuttas Oberschicht

bhai — Bruder; ein Begriff, der oft unter befreundeten Männern benutzt wird

bhaiya — Bruder; eine eher zwanglose Anrede

bharta — würziges Gericht, das aus geschmorten Auberginen zubereitet wird

bhaviji — Schwägerin; ji am Ende eines Wortes bezeugt Respekt

bindi — ein punktförmiges Mal auf der Stirn, das viele indische Frauen tragen; ein roter Punkt bedeutet für gewöhnlich, daß eine Frau verheiratet ist

biriyani — gebratener Reis mit Zwiebeln, Rosinen und Gewürzen; kann mit Gemüse, Fleisch oder Huhn zubereitet werden

boudi — Frau des älteren Bruders

Brautschau — der Prozeß, bei dem es zu einem Treffen der potentiellen Eheleute im Elternhaus der Braut kommt und infolge dessen Heiraten arrangiert werden

brinjal — Aubergine

bustee — Slums

chachaji — Onkel (der jüngere Bruder des Vaters)

chai — Tee

champa — süßlich duftende, goldfarbene Blume

chand-ke-tukre — Epitheton der Bewunderung, wörtliche Bedeutung: Teil des Mondes

chapatis — Fladenbrote aus Weizen

chappals — Sandalen

charak — ein Jahrmarkt, der zu einer bestimmten Jahreszeit stattfindet

choli — enganliegende Bluse, die zum Sari getragen wird

chula — Holz- oder Kohleofen

churidar — eng geschnittene Hose, die von Frauen

	(manchmal auch von Männern) unter einer langen Tunika (*kurta*) getragen wird
dacoit	Räuber
dain	mythische Hexe, die Menschenfleisch verspeist
dal	Hülsenfrüchte bzw. Gericht daraus
darwan	Torwächter
desh	Land; ein Begriff, der von ausgewanderten Indern oft als Synonym für Indien Verwendung findet
desi	das Einheimische; der Inbegriff für niedrige Qualität
dhakai	feiner, handgewebter Sari, der in Bangladesch hergestellt wird
dhania	Koriander
dhoti	Stoffstück, das um die Taille gebunden wird und bis zum Boden reicht; wird von Männern getragen
didi	ältere Schwester
dupatta	langer Schal, der mit einer Tunika (kameez oder *kurta*) getragen wird
filmi	Filme betreffend; aus der Filmwelt
firingi	Fremder, Abendländer
ganja	selbstgedrehte »Zigarette« mit Marihuana
genji	Männerunterhemd
ghazal	poetisches Lied (aus der Muslimtradition)
ghu-ghu	brauner Vogel, vergleichbar mit einer Taube
girgiti	Eidechse
gulabjamun	Süßspeise aus gebratenen Teigbällchen, in Zuckersirup eingelegt
hasnahana	süßlich duftende Blume
hing	Asafötida – Gummiharze verschiedener Wurzelknollen
jadu	Zauber
jhi-jhi	grillenähnliches Insekt, das ein summendes Geräusch von sich gibt
kachuri	gefüllte, würzige Teigbällchen, die ausgerollt und fritiert werden

kadam	Baum mit duftenden, ballähnlichen Blüten, die während der Monsunzeit blühen
kajal	schwarze Paste, die als Eyeliner benutzt wird
kala admi	dunkelhäutiger Mann
kalia	würziges Currygericht (für gewöhnlich Fisch), typisch für Bengalen
kameez	enganliegende Tunika, die von Frauen über der Hose getragen wird
karela	bittere Melone, wird als Kochgemüse verwendet
kaun hai	wer ist da?
kheer	Reispudding, mit Milch gekocht
khush-khush	Duftgras, aus dem dichte Fensterbedeckungen hergestellt werden; diese werden im Sommer mit Wasser besprüht, um die Hitze fernzuhalten
kima Paratha	fritiertes Fladenbrot, gefüllt mit Gehacktem
kokil	schwarzer Singvogel
kul	saure Frucht, die zum Herstellen von Pickles verwendet wird
kulfi	Eis am Stiel
kumkum	rote Paste oder Puder; wird für das punktförmige Mal auf der Stirn einer Frau benutzt
kurta	lange, lose Tunika, die von Männern und Frauen über Hosen getragen wird
lauki	großer, grüner Kürbis
lichu	Litschi
maharajah	König
mali	Gärtner
malmal	weicher Baumwollstoff
mandi	Markt
mashi	Tante (Schwester oder Freundin der Mutter)
memsaab	Dame des Hauses; respektvolle Anrede, meist von Bediensteten verwendet
michil	Prozession, Demonstration
momphali	Erdnüsse
neem	Baum, dessen bittere Blätter häufig in der Medizin Verwendung finden

nimbu-pani	Limonade aus Wasser, Zitrone, Zucker und Eis
paan	Betelblatt
pajama	eine Hose mit Gummizug
pakora	würziger Snack, der aus in Teig getauchten, fritierten Gemüsen besteht
palloo	Ende des Saris, das über die Schulter fällt oder über den Kopf gezogen wird; manchmal auch pallav geschrieben
panipuri	beliebter Snack, der auf der Straße verkauft wird und aus knusprigen, in heißem Öl aufquellenden, mit Kartoffeln gefüllten Bällchen besteht, die mit einer würzigen Soße gereicht werden
papad	knusprige Linsenchips
paratha	indisches Weizenbrot, das ausgerollt und in der Pfanne gebraten wird; manchmal mit Gemüse gefüllt
patisapta	komplizierte Süßspeise aus gefüllten Linsencrêpes in Sirup
peepul	großer Baum mit herzförmigen Blättern
phul gobi	Blumenkohl
pista	Pistazien
pista kulfi	Pistazieneiskrem
prasad	Essen, das als Teil einer Gebetszeremonie dargereicht wird
puja	Gebetszeremonie
pulao	gebratener indischer Reis, oft zusammen mit Gemüse oder Fleisch gekocht
puri	indisches Weizenbrot, das ausgerollt und fritiert wird
qurma	stark gewürztes Gericht, mit Gemüse oder Fleisch zubereitet
Rabindra	indischer Dichter
Rabindra sangeet	gesungene Gedichte des Dichters Rabindra
raga	zyklisches Melodienmuster
raita	Joghurt-Dip mit Gemüse
raja beta	Anrede für den Sohn: mein Prinz

rajah	König, Herrscher
rasogollah	Süßigkeit: Bällchen aus Hüttenkäse, in Zuckersirup gekocht
rogan josh	gewürztes Lammcurry
roti	Fladenbrot aus Weizenmehl
rui	ein karpfenartiger Flußfisch
sahibi	verwestlicht
salwaar-kameez	eine Kombination aus langer Tunika und Pluderhose, die von indischen Frauen getragen wird
samosa	gefüllte, fritierte Blätterteigtasche
sandesh	Süßigkeit aus Zucker und Hüttenkäse
sangeet	Gedicht, das gesungen wird
sari	langes, indisches Frauengewand
shapla	Wasserpflanze
shiuli	kleine, weiße Blume, die im Winter in Bengalen wächst
shona	Kosewort für Kinder; wörtlich: Gold
sindur	eine gelb-orangefarbene Schminke
singara	siehe samosa
sitar	indisches Saiteninstrument
surma	Eyeliner in Puderform
tabla	klassische indische Trommeln
tulsi	Basilienkraut, Basilikum; gilt in Indien als heilig
wallah	Suffix, das einen Besitz oder eine Zugehörigkeit bezeichnet; z. B. Gewerkschafts-wallahs: Männer, die einer Gewerkschaft angehören
yaar	Anrede: oh mein Freund
yaksha	männlicher mythischer Dämon, Beschützer von Haushalt und Reichtümern
yakshini	weibliche Form von yaksha
zamindar	Landbesitzer, Großgrundbesitzer
zari	Stoff, in den ein Goldfaden eingearbeitet wurde